슬픔의 물리학

FIZIKA NA TAGATA
by Georgi Gospodinov

슬픔의 물리학
The Physics of Sorrow

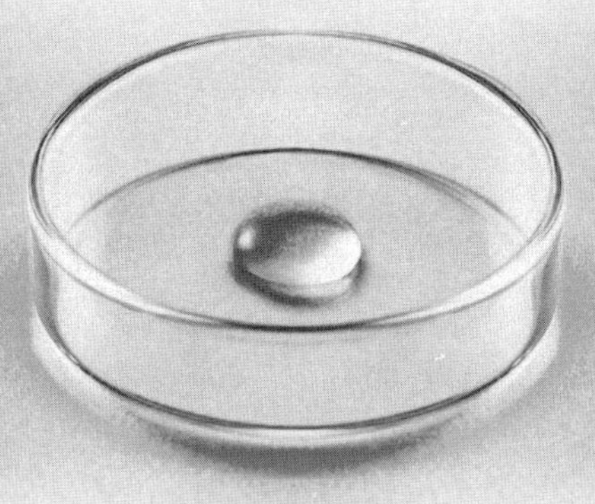

게오르기 고스포디노프 장편소설 민은영 옮김

Georgi Gospodinov

문학동네

일러두기

1. 번역 대본으로는 The Physics of Sorrow(Georgi Gospodinov(Author)/
Angela Rodel(Translator), Open Letter, 2015)를 사용했다.
2. 주석은 모두 옮긴이주이다.
3. 본문 중 고딕체는 원서에서 이탤릭체로 강조한 부분이다.

차례

신화는 아무것도 아니며 모든 것이다.
— F. 페소아, 『메시지*Mensagem*』

유년기와 죽음만이 존재한다. 그사이에는 아무것도
없다……
— 가우스틴, 『자서전 모음집』

세상은 더이상 마법적이지 않다. 너는 버림받았다.
— 보르헤스, 「1964」

……그리고 나는 기억의 들판과 드넓은 전당들로
들어선다. 그곳에는…… 수많은 이미지의 보물들
이 있다.
— 성 아우구스티누스, 『고백록』 10권

나는 날고 싶다. 헤엄치고 짖고 포효하고 울부짖고
싶다. 나는 날개를 달고, 거북이 등껍질을 입고, 껍
질을 두르고 싶다. 연기를 내뿜고, 긴 코를 달고, 몸을 뒤틀고, 사방에 퍼지고, 모든 것에 깃들고, 냄새로 풍기고, 식물처럼 자라고, 물처럼 흐르고 싶다…… 모든 원자에 침투하고, 물질의 바닥까지 내려가고 싶다—물질이 되고 싶다.
— 귀스타브 플로베르, 『성 안토니우스의 유혹』

……기억과 욕망을 뒤섞고……
— T. S. 엘리엇, 『황무지』

순혈 장르는 내게 별로 흥미롭지 않다. 소설은 아리아인이 아니다.
— 가우스틴, 『소설과 공허』

독자가 원한다면 이 책을 허구로 읽어도 좋다……
— 어니스트 헤밍웨이, 『파리는 날마다 축제』

프롤로그

나는 1913년 8월의 끝자락에 남성 인간으로 태어났다. 정확한 날짜는 모른다. 사람들은 내가 살아남는지 며칠을 지켜보고 나서야 출생신고를 했다. 당시에는 누가 태어나든 그렇게 했다. 여름 농사가 끝나가고 있었지만, 들판에는 아직 자잘하게 거둘 것들이 남아 있었다. 암소가 새끼를 낳은 터라 다들 암소를 돌보느라 정신이 없었다. 대전쟁*이 터지기 직전이었다. 나는 수두, 홍역을 비롯해 유년기의 온갖 질병과 함께 그 전쟁을 힘겹게 통과했다.

나는 해가 뜨기 두 시간 전에 초파리로 태어났다. 오늘 저녁 해가 지고 나면 죽을 것이다.

---

* The Great War. 제1차세계대전의 별칭.

나는 1968년 1월 1일에 남성 인간으로 태어났다. 나는 1968년을 처음부터 끝까지 속속들이 기억한다. 지금 우리가 사는 올해에 대해서는 아무것도 기억하지 못한다. 몇 년도인지도 모른다.

나는 언제나 태어나 있었다. 아직도 빙하기의 시작과 냉전의 끝을 기억한다. (두 시대 모두) 죽어가는 공룡을 보는 것은 견딜 수 없이 힘든 일이었다.

나는 아직 태어나지 않았다. 나는 다가오고 있다. 마이너스 칠 개월이다. 모태에서 흐르는 그 음수의 시간을 어떻게 세는지 나는 모른다. 나는 크기가 올리브 열매만하고 무게는 1.5그램이다. 성별은 아직 모른다. 꼬리가 서서히 없어지고 있다. 내 안의 동물은 사라지는 꼬리를 내게 흔들며 떠나고 있다. 아마 나는 인간이 되도록 선택되었나보다. 이곳은 어둡고 아늑하며 나는 움직이는 무언가에 매여 있다.

나는 1944년 9월 6일에 남성 인간으로 태어났다. 전쟁의 와중. 일주일 후 아버지가 전방으로 떠났다. 어머니는 젖이 말라붙었다. 아이가 없는 친척 아주머니가 나를 데려가 키우겠다고 했지만 가족은 나를 포기하지 않았다. 나는 밤새도록 배가 고파 울었다. 가족들은 와인에 적신 빵으로 나를 달랬다.

나는 기억한다. 장미 덤불로, 자고새로, 은행나무로, 민달팽이로, 6월의 구름으로(이 기억은 짧다), 할렌제 근처에서 가을에 핀 보라색 크로커스로, 일찍 피었다가 4월의 때늦은 눈에 얼어붙은 체리꽃으로, 속아넘어간 체리나무를 얼려버린 눈으로 태어났음을……

나는 이들이다.

1

슬픔의 빵

마법사

그때 마법사가 내 머리에서 모자를 덥석 잡아채더니 손가락을 푹 찔러넣어 엄청나게 큰 구멍을 뚫는 거야. 나는 울고불고 난리를 쳤지. 그렇게 찢어진 모자를 쓰고 어떻게 집에 돌아가겠니? 마법사는 껄껄 웃으며 모자에 바람을 후 불어넣었는데, 세상에 이럴 수가, 그러자 모자가 새것처럼 멀쩡해졌단다. 이야, 정말로 대단한 마법사 아니냐.

에이, 할아버지, 그건 마술사잖아요, 하고 말하는 내 목소리가 들린다.

옛날에는 마법사라고 했어, 할아버지가 말한다. 나중에 마술사가 된 거야.

하지만 나는 이미 거기에 가 있다. 나는 열두 살, 그해는 1925년일 것이다. 꽉 움켜쥔 내 손에는 5레바짜리 동전이 하나 있다. 땀이 밴 동전, 그 테두리가 손바닥에 느껴진다. 나는 처음으로 혼자서 풍물 장터에 나왔고 게다가 돈까지 갖고 있다.

여러분, 이쪽으로 오십시오…… 이 무시무시한 비단뱀을 보십시오. 머리에서 꼬리까지 3미터, 다시 꼬리에서 머리까지 3미터……

와, 저 뱀은 어떤 뱀이길래 길이가 6미터나 되는 거야?…… 거기 너, 잠깐, 어딜 그냥 가는 거야, 5레바 줘야지…… 근데, 내겐 5레바밖에 없는데 그걸 고작 뱀이나 보는 데 쓰진 않을 거야……

건너편에서는 포마드, 약용 진흙, 머리 염색약을 팔고 있다.

곱슬머리가 탱글탱글해지는 염색약이요오오오, 바보를 천재로 만들어주는 약이요오오오오……

그런데 저기 질질 짜는 할머니들에게 둘러싸인 남자는 누구지?

……전쟁 포로였던 니콜초는 마침내 고향에 돌아왔어요. 그런데 아내가 다른 남자와 결혼했다는 겁니다. 니콜초는 우물가에서 아내를 마주치고 그 자리에서 아내의 머리를 댕강 베어버렸죠. 그런데 머리가 공중을 휘익 날아가며 하는 말, 오, 니콜초, 무슨 짓을 한 거예요…… 이제 우세요, 할머니들……

그러자 할머니들은 아예 목놓아 운다…… 이제 노래책을 하나 사세요. 니콜초가 얼마나 큰 실수를 저질렀는지, 어쩌다 결백한 아내를 무참히 죽이고 말았는지 여기 다 나와 있습니다…… 노래책 파는 사람이구나. 아이구, 도대체 어떤 실수였을까?……

사람들이, 사람들이, 나를 떠밀고, 나는 돈을 꽉 쥔다. 누가 훔쳐갈지도 모르니까 조심해, 하고 아버지가 돈을 주며 말했었다.

멈춰요. 아곱의 가게. 시럽. 시럽 같은 분홍색의 큰 글씨로 쓰여 있다. 나는 침을 꿀꺽 삼킨다. 한 잔 마실까?

이리 와서 얼음사탕 먹어봐아아아…… 악마가 아르메니아인 할머니로 변장해 나를 꼬드기고 있다. 네가 뭘 좀 안다면, 바로 여기로 와야지…… 이제 어떡하지? 시럽, 아니면 얼음사탕? 중간에 서서 침을 꿀꺽 삼킬 뿐, 도무지 결정을 내리지 못한다. 내 안의 할아버지는 결정을 내리지 못한다. 그래, 앞으로 나를 끊임없이 괴롭힐 우유부단함이 바로 할아버지에게서 온 거로구나. 나는 거기에 앉은 나를 본다. 깡마르고 멀대같이 크고 한쪽 무릎이 까진 내가 머지않아 마법사가 구멍을 낼 모자를 쓴 채 주위에 펼쳐진 세상에 현혹되어 입을 벌리고 있다. 나는 옆으로 멀찍이 물러나 하늘을 나는 새의 시점에서 나를 바라본다. 주위에서 모두가 분주히 오가는데 나는 거기에 서 있다. 내 할아버지가 거기에 서 있다. 둘이서 한몸으로.

휘리릭, 손 하나가 내 머리에서 모자를 덥석 잡아챈다. 나는 마법사의 작은 테이블에 이르렀다. 진정해, 난 울지 않을 거야, 무슨 일이 벌어질지 아주 잘 알아. 이제 마법사의 손가락이 모자 천을 뚫고 반대편으로 나오고, 아니, 이럴 수가, 저 구멍 좀 봐. 주위의 군중이 웃음바다가 된다. 누군가가 내 목덜미의 맨살을 어찌나 세게 후려치는지 눈물이 핑 돈다. 나는 기다린다. 하지만 마법사는 나머지 이야기가 어떻게 흘러가는지 잊은 모양이다. 그는 내 찢어진 모자를 옆으로 치우더니 한 손을 내 입술 근처로 올리고 손을 옆으로 돌리는 동작을 한다. 아니, 이런 끔찍한 일이, 내입이 잠겨버렸다. 입을 열 수가 없다. 나는 말을 못하게 되었고, 주위의 군중은 폭소를 터트린다. 고함을 치려 해봐도 들리는 거라곤 목구멍 어딘가에서 올라오는 소 울음 같은 소리뿐이다. 으으으음. 으으으음.

하리 스토에프가 장터에 왔어요, 하리 스토에프가 미국에서 돌아왔어요……

도회지 사람처럼 양복을 매끈하게 차려입은 건장한 남자가 군중을 가르며 나아가고, 사람들은 공손한 태도로 속닥거리며 그를 맞이한다. 하리 스토에프—새로운 단 콜로프*, 불가리아의 꿈. 저 두 다리의 가치가 미화 백만 달러에 달한대, 누군가가 내 뒤에서 말한다. 다리로 목을 조르면 모두가 숨이 막혀 꼼짝도 못하지. 아, 그래서 그 기술을 죽음의 목 조르기라고 부르잖아, 다른 한명이 속삭인다.

---

* 본명은 돈초 콜레프 다네프(1892~1940). 불가리아의 레슬링 영웅으로 자국 최초의 자유형 레슬링 유럽 챔피언이었다.

질식한 레슬링 선수들이 매트에 나란히 내던져진 모습을 또렷이 떠올리자, 마치 내가 하리 스토에프에게 목 조르기를 당하고 있는 것처럼 점점 숨이 막혀온다. 나는 허겁지겁 도망치고 군중은 그를 따라 멀어져간다. 그때 뒤쪽 어딘가에서 목소리가 들린다.

여러분, 이쪽으로 오세요…… 황소의 머리를 가진 아이가 있습니다. 전대미문의 신기한 볼거리입니다. 미궁에서 나온 어린 미노타우로스, 고작 열두 살입니다…… 5레바로 음식을 먹을 수도 술을 마실 수도 있지만, 그 돈을 평생 이야깃거리가 될 경이로운 볼거리에 쓸 수도 있습니다.

내 할아버지의 기억에 따르면, 그는 안으로 들어가지 않았다. 하지만 지금 나는 이 기억 속 장터에 와 있고, 나는 할아버지이며, 이곳은 저항할 수 없는 힘으로 나를 끌어당긴다. 나는 5레바를 넘겨주고 비단뱀과 그 기만적인 6미터, 아홉 가게의 시원한 시럽, 전쟁 포로 니콜초, 아르메니아인 할머니의 얼음사탕, 하리 스토에프의 죽음의 목 조르기에 작별을 고하고 천막 안으로 들어간다. 미노타우로스가 있는 곳으로.

이 지점부터 할아버지 기억의 실은 얇게 늘어나지만 끊어지지는 않는다. 할아버지는 안으로 들어갈 엄두가 나지 않았다고 주장하지만 나는 어떻게든 들어간다. 할아버지가 이 일을 혼자서만 간직한 것이다. 왜냐하면 나는 지금 여기, 할아버지의 기억 속에 있으니까. 할아버지가 이곳에 온 적이 없다면 내가 여기서 더 나아갈 수 있을까? 잘 모르겠지만 뭔가 이상하다. 나는 이미 미궁 안에 들어와 있다. 미궁은 거대하고 어둑한 천막이다. 눈앞에 보이는 것은 내가 가장 좋아하는 그리스신화 책에서 흑백 삽화로 처음 본 미노타우로스 괴물과 무척 다르다. 전혀 공통점이 없다. 이 미노타우로스는 무섭지 않고 슬프다. 우울한 미노타우로스.

천막 한가운데에 폭이 대여섯 걸음 정도 되고 높이는 사람 키보다 살짝 더 높은 철창 우리가 놓여 있다. 가느다란 창살이 녹슬어 거뭇해졌다. 철창 안 한쪽 끝에는 매트리스와 다리가 세 개 달린 작은 간이의자가 있고 반대쪽 끝에는 물 양동이와 흩뿌려진 건초가 있다. 한쪽 구석은 인간의 자리, 다른 쪽 구석은 짐승의 자리.

미노타우로스는 관중에게 등을 돌린 채 간이의자에 앉아 있다. 그 모습이 충격적인 것은 그가 짐승처럼 보여서가 아니라 어떤 방식으로든 인간이라서다. 바로 그 인간적인 면이 전율을 일으킨다. 몸은 소년의 몸이다. 바로 나처럼.

사춘기의 첫 솜털이 난 다리, 긴 발가락이 달린 발, 난 왜 발굽이 있을 거라 생각했을까. 무릎까지 내려오는 색 바랜 반바지, 반소매 셔츠…… 그리고 어린 황소의 머리. 몸과 비율이 살짝 안 맞고 크고 텁수룩하고 육중하다. 자연이 망설였던 건가. 황소와 인간의 중간에서 모든 걸 내팽개친 건가—겁에 질렸거나 딴 데 정신이 팔려서. 이 머리는 완전한 황소도 아니고 완전한 사람도 아니다. 그것을 어떻게 묘사할 수 있을까, 언어마저 방향을 잃고 둘로 갈라지는데? 얼굴(주둥이인가?)은 길쭉하고, 이마는 뒤로 약간 경사졌지만 어쨌든 매우 넓고, 눈 위의 뼈가 돌출되어 있다. (사실 우리 집안 남자들의 이마와 그리 다르지 않다. 이 지점에서 나는 무심코 내 머리뼈를 더듬는다.) 아래턱이 살짝 튀어나왔고 입술은 무척 두껍다. 동물성은 언제나 턱에 숨어 있다. 동물이 우리를 마지막으로 떠나는 곳이 거기다. 얼굴(혹은 주둥이)이 길쭉하고 양옆이 납작해서 눈 사이가 멀다. 얼굴 전체에 갈색빛 도는 솜털이, 수염이 아니라 솜털이 돋아 있다. 이 솜털은 귀와 목 부근에서 비로소 진짜 털과 엉겨들고 제멋대로 자란 털은 어수선하다. 그래도 그는 무엇보다 인간에 가깝다. 그에게는 슬픔이 있다. 어떤 동물에게도 없는 슬픔이.

천막 안이 사람들로 꽉 차자 남자가 미노타우로스 소년에게 일어나라고 한다. 소년은 간이의자에서 일어나 처음으로 천막 안의 관중을 바라본다. 그의 시선이 우리를 둘러본다. 양옆으로 쏠린 눈 때문에 고개를 돌려가며. 그 시선이 잠시 내게 머무는 것 같다. 혹시 우리가 같은 나이일까?

우리를 천막 안으로 몰고 들어온 남자(그의 주인이자 보호자)

는 소년에 관한 이야기를 시작한다. 전설과 전기가 기묘하게 뒤섞인 그 이야기는 장터를 떠돌며 오래 반복하여 다듬어진 것이다. 그 이야기 속에서는 여러 시대가 서로를 쫓고 뒤섞인다. 어떤 사건은 현재에 일어나고 또 어떤 사건은 까마득하게 먼 옛날에 일어난다. 공간도 혼란스럽다. 궁전과 지하실, 크레타섬의 왕들과 그곳의 양치기들이 미노타우로스 소년에 관한 이 이야기의 미궁을 이루고, 듣는 이는 결국 그 안에서 길을 잃는다. 이야기는 복잡한 미로처럼 얽혀 있고 불행히도 나는 그 발자취를 다시 더듬어 돌아갈 수 없을 것이다. 막다른 길, 여러 가닥의 분절된 서사, 맹점, 그리고 명백한 모순으로 이루어진 이야기. 믿기 어려워 보일수록 더 믿게 되는 이야기. 그 이야기를 흐릿한 직선으로 이어보면—내가 지금 그 이야기를 마법이 빠진 채로나마 전달할 수 있는 유일한 방법—대략 다음과 같다.

소년의 외할아버지인 헬리오는 태양과 별을 관장했는데, 밤에는 태양을 가두고 별들을 마치 가축을 목초지로 몰이하듯 하늘로 내몰았습니다. 아침에는 다시 별떼를 거둬들이고 태양을 방목했지요. 노인의 딸 파지파이카*가 여기 이 소년의 어머니인데, 아주 상냥하고 아름다웠어요. 그녀는 저 아래 어느 섬들을 통치하는 막강한 왕과 결혼했습니다. 이건 아주 오래전, 전쟁이 나기도

---

* 그리스신화에 등장하는 미노스왕의 아내 '파시파에'의 불가리아어식 애칭.

전의 일입니다. 그곳은 부유한 왕국이었고, 천상의 신(그들이 섬기는 신, 다시 말해 토착신)도 섬나라 왕과 함께 술잔을 기울일 정도였습니다. 그들은 서로를 존중했죠. 신은 가죽이 새하얗고 거대한, 정말이지 경이로운 황소 한 마리를 왕에게 선물하기까지 했습니다. 그렇게 세월이 흐르고 어느 날 신은 그 황소를 제물로 요구했어요. 하지만 늙은 왕 미뇨*는(미노스, 미노스…… 하고 누군가가 고함을 친다) 아까운 마음이 들어 신을 속여넘기기로 하고, 비슷하게 크고 살집이 두둑한 다른 황소를 바쳤어요. 하지만 신이 그렇게 속아넘어갈 리가 있나요? 모든 걸 알아차린 신은 격노하여 벼락같이 고함을 쳤어요. 이제 푸른 풀이 나기를 기다려봐야 아무 소용 없다**, 네가 지금 누굴 건드렸는지 알게 해주마. 신은 미뇨의 온순하고 충실한 아내 파지파이카가 바로 그 잘생기고 매력적인 황소와 죄를 저지르도록 손을 썼답니다. (이 대목에서 군중 사이에 불만스러운 탄성이 흐른다.) 그로 인해 아이가 태어났지요—몸은 사람이되 얼굴은 황소인, 황소의 머리를 가진 아이. 어미는 아이에게 젖을 먹이고 돌보았지만 웃음거리가 된 왕 미뇨는 수치를 견딜 수가 없었죠. 그는 작은 아기 미노타우로스를 차마 죽일 수는 없어서 궁전의 지하실에 가두라고 명했습

---

* '미노스'의 불가리아어식 애칭.

** 불가리아에서 '푸른 풀이 나기를 기다린다'는 관용어는 대책 없이 시간이 가기만을 기다리다 중요한 일을 그르친다는 의미가 있다.

니다. 그런데 석공 장인이 지은 그 지하실은 한번 들어가면 영영 나올 수 없는 진짜 미궁이었어요. 그 석공은 틀림없이 우리 고장 사람, 우리 쪽 청년이었을 겁니다. 여기엔 최고 일꾼들이 많지만 그리스인들은 지독하게 게으르잖아요. (천막 안에 동의하는 웅성 거림이 퍼진다.) 그 불쌍한 석공은 나중에 그 일의 대가를 한 푼 도 받지 못했지만, 뭐, 그건 또다른 이야기니까요. 그리하여 겨우 세 살밖에 안 된 어린 소년이 부모와 떨어져 미궁 안에 던져졌습 니다. 그 어두운 지하 감옥에서 이 가여운 아이, 천사 같은 작은 영혼이 얼마나 힘들었을지 상상해보세요. (이 대목에서 사람들 은 훌쩍거리기 시작했다. 실은 자기들도 코흘리개 꼬마 녀석들에 게 똑같은 짓을 했으면서. 그래, 영원히 가둔 건 아니었다, 그저 두꺼운 지하실 벽 안쪽에 한두 시간 가두었을 뿐.) 그들은 아이를 그 어두운 곳에 던져넣었어요, 이야기꾼이 계속 말했다. 이 작은 녀석은 밤낮으로 울면서 엄마를 찾았죠. 마침내 파지파이카는 미 궁을 지은 석공 장인에게 사정해 아이를 몰래 밖으로 빼내고 어 린 수소를 대신 들여보냈어요. 그런 얘기는 책에 안 나오잖아요, 하고 관중 속 안다니가 끼어든다. 그건 우리끼리의 비밀로 합시 다, 이야기꾼이 힘주어 말한다. 크레타섬의 늙은 왕 미뇨가 바뀐 걸 알지 못하게 말이죠. 왕은 아직 전혀 눈치를 못 챘거든요. 그 래서 그들은 소의 머리를 가진 작은 소년을 몰래 풀어주고 또 아 테네로 가는 배에 몰래 태웠습니다. (미노타우로스에게 바친다는 명목으로 아테네의 처녀 총각 일곱 명을 데리러 가는 바로 그 배였죠.) 작은 미노타우로스는 아테네에 도착해 배에서 내립니다. 거기에서 어느 늙은 어부가 그 아이를 발견해 자기 오두막에 숨기고 일이 년 동안 돌보다가, 우리 쪽 출신인 어느 목동에게 넘기죠. 겨울이면 소떼를 몰고 남쪽으로 저 아래 에게해까지 내려가 풀을 먹이는 사람이었죠. 그는 아이가 밖으로 나가 사람들 사이에서 살 수는 없을 테고 어쩌면 소들이 동족으로 받아줄지도 모른다면서 아이를 데려갔습니다. 그런데 바로 그 목동이 몇 년 전에 이 아이를 제게 직접 넘겼습니다. 소들도 아이를 싫어해요, 하고 말하더군요. 아이를 동족으로 받아들이지 않고 무서워해서 소떼가 자꾸 흩어져요, 더는 아이를 데리고 있지 못하겠어요. 그래서 우리는 그때부터 저 가여운 어린 고아를 데리고 장터를 돌아다니고 있어요. 부모에게 버림받은 아이, 사람에게는 사람으로 인정받지 못하고, 황소에게는 황소로 인정받지 못하는 저 가여운 아이 말입니다.

남자가 이야기하는 동안 미노타우로스는 자기와 아무런 상관 없는 이야기인 양 그저 고개를 푹 수그린 채 간간이 목청을 가볍게 긁는 소리를 낸다. 내가 입술이 잠긴 채 낸 것과 똑같은 소리.

이제 네가 어떻게 물을 마시는지 손님들께 보여드려, 주인이 명령하자 미노타우로스는 불쾌함이 역력한 표정으로 무릎을 꿇고 머리를 양동이에 처넣은 뒤 물을 후룩후룩 요란하게 마신다. 이제 이 맘 좋은 분들께 인사해. 미노타우로스는 소리 없이 바닥만 바라본다. 이분들께 인사하란 말이야, 남자가 반복해 말한다. 나는 그제야 남자가 한 손에 들고 있는 긴 막대기를 본다. 끝에 날카로운 꼬챙이가 달려 있다. 미노타우로스가 입을 열어 낮고 거칠고 불만스럽게 으르렁거린다. 음매애애애……

그로서 쇼는 끝난다.

나는 천막을 (맨 마지막에) 나가면서 뒤를 돌아보고, 한순간 우리의 시선이 다시 마주친다. 나는 그것이 어디선가 본 아는 얼굴이라는 느낌을 결코 떨칠 수 없을 것이다.

밖에 나와서야 내 입이 아직도 잠겨 있고 모자가 찢어져 있음을 깨닫는다. 좌판으로 재빨리 달려가보지만 마법사는 흔적도 없이 사라졌다. 그렇게 나는 그 기억에서 빠져나왔다. 아니, 내 열두 살 할아버지에게서 빠져나왔다고 해야 할까. 입이 잠기고 찢어진 모자를 쓴 할아버지에게서. 하지만 할아버지는 왜 이야기를 할 때 미노타우로스에게 갔다는 걸 숨겼을까?

음매애애애
그때는 아무것도 묻지 않았다. 물었다면 내가 다른 사람들의 기억에 들어갈 수 있다는 것을 할아버지가 알게 될 테니까. 그것은 내 가장 큰 비밀이었다. 그리고 나는 '노란 집'이 싫었다. 내 비밀을 알면 사람들이 나를 거기에 집어넣을 게 뻔했다. 앞으로 일어날 일을 본다는 이유로 눈먼 마리카를 거기에 집어넣었듯이.

어쨌거나 할아버지의 누나들을 통해 은밀히 알아낸 사실이 있었다. 모두 일곱 명이던 고모할머니들은 다들 살아 있는 동안에는 매년 여름에 할아버지를 보러 오셨다. 깡마르고 메뚜기처럼 앙상한 검은 옷차림의 노인들. 어느 날 오후 나는 그중 가장 나이가 많고 수다스러운 고모할머니에게 다가가, 할아버지가 어렸을 때 어떤 아이였는지 태연스럽게 묻기 시작했다. 미리 웨이퍼와 레모네이드를 사드렸고—고모할머니들은 하나같이 단것을 무척 좋아했다—그렇게 해서 모든 이야기를 알아냈다.

그때 나는 할아버지가 어렸을 때 갑자기 말을 잃었다는 사실을 알았다. 할아버지는 마을 장터에 다녀온 뒤로 그저 음매 소리만 낼 뿐 말은 한마디도 하지 못했다. 증조할머니가 아들을 점쟁이 할머니에게 데려가 납을 부어 '총알'을 만들어달라고 부탁했다. 점쟁이 할머니는 할아버지를 보더니 단언했다—이 아이는 공포에 질린 거예요, 알아두세요. 그러더니 납을 조금 가져다가 손잡이 달린 철제 컵에 넣고 불 위에 올려 납이 녹아 지글거릴 때까지 가열했다. 녹인 납을 부으면 그것은 공포를 일으킨 원인의 형상을 띠게 된다. 두려움이 납으로 들어간다. 그후 며칠 동안 밤마다 그 '총알'을 베개 밑에 넣고 자다가 꺼내서 강에, 흐르는 물에 던진다. 두려움이 멀리 떠내려가도록. 점쟁이 할머니는 납을 세 번이나 부었고, 세 번 다 뿔이며 주둥이며 다 갖춘 황소의 머리가 나타났다. 네 할아버지가 장터에서 어떤 황소를 보고 겁에 질렸던 거지, 고모할머니가 말했다. 근처 여러 마을의 사람들이 거기로 물소, 소, 양 따위를 떼로 몰고 가서 팔았거든. 할아버지는 여섯 달 동안이나 한마디도 하지 않고 음매 소리만 냈다. 점쟁이 할머니가 거의 매일 와서 머리맡에서 약초를 향처럼 태웠고, 저녁에 남은 음식 위로 할아버지를 거꾸로 매달아 두려움을 떨어내려고도 했다. 심지어 어린 송아지를 도살하는 장면을 보여주기도 했는데, 할아버지는 눈을 뒤집으며 기절해 아무것도 보지 못했다. 그러다가 여섯 달 후에 저절로 나았다. 어느 날 할아버지가 집으로 들어와 말했다. "엄마, 얼른 와요, 눈먼 네라가 송아지를 낳았어요." 그런 이름을 가진 암소가 집에 있었다. 그렇게 할아버지의 입은 풀렸다. 물론 자세한 사연은 대부분 내가 고모할머니의 기억에 잠입해 알아낸 것이다. 그 고모할머니의 이름은 다나였다. 할머니는 다른 이야기 하나를 숨기고 있었는데, 이미 나는 그 기억의 통로에 몰래 들어가 있었다.

슬픔의 빵

그의 모습이 또렷이 보인다. 세 살배기 남자아이. 아이는 제분소의 빈 밀가루 포대 위에서 잠들었다. 머리 바로 위에서 묵직한 벌이 웅웅거리는 소리가 아이의 잠을 빼앗아간다.

아이가 눈을 살짝 뜬다. 여전히 졸립고 여기가 어디인지도 모르겠다.

나는 눈을 살짝 뜬다. 여전히 졸립고 여기가 어디인지도 모르겠다. 잠과 낮 사이의 중간 지대. 오후다. 시간을 초월한 듯한 늦은 오후의 바로 그 느낌. 끊임없이 우르릉거리는 제분기 소리. 공기 중에 뽀얗게 떠다니는 작은 밀가루 입자, 피부가 살짝 간질거리는 느낌, 하품, 기지개. 사람들의 말소리가 고요하고 단조롭고 나른하게 들려온다. 멍에가 풀린 채 서 있는 마차 몇 대에 밀가루 포대가 반쯤 들어차 있다. 사방이 흰 가루로 뒤덮였다. 근처에서 당나귀 한 마리가 한쪽 다리에 쇠사슬을 찬 채 풀을 뜯는다.

서서히 잠은 완전히 물러간다. 아이는 그날 아침 날이 밝기도 전에 어머니, 그리고 세 누이와 함께 제분소로 왔다. 아이도 밀가루 포대 싣는 일을 돕고 싶었지만 그들은 허락하지 않았다. 그러다 잠이 들었다. 지금쯤이면 다들 돌아갈 준비가 되었을 것이다. 자기 없이 모든 일을 끝마치고서. 아이는 일어나 주위를 둘러본다. 가족들은 어디에도 보이지 않는다. 이제 두려움의 첫 발자국이 다가온다. 아직 그것은 감지하기 어렵고 조용한, 즉시 부정되는 의심일 뿐이다. 그들이 여기엔 없지만 분명 제분소 안 혹은 건너편에 있거나, 아니면 그들의 마차 아래 그늘에서 자고 있을 것이다.

그런데 그 마차도 없다. 뒤판에 수탉이 그려진 하늘색 마차.

그러자 두려움이 차올라 온몸을 채운다. 우물에서 작은 물독을 채울 때 차오른 물이 공기를 밖으로 밀어내며 넘쳐흐르는 것처럼. 두려움의 물줄기가 너무 거세서 세 살 아이의 몸을 금세 채우고 공기는 이내 바닥날 것이다. 아이는 울음을 터트리지도 못한다. 울기 위해서는 공기가 필요하다. 두려움을 길게 소리 내어 내뱉는 숨이 울음이다. 하지만 아직 희망은 있다. 나는 제분소 안으로 달려간다. 이곳은 너무 시끄럽고 움직임은 부산하다. 하얀 거인 둘이 제분기의 입에 곡물을 쏟아붓는다. 모든 것이 흰 안개에 싸여 있고 귀퉁이의 거대한 거미줄에도 밀가루가 묵직하게 얹혀 있다. 유리가 깨진 높은 창문을 통해 햇살 한줄기가 내리꽂히고 그 빛줄기를 따라 먼지들이 벌이는 거대한 전투가 보인다. 아이의 엄마는 여기에 없다. 누이들도 없다. 밀가루 포대를 짊어지고 허리를 구부정하게 숙인 덩치 큰 남자가 아이를 쓰러트릴 뻔한다. 사람들이 아이에게 밖으로 나가라고, 걸리적거린다고 소리친다.

엄마?

첫 외침은 아직 외침도 아니어서 끝에 물음표가 붙는다.

엄마아?

'아'가 길게 늘어난다. 절박함도 점점 커지기 때문이다.

엄마아아…… 엄마아아아아아……

물음은 사라졌다. 절망과 분노, 분노의 부스러기. 그 밖에 무엇이 아이의 안에 있을까? 당혹감. 어떻게 이럴 수가 있지? 어머니는 자기 아이를 버리지 않는다. 이건 정당하지 않다. 이런 일은 있을 수 없다. '버린다'는 단어를 아이는 아직 모른다. 나는 아직 모른다. 단어가 없다고 해서 두려움이 무화되지는 않는다. 오히려 더욱 높이 쌓여 훨씬 더 견딜 수 없이 짓누른다. 눈물이 흐르기 시작한다. 이제 유일한 위안인 눈물의 차례다. 적어도 울 수는 있다. 두려움이 눈물의 마개를 열었고 두려움의 물독이 넘쳐 흘렀다. 눈물이 아이의 볼을 타고, 나의 볼을 타고 흘러내려 얼굴에 묻은 밀가루 먼지와 섞이며 물과 소금과 밀가루로 첫 슬픔의 빵을 반죽한다. 절대로 바닥나지 않는 빵. 앞으로 다가올 세월 내내 우리의 양식이 될 슬픔의 빵. 입술에 남는 그 짭짤한 맛. 할아버지는 침을 꿀꺽 삼킨다. 나도 침을 꿀꺽 삼킨다. 우리는 세 살이다.

같은 시각, 뒤판에 수탉이 그려진 하늘색 마차가 먼지구름을 일으키며 제분소에서 점점 멀어져간다.

때는 1917년이다. 마차를 모는 여인은 스물여덟 살. 그녀에게는 여덟 명의 아이가 있다. 여자는 몸집이 크고 피부가 흰 미인이 었다고 모두가 말한다. 이름 역시 이를 뒷받침한다. 칼라. 비록 그 시절에 그 이름의 그리스어 의미—아름다운—를 떠올린 사람이 있었을 것 같진 않지만. 그저 칼라일 뿐. 하나의 이름일 뿐. 전쟁의 와중이다. '대전쟁'이라고 불리는 그 전쟁의 끝자락이다. 그리고 늘 그렇듯 우리는 지는 편에 속해 있다. 나의 세 살배기 할아버지의 아버지는 전방 어딘가에 있다. 그는 1912년부터 계속 싸워왔고 몇 달째 소식이 없다. 그는 돌아와 며칠간 머물며 아이를 만들고 또 떠난다. 그들은 그런 식으로 귀휴 기간에도 명령을 수행한 걸까? 오래 계속된 전쟁 때문에 더 많은 군인이 필요하다. 그는 미래의 군인을 만드는 일에는 운이 좋지 않았다. 계속 딸만 낳았으니까—전부 일곱 명. 틀림없이 그는 매번 부대로 돌아갈 때마다 딸을 낳은 죄로 체포되었을 것이다.

비상시를 대비해 따로 숨겨둔 은화 몇 닢은 이미 다 떨어졌고 헛간은 텅 비었으며 그녀는 팔 수 있는 건 모조리 팔았다—스프링과 철제 머리판이 있는, 당시에는 귀한 물건이었던 침대와 길게 땋은 머리칼 두 가닥, 결혼 예물인 금화 목걸이까지. 아이들은 배가 고파 운다. 이제 남은 거라곤 수소 한 마리와 지금 이 마차를 끌고 있는 당나귀 한 마리뿐이다. 수소로 어떻게든 밭을 갈아보려고 안간힘을 쓴다. 가을이 지나 겨울로 접어들고 있다. 곡식 몇 자루를 간신히 구걸해 얻었고, 지금은 제분소에서 밀가루 세

포대를 가지고 집으로 돌아가는 길이다. 딸들은 마차에 실린 밀가루 포대 사이에서 잠들어 있다. 집까지 반쯤 갔을 때 당나귀를 쉬게 하려고 멈춘다.

"엄마, 게오르기를 잊고 왔어요."

등뒤에서 겁에 질린 목소리가 들려온다—맏딸 다나. 침묵.

침묵.

침묵.

두텁고 무거운 침묵. 침묵, 그리고 훗날 해를 거듭하며 전해질 비밀. 어머니는 무엇을 하고 있나, 왜 아무 말이 없나, 왜 얼른 마차를 돌려 제분소로 달려가지 않나?

지금은 전쟁중이잖아. 그 사람들도 인간이니, 세 살배기 아이를 혼자 버려두진 않을 거야. 사내아이니까 누군가 데려가 보살펴줄 거야. 불임인데 아이를 간절히 원하는 여자들이 있잖아. 그 애에겐 더 좋은 운이 따를 거야. 내가 그녀의 생각 속으로 들어가 찾으려 하는 말들. 하지만 그 안에 있는 건 침묵뿐이다.

잊고 왔어요, 그애를 잊고 왔어요. 뒤에서 딸이 울면서 거듭 외친다. 말은 다르게 했지만 그 뜻은 결국 이것이다—우리가 그애를 버렸어요.

그런데도 기나긴 일 분이 더 흐른다. 그 일 분 동안 아직 태어나지 않은 얼굴들이 숨죽인 채 지켜보는 모습을 나는 상상한다. 시간의 울타리 너머로 목을 쭉 빼고 있는 그들이 보인다. 내 아버지, 고모, 또다른 고모, 저기 내 형제, 그리고 나도 있고, 내 딸도 까치발을 들고 서 있다. 이후의 세월 동안 그들의, 우리의 출현은 바로 그 일 분과 저 젊은 여인의 침묵에 달려 있다. 그녀는 알고나 있을까, 바로 그 순간 얼마나 많은 일이 결정되는지를. 여인은 마침내 잠에서 깨어난 양 고개를 들고 앉은 채로 몸을 틀어 주위를 둘러본다. 트라키아*의 끝없는 평원, 타다 남은 그루터기 들판, 시시각각 변하는 석양빛, 만사태평하게 불에 탄 풀을 씹고 있는 당나귀, 겨울 한중간에 바닥날 밀가루 세 포대, 어머니가 무슨 말을 할지 기다리는 일곱 자매 중 세 딸.

죄는 이미 저질러졌다. 어미가 망설인 것이다.

단 일 분 동안이라 해도, 아이를 버릴까 생각했다. 그녀의 목소리는 메마르다. 가고 싶으면 돌아가든가. 열세 살짜리 맏딸 다나에게 한 말. 결정이 다른 사람의 몫으로 넘겨진다. 그녀는 "돌아가자"고 하지 않는다. "돌아가라"고 하지도 않는다. 움직이지 않는다. 하지만 나의 세 살배기 할아버지에겐 아직 기회가 있다. 다나는 마차에서 뛰어내려 흙길을 따라 달려간다.

그리고 우리는, 그 일 분의 울타리 너머로 고개를 내민 아직 태어나지 않은 우리는 다시 머리를 거둬들이며 안도의 한숨을

---

* 불가리아 남부에 위치한 넓은 평야 지대로, 고대 트라키아인의 이름에서 유래한 역사적 지명이다.

쉰다.

　해가 저물어가고 제분소는 수 킬로미터 떨어져 있다. 열세 살 소녀는 맨발로 흙길을 내달리고, 초저녁 산들바람에 원피스가 펄럭거린다. 주변은 온통 텅 비었다. 소녀는 제 안의 두려움이 녹초가 되어 숨이 멎도록 힘껏 달린다. 옆으로 눈길을 돌리지 않는다. 모든 덤불이 몸을 도사린 남자의 모습과 닮았다. 산적, 마귀, 용, 유령, 늑대에 대해 밤이면 들었던 무서운 이야기들이 떼를 지어 바짝 쫓아온다. 행여라도 고개를 돌리면 그들이 덤벼들 것이다. 나는 달리고, 달리고, 또 달린다. 아직은 따뜻한 9월 저녁에 혼자서 들판 한복판을, 햇볕에 구워진 흙길을 달린다. 발을 내디딜 때마다 흙길이 더 강렬하게 느껴지고 가슴속 심장은 거세게 뛴다. 저기 길 저편에 누군가가 웅크리고 있어, 팔이 왜 저렇게 이상하게 위로 꺾여 있지, 아, 그냥 덤불이구나…… 저기 멀리 제분소의 불빛이 보이기 시작한다…… 저기 가면 찾게 될 것이다, 내 세 살배기 남동생을…… 내 할아버지를…… 나를.

　아이의 어머니, 내 증조할머니는 아흔세 살까지 살았다. 한 세기의 끝에서 다른 세기의 끝까지 지나왔으며 내 어린 시절을 함께하기도 했다. 그녀의 자식들은 자라서 흩어졌다. 어머니를 떠났고 나이가 들었다. 그중 한 명만이 어머니를 떠나지 않고 돌아가실 때까지 옆에서 보살폈다. 잊혔던 소년. 제분소 이야기는 비밀스러운 가족 연대기에 기록되었고 모두가 그 얘기를 수군거렸다. 어떤 이들은 칼라 할머니를 동정하며 힘들었던 시절의 증거로 삼았고, 어떤 이들은 농담처럼 입에 올렸으며, 또다른 이들, 특히 내 할머니는 힐난하는 속마음을 숨기지 않았다. 하지만 할아버지 앞에서는 아무도 그 이야기를 하지 않았다. 할아버지 역시 단 한 번도 언급하지 않았다. 그리고 어머니 곁을 절대로 떠나지 않았다.

우리가 신화에서 흔히 발견하는 것과 비슷한 비극적 아이러니. 그 이야기가 그날 오후 내게 전해졌을 때, 여주인공은 더이상 우리 곁에 있지 않았다. 나는 마치 내가 버려진 것처럼 처음에는 분노를, 그다음에는 당혹감을 느꼈던 기억이 난다. 우주의 정의로움에 대한 의심이 또다시 일어났다. 그 여인은 언젠가 버려졌던 세 살배기 소년의 보살핌을 받으며 고령이 될 때까지 살았다. 어쩌면 바로 그것이 형벌이었을 것이다. 그렇게 오래 살면서 그 아이를 날마다 바로 앞에서 보는 것. 버려진 아이를.

네가 미워, 아리아드네

나는 오빠를 배신한 아리아드네를 용서할 수 없었다. 버림받은 불운한 오빠, 어둠으로 인해 야수처럼 변해버린 오빠를 죽일 자의 손에 실타래를 건네주다니, 어떻게 그럴 수가 있을까? 아테네 출신의 매혹적인 남자가 나타나 그녀의 마음을 빼앗는다—그게 뭐 그리 어려운 일이겠는가, 시골스러우면서도 도회적인 아가씨, 아리아드네는 바로 그런 여자다. 시골 처녀인 동시에 도시 여자인 아리아드네는 그저 또하나의 좀더 호화로운 미궁에 불과한 제 아버지의 궁전 속 방들을 떠난 적이 없다.

다나는 홀로 어둠 속에서 제분소로 돌아가 남동생을 구조하는데, 아리아드네는 자기 오빠를 살해할 자가 길을 잃지 않게 돕는다. 네가 미워, 아드리아네.

나는 아동용 『고대 그리스신화』에 나오는 아리아드네의 머리에 뿔 두 개를 펜으로 그려넣었다.

위안

할머니, 나 죽어요?

나는 세 살이다. 나는 작은 방 가운데에 놓인 침대 옆에 서서 한 손으로 귀를 움켜쥐고 있다. 귀가 아프다. 다른 한 손으로는 할머니의 손을 잡아당기며, 죽도록 겁먹은 세 살배기 아이만이 할 수 있는 방식으로 울고 있다. 도무지 달랠 수 없이. 나의 증조할머니, 바로 그 이야기 속 칼라 할머니, 이제 아흔이 넘은, 수많은 죽음을 보았고 사랑하는 사람들 여럿을 땅에 묻은 엄격한 그 여인이 머리가 헝클어진 모습으로 나만큼이나 겁에 질린 채 침대에 앉아 있다. 할머니가 마법의 시간이라고 부르던 자정이다. 할머니이이, 나 죽어요, 할머니이이, 나는 귀를 붙잡은 채 울부짖는다.

넌 안 죽어, 아가야. 아이고 불쌍한 것, 이 어린것도 죽음을 아는구나……

어머니가 달려들어와, 그렇게 어둠 속에서 부둥켜안고 우는 우리의 모습을 본다. 나는 그 장면을 선명히 떠올릴 수 있다―맨발에 반바지 파자마를 입은 세 살짜리 사내아이, 잠옷 차림의 말라비틀어진 아흔 살 할머니, 실은 며칠 후면 세상을 떠날 사람. 그둘이 울면서 죽음을 이야기한다. 어쩌면 근처에서 죽음이 떠돌고 있었을까? 어쩌면 아이들은 그걸 감지할 수 있는 걸까? 쉬잇, 아가야, 넌 죽지 않을 거야, 나의 증조할머니는 그때 나를 달래려고 거듭 말했다. 세상엔 순서가 있단다, 아가야. 먼저 내가 죽고, 그다음엔 네 할머니와 할아버지, 그다음엔…… 그리고 그 말에 나는 더욱 서럽게 운다. 죽음의 연쇄 위에 지어진 위안.

증조할머니는 정확히 일주일 후 돌아가셨다. 그냥 그렇게 갑작스럽게 하루이틀 몸져누웠다가 새해 전야에 세상을 떠났다. 어른들은 내가 그 순간을 보지 못하게 막았지만 그건 내가 기억하는 최초의 죽음이다. 방안에 누워 있는 증조할머니는 자그맣고 밀랍처럼 창백했다. 늙은 여자 인형 같다고 그때 나는 생각했다. 비록 인형은 늙지 않지만. 방안에는 천장에 닿을 듯 커다란 크리스마스트리가 놓여 있었고, 솜뭉치와 은색 반짝이 줄을 비롯해 상자에 고이 담아 일 년 내내 옷장에 넣어두는 1970년대의 섬세한 공 모양 장식물로 꾸며져 있었다. 그 잊을 수 없는 새해 전야에, 색색으로 반짝이는 공 하나하나에 죽은 증조할머니의 모습이 비쳐 보였다.

나는 할아버지가 더 걱정스러웠다. 할아버지는 증조할머니 발치에 앉아 조용히 울었다. 이번에는 영원히 버려진 채로.

한참의 세월이 흐른 후 1월의 어느 날 밤, 할아버지가 똑같은 침대에 누워 우리에게 작별을 고했다. 할아버지는 머나먼 길을 떠나야 했으니까. 엄마가 부르고 계셔. 자루 옮기는 걸 도와달라고……

전리품 단어들

세르부스, 케네르, 보르, 비즈, 쾨쉬넴, 세프, 이슈텐 벨레드……

이상한 묵주처럼 꿰인 그 단어들을 나는 절대 잊을 수 없을 것이다. 어린 시절 방학을 맞아 함께 보내던 긴 겨울밤에 할아버지는 그 단어들을 차례로 뽑아냈다. 안녕하세요, 빵, 와인, 물, 고마워요, 아름다워요, 이제 안녕…… 할머니가 마치 비밀 이야기를 나누듯 급한 속삭임으로 기도를 마치면 곧바로 할아버지의 단어들이 이어졌다. 세르부스, 케네르, 보르……

할아버지는 예전엔 몇 시간씩 헝가리어로 말할 수 있었는데 지금은 늙어서 몇 개 안 되는 그 단어들만 머리에 남았다고 자주 얘기했다. 전방에서 가져온 전리품. 할아버지가 마치 은수저라도 되는 양 지키던 헝가리어 단어 일곱 개. 할머니는 분명히 질투를 느꼈을 것이다. 사실 군인이 '아름다워요'라는 단어를 알아서 뭘 하겠는가? 그리고 '빵'을 그런 이상하게 꼬인 이름으로 부른다는 것도 도저히 납득할 수 없다는 것이었다. 아이고, 주님, 성모님, 너무 듣기 흉한 말이야! 그 사람들은 끔찍한 죄를 저질러온 거야. 도대체 어떻게 빵을 '케네르'라고 부를 수가 있어, 하고 할머니는 더없이 진지하게 분개했다.

빵은 빵이지.

물은 물이고.

할머니는 플라톤을 읽지 않고서도 이름의 본유적 정확성에 대한 플라톤 사상을 공유했다. 이름은 본질적으로 옳다. 그 본질이 언제나 어김없이 불가리아의 것이라는 점은 신경쓰지 말자.

할머니는 마을의 다른 군인들은 전선에서 진짜 전리품을 가지고 돌아왔다는 말을 빼놓는 법이 없었다. 어떤 이는 시계를, 다른 이는 항아리를, 또다른 이는 은제 수저와 포크 세트를. 훔친 거야, 하고 할아버지는 대꾸했다. 게다가 그 친구들은 그걸 꺼내서 음식을 먹은 적도 없을걸. 내가 그런 유형들을 잘 알지.

하지만 할머니와 헝가리는 전혀 사이가 좋지 않았다. 둘 사이에는 그 당시 신문에서 말하던 이해와 협력의 정신이 통하지 않았다. 한참 후에야 나는 그 긴장의 원인을 이해하게 되었다.

나는 할아버지가 전쟁에 대해 말하기 싫어한다는 점이 이상하다고 생각했다. 어쨌든 적어도 할아버지는 내가 듣기를 기대하는 이야기, 영화에서 본 것과 같은 이야기는 해주지 않았다. 끊임없는 전투, 대포 발사, 따다다–따다–따다다(그때 우리의 장난감은 전부 기관총과 권총이었다). 언젠가 할아버지에게 파시스트를 몇 명이나 죽였냐고 묻고서 피에 굶주린 양 높은 기록을 기대했던 때가 또렷이 기억난다. 하지만 나는 이미 알고 있었다. 할아버지의 장부에는 죽은 사람이 한 명도 적히지 않았다는 것을. 정말 단 한 명도. 솔직히 말해, 그런 할아버지가 조금 창피했다. 옆 동네 디모의 할아버지는 서른여덟 명이나, 그것도 대부분 아주 가까이에서 쏘아 죽였고 총검으로도 스무 명이나 배를 찔러 죽였다고 했으니까. 디모는 한 걸음 앞으로 나와 내 배를 향해 눈에 보이지 않는 총검을 두 뼘 정도 내지른 뒤 비틀었다. 내가 새하얗게 질려 바닥에 쓰러지면서 토하기 시작했을 때 그애도 아마 무척 놀랐을 것이다. 총검으로 배를 찔리는 건 끔찍한 일이다. 나는 겨우 살아 났다.

살아 있는 약

민달팽이 여러 마리가 신문지 위로 천천히 기어가는데, 신문지 밖으로는 나가지 않는다. 몇 마리는 겁먹은 듯 서로 몸을 맞대고 달라붙어 있다. 할아버지는 손가락 두 개로 그중 한 마리를 집더니 눈을 감고 입을 벌려 목구멍 가까이에 천천히 집어넣는다. 그리고 꿀꺽 삼킨다. 나는 뱃속이 울렁거린다. 할아버지가 걱정된다. 그리고 나도 할아버지처럼 할 수 있으면 좋겠다. 할아버지는 위궤양을 앓고 있다. 민달팽이들은 할아버지의 살아 있는 약이다. 민달팽이가 안으로 들어가 식도를 지난 뒤 위의 부드러운 동굴에서 멈춰 그곳에 끈끈한 점액질 자취를 남기면 그것이 위벽에 보호막 비슷한 것, 궤양을 봉인해 치유하는 얇은 막을 형성한다. 할아버지는 이 처치법을 전방에서 배웠다. 민달팽이들이 나중에 다른 쪽 끝으로 무사히 살아서 나오는지, 아니면 위 점막의 총구멍을 막는 자원병처럼 죽는지는……

커다란 손 하나가 나를 들어 붉고 따뜻하고 축축한 동굴 입구에 내려놓는다. 약간 무섭기는 하지만 불쾌하진 않다. 내가 놓인 붉은 자리는 끊임없이 씰룩거리며 조금씩 꺼졌다 솟고, 나는 그 힘에 밀려 단 하나의 통로 쪽으로 계속 기어간다. 입구에 부드러운 장애물이 있지만 넘어가기 어렵지는 않다. 마치 저절로 열리는 것도 같고, 어쨌든 내가 닿으면 반응한다. 이제 터널이 나오고 나는 어둡고 부드러운 그곳으로 뿔을 앞으로 내민 채 느릿한 황소처럼 내려간다. 돌아가는 길을 표시하려고 자취를 남긴다. 그러면 더 안심이 된다. 아래로 내려가기는 쉽고 어쨌거나 길이 짧다. 곧 터널이 넓어지더니 그 끝에 넓은 공간이 있다. 아까 지나온 동굴과는 조금 다른 부드러운 동굴이다. 한쪽 끝에 색이 더 옅은 부분, 표면이 헐어 열기를 내뿜는 자리가 보인다. 나는 그 위를 천천히 지나가며 점액을 조금 남긴다. 그렇지만 이곳이 마음에 들지 않는다. 비좁고 어둡고 퀴퀴하고 답답하다. 마치 동굴 벽이 수축하며 나를 짓누르는 것만 같다. 하지만 가장 무서운 건 벽 자체에서 내게 쏟아지는 이상한 액체다. 점점 몸이 따가워진다. 힘이 없어서 꼼짝도 할 수가 없다. 악몽 속에서처럼 움직임이 점점 느려지고, 느려지고, 느려지고, 느려지……

모든 것에 공감하기, 삼켜진 달팽이이자 달팽이를 삼킨 자, 먹히는 자와 먹는 자가 동시에 되기…… 그런 일을 할 수 있었던 그 짧은 시절을 어떻게 잊을 수 있을까?

때로 그는 글을 쓰는 동안 민달팽이가 된 느낌이 든다. 미지의 방향으로 기어가면서(사실 방향은 알고 있다—모든 것이 향해 가는 그곳) 뒤에 말의 자취를 남기는 민달팽이. 길을 되짚어 돌아가기는 아마 어렵겠지만, 나아가는 도중에 그 자취는 의도치 않게 어떤 궤양에 치유제가 될 수도 있다. 그 자신의 궤양인 경우는 드물다.

잘 가세요

그렇긴 하지만, 할아버지에게도 전쟁에서 가져온 비밀 하나가 있었다. 1월의 어느 날 밤, 할아버지가 나와 둘이서만 있고 싶어 했을 때, 말해지지 않은 것에 이르는 문이 아주 살짝 열렸다……할아버지는 손자들 가운데 맏이이며 자신과 이름이 같은 나를 불러들였다. 나는 스물일곱 살이었다. 우리는 천장이 낮고 작은 창이 하나 있는 할아버지의 방 안에 서 있었다. 그곳은 할아버지가 누이 일곱 명과 함께 자란 방이자 내가 어린 시절에 여름방학마다 지내던 방이었다. 최근에 뇌졸중을 겪은 할아버지는 말을 거의 하지 못했다. 그곳엔 우리 둘뿐이었다. 할아버지는 목제 장식장으로 다가가 서랍 하나를 열고 그 안을 오래 뒤적였다. 그러다가 서랍 바닥에 깔아놓은 신문지 밑에서 평범한 노트 속지 한 장을 꺼냈다. 구깃구깃하고 누렇게 바랜 종이가 두 번 접혀 있었다. 할아버지는 종이를 펼치지 않은 채 내 손바닥에 눌러놓더니 감추라고 몸짓으로 말했다. 그런 다음 우리는 어린 시절처럼 서로 껴안고 앉아 있었다. 집 앞에서 아버지 발소리가 들리자 우리는 포웅을 풀었다. 이틀 뒤, 할아버지는 돌아가셨다. 1월 말이었다.

할아버지를 배웅하려고 많은 사람이 찾아왔다. 그들을 봤다면 할아버지는 아마 부담스러워했을 것이다. 일곱 누이의 아들딸들이 방방곡곡에서 찾아와 빈약한 겨울꽃을 할아버지 머리맡에 놓고 저세상에 전달할 주문을 넣었다. 이 지방에서 망자는 특급 우편이나 마찬가지다. 좋아요, 삼촌, 엄마 보시면 안부 인사 좀 전해주세요. 우리 잘 지낸다고 말해줘요. 꼬마 다나가 올해 졸업했다고요. 전 과목 최고 점수로. 아, 그리고 다른 손녀는 이탈리아로 떠났다고도 말해주세요. 지금은 접시나 닦고 있지만 꿈은 원대한 아이죠. 자, 좋아요, 그럼 삼촌, 잘 가세요. 그렇게 당부를 전한 조카는 망자의 손에 입을 맞추고 물러난다. 그러더니 금방 돌아와 사과하며 마을의 집을 팔았다는 말을 깜빡 잊었다고, 하지만 멀리 영국에서 온 좋은 사람들이 샀다고 말한다. 자, 좋아요, 다시 안녕, 잘 가세요. 잘 가세요. 이곳 남동 지방에서 사람들은 "편히 잠드세요"라고 말하지 않는다…… 그저 잘 가라고 할 뿐. 잘 가세요.

옆길로 새기
한 친구가 말하길, 자기는 어렸을 때 헝가리가 하늘에 있다고 굳게 믿었다고 한다. 할머니가 헝가리 사람이었는데 매년 여름에 딸과 어여쁜 손녀를 보러 소피아로 왔다. 친구와 친구의 어머니는 늘 공항에서 할머니를 만났다. 그들은 일찌감치 공항에 가서 목이 뻣뻣해질 때까지 병아리처럼 목을 꺾고 하늘을 쳐다보았다. 친구의 어머니는 말하곤 했다. 네 할머니가 이제 곧 나타나실 거야. 하늘에서 내려온 헝가리 할머니. 나는 이 이야기를 좋아한다. 즉시 이야기를 창고에 잘 넣어둔다. 그 헝가리 할머니는 세상을 뜬 뒤에는 그냥 천상의 헝가리에 그대로 머물며 구름 속에서 손을 흔들지 않았을까—이제는 더이상 땅에 내려오지 않을 뿐.

기억의 서랍장

넉 달 뒤 5월 중순, 나는 낡은 오펠 자동차를 몰고 헝가리로 가고 있었다. 당시에 일하던 신문사에 제2차세계대전 당시 그곳에서 전사한 군인들이 묻힌 묘지를 취재해 기사를 쓰겠다고 제안했다. 가장 큰 묘지는 헝가리 남부의 허르카니에 있다.

나의 상급자가 제안을 승낙했고 그래서 이렇게 세르비아를 관통하는 길을 달리고 있었다. 예전에는 마을이었다가 이제는 소도시가 된 허르카니는 드라바전투* 현장과 가깝다. 이윽고 나는 고속도로에서 빠져나와 스트라친, 쿠마노보, 프리슈티나를 통과하는 더 다채로운 길을 달리다가 크리바팔란카 쪽으로 방향을 틀었고 니시와 노비사드**를 거쳐…… 나는 할아버지가 1944년 겨울에 진창길을 터벅터벅 걸어 지나갔던 모든 경로를 밟고 싶었다. 제1군 제3보병사단, 제11슬리벤보병연대의 이동에 관해 열람 가능한 군사지도들을 꼼꼼히 검토해두었다. 차를 몰고 가는 내 주머니 안에는 그 접힌 종이가 들어 있었다. 거기에 헝가리의 한 주소가 적혀 있었다.

나는 허르카니에 도착했다. 군인 묘지에 가볼 시간은 충분했다. 그전에 어떤 집을 찾고 싶었다. 한참을 헤매다 종이에 적힌 거리를 찾아냈다. 다행히도 지난 오십 년 동안 거리 이름은 바뀌지 않았다. 거리 맨 끝에 차를 세우고 그 집을 찾으러 나섰다. 그제서야 내가 이 뒤늦은 방문에서 무엇을 기대하는지 알 수 없다는 사실을 깨달았다. 할아버지의 분대는 전투 전 평온했던 몇 주 동안 이곳에서 민가를 숙영지로 삼아 머물렀다. 행복하면서도 불안했던 시기. 전쟁 전에 지어진 그 집이 저기 있다. 할아버지의 집보다 크고 중부 유럽풍에 더 가깝다는 점을 나는 약간의 부러움을 느끼며 눈여겨본다. 봄꽃이 활짝 핀 넓은 정원도 있다. 하지

---

* 제2차세계대전 막바지인 1945년 3월에 벌어진 이 전투에서 헝가리군과 크로아티아군의 지원을 받은 독일군은 소련의 붉은 군대와 싸우다 패해 발칸반도에서 퇴각했다. 1944년에 연합군으로 진영을 옮긴 불가리아군도 이 전투에서 독일군에 맞서 싸웠다.

** 스트라친, 쿠마노보는 마케도니아, 프리슈티나는 코소보, 크리바팔란카는 다시 마케도니아, 니시와 노비사드는 세르비아의 도시 이름이다.

만 우리 할머니의 튤립이 더 예쁘다는 생각이 얼핏 스친다. 정원 반대편 끝에 나무 덩굴로 덮인 정자가 있고 그 안에 흰머리를 잘 매만진 할아버지 연배의 여성이 앉아 있다. 머리에 스카프는 두르지 않았다. 순간 그 여성이 누구인지 알 수 없다는 생각이 든다. 오십 년이면 집의 주인은 바뀐다. 사람들은 이사하기도 하고 죽기도 한다. 대문을 밀어 열자 문 위에 달린 종이 내 도착을 알린다. 오십대 남자가 집에서 나온다. 나는 그에게 영어로 인사한다—할아버지에게 배운 헝가리어로도 할 수 있었지만 아직은 그걸 써먹지 않는다. 다행히 그 역시 영어로 대답한다. 나는 불가리아에서 온 기자라고 밝히고 신문사의 기자 신분증까지 보여주며, 제2차세계대전 당시 이 지역에서 싸운 불가리아군에 관한 기사를 쓰고 있다고 말한다. 묘지에는 가보셨습니까? 남자가 내게 묻는다. 나는 아직 가지 않았다고 말한다. 이곳 사람들이 아는 것, 기억하는 것에 관심이 있다고. 남자가 마침내 노부인이 있는 정자로 나를 데려간다.

우리 어머니세요, 남자가 말한다. 우리는 손을 내민다. 가볍고 미심쩍은 악수. 기억력이 약해지셨어요, 그는 설명한다. 이제 간밤에 저녁식사로 뭘 드셨는지도 잊어버리시지만 전쟁은 기억하시죠. 이곳에 불가리아 군인들이 있었어요. 우리집에 머문 이들도 있었던 것 같아요. 그러더니 남자는 자기 어머니에게로 돌아서서 내가 누구이고 어디에서 왔는지 말하는 것 같다. 그제야 노부인이 나를 의식한다. 그녀의 기억은 서랍장이다. 나는 노부인이 오래 잠겨 있던 서랍들을 열고 있음을 감지할 수 있다. 기나긴 일 분, 어쨌거나 그녀는 오십 년이 넘는 시간을 건너가야 한다. 남자는 이 침묵이 불편한 듯하다. 그가 어머니에게 뭔가를 묻는다. 노부인은 나를 향한 시선을 거두지 않은 채 머리를 살짝 돌린다. 그저 습관적인 움직임이라 여길 수도, 아니면 질문에 대한 부정이거나 속으로 하는 혼잣말에 따른 고갯짓이라고 볼 수도 있다. 남자는 나를 돌아보며 어머니가 1월 말에 뇌출혈을 일으켰고 이제는 기억이 온전치 않다고 말한다.

1월 말이라고 하셨나요?

맞아요, 남자는 약간 의아한 표정으로 대답한다. 이 외국인에게 그게 무슨 의미가 있을까?

우리 할아버지도 이 지역에서 싸우셨습니다, 나는 말한다.

남자가 내 말을 통역한다. 어떻게 해서인지 설명할 도리는 없지만, 나는 노부인이 나를 알아본다는 확신이 든다. 당시의 할아버지가 딱 지금 내 나이였다. 우리 할머니도 내가 할아버지를 빼다박았다고 말씀하셨다―툭 튀어나온 목젖, 큰 키와 약간 구부정한 어깨, 딴 데 정신 팔린 걸음걸이, 살짝 휜 콧대까지 똑같다고. 노부인이 아들에게 무슨 말을 하자 그는 화들짝 놀라 여태 마실 것도 권하지 않았다고 사과하며 절인 체리와 커피를 권한다. 나는 더 오래 머물고 싶기에 좋다고 말하고, 남자는 집안으로 들어간다. 마침내 둘만 남은 우리는 정자 안의 투박한 테이블을 사이에 두고 마주앉는다. 꽤 오래된 테이블이다—할아버지도 이 정자에 앉은 적이 있을까? 봄이 정신없이 피어났고 벌들은 윙윙거리고 이름 모를 향기가 떠돈다. 마치 세상이 이제 막 창조된 듯, 과거도 미래도 없이, 연대기가 시작되기 전의 완전히 순수한 상태에 있는 듯하다.

우리는 서로를 바라본다. 우리 사이에는 육십 년에 가까운 시간, 그리고 한 남자가 있다. 그녀가 기억하는 스물다섯의 청년이자 내가 몇 달 전에 떠나보낸 여든둘의 노인. 그런데 우리가 모든 것을 말할 수 있는 언어는 없다.

노부인은 예전에 아름다운 여인이었다. 나는 1945년 1월에 할아버지가 바라봤던 시점으로 그녀를 보려 한다. 전쟁의 온갖 추악함과 진창과 죽음의 한복판에서 당신은(나는) 금발에 피부가 곱고 눈이 커다란 스물 몇 살 유럽 아가씨의 집으로 들어간다. 집 안에는 당신이 본 적 없는 물건인 축음기가 있고 여태 들어본 것과는 전혀 다른 음악이 흘러나온다. 그녀는 도시적인 긴 원피스를 입고 있다. 집 전체가 조용하고 밝다. 커튼 틈으로 새어든 햇살이 테이블 위 도자기 그릇 위로 딱 맞춰 내려앉는다. 마치 전쟁은 일어난 적도 없는 것처럼. 그녀는 창가에 놓인 의자에 앉아 책을 읽고 있다. 어떤 소리가 나를 그 심상에서 끌어낸다. 노부인의 안경이 땅으로 떨어졌고, 나는 그것을 주워 건넨다. 반세기가 넘는 시간을 순식간에 뛰어넘는 일은 무시무시하다. 그 아름다운 얼굴이 갑자기 쭈글쭈글해지며 순식간에 나이들어버린다. 처음에는 할아버지의 종이를 노부인에게 보여줄까 생각했다가 곧 그러지 않기로 마음먹었다. 우리는 이렇게 몇 분의 시간을 단둘이 보냈다(아들을 보내버리다니 얼마나 영리한가).

노부인 앞에 그 남자의 손자가 서 있다. 그러니까 결국 모든 일이 잘 풀린 것이다. 마침내 이렇게 살아 숨쉬는 편지가 오랜 지연 끝에 도착했다. 그러니까 남자는 살아남은 것이다. 그는 아내와 어린 아들에게 돌아갔고, 그 아들이 자라 아들을 낳았고…… 그리하여 그 손자가 이렇게 그녀 앞에 앉아 있다. 삶이 방향을 틀었고, 그녀는 잊히고 정리되었으며, 결국 모든 일이 잘 풀린 것이다…… 그녀의 눈에서 오랫동안 미뤄왔던 눈물이 흘러내려 손바닥 주름의 끝없는 미궁에서 길을 잃는다.

노부인이 내 눈을 계속 응시한 채 손을 잡고 흠잡을 데 없는 불가리아어로 천천히 말한다. 안녕하세요, 감사합니다, 빵, 와인…… 나는 헝가리어로 이어 말한다. 세프(아름다워요). 돌아가신 할아버지의 비밀 메시지를 전하듯 그렇게 말하자 그녀는 알아들었다. 노부인은 내 손을 꽉 쥐었다가 놓았다. 그녀에게 마지막으로 들은 불가리아어 두 단어는 "이제 안녕"과 "게오르기"였다. 할아버지와 나는 이름이 같았다. 그녀의 아들이 커피를 가지고 다시 나타난다. 어머니가 울었다는 사실을 바로 알아차리지만 감히 묻지는 못한다. 우리는 커피를 마신다. 나는 그에게 무슨 일을 하는지 묻는다. 알고 보니 그는 수의사다(우리 아버지도, 하고 나는 말하려다 그저 커피만 한 모금 마신다).

할아버님께선 아직 살아 계신가요, 그가 공손하게 묻는다. 1월에 돌아가셨습니다, 나는 대답한다. 안타깝군요, 위로의 말씀을…… 남자가 아무런 의심도 품지 않는다는 것을 확실히 알 수 있다. 노부인은 아들을 진실로부터 보호하기로 한 것이다. 아니면 모든 것이 내 상상인지도 모른다. 나는 내내 그를 똑바로 보지 않았다. 닮은 구석이 너무 많이 보일까봐서. 어쨌거나 세상에는 콧대가 휘고 목젖이 튀어나온 남자들이 수두룩하다. 나는 그만 가겠다고 일어서서 노부인의 손에 입을 맞췄다. 그녀의 아들이 나를 배웅하겠다고 말했다. 대문에서 남자는 내 손을 좀 오래다 싶게 흔들었고 그 순간 나는 그가 모든 걸 안다고 생각했다. 나는 얼른 손을 놓고 모퉁이를 돌아 차를 향해 갔다. 할아버지가 준 종이를 펼쳤다. 주소 위에는 1945년에 연필로 아기의 손을 따라 그린 그림이 있었다. 그것이 내가 조금 전 작별인사를 나눈 손과 같은 손일지 누가 알겠는가?

쫓기면 결백한 사람도 도망친다

몇 년 전, 시청에서 여권을 새로 발급받고 몇 가지 행정 절차를 해결해야 했다. 나는 각종 개인정보를 기입했다―이혼했고, 키가 크고, 대학 교육을 받았고…… 작성한 양식을 제출했더니 창구에 앉은 여자가 컴퓨터상 정보와 대조하다가 나를 바라보며 차갑게 말했다. "아이 하나는 왜 숨기세요?" 그 말이 아주 크게 울려퍼지는 바람에 주위에서 양식을 작성하던 이들이 모두 갑자기 고개를 드는 것을 느꼈고 뒤로 주춤 물러나는 듯싶기까지 했다. 나는 마치 범죄 현장에서 붙잡힌 사람처럼 거기 서 있었다. 나는 내가 실제로 한 일에 대해서는 대체로 쉽게 해명할 수 있다. 하지만 전혀 생각하지 못한 어떤 일로 비난받으면 죄책감에 빠져 얼어붙는다. 속담에서 말하듯, 죄지은 자는 쫓기지 않아도 도망친다. 그러나 내게는 항상 그 반대가 더 들어맞았다. 쫓기면 결백한 사람도 도망친다.

나는 납득할 만한 시간을 넘기도록 오래 아무 말도 못하다가 내게는 딸 하나밖에 없다고 간신히 대답했다. 그러는 사이―사람은 자신의 결백에 얼마나 자신이 없는지!―이전의 모든 관계를 헤아려보았다. 헤어지려 할 때마다 임신했다고 주장하던 과거의 한 여자친구를 떠올렸다. 당신에겐 열두 살 아들이 있어요, 창구의 여자가 거침없이 통보했다. 나는 벼락을 맞은 듯 멍하니 서 있었다. 그 여자가 "축하해요"라고 덧붙였다면 그야말로 완벽했을 것이다. 좀 볼 수 있을까요? 나는 물었다. 여자는 모니터를 내 쪽으로 돌렸고, 아, 다행히 그건 내가 아니라 동명이인이었다. 창구의 여자는 사과조차 하지 않았고, 내가 너무 쉽게 빠져나가 실망했는지 의자 위에서 신경질적으로 몸을 돌렸다. 내가 그날 하루종일 십이 년 전에 사귀었던 모든 여자를 떠올리고 심지어 종이에 그들의 이름 첫 글자를 적어 내가 모르는 내 아이를 낳았을 위험도를 1에서 10까지 점수를 매겨 따져보게 될 줄 그 여자가 알았다면…… 그걸 알았다면 다소나마 흡족했을 것이다.

그 이야기 속 지하실

하지만 이야기는 아마 이렇게 흘러갔을 것이다.

1945년 3월. 전쟁이 막바지에 이르렀다. 헝가리의 작은 도시를 차지하려는 치열한 전투, 거리거리마다 승패는 계속 바뀐다. 한 불가리아 군인이 심각한 부상을 입고 의식을 잃는다. 그가 속한 연대는 후방으로 밀려나고 도시는 일시적으로(며칠 동안) 독일군의 수중에 떨어진다. 군인은 어느 지하실의 낡은 침대에 누운 채 의식을 되찾고 그에게 붕대를 감아준 여인이 그를 내려다보며 서 있다. 그녀는 지상과 같은 높이에 난 작은 지하실 창을 통해 그의 몸을 보도에서 곧장 안으로 간신히 끌어다 놓았다.

여자가 움직이지 말라고 손짓하지만 그는 움직이고 싶어도 그러지 못했을 것이다. 그는 피를 많이 흘렸다. 엉터리 독일어, 적의 언어로, 그는 헝가리 여인과 겨우 몇 마디 말을 나눈다. 며칠이 지나고 몇 주가 지나고 한 달이 지난다. 때때로 그는 의식을 잃었다가 다시 깨어나기도 하며 여전히 삶과 죽음의 경계에 있다. 여자는 매일 음식을 가져오고 찜질포를 대고 붕대를 간다…… 둘째 달이 되자 그는 눈에 띄게 호전되어 확실히 살아날 것 같다. 여자는 군인에게 그 작은 도시는 아직도 독일군 수중에 있다고, 전쟁이 장기화되었다고 말한다.

여자는 혼자 사는 과부이고 아이는 없다. 나이는 군인과 마찬가지로 스물다섯 언저리. 그녀는 부상병을 사랑하게 된다. 그리고 그 사람 때문에 전쟁의 전개를 완전히 바꾸기로 결심한다. 독일은 항복하지 않았다. 그들이 비밀 무기를 만들어내 전쟁이 교착 상태에 빠졌다. 전선이 다시 동쪽으로 밀려났다. 한번은 집이 수색당하는 상황까지 거짓으로 꾸며낸다. 지하실에 있는 남자는 위에서 누군가가 투박한 장화로 바닥을 쿵쿵거리고 의자를 내던지는 소리, 그릇들이 바닥으로 떨어지고 접시가 깨지는 소리를 들을 뿐이다…… 그는 기관총을 붙들고 누가 지하실로 들어오기만 하면 쏠 준비를 하지만 다행히 발각되지 않는다.

그 꽉 막힌 좁은 공간 때문에 그는 점점 미칠 것 같다. 단 하나뿐인 작은 창문은 덧댄 금속판으로 막혀 있다. 한 군데 가느다란 틈새로—금속판이 살짝 휘어서 다행이다—빛이 조금 들어와 겨우 낮과 밤을 구분할 수 있는 정도다. 그는 괴로운 의문을 떨칠 수가 없다. 사실상 끝난 전쟁, 사실상 이긴 전쟁에서 어떻게 이토록 갑자기 전세가 바뀔 수 있었을까. 그리고 이 지하실에서 독일군에게 발각되지 않고 얼마나 오래 버틸 수 있을까.

주목할 점은, 그 역시 자신을 보살피는 여자를 내심 사랑하게 되었지만 아직 스스로 인정하려 하지 않는다는 것이다. 고국에 그의 아내와 아이가 있고, 그들은 분명 그가 죽었다고 생각할 것이다. 어느 날 밤, 그의 구원자가 지하실에 함께 머문다. 여자가 그저 그의 얼굴을 만지고, 그것만으로 충분하다.

긴 기다림의 끝이 늘 그렇듯, 그것은 예기치 못한 일이었다. 두 사람은 서로를 끌어안고 거친 숨을 내쉬며 각자의 언어로 열정적이고 노곤하고 사랑으로 충만한 말들을 파편적으로 내뱉었다. 남자는 그 이상한 헝가리어를 전혀 이해하지 못했고, 여자도 그 이상한 불가리아어를 전혀 이해하지 못했다. 뒤이어 침묵이 흘렀다. 그들은 그 침묵 속에서 나란히 누워 있었다. 여자는 나른함과 행복을, 남자는 나른함과 행복과 막연한 불안(그리고 확실한 죄책감)을 느꼈다. 남자는 불가리아어로 자기에게는 아내와 태어난 지 일주일밖에 안 되었을 때 두고 온 어린 아들이 있다고 말한다. 그렇게 말한 건 양심의 가책을 덜기 위함이자 불가리아어라서 여자가 알아듣지 못할 거라 생각했기 때문이었다. 그는 알지 못했다. 이해해서는 안 되는 것을 이해할 때 여자들에게는 완전히 다른 언어 감각이 있다는 사실을. 헝가리 여자는 벌떡 일어나 위층으로 올라갔다. 그후 며칠 동안 남자는 그녀를 아예 볼 수 없었다.

어느 날 오후, 갑작스러운 충격음이 지하실의 창문을 부수고 들어왔다. 남자는 벌떡 일어나—그는 항상 무기를 곁에 두고 잠들었다—구석에 몸을 숨겼다. 쏟아져 들어오는 햇빛에 눈이 따가웠다. 곧이어 한 소년의 헝클어진 머리가 창문으로 쑥 들어왔다. 남자는 커다란 통 뒤에 웅크리고 있었다. 그제야 1미터 정도 떨어진 곳에 있는 커다란 헝겊 공이 보였다. 아이는 뭐라고 중얼거리며 좁은 창문 사이로 도마뱀처럼 스르륵 기어 들어왔다. 남자는 숨을 멈췄다. 아이가 아주 가까이 있어서 땀에 젖은 몸의 온기까지 느껴질 정도였다. 아이는 공을 잡아 창문 밖으로 던지더니 창틀로 몸을 끌어올려 밖으로 빠져나갔다.

먼지와 고양이 오줌 냄새와 함께, 바람이 오래된 신문 조각 한 장을 창문 안으로 날려보냈다. 헝가리어 신문이었는데도 '히틀러 카푸트'*라는 말은 이해할 수 있었고 러시아 군인이 독일 국회의 사당 꼭대기에 깃발을 게양하는 사진을 볼 수 있었다.

남자는 모든 것을 이해했다. 그는 문을 부수고 카빈총을 든 채 위층으로 올라갔다. 눈을 찌르는 햇빛 때문에 가구를 붙잡고 걸었다. 여자가 그의 앞에 서 있었다. 그녀는 자기를 쏘든가 아니면 함께 남으라고 말했다. 그를 사랑한다고, 둘이서 함께 살 수 있다

---

* 제2차세계대전 당시 '히틀러는 끝났다(Hitler ist kaputt)'라는 의미의 독일어를 연합군 병사들이 '히틀러 카푸트(Hitler kaput)'으로 변형해 풍자와 선전 구호로 널리 사용했다.

고 말했다. 그렇게 총을 들고 군복을 입은 채로는 멀리 갈 수 없을 거라고, 전쟁이 끝나고 꽉 채운 한 달이 흐른 지금 세상은 더 이상 예전과 같지 않다고도 말했다. 그렇다, 벌써 6월이 되어 있었다. 여자는 헝가리어와 독일어를 섞어 부드럽게 말했다. 그는 독일어와 불가리아어를 섞어 대답하며, 그녀는 자신의 구원자라고, 그녀가 없었다면 지금쯤 자기는 헝가리의 초원에서 썩고 있을 거라고 말했다. 그리고 세상을 떠나는 날까지 그녀와 함께 살고 싶지만(이 말은 불가리아어였다), 지금쯤 육 개월이 넘었을 아들에게로 돌아가야 한다고, 하지만 아무리 잊으려 애써도 그녀를 잊지는 못할 거라고도 말했다. 두 사람 다 이제 헤어지면 다시는 만날 수 없다는 사실을 알았다. 그리고 지금 껴안으면 절대로 서로를 놓아주지 않으리라는 사실도. 이때 구 개월이던 남자의 아들에게는 다행스럽게도 두 사람 다 욕망을 억눌렀다. 결국 그들은 어색하게 말했다. 자, 그래요, 이제 안녕. 여자는 먹을 것을 있는 대로 가져다 그의 배낭을 채워주었고 그가 나간 뒤 대문 위에 달린 종이 울리고 나서야 비로소 울음을 터트렸다.

H시와 그의 불가리아 고향 마을 사이에는 정확히 965킬로미터의 거리와 국경 두 개가 있었다. 그는 밤에만 걸었다. 첫째로는 사람을 만나지 않기 위해서였고, 둘째로 낮에는 여전히 햇빛 때문에 눈이 극심하게 아팠기 때문이다. 그는 반년 전에 연대원들과 함께 걸어왔던 길을 거꾸로 되짚어 걸어갔다. 버려진 오두막

이나 잿더미가 된 마을에 숨었고, 낮에는 오래된 은폐호, 참호, 폭탄 구덩이 같은 데서 잠을 잤다. 이목을 끌지 않기 위해 결국 무기와 군복은 떠날 때 헝가리 여자에게 남겨놓았다. 여자는 그에게 손으로 뜬 스웨터와―춥고 비가 많이 내리는 6월이었다― 주머니가 많이 달린 사냥용 재킷을 주었다. 죽은 남편이 입던 옷이었다. 그리하여 그는 무기도, 군복 견장이나 신분증명서도 없이 전쟁의 진로를 거슬러 계속 동쪽으로, 사람들의 눈을 피해 걸어갔다. 삼십사 일째 되는 7월 중순의 어느 날 그는 고향에 도착했다. 한밤이 되기를 기다려 자기 집에 도둑처럼 슬그머니 들어갔다. 부모님은 이층에서 잠들어 있고 아내와 아들은 아래층 헛간 옆방에 있을 게 분명했다. 이 재회의 장면은 쉽게 상상할 수있다. 두려움, 공포, 기쁨이 뒤범벅된 감정. 죽은 남편의 귀환. 이곳에서 그는 이미 전사한 영웅으로 공표되고 작은 훈장도 수여되었으며, 그의 이름은 마을 광장에 급조해 세운 기념비에 조국 해방을 위해 전사한 다른 마을 사람들의 이름과 함께 새겨졌다. 그의 귀환은, 모든 부활과 마찬가지로, 일상의 질서를 뒤흔들 뿐이었다.

이제 어떻게 할 것인가? 불가리아식 기쁨은 금세 조바심으로 바뀐다. 아내는 부모를 깨우고 그들은 부활한 이에게 어떻게 이런 일이 있을 수 있냐고 묻기 시작했다. 우린 이제 어떡해야 하지? 무사해서 정말 다행이고 좋지만, 한편으로는 엄청난 골칫거리가 생긴 거야. 부활한 군인은 녹초가 된 나머지 아무것도 설명할 수가 없었다. 수탉이 세번째 울고 날이 밝기 시작하자 가족회의에서는 선택 가능한 단 하나의 결정을 내렸다—그를 지하실로 보내 잠을 푹 재우고 사람들 눈에 띄지 않게 하자. 그리하여 집에 돌아온 불가리아 군인은 첫날밤을—그리고 그후 몇 달간의 낮과 밤을—그렇게 보냈다. 그는 그저 한 지하실에서 다른 지하실로 옮겼을 뿐이었다.

뒤숭숭한 시절이었다. 공산주의자들이 전국을 돌아다니며 사소한 위반을 빌미로 사람들을 죽였다. 안 그래도 그 군인의 가족은 집에서 키우는 암소 세 마리와 양떼, 뒤판에 수탉이 그려진 근사한 구식 마차 덕분에 마을의 자산가 명단에 올라 있었다. 하지만 이 군인은 대체 무슨 죄를 지었단 말인가? 죄목은 이렇다. 우선, 그는 자신이 영웅적으로 죽었다고 당국에 거짓말을 하여 훈장을 받고 마을 기념비에 이름을 올리는 영광을 누렸다. 즉시 총살을 당해 마땅한 또다른 죄는 부대에서 낙오되었거나 탈영했다는 것이었다. 넉 달 동안 연대에서 자취를 감췄는데 죽음이라는 알리바이도 없고, 그러다가 전쟁이 끝난 지 한 달 만에 지급된 무기와 군복도 없이 돌아온다는 것은 가장 자비로운 정치위원에게도 상상의 범위를 넘어서는 일이다. 군인은 자신을 변호하기 위해 대체 어떤 말을 할 수 있을까? 진실? 헝가리의 소도시에서 외로운 젊은 과부와 함께 넉 달을 지하실에서 숨어 지냈다고 인정한다? 그곳은 이미 한참 전에 동포들에 의해 해방된 곳이었는데? 상병 동지는 도대체 무엇을 피해 숨어 있었습니까?

부활한 남자의 아내는 계속 상복을 입었다. 남자는 아내에게 거의 그대로의 진실을 말했다. 그저 인정 많은 헝가리 여자의 나이를 서른 살쯤 늘렸더니 모든 것이 딱 맞아떨어졌다. 나이든 헝가리 여자는 전쟁이 끝나지 않았고 독일군이 도시를 봉쇄했다고 거짓말했으며, 이는 모성애가 지극한 그 여인이 그가, 그 불가리아 군인이, 잃어버린 동년배 아들을 대신해주길 원했기 때문이었다.

그의 아내는 점잖고 이성적인 여성이었다. 그저 남편이 살아 돌아와 기뻤고 그 이상을 알고 싶지는 않았다. 심지어 집배원인 조카가 은밀히 손에 쥐여준 편지봉투를 무심코 열었다가 아기의 손을 따라 그린 그림과 읽을 수 없는 주소를 발견하고서도, 아무 말 없이 다시 봉투를 꼼꼼히 붙여 남편에게 전하고 나서 계속 상복을 입었다.

일 년이 지난 뒤, 어둠 속에서 살다가 반쯤 눈이 먼 남자는 지하실에서 나와 자수했다. 그를 보고 사람들은 혼비백산했다. 일 년 동안 턱수염과 머리가 하얗게 센 탓에 사람들은 그를 잘 알아보지 못했다. 어디에서 왔습니까, 시장이 물었다. 다른 세상에서요, 군인은 말했고 그것은 가장 정확한 답이었다. 그는 이런저런 이야기를 대충 짜깁기해 둘러댔다. H시가 공격받았을 때 독일군 포로가 되었고, 이후 독일군 전선 후방으로 이송되어 소금 광산에서 일했다고. 포로들은 광산에서 일도 하고 잠도 잤다. 결국 급히 퇴각해야 했을 때 독일군은 광산 입구를 다이너마이트로 폭파했는데 서른 명의 포로 중 자신이 유일한 생존자로, 구멍을 발견해 기어나왔다. 하지만 어둠 속에서 너무 오래 지냈더니 눈이 심하게 손상되었고 그래서 반쯤 눈이 먼 채로 고향에 돌아오기까지 수개월을 떠돌았다. 시장은 이야기에 귀를 기울였고, 그새 모여든 마을 사람들도 귀를 기울였다. 여자들은 엉엉 울었고 남자들은 엉엉 울지 않으려고 요란하게 코를 풀었으며, 시장은 숙연한 표정으로 모자를 꽉 쥐었다. 사람들이 정말로 그 이야기를 받아들였는지 아니면 그를 구하고 싶었는지는 불확실하지만, 어쨌거나 모두가 곧이곧대로 믿기로 했고 시장은 시의 높은 분들과 상황을 정리할 수 있도록 도왔다. 그들은 죽은 남자의 여권을 조용히 재발급했고 그의 아내가 받던 유족연금을 중단시켰다. 결국 기념비에 새겨진 이름만 그대로 남았다. 조금이라도 의심의 여지가 남지 않게끔 시장은 지역의 민속 시인에게 명해 전쟁이 끝난지 일 년여 만에 행복하게 고향으로 돌아온 군인을 기리는 노래를 짓게 했다. 그것은 그 시대의 모든 규범에 따라 지은 영웅 서사시로, "깊고 깊은 광산에서 그가 겪은 캄캄한 고통"에 대해 길고 자세하게 읊고, 탈라슈만리(그의 고향 마을 이름)의 게오르기가 크랄리 마르코*와 같은 힘으로 "바위를 밀어내고 길을 뚫어 태양을 보게" 된 이야기를 전했다. 뒤이어 오디세우스처럼 길었던 귀향길과 눈먼 영웅이 사랑하는 조국과 고향 마을을 찾아가는 기적적인 여정이 그려졌다.

'부활한 게오르기'(마을 사람들은 그를 그렇게 불렀다)는 오래도록 살았고 밤에는 잘 보았지만 낮에는 완전히 맹인이었다. 그는 지하실에서 나왔으나 지하실은 그의 안에 남아 있었다. 그 일 년 반 동안 그에게는 몇 개의 서로 다른 인생이 생겨났고 그중 어느 것이 진짜 그의 인생인지 기억하기는 점점 더 힘들어졌다.

어쩌면 그는 정말로 그 헝가리 소도시에서 죽은 것 아닐까? 그를 잡아두기 위해 전쟁의 전개를 바꾼 헝가리 여인은 정말로 젊었던가? 아니면 아들을 잃은 늙은 여인이었던가? 그는 어떻게 독일군의 광산에서 탈출했던가? 그리고 생이 끝나는 날까지 그의 마음을 끊임없이 괴롭힌 그것—평범한 흰색 노트 종이에 그려 우편 봉투에 담아 보낸 아기 손 그림.

(두 이야기 모두 결국에는 종이에 아기의 손을 따라 그린 그림으로 끝맺는다. 하지만 이야기란 늘 두 가지 중 하나와 더불어 마

---

* 불가리아 설화 속 영웅으로 초인적인 힘으로 오스만제국의 억압에 맞서 싸운 전사.

무리된다—아기 혹은 죽음.)

쉬어 가기

잠시 여기서 주의가 흐트러진 독자들의 영혼을 기다리기로 하자. 각기 다른 시대의 통로에서 누군가가 길을 잃었을지도 모른다. 다들 전쟁에서 돌아왔는지? 1925년의 풍물 장터에서는? 혹시 제분소에 두고 온 사람은 없기를. 자, 이제 우리는 어디로 떠나야 할까? 작가가 그런 질문을 해선 안 되지만 가장 우유부단하고 자신 없는 부류의 작가로서 나는 감히 묻기로 한다. 이제 아버지의 이야기 쪽으로 방향을 틀 것인가, 아니면 앞으로 쭉 나아가, 이 경우에는 뒤로 돌아가, 어린 시절의 미노타우로스를 향해 갈 것인가…… 나는 선형적인 이야기를 들려줄 수는 없다. 어떤 미궁도, 어떤 이야기도 선형적이지 않기 때문이다. 모두 여기 모였는가? 이제 다시 가보기로 하자.

유기에 관한 짧은 목록

가족의 역사는 몇몇 유기된 아이들을 통해 기술될 수 있다. 세상의 역사도 마찬가지다.

미노스의 미궁에 던져져 유기된 황소 머리 아이……

버려진 오이디푸스, 발목을 꿰뚫린 그 남자아이는 바구니에 담겨 산비탈에 버려졌다가 처음에는 폴리보스왕에게, 그다음에는 소포클레스에게, 마지막에는 더 후대의 아버지인 지크문트 프로이트에게 입양된다.

버려진 헨젤과 그레텔, 미운 오리 새끼, 성냥팔이 소녀, 어른이 된 예수. 소녀는 할머니 집에 가고 싶어하고 예수는 아버지 집에……

이런 흐름 속에서—뒷받침할 전설조차 없이—지금 버려지거나 과거에 버려졌거나 앞으로 버려질 수많은 이들이 있다. 신화의 구유에서 떨어져나온 그들을 말로 이루어진 이 여인숙에 들여 역사의 깨끗한 시트를 깔아주고 동상에 걸린 그들의 영혼에 이불을 잘 덮어주자. 그리고 이 책장들을 넘기는 손에, 그 겁먹은 등과 머리를 쓰다듬어줄 이들의 손에 그들을 맡기자.

여기 있는 독자들 가운데, 단 한 번도 버려졌다고 느낀 적 없는 이들이 얼마나 될까? 단 한 번이라도 교화를 위해 방에, 벽장에, 혹은 지하실에 갇힌 적 있다고 인정할 사람은 얼마나 될까? 그리고 단 한 번도 누구를 가둔 적 없다고 감히 말할 사람은 또 얼마나 될까?

모든 것의 시작에는 늘 지하실에 버려진 아이가 있다고, 나는 이야기했다.

반지하

오랫동안 나는 보도와 같은 높이에 난 창을 통해 세상을 바라보았다. 사는 곳은 계속 바뀌었지만 모든 집에 그런 낮은 창이 있었다. 우리는 항상 반지하 방에서 살았다. 방세가 가장 쌌기 때문이다. 어머니와 아버지와 나는 또다른 지하실로 막 이사한 참이었다. 사실 그곳은 "예전에 지하실이었던 곳"이라고 집주인은 말했다. 지금은 뭐 다른가요, 하고 아버지가 날카롭게 대꾸하자 집주인은 그 말을 어떻게 이해해야 할지 몰라서 그냥 껄껄 웃었다. 이 지역 사람들은 거북하면 껄껄 웃는데, 왜 그러는지 그 누가 알까.

잠시 동안만 사는 거야, 아버지는 식탁을 함께 옮기면서 말했다. 1970년대 중반이었고 나는 우리가 '극빈자'로 분류된다는 것을 알았다. 극빈자란 일인당 5제곱미터가 채 되지 않는 공간에 거주하는 사람들이라는 것, 우리가 아파트를 배정받는 어떤 대기 명단에 올라 차례를 기다리고 있다는 것도 알았다. 그 명단이 무척 길었거나 누군가 새치기를 했는지 우리는 여러 해 동안 계속 그 지하실에서 살았다. (실제로는 지하였던) 그 '일층'에는 긴 복도가 있고 다른 방이 딱 하나 있었는데 그 방은 늘 잠겨 있었다.

나는 왜 그곳도 빌리지 않았는지는 묻지 않았다. 답을 알았기 때문이다. 우리는 아파트를 얻기 위해 돈을 모으고 있었다. 아울러, 극빈자 범주에서 밀려나지 않으려면 일인당 거주 공간 5제곱미터를 유지해야 했다. 긴 복도는 현관과 부엌 역할을 했지만 너무 좁아서 의자 두 개와 조리용 열판, 작은 식탁 비슷한 것이 하나 들어갈 정도의 공간에 불과했다. 엄마와 싸우면 아빠는 그곳으로 나가 식탁 위에서 잤다. 그리고 거기서 테이프로 친친 감은 셀레나 라디오로 몰래 자유유럽방송Radio Free Europe을 들었다. 나는 그것이 금지된 방송이라는 것을 알았기 때문에 아버지가 그 방송을 듣는다는 것이 무척 자랑스러웠다. 실은 내가 그 공모의 일원이라는 사실이 자랑스러웠다. 단칸방에서 여럿이 함께 살면 많은 비밀을 간직할 수는 없는 법이다.

사실, 그 지하방이 있던 건물은 그야말로 아름다웠다. 커다랗고 밝은 창문이 달린 높다란 삼층 건물. 일부러 거칠게 칠한 회벽에 수천 개의 초록색과 갈색 맥주병 조각을 박아 장식하는 당시의 유행을 따라 지은 터라 유릿조각들이 햇빛을 받으면 다이아몬드처럼 반짝거렸다. 삼층은 성채처럼 반원형에 가까운 형태였다. 둥글게 배치된 창문들과 곡선형 발코니가 있는 그 둥그런 방에서 사는 느낌은 어떨까? 모서리가 없는 방. 그 위에서는 도시 전체와 강을 다 볼 수 있겠지. 거리를 지나가는 사람들 전부, 다리와 신발로만 이루어진 이상한 생물체가 아니라 몸 전체가 다 보이 겠지. 학교에서 나는 반원형 탑이 있는 집에 산다는 말을 빼놓지 않았다. 그건 사실이었다. 물론 몇 층에 사는지는 굳이 말하지 않 았다.

한편 아버지는 응접실 가구가 완전히 갖춰진 거실이 있는 아파 트를 꿈꾸었다. 가족의 친구가 잠시 빌려준 네커만사(社)의 통신판 매 카탈로그에서 봤던 것처럼, 커다랗고 네모난 안락의자에 신문 을 들고 앉아 다리를 발판에 올린 자신의 모습을 떠올렸다. 어머 니는 진짜 주방을 꿈꿨다. 수납장이 있어서 언젠가 사게 될 작고 하얀 도자기 양념 단지들을 늘어놓을 수 있는 주방. 아마 그 꿈도 아버지의 경우처럼 서독에서 발행한 네커만 카탈로그에서 생겨 났을 것이다.

발과 고양이들. 나른하고, 느리고, 길게 기지개를 켠 고양이 같 은 오후들. 나는 온종일 창문에 붙어 있곤 했다. 창가가 가장 밝 았기 때문이다. 밖을 오가는 발을 세면서 그 위로 이어질 사람의 형상을 상상하곤 했다.

남자의 발, 여자의 발, 아이의 발…… 나는 바뀌는 신발을 통 해 계절의 변화를 보았다. 샌들이 점차 발등을 덮었다가 가을 구 두가 되고 다리 위로 점점 더 높이 올라갔다. 섬세한 여성용 부츠 중에는 주름 잡힌 에나멜가죽으로 만든 세련된 것들도 있었다.

그리고 쓰레기통을 비우는 노동자들의 투박한 고무장화, 목요일에 장터에 나오는 마을 사람들의 고무 덧신, 갈색과 검은색이 압도적인 가운데 유일하게 점점이 알록달록한 빛을 뿌리는, 파랗거나 빨간 아동용 장화. 그러다 다시 봄이 서서히 지나가며 신발들은 외피를 벗고 샌들과 플립플롭만 신은 발바닥과 발목과 발가락이 나타났다. 발에게 플립플롭은 수영복이나 마찬가지였다.

가을에는 보도에서 밀려온 누런 갈색 낙엽들이 창밖에 쌓여 방을 부드러운 노란빛으로 채웠다. 그러다 늦가을이 되면 낙엽은 바람에 흩어졌다. 비가 오면 창 너머에 물웅덩이가 계속 고여 있었다. 나는 창가에 앉아 웅덩이로 떨어지는 빗방울을 몇 시간이고 바라볼 수 있었다. 빗방울은 덧없이 사라지는 거품을 일으켰고 수많은 거품 배의 함대는 그다음 빗방울에 맞아 대파되었다. 그 웅덩이에서 얼마나 많은 역사적 해전이 벌어졌는지! 그러다 눈이 오면 작은 창은 눈에 파묻혔고 방은 굴처럼 변했다. 나는 눈 덮인 굴속의 토끼처럼 몸을 동그랗게 말아 웅크리고 있었다. 사방이 아주 밝은데도 나는 다른 사람들에게 감춰져 보이지 않고, 그들이 눈을 밟는 뽀드득 소리가 바로 옆에서 들리다니, 그보다 더 근사한 게 또 있을까?

개미의 신

집에 혼자 남겨지기 시작했을 때 그는 여섯 살이었다. 아침에 어머니와 아버지는 가스난로를 켜고 작은 관 속 가스의 흐름을 주시해야 한다고 끊임없이 말했다. 그 거리의 집 두 곳에서 가스 난로가 폭발한 일이 있었다. 부모님은 냉장고에 음식을 남겨두 고 나갔다. 1970년대의 전형적인 유년기. 온종일 홀로 남아, 아 직 이름 붙일 수 없는 버려짐의 감각을 일찍부터 느끼던 시기. 그 는 어두컴컴한 방이 무서워서 훈훈한 가을 낮에는 밖에 나가 있 었다. 출입문 옆 보도에 놓인 돌덩이 위에 작은 노인처럼 앉아 지 나가는 사람들, 자동차들, 자동차 브랜드들을 헤아렸다. 차가 모 퉁이를 돌아 나오기도 전에 엔진음을 들으며 차종을 알아맞혀보 기도 했다. 모스크비치, 모스크비치, 지굴리, 트라반트, 폴란드산 피아트, 지굴리, 모스크비치, 모스크비치…… 그러다 지겨워지 면 무릎에 머리를 묻고 보도의 판석을 노려보았다. 판석은 수직 선과 수평선이 교차하며 균등하게 나뉘었고 그 선들이 만들어낸 고랑을 따라 개미들이 달리고 만나고 서로 지나쳤다. 그것은 반 쯤은 보이고 반쯤은 감추어진, 또다른 세상이었다. 어느 책 삽화 에 그려진 미궁처럼 보였다. 그는 몇 시간이고 그렇게 앉아 개미 하나하나에 관한 이야기를 지어냈다. 그는 자연 연구자의 기법을 써서 개미들을 관찰했다. 물론 자연 연구자라는 말을 알지는 못 했지만. 그는 넘쳐나도록 주어진 시간을 개미에게 쏟으며 그들을 연구했다. 똑같은 개미는 한 마리도 없었다.

때로는 자신이 개미의 신이라고 상상했다.

대체로 그는 관대한 신이어서 개미들을 도와주면서 빵 부스러기나 죽은 파리를 던져주고 그것을 운반하느라 애쓸 필요가 없도록 막대기로 집을 향해 밀어주기도 했다.

하지만 가끔은, 진짜 신처럼, 이유 없이 격노하거나 그저 장난기가 동해 미궁의 통로에 물을 한 단지 끼얹기도 했다. 개미들에게 홍수를 일으켰다.

어떤 날에는 판석의 각 끝에 소금을 부었다. 개미가 소금을 싫어한다는 사실을 우연히 발견했기 때문이었다. 두려움에 혼비백산이 된 개미들이 소금 때문에 생긴 임시 감옥의 통로를 따라 비틀비틀 기어다녔다. 서로 마주치면 중요한 기밀 정보를 전달하는 것처럼 더듬이를 맞대곤 했다.

신적이고도 과학적인 또다른 발견은 개미가 인간의 냄새를 싫어한다는 사실이었다. 손가락으로 주위에 원을 그리면 개미는 보이지 않는 벽에 부딪힌 것처럼 행동한다.

그는 자신에게 남다른 능력이 있음을 이미 알고 있었고, 타인에게 일어난 일을 경험할 수 있다는 것을 끔찍한 결함으로 여겼다. 타인의 몸에 자신을 이입―그 단어는 나중에 생각해냈지만―할 수 있다는 것. 그들이 될 수 있다는 것.

어느 날 밤 꿈속에서 어머니, 아버지와 함께 거리를 걷고 있는데 갑자기 거대한 손가락이 나타났다. 손톱만 해도 절벽처럼 커다란 그 손가락이 땅에 쿵 떨어지더니 그들 주위에 원을 그리기 시작했다. 그 부주의한 손가락이 언제든 그들을 짓이길 수 있다는 것만도 공포스러운데 그것도 모자라 독한 악취를 풍겼다. 정면으로 부딪치면 머리가 깨질 수도 있을 만큼 지독한 악취였다.

하지만 겨울이 되면 사정이 달라져 하루종일 밖에 있을 수 없게 된다. 방은 더욱 컴컴해지고 난로에서는 가스 냄새가 나며, 무서운 것들이 침대 밑에서 쳐다보거나 좀먹은 옷장 속에서 삐걱댄다. 그러면 유일한 피난처는 창문이다. 그는 아침마다 창문으로 올라갔다가 점심때 빵 한 조각을 먹고 오줌을 누러 갈 때만 내려왔다.

쉬어 가기

불안한 일인칭 서술이 어느새 삼인칭으로 물러나고 그러다 다시 일인칭으로 되돌아온다는 것을 나는 의식하고 있다. 하지만 사십 년 전 그 소년이 나였다고, 그 몸이 지금 이 몸과 같다고 그 누가 단언할 수 있을까? 1975년의 개미들마저 똑같지 않다. 지금의 나는 얇은 연분홍색 피부, 다리에 보일 듯 말 듯 금색 솜털이 난 그 소년의 몸과 어떤 유사점도 찾을 수 없다. 어떤 식별의 표시도, 어떤 흔적도 남지 않았다. 우리 세대 모두에게 표식처럼 찍힌 백신 자국만 빼면. 세월이 지나며 배신자처럼 커져 아래로 흘러내리기 시작한, 이제는 잘 보이지도 않는 어깨의 그 자국.

여담 속의 여담 하나 더. 어떤 친구가 해준 이야기이다. 그녀가 연하의 애인과 사랑의 밤을 보낸 후 녹초가 되어 바닥에 함께 누워 있는데 애인이 문득 (동정심이 역력한 말투로) 물었다. 팔에 있는 흉터(그 흉터는 이미 어깨 아래로 내려와 있었다)는 어쩌다 생긴 거냐고. 그 순간 그 친구는 애인에겐 어깨 어디에도 백신의 낙인이 없다는 사실을 깨닫고 경악했다. 우리보다 늦게 태어난 사람들에게는 이제 그 표식이 없더라, 그녀가 말했다. 그 남자가 내겐 외계인이나 복제인간처럼 느껴졌어. 친구는 일어서서 옷을 입었고 다시는 그와 만나지 않았다.

개미 하느님

모든 꿈 이야기는 단순하면서도 의미심장하고 놀라운 한마디로 시작되는 것 같다. 당시 네 살이었던 아야에게서 들은 그 꿈 이야기처럼. 꿈속에서 난 깨어 있었어.

그렇게, 나도 꿈속에서 깨어 있었다. 나는 이름 붙일 수 없는 색깔들이 서로 스며들어 이어지는 거대한 커튼 앞에 서 있었다—거대하다고 말했지만, 그러면서도 가볍고 공기처럼 하늘하늘한 커튼이었다. 꿈에서 나는 그 커튼 뒤에 "하느님의 아름다운 얼굴"이 있다는 설명을 들었다. 정확히 그런 표현이었다. 나는 첫 번째 커튼을 젖힌다. (호기심과 두려움 중에 이기는 쪽은 항상 호기심인 것 같다. 적어도 꿈에서는 그렇다.)

커튼 뒤에는 두번째 커튼이 있다. 나는 그것을 젖힌다.

세번째.

네번째.

나는 알아차린다. 커튼이 새로 나올수록 크기는 점점 작아지고, 그래서 커튼 뒤에 숨은 그 무언가 역시 점점 작아진다는 것을. 나는 어린아이 손수건 크기의 마지막 한 장이 남을 때까지 계속 커튼을 젖힌다. 동작을 멈춘다. 이 커튼을 정말로 젖혀야 할까? 하느님이 이렇게 작을 수가 있나? 어쩌면 적그리스도가 꿈속에서 나를 유혹하고 있는 걸까?

마지막 커튼을 젖힌다. 그 뒤에 커다란 검은 개미 한 마리가 서 있다. 왠지 나는 그것이 하느님이라는 것을 안다. 하지만 그에겐 얼굴이 없다. 그걸 깨닫자 몹시 두려워진다. 어떻게 얼굴이 없는 존재를 믿고 기도를 드릴 수 있지? 저렇게 작은 존재에게? 꿈에서 깨어나는 순간 개미 하느님이 입을 열지도 않은 채 내게 전한 계시는 대략 다음과 같다. 하느님은 우리를 지켜보는 곤충이다. 작은 것들만이 어디에나 있을 수 있다.

부스러지는 언어

나는 햇볕 아래서 쇠락해가는 그 소도시의 묘지에서 글자를 배웠다. 이렇게 표현해도 좋겠다—죽음은 내 첫 읽기 책이었다. 죽은 자들이 내게 읽는 법을 가르쳤다. 이 말은 철저히 문자 그대로 이해되어야 한다. 우리는 매주 목요일과 토요일에 묘지에 갔다. 나는 햇볕에 달궈진 돌 십자가 앞에 경건하게 섰다. 내 키는 십자가 높이와 같았다. 나는 어쩐지 두려운 마음으로 글자의 홈을 손가락으로 쓸어내리며 무엇보다 피부로 글을 읽었다. 반달 같은 C, 문 같은 Π, 움막 같은 A를 기억했다. 언어는 따뜻하고 단단한 것 같았다. 언어는 부스러지는 몸을 가지고 있었다. 내 손가락에는 돌에서 나온 약간의 먼지와 고운 모래만이 남았다. 내가 처음에 배운 단어는 이런 것들이다.

안식

영원

여기

추모

출생 – 사망

하느님

그리고 이름, 수많은 이름. 묘지는 이름들로 들끓고 있다.

아타나스 H. 그로즈다노프

디미타 하지나우모프

마린초 – 다섯 살

디모 코라보프

게오르기 고스포디노프

에구르 사르키샨 (사르키스차 할머니의 아들)

칼라 게오르기에바

……

이름을 쓰던 이들이 죽으면 그 이름은 어떻게 될까? 자유롭게
풀려날까? 그 이름들은 계속 어떤 의미를 지닐까, 아니면 그 아래
에 있는 몸처럼 해체되어 자음의 뼛조각들만 남는 걸까?

단어는 우리에게 죽음을 가르치는 첫 선생이다. 몸과 이름의
이별을 알리는 첫 표시. 그 묘지에서 가장 이상한 점은 같은 이름
이 반복적으로 나타난다는 것이었다. 나는 내 이름이 적힌 묘비
앞에 오래 서 있었다. 누군가가 단 삼 년만 쓰고 나서 자유롭게
풀어준 그 이름.

세월이 흐른 뒤, 나는 늘 내가 머무는 도시에 있는 묘지를 빠
짐없이 가보려 한다. 시내 중심가와 광장의 성당에 예를 갖춘 다

음, 그 도시와 관련된 왕이 말 등에 올라탄 모습의 기념상(미래에 지금의 대통령들은 화강암 리무진 위로 불쑥 솟은 모습일까?)을 엄숙하게 지나고 나면 나는 서둘러 시내 묘지의 위치를 알아본 뒤 도시와 공원이 하나로 겹쳐진 그 평행 세계의 산책로로 내려간다. 죽음은 유능한 정원사다. 나는 그것을 여섯 살 당시에 이미 이해했다. 마을 공동묘지에서 맹렬히 피어난 장미와 백합, 향기로운 관목, 자두, 야생 사과, 작은 체리, 썩어가는 배에 둘러싸인 채로.

페르라셰즈*의 화장장은 굴뚝이 달린 성당 같다. 아도르노는 아우슈비츠 이후에 시를 쓰는 것은 야만이라고 말한다. 하지만 화장장은 있어도 되는가? 아무리 묘지 안이라 해도?

죽은 자들이 내게 읽는 법을 가르쳤다. 이 문장을 다시 쓰며 이것이 내 의도와는 다른 것, 더 많은 것을 말하고 있다는 사실을 깨닫는다. 내게 읽는 법을 가르친 이들은 더이상 우리 곁에 없다. 그때 이후로 내가 읽은 글들은 주로 죽은 이들이 쓴 것이었다. 내가 지금 쓰고 있는 글도 이미 여정을 시작한 사람의 말…… 언어

---

* 1804년에 나폴레옹이 파리 동쪽에 조성한 대형 공동묘지로, 수많은 예술가와 유명 인사의 묘가 있다.

아래에 그토록 많은 죽음이 잠들어 있는지는 미처 몰랐다.

Б*

묘지의 읽기 책 이후로 1학년을 위한 진짜 읽기 책을 만났을 때 나는 이해와 혼란을 동시에 경험했다. 모든 글자가 한 단어와 그림에 연결되어 있었다.

Б로 시작하는 단어는 무엇일까요?

하느님Бог—나는 급히 외쳤다. 이렇게 쉬울 수가. 하지만 뭔가 잘못되었다. 선생님의 얼굴이 하얗게 질렸고 환하던 웃음이 사라졌다. 선생님은 내가 더 무슨 말을 할까봐 두려운 듯 내게로 다가왔다. 그 말을 어디에서 배웠니? 어, 묘지에서요. 그때 앞줄에 앉은 한 여자아이가 말했다. "불가리아България입니다, 동지." 그것이 정답이었다. 그러자 선생님은 그 생명줄을 꽉 붙잡았다. 훌륭하다, 얘야. 그동안 나는 나의 하느님과 더불어 무척 외로웠다. 참 이상했다. 똑같은 머리글자를 가진 단어가 두 개면 안 되는 걸까. Б의 굽은 등이 너무나 연약해서 그렇게 거창한 단어 두 개를 지탱할 수 없는 것일까.

Б로 시작하는 단어는 '불가리아'입니다. 불가리아에 하느님은

---

* 한글 'ㅂ'에 대응하는 불가리아어 문자로 '베'라고 읽는다. 소문자는 б.

없어요! 그건 할머니들이나 믿는 미신적인 이야기예요, 하고 말하면서 선생님은 모든 Б자에 힘을 주어 말했다. 고학년으로 올라가면 배우게 될 거예요. 알아들었나요?

하지만 묘지에 가면 있는데요……

여기는 학교야, 묘지가 아니라……

어휴, 단어 하나에서 이렇게 많은 문제가 생기다니. 머지않아 학교가 싫어질 것 같아.

그날 저녁에 어머니와 아버지는 나와 심각한 대화를 나눴다. 그 선생 동지가 부모님에게 전부 얘기한 것이다. 알았어요, 그래도 하느님은 있잖아요, 네? 마치 내가 부모님께 세상에서 가장 어려운 질문을 던진 것 같았다. 있잖아, 어머니가 말을 꺼냈다(어머니는 변호사였다). 하느님이 있다는 건 그냥 알고만 있어. 그렇다고 그 이름을 아무데서나 함부로 말하고 다닐 필요는 없잖아. 낯선 사람들 앞에서 이유 없이 자꾸 그 이름을 말하면 하느님도 화가 날 거야.

그냥 입을 아예 다물어, 아버지가 덧붙였다.

하느님은 첫번째 비밀이었다. 집에서만 얘기할 수 있는, 금지된 것들 중 첫번째.

불가리아엔 하느님이 없어요, 할머니. 나는 집에 돌아와 할머니가 벽에 걸린 성상 등불에 기름을 붓는 모습을 보자마자 불쑥 말했다. 할머니는 눈에 띄지 않게 재빨리 성호를 그었다. 평소라면 그런 말을 혼내지 않고 넘어갈 할머니가 아니었지만, 문가에 아버지가 있는 것을 보더니 그냥 대답했다. 뭐, 애초에 불가리아에 있는 건 뭐니. 파프리카도 없고 기름도 없고…… 오로지 할머니만이 이 나라의 물리적 결핍과 형이상학적 결핍을 그런 식으로 한데 묶을 수 있었다. 하느님, 기름, 그리고 파프리카.

할머니는 몰래 성경을 읽었다. 성경책 표지를 신문지로 싸서 보이지 않게 했다. 그리고 아무 쪽이나 펼쳐 관절염으로 울퉁불퉁하게 마디진 검지로 줄을 그어가며 입술을 움직여 읽었다. 그리하여 나는 요한계시록 전체를 속삭임으로 들었다. 어린 시절의 늦은 오후에 방안을 윙윙거리며 맴도는 파리들의 예리코 나팔소리* 아래에서.

할머니는 사람들 앞에서 그런 이야기를 하면 안 된다는 것을 알았다. 까딱하면 아버지가 화를 입을 수 있으니 아버지를 보호하기 위해서였다. 아버지 역시 또다른 어떤 이야기들을 하면 안 된다는 것을 알았고, 그래서 라디오를 들고 부엌에 혼자 틀어박혔다. 내 인생을 망치지 않기 위해서였다(어머니가 한 말이었다).

---

* 구약성서의 「여호수아」 6장에는 이스라엘 백성이 예리코 성을 함락시켰을 때 제사장들의 나팔소리와 함께 사람들의 함성이 성벽을 무너뜨렸다는 구절이 나온다.

나는 집에서 들은 그 어떤 얘기도 하면 안 된다는 것을 알았다. 경찰이 찾아와 부모님의 인생을 망치지 않게 하기 위해서였다. 비밀과 거짓말의 긴 사슬이 우리를 정상 가족으로 만들어주었다. 다른 모든 가족과 똑같이. 그 공모 전체에서 가장 대단한 책략은 바로 그거였다―다른 이들과 똑같아지는 것.

보이지 않는 잉크

나는 다섯 살에 읽는 법을 배웠고, 여섯 살 무렵에 그것은 이미 질병이었다. 책을 닥치는 대로 집어삼키는 것. 일종의 문자 폭식증. 책이 눈에 보이기만 하면 다 읽었고 머지않아 어머니의 책장에까지 이르러 '범죄학'이라는 제목이 크게 적힌 보라색 양장본 책을 발견했다. 첫 장은 9월 9일 사회주의혁명 이전에 범죄학은 존재하지 않았다는 문장으로 시작되었다. 다음 문장은 그새 첫 문장을 잊어버렸는지 부르주아 범죄학 연구는 두 가지 이유로 필요하다고 서술했다. 첫째는 부르주아 범죄학의 반동적 본질을 배격하기 위해서, 둘째는 그 안에서 가치 있는 모든 것을 건져내기 위해서……

그중 배격 부분이 가장 재미있었다. 그 부분에서만, 행간의 의미와 왜곡된 인용문을 통해 세상에서 어떤 일이 벌어지고 있는지 알 수 있었다.

부르주아 범죄학은 그래도 몇 가지 '사소한' 것들을 발명했는데, 예를 들면 거짓말탐지기라든가 범죄심리학, 지문 감정 등이 그것이었다. 나는 프랜시스 골턴인가 하는 부르주아 범죄심리학자가 쓴 『지문』이라는 책의 제목이 마음에 들었다.

혁명 범죄학의 선두에는 물론 레닌이 있었다. 분명 그의 핏속에는 범죄성이 흐르는 것 같았다. 동시에 그는 모든 다른 학문의 기초를 닦았고 모든 교과서가 이를 (그가 즐겨 쓰던 표현을 빌리자면) 절-대-적으로 확인해주었다. "언어는 인간의 가장 중요한 소통 수단이다"라는 문구가 교실의 칠판 위에 붙어 있었다. 진부함의 천재.

하지만 보라색 범죄학 교과서에서 가장 재미있는 부분은 법의학 사진, 무기, 그리고…… 보이지 않는 잉크에 관한 서술이었다. "보이지 않는 잉크는 유기 또는 무기 물질로 만든 용액으로, 사용 가능한 원료로는 과일주스, 양파, 설탕 용액, 소변, 침, 퀴닌*……"

이 문장은 역겨우면서도 매혹적이었다. 스파이가 소변이나 시럽이나 침으로 글씨를 쓰는 오줌싸개들일 거라고는 상상해본 적도 없었다. 잡다한 분비물로 비밀 메시지를 적는다고? 윽. 그래도 보이지 않는 잉크를 손에 넣기가 그렇게 쉽다는 건 반가운 일이

---

* 기나나무 껍질에서 추출하는 알칼로이드 물질로 과거에는 말라리아 치료제로 널리 사용되었다.

었다. 필요한 모든 것을 금방 구할 수 있었다. 일단 소변은 제하기로 하고, 지하실로 내려가 복숭아 통조림 한 병을 가져다가 뚜껑을 열고 성냥개비 끝을 이용해 내 일기장 두 페이지에 가장 큰 비밀 두 가지를 적었다.

보이지 않는 과일 잉크로 적은 글의 일부를 여기에 옮겨보겠다.

뭐라고, 아무것도 안 보인다고? 그럼 정말로 보이지 않는 잉크라는 거네. 그런 잉크로 소설 한 편을 다 쓸 수 있다면.

옆길로 새기

지난 사십억 년의 역사가 살아 있는 생물의 DNA에 기록되어 있다는 증거가 차고 넘치니 "우주는 도서관이다"라는 말은 더이상 은유가 아니다. 하지만 이제 우리에게는 새로운 문해력이 필요할 것이다. 앞으로 읽어야 할 것들이 많다. 미스터 호르헤*가

자신이 상상하는 천국은 시작도 끝도 없는 도서관이라고 했을
때, 그는 분명 자신도 모르게 데옥시리보핵산의 끝없는 서가들을
떠올리고 있었을 것이다.[*]

나는 책들이다.

아빠, 미노타우로스가 뭐예요?

이런 지하방을 전전하면서 미노타우로스처럼 여기저기 쿵쿵
부딪히며 살고 있다니. 다 집어치워…… 얼어죽을 주택 기금도,
대기자 명단도. 아버지는 어머니와 내 앞에서 욕을 하지 않으려
고 노력했다. 담배를 끊으려 했을 때와 다르지 않은 영웅적인 노
력이었다. 나는 아버지가 그 노력을 몰래 은밀히 보상했을 거라
고 확신한다. 참았던 담배를 전부 다 피우고 억누른 욕을 다 쏟아
내면서. 아버지가 라케타[**] 진공청소기 호스에 걸려 비틀거리며
내뱉은 그 말은 내게 중요한 영향을 끼쳤다. 나는 '얼어죽을'과
'주택 기금'이 무슨 말인지 알았고 '극빈자'나 '퍼싱 미사일' 같은
말도 알았지만, 미노타우로스는 무엇인지 알지 못했다. 그것이
좋은 편(우리 편)인지 나쁜 편인지도. 당시에 나는 모든 것을 그

---

[*] 아르헨티나의 작가인 호르헤 루이스 보르헤스를 말한다.
[**] 소련산 진공청소기 브랜드. 1960~1980년대에 동유럽 사회주의 국가들에서 널
리 사용되었다.

두 가지 범주로 구분했는데, 놀랍게도 어른들도 마찬가지라는 사실을 알게 되었다. 세상은 두 편으로 나뉘어 있었다―좋은 편과 나쁜 편, 우리 편과 너희 편. 우리는 운좋게도 우리 편에, 따라서 '좋은 편'에 속했다. 그런데 아버지가 저녁 뉴스를 보고 나서 하는 말을 듣게 되었다. "아니, 뭐라는 거야, 내가 지하방에 살고 통조림용 병뚜껑도 없는 게 그 멍청한 지미 카터 탓이라는 거야?!" 항상 더 이성적이었던 어머니는 쉿, 하며 아버지에게 조용히 하라고 했다. 부모님은 내가 한 집 건너에 사는 우리 구역 담당 경찰 앞에서 쓸데없는 말을 할 거라고 생각했을까? 그리고 지미 카터는 캐리커처에서 정말로 멍청이처럼 묘사되었다. 커다란 치아에 성조기 무늬 실크해트를 눈까지 푹 눌러쓰고 시가 대신에 날개 달린 로켓을 씹는 모습으로.

내가 또 옆길로 새버렸네. 그러다 돌아오면 늘 길을 잃는다. 과거는 한 가지 본질적인 점에서 현재와 다르다―과거는 한 방향으로 흐르는 법이 없다. 내가 처음 했던 말이 뭐더라? 이걸 글로 쓰고 있어서 다행이지, 안 그러면 실타래를 영영 놓치고 말았을 것이다……

이런 지하방을 전전하면서 미노타우로스처럼 쿵쿵 부딪히며 살고 있다니…… 그 말이었지…… 그 말은 아직 제대로 정리하지 못한 나의 현시顯示 목록에 즉시 입력되었다. 언제나 가장 뜻하지 않은 순간, 심지어 가장 불편한 순간에 나타나는 그 모든 계시의 목록에. 아버지가 진공청소기 호스에 발이 걸려 비틀거린 것은 그게 보이지 않았기 때문이고, 방이 좁았기 때문이며, 우리가 지하에 살고, 그날 오후 날씨가 흐리고, 창문이 낮고 햇빛이 창문 아래까지 내려오지 않았기 때문이었다.

아빠, 미노타우로스가 뭐예요? 나는 물었다. 아버지는 내 말을 못 들은 척했다. 아빠, 미노타우로스는 우리 편이에요? 아버지는 이 질문이 더욱 거슬렸던 것 같다. 다음날 아버지가 어딘가에서 낡은 고대 그리스신화 전집을 구해 가져다주었다. 나는 그뒤로 그 책을 손에서 놓지 않았다. 그때 미노타우로스 안으로 들어갔고 다시 나온 기억은 없다. 그는 나였다. 부모가 왕의 업무를 하거나 황소와 잠을 자는 동안 밤낮없이 궁전 지하실에 있어야 했던 소년.

그 책은 그를 괴물로 그려내지만 상관없다. 나는 그 소년 안에 있었고 이야기를 전부 안다. 거기에는 거대한 오해와 중상이, 엄청난 불의가 숨어 있다. 나는 미노타우로스다. 나는 피에 굶주리지 않았다. 청년 일곱 명과 처녀 일곱 명을 먹고 싶지 않다. 내가 왜 갇혀 있는지 모르겠고, 잘못한 것도 없다…… 그리고 나는 어둠이 몹시 두렵다.

2

유기에 반대하며: M사건

크레타섬의 궁전 지하에서 다이달로스는 미궁을 지었다. 한번 들어가면 다시는 출구를 찾을 수 없을 만큼 복잡한 통로들로 이루어진 미궁이었다. 미노스는 이 지하 미궁에 가문의 수치, 아내 파시파에가 낳은 아들을 가두었다. 파시파에는 바다의 신 포세이돈이 보낸 황소에게서 그 아이를 잉태했다. 미노타우로스—사람의 몸에 황소의 머리를 한 괴물. 구 년에 한 번씩 아테네 사람들은 처녀와 총각을 각각 일곱 명씩 보내야 했고, 그러면 미노타우로스는 그들을 잡아먹었다. 그러다 영웅 테세우스가 나타났고 그는 미노타우로스를 죽이기로 결심했다. 아리아드네는 아버지 미노스 몰래 테세우스에게 날카로운 검과 실타래 한 뭉치를 주었다. 테세우스는 실 끝을 미궁 입구에 묶고 끝없는 통로를 따라 미노타우로스를 찾아 나섰다. 계속 걸어가던 그는 갑자기 무시무시한 울음소리를 들었다—괴물이 거대한 뿔을 들이밀며 그를 향해 돌진해왔다. 끔찍한 싸움이 이어졌다. 마침내 테세우스는 미노타우로스의 뿔을 붙잡고 날카로운 검을 그의 가슴에 찔러넣었다. 괴물은 땅에 털썩 쓰러졌고 테세우스는 그를 미궁의 입구까지 질질 끌고 나왔다.

—『고대 그리스의 신화와 전설』

사건 기록

존경하는 배심원 여러분, 산 자와 죽은 자를 포함해 모든 시대와 지역에서 오신 여러분, 신화를 수집하고 전해온 신사 숙녀 여러분, 그리고 본 법정의 재판장이시며 지하 세계에서 오신 존경하는 미노스 님.

저는 지난 삼십칠 년간 이 'M 사건'을 준비하고 M을 위한 변론문을 써왔습니다. 제가 아홉 살이던 때, 할아버지의 지워지지 않는 연필로 할아버지가 오랫동안 쓰지 않고 놔둔 옛 병사 수첩에 처음으로 쓰기 시작했습니다. (그렇다고 그 수첩을 무단으로 도용한 제 행동을 정당화할 수는 없겠지요. 보시다시피, 모든 시작에는 늘 범죄가 자리하고 있습니다.)

최초의 버전은 다음과 같습니다.

미노타우로스는 무죄다. 그는 지하실에 감금된 소년이다. 그는 겁에 질렸다. 그는 버림받았다.

나, 미로타우로스.

변론문은 그것이 전부였습니다. 수첩 두 페이지에 걸쳐 커다란 대문자로 썼죠. 이 글을 다른 사건 자료와 함께 첨부하겠습니다. 넓게 보면 기본 논지는 그것입니다. 그간의 세월 동안 추가 증거만 덧붙여나갔습니다. 그리고 스스로 저에게 찾아온 징후들을 수집했습니다.

고전문학을 통틀어 어디에서도 미노타우로스를 동정하는 목소리를 찾을 수 없다는 점은 충격적입니다. 이미 정해진 틀, 그에게 씌워진 괴물의 가면에서 벗어나는 서술은 전혀 없습니다. 고대 문헌에서 미노타우로스를 언급할 때 '괴물'은 가장 온건한 표현이라고 할 수 있습니다. 『변신 이야기』에서 오비디우스는 미노타우로스를 '기형적이고 이중적인 형상'이자 '자신의 잠자리에서 생겨난 불명예'라고 하지 않습니까…… 불명예이자 괴물일 뿐이라는 것이죠. 그런데 불과 몇 달 뒤 정작 자신이 폰투스—천상에서 멀어진 로마제국의 지하 미궁 깊숙한 곳—로 유배되어 다시는 돌아오지 못하리라는 사실을 오비디우스는 몰랐던 걸까요? 제국의 변방이라는 미궁으로 들어가면 모든 길이 로마로 통하지는 않습니다, 친애하는 오비디우스여.

재미있게도, 이전에 쓴 어느 책에서는 오비디우스가 미노타우로스에게 훨씬 친절합니다. "헤로이데스" 혹은 "여주인공들의 편지"라고 불리는 책인데, 나는 "여주인공들Heroines"이라고 번역된 제목을 더 좋아합니다. 마약과 같은 절망이라는 헤로인heroin을 더 잘 포착하기 때문이죠. 그 책에서, 버림받은 아리아드네는 이미 배를 타고 아테네를 향해 가고 있는 테세우스에게 편지를 씁니다. 그리고 사랑에 눈이 멀어 미노타우로스를 살해하도록 방조했던 아리아드네는 이 편지에서 처음으로 자신의 행동을 후회하는 듯 보입니다. 내가 준 실타래를 따라갈 수 없었다면 당신은 그 미궁에서 죽었을 거예요, 테세우스. 우리 둘 다 살아 있기만 하면 당신은 내 사람이 될 거라고 말했잖아요. 좋아요, 보세요, 우린 살아 있어요. 그리고 지금 당신도 살아 있다면 그건 당신이 야비하고 가증스러운 거짓말쟁이라는 뜻이겠죠. 그 망할 실을 당신에게 주지 말았어야 했는데, 어쩌고저쩌고. 하지만 우리 사건에서는 바로 다음 행에서 아리아드네가 처음으로 미노타우로스를 오빠라고 부른다는 점이 중요합니다. "내 오빠, 미노타우로스를 죽인 몽둥이여, 나 또한 벌하라!" 이 명예로운 법정에서 분명히 밝히는 바입니다. 그 괴물이 다른 인간에게 형제로 인정받았다는 점을 말입니다.

"내 오빠, 미노타우로스." 이 표현을 기억하도록 합시다.

"그는 황소의 얼굴을 가졌지만 나머지 부분은 인간이었다," 하고 모르는 것이 없는 온화한 아폴로도로스(혹은 위僞-아폴로도로스)*가 기원전 2세기 즈음 언젠가 말했지요. 그는 우리 의뢰인에 대해 경멸적인 별칭을 쓰지 않은 유일한 사람이었다고 생각됩니다.

교활한 플루타르코스는 어떻게 하나요? 그는 자신의 말로 죄를 짓지 않기 위해 에우리피데스의 입을 빌려 미노타우로스에 대해 이야기하는 쪽을 택하죠. 에우리피데스는 미노타우로스를 "융합된 형상과 잡종적 탄생으로 야기된 괴물 같은 모습"이라고 표현했습니다. 그리고 또 "인간과 황소의 서로 다른 두 본성이 그의 안에서 결합되었다"고 말하기도 했죠. 두번째 표현은 상대적으로 중립적이며, 이 재판에서는 연민의 표현으로 간주할 수 있겠습니다. 그리하여 미노타우로스의 인간적 본성이 이 지점에서 다시 한번 드러납니다.

그에 반해, 그리스도와 동시대인이었던 세네카는 『파이드라』

에서 로마제국 병사들조차 얼굴을 붉힐 만한 언어를 사용합니다.

가증스러운 창녀, 히폴리토스는 파이드라에게 소리칩니다. 너는 네 어미 파시파에를 능가하는구나. 괴물을 낳고 온 세상에 짐승 같은 욕망을 드러낸 네 어미 말이다. 하기야 놀랄 일도 아니지. 너도 한때 그 수치스러운 이중 형상을 품었던 그 자궁에서 자라지 않았더냐…… 대충 이런 식이었죠, 당시의 속어를 따르자면 말입니다.

검사측 이의 있습니까? 제가 사용한 언어 때문에 그러시는 거라면 분명히 말씀드립니다. 그 말들은 제 것이 아니며 번역 또한 상당히 정확합니다. 우리 사건과 무관하다고요? 그건 오해입니다. 지금 우리가 다루고 있는 것은 본인에게 책임을 물을 수 없는 태생을 이유로 낙인찍힌 아이가 유기되고 강제로 감금된 사건입니다. 이후로는 중상, 비하, 거짓의 유포가 이어지지요…… 하지만 행간의 의미나 생략된 말들과 암시를 통해서나마 알 수 있는 것은 미노타우로스의 인간적 본성이 인정되었다는 사실입니다. 비록 인간의 권리는 박탈당했지만 말입니다. 이 점을 기록해주시기 바랍니다, 재판장님. 그리고 제가 계속 진술할 수 있도록 허락해주십시오.

아우구스투스 황제의 총애를 받았던 시인 베르길리우스도 『아이네이스』에서 다음과 같은 두 행의 시구로 피해자를 슬쩍 공격합니다. "미노타우로스, 잡종의 소산, 이종의 혼합, 부자연스러운 관계의 증거……"

단어 하나하나에서 역겨움이 뚝뚝 떨어지는군요.

베르길리우스 얘기를 하고 나니 단테를 언급하지 않을 수 없군요. 『신곡: 지옥편』에서 미노타우로스는 유혈이 낭자한 일곱번째 지옥의 입구에 배치됩니다. "부서진 둔덕의 가장자리에/ 크레타의 수치가 몸을 길게 뻗고 누워 있었다." 단테는 그의 길잡이 베르길리우스보다 더 가혹합니다. 미궁에 유배되고 테세우스의 칼을 맞아 죽은 뒤에도 피고는 착취자들, 폭군들, 자연의 법칙을 거스른 죄인들 사이에 던져졌습니다. 하지만 미노타우로스는 그런 죄악의 산물일 뿐이지 않습니까? 가해자가 아니라 피해자, 가장 오래 고통받은 피해자가 아닙니까?

(그나저나, 일곱번째 지옥을 감시하는 경비는 켄타우로스였습니다. 짐승의 하반신에 인간의 상반신을 지닌 켄타우로스는 미노타우로스의 거울상이죠.)

문학이 미노타우로스의 괴물 같은 태생이라는 주제로 끊임없이 되돌아간다면, 시각예술은 그의 죽음에 홀려 있습니다. 미노타우로스를 다루는 모든 고대의 이미지들, 프레스코화와 도기화, 신화와 전설의 삽화 등에 나오는 장면은 단 하나입니다—테세우스가 미노타우로스를 죽이는 순간이죠. 미노타우로스는 칼에 찔리기 직전이거나 이미 죽은 채 테세우스에게 뿔을 잡혀 질질 끌려갑니다. 전체적으로, 검을 사용한 일련의 근접 전투 기술을 묘사하는 것처럼 보이죠.

　　테세우스가 미노타우로스의 한쪽 뿔을 잡고 양날의 검으로 그의 가슴을 찌릅니다.

　　미노타우로스는 부자연스럽게 큰 머리를 테세우스의 무릎 위로 숙여 검의 공격에 목덜미를 내어줍니다.

　　테세우스가 미노타우로스 뒤에서 왼손으로 목을 잡고 오른손으로는 흉곽 아래 부드러운 조직에 짧은 검을 쑤셔넣습니다. 그의 몸은 인간이죠. 당신은 인간을 죽이고 있어요, 테세우스. 검은 부드럽게 박힙니다. 그렇습니다, 이 모든 장면에서 공포의 대상으로 여겨졌던 미노타우로스의 몸은 취약합니다. 그건 숨길 수 없는 사실이죠.

킬릭스라 불리는 넓은 접시처럼 생긴 와인잔 중 하나에는 심지어 아름답게 묘사된 미노타우로스가 바닥에 그려져 있습니다. 그는 입술이 육감적이고 콧방울이 잘생긴 무어인*처럼 보이죠. 그는 무릎을 꿇은 채 경솔하게도 제 몸을 테세우스의 검에 노출했고 테세우스는 오른발을 올려 미노타우로스의 사타구니를 밟고 있습니다.

유물에 남아 있는 몇몇 그림들에서는 테세우스가 미노타우로스의 온순한 시신을 질질 끌고 가는 장면도 볼 수 있습니다…… 그는 저항조차 하지 않았습니다. 이 점에 대해서는 이 사건에 서면으로 의견을 보내오신 또다른 변호인 미스터 호르헤**께서도 증언하실 것입니다.

---

* 본래 8세기경에 이베리아반도를 정복한 아랍계 이슬람교도를 가리키나, 넓게는 피부색이 어둡고 이국적인 매력을 지닌 이방인을 뜻하는 말로도 쓰인다.

** 소설가 호르헤 루이스 보르헤스를 암시하는 것으로 보인다. 경계 위의 존재나 미궁을 작품의 소재로 자주 다룬 보르헤스는 『상상 동물 이야기』에서 미노타우로스를 신화 속 존재로 소개하며, 단편소설 「아스테리온의 집」에서 미노타우로스는 무서운 괴물이 아니라 절대 고독 속의 가련한 주인공으로 등장한다.

어떤 장면에서는 살해 방식이 훨씬 더 잔혹하고 거칠고 야만적입니다. 무거운 몽둥이나 옹이가 박힌 나무 곤봉, 오늘날 야구 방망이의 원형처럼 보이는 투박한 무기를 사용하죠. 지금도 시골 도살장에서 황소나 수소를 죽일 때처럼, 도끼날 반대쪽으로 이마를 내리쳐 죽이는 겁니다.

유년기와 죽음뿐. 그 사이에는 아무것도 없었습니다. 어둠과 고요를 제외하면.

신사 숙녀 여러분, 이 모든 사정을 고려해주시길 간청드립니다.

바이러스

숫염소와 백합들이 내 옆에서 서로를 유혹했네
나는 겁에 질려 외쳤네—주여 자비를 베푸소서!
이런 죄악이 있어서는 안 되나이다.
하느님이 그들 사이에 오른손을 두어 막았네.
오, 세상이여, 그대는 두번째 소돔에서 구원받았도다!

—아를의 가우스틴, 17세기

자연이 금지한 것을 가능하게 한 다이달로스의 부자연스러운 장인적 솜씨에 대한 몇 마디. 그는 나무 암소를 만들어 진짜 소가죽으로 덮은 뒤 황소를 향한 욕정으로 제정신이 아닌 미노스의 아내 파시파에를 나무 암소의 빈 자궁에 밀어넣었다. 그리고 암소에 바퀴를 달아 황소가 늘 풀을 뜯던 초원으로 가져갔다. 그 다음에 일어난 일은 뻔하다. "황소가 다가와 마치 진짜 암소와 하듯 그것과 교미하였다. 파시파에는 아스테리오스를 낳았고 사람들은 그를 미노타우로스라고 불렀다"고 위-아폴로도로스는 말한다.

그러나 신화는 숨겨진 또하나의 결과에 대해서는 함구한다. 크레타의 나무 암소로부터 트로이의 목마가 태어난 건 아닐까? 트로이의 목마도 속이 비었고 바퀴가 달렸으나 크기가 훨씬 더 커서 그 자궁에 무장한 병사 서른 명을 담을 수 있었다―유혹하기 위해서가 아니라 정벌하기 위해. 말을 낳은 암소, 황소 인간을 낳은 여자―다이달로스는 종의 역사에 트로이 목마를 슬쩍 끼워넣는다. 그로부터 수천 년 후에는 또다른 새로운 후계자가 나타난다. 나무로 만든 몸이 없는, 몸이라는 것 자체가 없는―악성 컴퓨터 바이러스인 트로이 목마. 그것은 유용한 프로그램인 척하고 하루이틀 잠잠히 있다가 맹렬히 공격을 개시한다. 파일을 지우고 문을 열어젖히고 방어막을 부수고 가상의 트로이에 외부의 눈을 들여보낸다. 그 모든 것이 다이달로스의 부자연스러운 장인적 솜씨에서 비롯되었다. 그것은 17세기의 수수께끼 같은 인물 가우스틴이 주장한 자연의 질서에 반하는 일이다.

여기에는 질서가 있고 하느님은 실수를 하지 않으시니,
파리와 숫양, 튤립과 참나무는 교합하지 않는다네.

신화와 게임

미노타우로스와 비디오게임에 대해 얘기해볼까? 근래에 산더미처럼 쏟아져나온 게임 중 뭐든 하나에 들어가보자. 온통 클리셰와 고전뿐. 미노타우로스는 전형적인 삼류 영화 깡패처럼 생겼다. 짧은 다리, 우람한 몸집, 짧고 두꺼운 목, 털, 터미네이터처럼 각진 얼굴, 그리고 우스꽝스러운 작은 뿔. 여기에 한술 더 떠 멧돼지의 구부러진 엄니까지 달고 있을 때도 있다. 하다 하다 이젠 이 황소를 야생 돼지와 교배시키기까지 한 것이다.

존경해 마지않는 오비디우스, 베르길리우스, 세네카, 플루타르코스, 에우리피데스, 그리고 단테 '인페르노' 알리기에리 선생(당신의 별명까지 빠짐없이 넣었다), 신화가 지금 어떤 지경이 되었는지 와서 좀 보시라. 당신들이 그토록 경멸하던 이 캐릭터를 보라. 오늘날 그의 이미지에 당신들도 크게 한몫하셨다. 고대의 원조 게이머들이여, 그를 보고 눈물을 흘려라. 언젠가 우리가 실시간으로 모이면 게임 한판 하기로 하자. 실시간으로, 하하하……〈미궁 속의 미노타우로스〉든 〈월드 오브 워크래프트〉든 〈갓 오브 워〉든…… 다른 삼차원 게임이라도. 하지만 그때는 오직 미노타우로스만 삼차원이고 우리는 모두 이차원의 그림자로(결국 우리는 '그림자의 왕국'에 있을 테니까, 그렇지 않은가?*), 디지털 시대 초창기에 나왔던 빛바랜 색감의 초라한 만화 캐릭터로 존재하겠지.

미노타우로스를 안은 성모마리아

---

* 단테의 『신곡』을 비롯해 서양 고전이나 신화에서는 종종 죽은 이의 영혼을 '그림자'에, 저승을 '그림자의 왕국'에 비유한다.

한 아이가 어머니의 무릎 위에 앉아 있다. 어머니는 아이를 왼팔로 안았고, 막 젖을 먹인 뒤 아이가 트림하기를 기다리는 것 같다. 아이는 알몸이다. 이는 아기 예수가 탄생한 이후 그려진 모든 성모자 이미지에서 반복된 도상적 장면이다. 그러나 이 그림을 독특하게 만드는 한 가지 차이가 있다. 아이가 황소의 머리를 가졌다는 것. 작은 뿔, 길게 튀어나온 귀, 넓은 미간, 주둥이. 송아지의 머리. 아기 미노타우로스를 안은 파시파에. 성모마리아보다 수백 년 앞선.

이런 종류의 이미지는 세상에 단 하나뿐이다. 이 그림은 오늘날의 라치오주*에 있던 옛 에트루리아**의 도시 볼키 근처에서 발견되었고, 파리국립도서관에 소장되어 있다. 신화는 곧바로 잊어버리려 했던 당연한 사실을 누군가가 감히 떠올렸다. 지금 이건 아기 얘기라는 것이다. 한 여자가 배에 품었다가 낳은 아기. 이건 짐승이 아니라 갓난아기 얘기라는 것이다. 곧 버림받을(지하실로 유기될) 아이. 아마도 미노스는 시간이 필요했을 것이다. 뭘 어떻게 해야 할지, 눈에 띄는 이 아이를 세상으로부터 어떻게 숨겨야 할지 결단을 내리기까지 몇 달, 심지어 한두 해의 시간이. 어머니와 아들의 얼굴을 자세히 보면 둘 다 이미 다가올 일을 안다는 게

___

* 이탈리아 중서부의 주(州)로 주도는 로마이다.

** 이탈리아반도에 있던 옛 나라로, 로마에 정복되었다.

드러나 있다.

혹시 이별하는 순간인 걸까? 어머니는 아이를 안고 있던 왼팔을 뒤로 젖혀 아이의 등뒤에서 가만히 작별의 손짓을 하고 있다.

이후 신화는 아이를 괴물로 바꿔놓을 것이다. 이 아이를 버린 죄, 우리가 앞으로 버리게 될 모든 아이에게 지을 죄를 정당화하기 위해.

아동 적대적

그리스신화에서 아이들의 부재는 특히 두드러진다. 고대를 인류의 아동기라고 볼 수 있다면, 왜 정작 그 아동기에는 아이들이 그토록 없는 걸까? 모두가 유치하게 행동하는 곳에서 진짜 아이들은 환영받지 못하는 존재인가보다. 간혹 아이들이 존재해도 태반은 제 아버지에게 잡아먹히고 만다. 잡아먹히지 않고 남는 아이들은 결국 제 아버지를 잡아먹는다. 시간이 시작된 이후로, 크로노스와 그의 자식들 이후로, 세상은 내내 그러했다.

분명 시간은 언제나 자기 아이들을 잡아먹는다. 하지만 시간은 빛이 있는 곳, 빛과 어둠, 낮과 밤이 교차하는 곳에 있다. 그러므로 시간으로부터 숨을 수 있는 유일한 장소는 동굴의 절대적 어둠 속이다. 아기 제우스가 숨겨진 곳도 어두운 동굴이었다. 그곳은 크로노스(시간)가 지배하지 못하는 유일한 장소다.[*]

미노타우로스도 어두운 지하 미궁에 숨겨진다. 그곳에서는 시간이 흐르지 않기 때문에 그는 영원히 소년으로 남는다.

우리도 지하실에 갇히곤 했다. 뒤늦게 나타난 그 도시 동굴, 류테니차**와 과일 콩포트 단지들이 즐비한 그곳에서 일시적인 미노타우로스처럼.

우리집에 올 때마다 나를 잡아먹겠다고 위협하던 친척 아주머니가 있었다. 마치 티탄의 먼 방계 후손이라도 되는 양 몸집이 거대하고 육중했던 아주머니는 내 앞에 서서 맹수처럼 무섭게 칠한 손톱을 내민 두 팔을 활짝 벌리고 은니 두 개가 번뜩이는 치아를 무시무시하게 드러냈다. 그러고는 뱃속 깊숙한 곳에서 낮게 으르렁거리는 소리를 내며 나를 향해 천천히 다가왔다. 나는 몸을 둥글게 웅크린 채 비명을 질렀고 아주머니는 몸을 떨며 웃어댔다. 아주머니에게는 아이가 하나도 없었다. 분명 다 잡아먹어버렸을 것이다.

---

* 그리스신화에서 크로노스는 자식에게 왕위를 빼앗길 거라는 신탁을 듣고 자식이 태어나는 대로 먹어버리는데 마지막으로 제우스가 태어나자 그의 어머니 레아는 아기를 크레타섬의 깊고 어두운 동굴에 숨겨 살려낸다.
** 고추, 토마토, 가지 등의 채소를 갈아서 만든 불가리아식 소스로 빵에 발라 먹거나 여러 요리의 양념으로 널리 쓰인다.

그리스신화에 등장하는 잡아먹힌 아이들

(불완전한 목록)

초기에는 물론 크로노스가 직접 잡아먹은 자식들이 있었다. 헤스티아, 데메테르, 헤라, 하데스, 포세이돈. 그리고 제우스 대신 강보에 싸여 삼켜진 긴 돌덩이 하나.

제우스는 어머니의 태내에 숨은 아테나 때문에 자기 아내 메티스를 삼켰다(아직 태어나지 않은 아테나도 함께). 이윽고 아테나는 완전무장한 전사의 모습으로 그의 머리에서 태어났다.

이티스(이틸)—트라키아의 왕 테레우스의 어린 아들로 어머니와 이모에게 살해된 뒤 그 사실을 모르는 아버지에게 요리로 바쳐진다. 오비디우스는 『변신 이야기』 제6권에서 이 사건을 충격적일 만큼 세밀하게 묘사한다. 아무런 의심 없이 살인자의 품에 안기는 아이, 칼의 일격, 아직 따뜻한 몸이 일부는 솥에서 삶아지고 일부는 꼬치에 꿰어져 지글지글 구워진다…… 그리고 마침내 테레우스는 연회에서 "자기 몸에서 나온 것을 자기 몸속에 게걸스럽게 집어넣었다".

그것이 전부가 아니다…… 탄탈로스의 아들 펠롭스의 이야기.

탄탈로스는 아들을 토막 내고 푹 끓여 신들에게 바쳤다. 오직 비탄에 빠진 데메테르만이 넋을 놓고 있다가 그의 어깨 살을 조금 먹어버렸다.[*]

아르카디아의 왕 리카온이 등장하는 불분명한 이야기도 여기 포함된다. 그는 제우스를 시험하기 위해 손자 아르카스를 요리해 내놓았다.

미노타우로스가 잡아먹은 처녀 총각들은 이 목록에 넣지 않겠다―나는 그 부분의 신화를 믿지 않는다. 게다가 황소는 초식동물 아닌가.

P.S.
그리고 현대에 나타난 괴상한 메아리 하나.
수없이 사용해 지워지지 않는 흔적이 남은 큼직하고 평범한 베

---

[*] 탄탈로스는 신들의 전지전능함을 시험하기 위해 아들 펠롭스를 죽여 식사로 내놓는다. 다른 신들은 탄탈로스의 잔혹함에 경악하지만 하데스에게 딸 페르세포네를 빼앗겨 실의에 빠져 있던 데메테르만 무심코 그 일부를 먹는다. 나중에 신들은 펠롭스를 되살려내고, 데메테르가 먹은 어깨 부분만 상아로 대체되어 펠롭스는 상아 어깨를 가진 인간으로 알려진다.

이킹 팬이 있다. 씻어서 살짝 찐 쌀이 담겨 있고, 그 하얀 표면 위에 작고 검은 후추 알갱이가 흩어져 있다. 오븐은 켜져 있고 문이 열려 있으며 두 개의 손이 팬을 그쪽으로 옮긴다. 예사롭지 않은 디테일―쌀 위에 얹힌 것은 닭이나 칠면조가 아니라 벌거벗은 살아 있는 아기다. 방금 하마터면 생것이라고 말할 뻔했다. 아기는 팬에 등을 대고 누워 팔다리를 공중에 뻗었다. 분명 태어난 지 며칠 되지 않았고, 잘해야 중간 크기 칠면조 무게 정도일 것 같다.

나는 이 사진(흑백)을 이야기와 함께 묶음으로 사들였다. 이 사진을 우편으로 받은 여성은 거의 기절할 뻔했다. "엄마의 새로운 손자예요. 귀엽죠?" 캐나다에서 사는 딸이 오래 기다려온 아기의 첫 사진과 함께 보낸 편지였다. 딸이 어렸을 때 가족들은 장난을 치며 이렇게 말하곤 했다. "네가 너무 귀여워서 먹어버릴 거야. 쌀을 곁들여, 쌀을 곁들여……" 그것은 가족 사이의 말장난이었다. 그런데 이십 년이 지난 뒤, 딸은 그 농담을 문자 그대로 실행하기로 한 것이었다.

하나의 신화. 뼈가 제거되고 희화화되었지만 그래도 여전히 무서운.

미노타우로스의 목소리

피고가 발언권을 얻는다.

정적.

피고는 자신을 변론할 말이 있는가, 아니면 계속 침묵하기를 원하는가?

미노타우로스의 목소리는 고대의 기록 어디에도 보존되어 있지 않다. 그는 말하지 않고 다른 이들이 그를 대신해 말한다. 살아 있든 죽었든 아무도 입을 닫지 않는 곳, 신과 인간, 숲의 정령과 영웅, 교활한 오디세우스와 순진한 키클롭스의 목소리가 쉼없이 끓어오르는 곳, 심지어 멸시받는 켄타우로스조차도 말할 권리가 있는 곳에서 단 한 존재만이 침묵을 지킨다. 미노타우로스. 어떤 말도, 소리도, 울음도, 위협도 없다. 그 어디에도 없다. 시인들 중의 미노타우로스, 눈먼 자에게 찾아오는 기나긴 밤에 역사의 미궁을 헤매던 호메로스의 육각운* 시행에도 없다. 추방자의 운명을 아주 잘 알았던 망명객 오비디우스의 글에도, 베르길리우스, 대★ 플리니우스, 아이스킬로스, 에우리피데스, 혹은 소포클레스의 글에도…… 그 누구도 미노타우로스에게 목소리를 주지 않고, 그 누구도 미노타우로스의 목소리를 보존하지 않는다. 이카로스를 안타깝게 여기기는 쉽다. 테세우스와 공감하기는 쉽다.

---

* hexameter. 한 행이 여섯 개의 율격으로 구성된 고대 그리스 서사시의 대표적인 운율 형식으로, 『일리아드』와 『오디세이아』에 사용되었다.

아리아드네와, 심지어 늙은 미노스왕과도…… 그러나 미노타우로스는 아무도 가엾이 여기지 않는다.

피고는 발언을 하겠는가? 하지 않겠다면……

그는 발언한다. 어째서 그의 이야기는 육각운 영웅 서사시가 될 자격이 없단 말인가?

미노타우로스의 자기 변론
(일부)

제가 아주 오랜 세월 밤의 품속에서 곱씹어온 말을 하겠습니다.

오, 미노스여, 한없이 가혹한 하데스의 재판관이여.

나의 혀는 단 한 번만이라도 말하기를 열망합니다. "오 나의 아버지!"라고.

그러나 나는 당신의 경멸을 알아차리고 절규를 억누릅니다.

과연! 진실은 당신의 가장 깊고 어두운 두려움조차 무색할 만큼 가혹합니다.

내가 당신과 나눈 피—태생적 괴물, 내 혈통은 분명합니다.

나는 분명 당신 아버지를 닮았고, 당신네 모두와 한 핏줄입니다.

우리 저주받은 집안 최초의 황소는 제우스였죠. 기억하십시오,

그가 아름다운 에우로페를 어떻게 유혹했는지, 당신의 어머니 말입니다.

나는 할아버지 제우스로부터 그와 똑같은 황소의 형상을 물려받
았습니다.
나의 굽은 뿔까지, 그와 완전히 빼닮은 모습.
크레타의 늙은 여인들이 전설 속에서 울부짖으며 애도하는 바로
그의 모습을.
그는 신이었지만 나는 괴물에 불과합니다. 하지만 잊지 마십시오,
오 미노스, 소중한 아버지시여, 당신은 눈처럼 새하얀 황소를
나의 다정한 어머니보다 더 절실히 원하셨다는 것을.
그런데 이제는 그 황소의 새끼를 보고 역겨워 움츠리십니까……

미노스: 잠시 휴정하겠습니다……

음매애애……

피고를 퇴정시키시오……

음매애애애애……
애애애애애애애애애애애애애애애애애애애애애애애
애애애애애애애애애애애애애애애애애애애애애애애
애애애애애애애애애애애애애애애애애애애애
애애애애애애애애애애애애애애애애애애애애애애애

애애애애애애애애애애애애애

애애애애애애애애애애애애

3

노란 집

수용소

　동네 외곽의 마지막 집들에서 멀리 떨어진 곳에 서 있는 칠이 벗겨진 노란색 건물, 낮고 긴 건물 형태, 창살이 달린 창문, 가시철사가 감긴 울타리. 그 장소의 공식 명칭은 '정신질환자 수용소'인데 남동부의 그 외진 소도시에서는 모두가 그저 '정신병원'이라고 불렀다. 밤에는 울타리에 전기가 흐르고 벌써 몇 명이나 통구이가 되었다는 소문이 있었다. 나는 그곳이 무서웠지만, 동시에 그 두려움에 이끌려 근처를 어슬렁거렸다.

　어느 날 저녁, 그곳을 지나는데 오싹한 울부짖음이 들려왔다. 그 울부짖음 혹은 포효에는 뭔가 극단적이고 비인간적인 기운이 있었다. 밤의 미로에서 들려오는 듯한 우우우우우우우…… 그 끝없는 '우우우'는 11월 초저녁의 정적에 터널을 뚫었다. 일요일이었다. 낙엽이 거리 전체를 뒤덮었고 그 낙엽에서는 아직도 희미한 부패와 아세톤 냄새가 풍겼다. 가을의 시신이 나타나기 전에 풍기는 그 냄새. 출입문을 비추는 조명 하나만이 축축한 황혼을 흩뜨렸다. 간호사는 퇴근했고 원장 의사는 어차피 일주일에 한 번만 왔다. 수위는 그곳에 있어야 했지만 아마 술에 취해 진료실에서 자고 있었을 것이다. 울부짖는 사람에게는 다행이었다. 안 그랬으면 정원 호스로 전통적인 얼음물 샤워를 당했을 테니까. 들리는 말로는 창살 사이로 물을 방안에(더 정확히 말하면 '감방' 안에) 직접 뿌린다고 했다. 그게 광기를 식히는 자연 치유법이라는 것이었다. 원장 의사는 자신이 이 외진 도시에서 경력을 마치리라는 사실을 오래전에 받아들였다. 감독이나 제재를 받게 될까 걱정하지도 않았다. 지옥에 빠진 자는 더 나쁜 일이 벌어질지도 모른다는 두려움에서 해방되듯이.

그 일요일 저녁에 나는 노란 집 주위를 맴돌고 있었고, 울부짖음의 어둑한 통로가 나를 점점 더 깊이 빨아들였다. 안으로 들어가기는 두려웠다. 그 안에 무엇이 있든, 인간의 눈과 귀에 적합한 것은 아니었다. 하지만 내 몸은 기계적으로 원을 그리며 계속 움직였다. 내가 나에게서 스르르 빠져나가는 느낌이 들었다. 조금만 더 있으면 나는 그 비명의 통로로 들어갈 거야, 그 고랑을 따라 기어갈 거야, 비명을 지르는 그 몸에 깃들게 될 거야.

바로 그때 어떤 손이 내 어깨를 억세게 붙잡는다. 깜짝 놀란 나는 껍데기 안으로 쑥 들어가는 달팽이처럼 나 자신으로 돌아온다. 아버지다.

아버지도 나도 이곳에서 서로를 본 놀라움을 감추지 못한다. 우리 둘 다 여기에 있을 이유가 없다. 그리고 둘 중 누구도 이 시간에 왜 여기에 왔는지 묻지 않는다. 우리는 아무 말 없이 중심가를 향해 돌아서서 그 울음에서 멀리 떨어진 11월의 저녁으로 들어선다.

나는 이제 영영 그 '우우우우우우'의 터널에서 풀려나지 못하리라는 것을 알았다. 그 울부짖음은 집요함 정도만 달라지면서 오래도록 나를 따라다녔다. 예기치 않았던 순간에 불쑥 나타났다가 사라지기를 반복하면서. 때로 그 소리는 잠잠해지기도 했고, 지극히 행복한 순간에는 잊히기도 했다. 즐거운 모임에서 왁자지껄하게 담소를 나누다보면…… 하지만 다시 고요해지면 어김없이 나타났다. 십 년 후 귀에 끈질긴 이명이 생겼을 때, 나는 그 울부짖고 고함치고 외치는 무엇인가가 이제 거기 영원히 자리잡았다는 것을 알았다. 귓속 한가운데, 두개골의 동굴 속, 거기서 고막과 추골과 침골을 거쳐 의사들이 내이의 미로라고 이르는 그곳으로 침투해 들어갔다고.

진단

그후 시간이 한참 흘러 대학에 다니던 시기에, 유년 시절 나를 장악했던 '이입'에 대해 연상인 의사 친구에게 용기를 내어 말해보았다. 그는 오래 생각하더니 마침내 희귀한 진단명을 내놓았다. 어쩌면 그 자리에서 지어냈는지도 모를 그 진단명은 대략 다음과 같았다. 병적 공감, 혹은 강박적 공감-신체화 증후군. 의사는 이 병이 극히 드물고 완치는 어렵지만 유년기에 가장 극심했다가 이후 완화된다고 했다. 시간이 갈수록 발작을 통제하기가 쉬워지고 급성 증세는 사라지지만 발작이 완전히 멈추지는 않는다는 것이었다. 뇌전증처럼 말이야, 그는 말했다. 발작을 일으키면 그 사람이 어디를 배회하고 있는지는 아무도 모르는 거야.

내 경우에 발작 자체는 없었다. 몸이 살짝 뻣뻣해지기는 해도 완전히 차분한 상태를 유지했다. 생각에 잠겼거나 이야기에 깊이 몰입한 사람 같았다. 그런 상태에 빠지면 눈을 깜빡이지 않았고 눈동자의 움직임도 멈췄으며 입은 반쯤 벌어지고 호흡은 일종의 자동 조절 모드로 넘어갔다. 그러는 동안 나(나의 일부분)는 다른 사람의 이야기 속, 다른 사람의 몸속으로 들어가는 것이었다.

나는 이런 현상을 두려움과 희미한 죄책감과 만족감이 뒤섞인 감정으로 받아들였다. 이 능력인지 질병인지를 최대한 숨기려고 꽤 애를 썼다. 오직 할머니만 언제나 알아보았다. "에이, 이놈 또 가버렸네." 그것은 종종 내 의지와 상관없이 일어났다. 다른 사람이 아픔을 느끼는 바로 그곳, 그 베인 자리, 그 상처, 염증이 생긴 그 자리에 통로가 생겨 나를 안으로 빨아들이는 것 같았다. 이야기, 특히 가까운 사람들이 하는 이야기에는 늘 어떤 맹점이나 잠깐의 공백, 약점, 이해할 수 없는 슬픔, 상실했거나 일어난 적도 없는 것에 대한 갈망이 있었고, 그것들이 나를 안으로, 말해지지 않은 것의 어두운 방으로 끌어당겼다. 모든 이야기에는 그런 비밀스러운 방과 통로가 있었다.

의사는 자기 마음이 편하려고 그런 것인지 나를 MRI 검사실로 보냈다. 나는 뇌를 박편으로 잘라 그 안의 모든 비밀을 엿보는 거대한 흰 캡슐 안으로 들어갔다. 긴장을 풀고 기분좋은 생각을 떠올리세요, 간호사가 말했다……

두 시간 뒤 영상을 판독할 의사들의 방에 들어갔을 때, 나는 그들이 제대로 감추지 못한 당혹감을 멀리서도 감지할 수 있었다. 영상이 나오지 않았다고, 아마 장비 문제일 거라고, 어쨌거나 오래된 기계라고 했다. 사실 이런 경우는 처음이라며, 정말로 아무것도 보이지 않는 새까만 필름 한 장뿐이라고도 했다. 나는 놀라지 않았다. 내 머릿속에 어둠이 있어서, 빛이 닿을 수 없는, 수백 년 동안 쌓여온 어둠이 있어서 아무것도 안 보인다는 것을 나는 안다. 내 두개골은 동굴이다. 물론 그들에게 그런 말을 하지는 않았다.

때로 나는—동시에—공룡이기도 하고, 어류이기도 하고, 박쥐, 새, 원시의 수프 속을 떠다니는 단세포생물이기도 하며, 포유류의 배아이기도 하다. 때로는 동굴 속에 있고 때로는 자궁 속에 있다. 그 둘은 본질적으로 같은 곳이다—(시간으로부터) 보호받는 장소.

옆길로 새기

공감의 경향은 7세에서 12세 사이에 가장 강하게 나타난다.

최근 연구는 뇌 섬피질 앞부분에 위치한 '거울 신경세포'라는 것에 초점을 맞추고 있다. 간단히 말해 이 신경세포들은 사람이 고통이나 슬픔이나 행복을 느낄 때, 혹은 그런 감정을 타인이 느끼는 것을 볼 때 비슷하게 반응한다. 일부 동물도 공감을 경험한다. 감정적 경험의 공유와 거울 신경세포 사이의 연관성은 아직 충분히 연구되지 않았고 관련 실험들이 진행되고 있다. 연구자들은 공감 능력을, 예를 들면 소설 읽기 등을 통해(S. 킨의 연구 참조), 의식적으로 계발한다면 의사소통이 훨씬 더 쉬워지고 미래 세상의 대재앙들을 면할 수 있을 거라고 생각한다.

—〈공동체와 뇌 피질 저널〉

나의 형제, 미노타우로스

그런데 그날 밤 아버지는 노란 집 근처에서 뭘 하고 있었을까? 그래, 그게 아버지 일의 특성이긴 했다—부르는 곳이면 어디든 가는 것. 그 소도시에서는 거의 모두가 마당에서 동물을 키웠다. 하지만 수의사가 정신질환자들의 요양원에서 뭘 한단 말인가? 틀림없이 아버지는 그 안에서 나오는 길이었을 것이다. 거기가 아니라면 그런 황량한 곳 어디에서 나왔단 말인가?

갑자기 머릿속에서 전체 그림이 아찔할 만큼 선명하게 맞춰졌다. 나는 '갑자기'라고 말하지만, 실은 그 퍼즐의 개별 조각은 아이의 상상력 고유의 꼼꼼함으로 오래도록 세심하게 다듬어진 것들이었다. 이제 모든 것이 너무나 쉽게, 무서울 만큼 쉽게 내 안에서 하나로 맞춰졌다.

그 비인간적인 울부짖음은 정말로 인간의 것이 아니었다. '우우우우우'가 아니라 '음매애애애'였고, 그곳에 갇힌 반은 인간이고 반은 황소인 존재가 내는 울음이었다. (나는 이미 할아버지의 숨겨진 기억 속에서 그런 소년을 본 적이 있었다.) 인간 의사는 그 인간을 위해 아무것도 해줄 수가 없었고 그래서 황소를 치료하기로 한 것이다. 당연히 그들은 그 지역에서 가장 유능한(그리고 사실상 유일한) 수의사를 불렀다. 바로 나의 아버지.

더 암울한 버전의 또다른 이야기도 있다. 이 역시 유년기의 외로운 오후를 지나며 오랫동안 세심히 다듬어진 것이다. 반은 인간이고 반은 황소인 그 소년은 그냥 평범한 소년이 아니라 나의 '사산된 형제'였다. 나는 어른들이 그에 대해 소곤거리는 말을 들었다. 사실은 멀쩡히 살아서 태어났는데 황소 머리 때문에 요양원에 넣어버린 것이다. 그들은 아이를 버렸다. 선의에서 그런 것이었다. 건강한 형제에게 피해가 가지 않도록. 그 이야기를 가장 비밀스러운(즉, 일부러 읽을 수 없게 쓴) 글씨체로 적은 뒤 공책에서 뜯어낸 종이를 돌돌 말아 침대 밑 비밀 상자에 넣어둔 기억이 난다.

혹시 난 부모님의 아들이 아닌 걸까? 계속 황소 머리를 가진 아이들만 태어나자 절망 끝에 나를 입양한 걸까?

그것이 사실이라면 내가 다시 버려지는 일쯤이야 어려울 리 없었다. 우리가, 나의 미노타우로스 형제와 내가 다시 버려지는 일쯤이야.

그뒤로 며칠간 나는 이 비밀의 동굴로 들어갈 수 있는 틈, 살짝 열린 문을 찾는 일에 골몰했다. 아버지에게—겉으로는 무심한 척하되 신중하게—암소가 걸리는 질병은 어떤 것들인지 물었다. 쌍둥이 송아지들을 본 적이 있는지, 그럴 때 아버지는 어떻게 하는지? 한쪽을 살리려고 다른 쪽을 죽이는지? 아버지는 건성으로 대답했다. 하지만 한번은 경계심이 풀렸는지 어떤 이야기를 시작했다. 아버지가 어렸을 때 새해 전야에 열네 시간이나 진통을 겪은 암소가 있었는데…… 나는 그다음은 듣지 않은 채, 그냥 그 이야기가 열어준 통로를 타고 미끄러져 들어갔다. 그러다 입구에서 멈췄다…… 아버지의 비밀로 몰래 숨어드는 짓은 확실히 옳지 않았다. 어쩐지 저속하고 부자연스러웠다. 보고 싶지 않은 무언가를 보게 될 수도 있으니까. 아직 아버지의 목소리가 들렸다. 아버지는 이야기에 심취해 있었다. 아직은 돌아설 수 있었다. 나는 속으로 말했다, 딱 이번 한 번만 할 거야. 나는 앞으로 밀고 들어가 재빨리 이야기의 옆 통로로 끼어들었다. 이제 이야기에는 관심이 없었다. 아버지의 목소리가 잦아들었다. 나는 아버지의 유년기를 정처 없이 배회했다. 우리가 얼마나 닮았는지 보라, 깡마른 몸에 아마도 물려받았을 헐렁한 옷을 입은 저 모습. 저기, 아버지가 암탉이 품고 있던 달걀을 훔친다. 아직도 따뜻하다. 나도 느낄 수 있다. 할머니, 그러니까 아버지의 어머니(지금은 내 어머니이기도 하고)가 나를 본다. 나는 달걀들을 가지고 잡화점을 향해 달려간다. 상점 주인 안겔 할아버지에게 달걀을 팔 수만 있다면 한 알당 웨이퍼 하나씩을 받을 수 있다. 달리고 또 달려 상점으로 들어가니 다행히도 다른 손님은 없다. 안겔 할아버지, 여기 달걀 세 알을 웨이퍼로 바꿔주세요, 나는 쌕쌕거리며 숨을 몰아쉰다, 할아버지가 나를 쳐다본다, 어머니도 아시냐, 네, 엄마가 보내셨어요, 할아버지는 달걀을 받아 햇빛에 비춰본다, 그런데 말이다, 여기 이건 훔친 달걀이로구나, 에이, 어떻게 아셨어요, 할아버지가 달걀을 돌려준다, 그 순간 어머니가 거리에서 달려오고 있다, 나는 달걀을 받아 주머니에 쑤셔넣고 밖으로 황급히 달려나가지만 바스러진 계단을 헛디뎌 넘어진다. 달걀 조심하거라, 안겔 할아버지가 웃음을 터트린다. 노른자가 사타구니로 스며드는 느낌이 든다.

벌을 받기 전에 나는 그 장면에서 빠져나온다. 다른 통로로 들어가 방향을 바꾼다. 나와 관련이 없는 일에는 귀를 기울이지 않겠다고 속으로 말한다. 아버지가 키스하고 있는 아가씨에게서 마지막 순간에 방향을 튼다. 집의 돌담 너머에서 내가 키스하고 있는 아가씨. 매력적이지만, 나의 어머니가 되지는 않을 것이다. 아버지도 매력적이다. 내가 아버지인 한, 나 역시 매력적이다. 키가 크고 머리가 곱슬곱슬한 남자, 우리가 지나갈 때 내게 꽂히는 여자들의 시선이 느껴진다. 이 여자는 외국인 같다. 이 여자는 어디선가 본 듯한데. 이 여자는…… 가만, 어머니로구나. 나를 여기로 데려온 수수께끼의 답이 이 근처 어딘가에 있을 것이다. 근처의 어느 통로로 들어가 거기서부터 살펴봐야 하는데, 몸을 움직일 수가 없다. 어머니가 고통스러워한다. 고통이 극심하고 나는 옆으로 비켜나 있을 수가 없다. 고통이 나를 빨아들인다. 살아 있는 무언가가 찢겨나간다…… 내가 어머니를 찢고 있다…… 마침내, 아기 울음소리, 그 울음소리는 내게서 나온다, 나는 나 자신이다, 그 쭈글쭈글하고 축축하고 푸르스름한 고깃덩어리. 밖으로 내던져져 숨을 컥컥거리며 온몸을 떨고 있는.

무언가가 나를 세게 흔들어 그 컴컴한 통로들 밖으로 잡아당긴다—빛, 말소리, 아버지의 얼굴…… 왜 그러니…… 왜 그래…… 십 분 동안이나 널 깨우려고 애썼는데……

그 여정을 지나오며 만신창이가 된 느낌이다…… 괜찮아요, 아빠, 나 여기 있어요…… 나는 내 어머니에게서 태어났다, 이런 기적이 있다니.

나 말고 또 누가 있었는지, 내 뒤에 다른 누가 태어났는지 알아내기 전에 아버지가 나를 밖으로 끌어냈다. 그 동굴에 나만 있었던 건 아니라는 막연한 느낌이 들었다.

나는 내 어머니와 아버지에게서 태어났지만 그렇다고 해서 내가 미노타우로스가 아닌 건 아니었다. 나는 계속 혼자 남아 창가에서 책장을 넘기며 긴 하루를 보냈다.

조무래기들

고대에 그랬듯이 사회주의 시절에도 아이들은 보이지 않는 존재였다. 어른들 발치에서 서성거리는 조무래기들. 삶에 온전히 속하지는 않은 채 삶에 대비하는 아이들.

지하실에 달려가서 피클 좀 가져와! 다른 방에 가서 놀아, 손님들이랑 얘기하고 있잖아! 후딱 나가, 할일 있으니까! 따귀 공장을 돌려야 말을 들을래…… 가부장제와 산업화의 잡탕.

아이들은 여름마다 석 달을 시골에서 할머니와 함께 지내며 신선한 공기와 햇빛 속에서 몸을 단련하고, 양젖을 바로 짜서 마시고, 날달걀을 먹었다. 암탉이 품고 있던 따뜻한 달걀을 꺼내면 할머니가 앞치마로 닦아 두꺼운 바늘로 구멍을 낸 뒤 안에 소금을 살짝 뿌려준다. 그러면 할머니의 정겨운 시선을 받으며 구멍으로 힘껏 빨아먹는 것이다. 쭉 마셔, 쭉 마셔, 달걀 하나는 주사 한 방과 같아, 할머니는 말하곤 했다. 삼십 년 전에 이 마을을 지나가던 유명한 의사가 하룻밤을 묵고 나서 한 말이다. 달걀 하나는, 의사는 말했다, 주사 한 방과 같아요, 기억해두세요.

훨씬 나중에 알게 된 사실이지만, '신선한 공기와 햇빛'을 강조하는 이 교육법은 1930년대 독일 어린이들에게도 핵심적이었다. 건강하고 활동적이고 전투에 적합한 사람으로 키우기 위해서였다. 그 아이들에게도 날달걀을 잔뜩 먹였을까?

그 끝없는 여름 오후에 이미 닳아빠진 낡은 책으로 고대 그리스신화를 읽고 또 읽으면서 나는 다음과 같은 사실을 발견했다. 제우스는 1970년대 말의 우리와 정확히 똑같았다. 외딴 시골로 보내져 할머니 가이아의 보살핌을 받고(아버지로부터 멀리 격리된 채로) 염소젖을 마시고(물론 그의 염소는 신성한 염소였다) 건강하고 원기 왕성하게 자라나는 아이.

나는 필멸의 존재인 평범한 양의 젖을 언제나 기억할 것이다. 바로 짜내 아직 따뜻한 젖에는 번들거리는 똥 조각이 몇 개 떠 있어서 거품과 함께 가장자리로 후후 불어내야 했다. 불멸은 오직 유년기에만 가능하다. 어쩌면 그 양젖과 날달걀 덕분인지도.

하지만 아주 느리게 점점 다가오는 두려움도 있다. 나는 버려 졌다. 부모님은 나를 여기 남겨두고 도시로 돌아갔다, 사라졌다.

엄마 콩

'엄마 콩'은 초록색 몸에 눈 대신 작은 콩 두 알이 달렸다. 우 리는 엄마 콩을 정말로 무서워했다. 콩밭에 들어가지 마, 할머니 는 우리가 텃밭에 있는 걸 보면 소리쳤다. 들어가면 엄마 콩이 쫓 아온다! 우리는 엄마 콩을 본 적이 한 번도 없었지만 언제나 엄마 콩을 염두에 두고 콩밭의 이랑을 조심스럽게 피해 갔다.

한편 포도밭에는 '엄마 포도나무'가 살며 자식들을 지켜주었 다. 그래서 우리는 줄줄이 늘어선 포도나무들 사이로 쳐들어가 여기저기서 함부로 포도를 따먹는 짓은 엄두도 내지 못했다.

언젠가 할머니는 우리가 집 앞 보도블록 위를 기어가는 불개 미떼를 대량 학살하는 모습을 보았다. 그때 우리는 '엄마 개미'에 대해 처음으로 들었다. 거대하고 엄청 큰 집게발이 있는 개미라 고 했다.

다들 엄마가 있는데 우리만 없었다. 우리에겐 할머니가 있었다.

미노타우로스 증후군

1970년대. 우리 어머니들은 젊고 공부중이거나—1학년, 2학년, 3학년—근무중이었다—1교대, 2교대, 3교대. 우리는 반지하나 지하의 빈 셋방에서 지루함과 두려움에 빠져 홀로 방치된 채 희미한 불안 속을 떠돌았다. 미노타우로스 증후군이라는 게 있을까?

나는 어류나 고양이, 거북이, 앵무새를 키우지 않았다. 어머니가 현명하게 지적했듯 그건 우리에게 전혀 필요가 없었으니까. 어쨌거나 우리는 자가 아파트를 받는 그 위대한 날을 기다리며 끊임없이 새로운 셋집을 전전했다. 내 옆에는 오직 강아지 라이카*뿐이었다. 우주 어딘가에서 울부짖고 있을 그 떠돌이 영혼. 그리고 내 형제 미노타우로스. 그들은 나의 5제곱미터 주거 공간에 몰래 함께 살고 있었고, 내 어머니와 아버지, 그리고 집주인들에게는 보이지 않는 존재였다.

---

* 소련의 우주선 스푸트니크 2호에 실려 발사되었다가 생명을 잃은 개.

1980년대의 사적인 역사

그리고……

'1980년대 지루함의 역사'가 기록되어야 한다. 1980년대는 지루함을 가장 많이 생산한 십 년이다. 디스코도 이때 나왔다. 한 세기의 오후.

처음으로 '지루함'이라는 말을 들었을 때 나는 여섯 살이었고 그 말이 무슨 뜻인지 몰라서 불안했다. 하루종일 혼자 있으니 지루하겠구나, 이웃의 페파 아주머니가 내게 말했다. 나는 그것이 가벼운 질병일 거라고 생각했다. 코막힘, 감기, 혹은 포플러 솜털 알레르기처럼 몸이 좀 안 좋은 상태. 그래서 나는 대답을 얼버무렸다. 아, 아니요, 아무렇지도 않아요, 저는 괜찮아요. 내가 나고 자란 곳에서는 지루함이란 들어본 적도 없는 것이어서 그 단어는 아예 쓰이지 않았다. 언제나 무언가 해야 할 일이 있었다. 동물들은 그것이 뿌리를 내리게 놔두지 않았고 싹을 내밀기만 해도 뜯어먹어버렸다. 하지만 이곳 T시에서는 지루함이 어디서나 자라났다. 지루함은 뜨거운 아스팔트 위로 아지랑이처럼 일렁였고, 빛바랜 황토색 집 외벽을 조금씩 갉아먹었고, 해바라기씨 행상을 공원 그늘 속에서 졸게 했고, 고양이처럼 가르랑거리거나 길 건너에 사는 코스타 아저씨에게 귀청이 터질 듯한 재채기 발작을 일으키기도 했다.

수집품 목록

　냅킨

　빈 담뱃갑

　성냥갑

　배지와 우표

　소형 달력

　각도를 틀면 윙크하는 것처럼 보이는 엽서

　수입 사탕 포장지, 종이와 은박지

　판 초콜릿 포장지, 종이와 은박지

　껌 포장지(껌은 없는)

　빈병, 위스키, 코냑, 캄파리 등의……

　분명히 이 수집품 속 물건들은 버려지고 비워지고 쓰임을 다한 것들이다. 누군가가 말보로 레드와 로스먼스 블루를 피웠고 수입 초콜릿을 먹었으며 껌을 씹었고 메탁사 브랜디를 마셨다. 병 몇 개와 상자 몇 개와 포장지 몇 장만이 우리에게 남았다. 텅 빈 것과 버려진 것을 수집하는 이들.

　내 첫 카세트테이프 플레이어인 히타치 모노도 있다. 어떤 베트남 사람들에게서 산 것인데, 할아버지의 늙은 당나귀와 맞바꿨다. 할아버지는 돌아가시는 날까지 그 거래는 어느 속담대로, 말을 주고 닭을 산 셈이라고 생각했다. 여기서 말은 당나귀고 닭은 카세트 플레이어다.

역사와 문학 교과서들—우리는 교과서에 나오는 지겹도록 익숙한 사진들을 단장하는 일에 재미를 붙였다. 대머리 공산당 서기장의 달걀처럼 둥글고 맨들맨들한 머리에는 콧수염과 해적 안대를 그려넣었다. 그리고 시인 혁명가 흐리스토 보테프의 영웅적인 얼굴에는—문학의 신들이여, 용서하소서!—존 레넌 스타일의 동그란 안경을 그렸다. 안경은 보테프의 무섭도록 근엄한 얼굴을 좀 어리둥절한 표정의 수염 난 히피, 늘 실패로 끝나는 불가리아 혁명의 히피로 바꿔놓았다.

세상은 단순하고 질서정연했다. 단순하게 질서정연했다. 수요일에는 생선, 금요일에는 러시아 방송.

동독에서 만든 카우보이 영화에서는 레드스킨*이 착한 편, 일종의 프롤레타리아였다. 어쨌거나 그들은 말 그대로 붉은 편이었으니까.

---

* 아메리카 원주민을 일컫는 경멸적인 표현.

1973년 혹은 1983년(신문이 조각만 남아 확실치 않다) 11월 18일 월요일 텔레비전 편성표:

17:30—불가리아 공산당 중앙위원회 7월 총회에서 내려진 결정에 관한 토론. 18:00—뉴스. 18:10—피오네르 소년단*을 위한 프로그램 〈작은 북〉 18:30—영화 〈서커스의 아이들〉 19:00—경제 프로그램 〈아름답고 편안하게〉 19:10—인민군을 위한 프로그램 〈노래와 함께 차려 자세〉 콘서트. 19:40—광고. 19:45—이달의 멜로디. 19:50—잘 자요, 어린이들! 20:00—세계와 우리. 20:20—스포츠 스크린. 20:30—텔레비전 연극, 예지 크라시니츠키 작 〈결혼기념일〉 21:40—국제 음악 콩쿠르 수상자들. 22:00—뉴스.

이유는 설명할 수 없지만 이 편성표를 보면 나는 항상 울적함에 빠져든다. 밤 열시에 마지막 뉴스, 그리고 끝이다. 국가가 울리고 나면 그저 치지지지지지지직 소리와 눈송이가 내리는 화

---

* 소련과 동유럽 사회주의 국가에서 운영된 공산주의 유소년 조직으로, '피오네르'는 러시아어로 '개척자'를 의미한다.

면뿐.

　여기 방독면이 들어 있던 초록색 방수포 가방이 있다. 그 안에는 핵폭탄과 중성자탄, 시험 발동되던 공습경보에 대한 진 빠지는 두려움이 가득차 있다. 학교 체육관 지하에 있던 방공호가 기억난다. 한 달에 한 번 우리는 '경계경보'에 따라 거기에 숨었다. 어둠 속에서 거친 숨소리가 들렸고, 조명용 비상 발전기는 결국 끝까지 작동하지 않았고, 그 혼란, 땀과 두려움의 냄새, 그후에 어느 학생은 자기가 '폭격'을 했다고, 즉 어둠 속에서 우리 화학 선생님의 가슴을 움켜쥐었다고(그 시절의 은어, 부디 영원히 잠들기를) 주장했다―다른 목표 대상이 있었는데 실수로 그랬다면서.

　학교에서 군사훈련 시간에 방독면을 쓰는 동안―나는 꼬박 십칠 초가 걸렸다―수업을 맡은 소령이 계속 고함쳤다. "끝이야! 넌 죽었어……" 그러면서 초시계를 내 얼굴에 들이밀었다.
　죽고 나서 삼십 년을 더 사는 건 쉬운 일이 아니다.

　군사훈련은 우리가 그 훈련으로 대비하려 했던 시대와 동시에 막을 내렸다.

성적인 문제

사회주의에 섹스가 있었을까? 섹스에는 사회주의가 있었을까? 우리를 주인공으로 한 에로틱한 성장소설의 첫 장면에는 『남자와 여자, 친밀하게』가 있었다. 독일어에서 번역된 그 책은 그 시절의 베스트셀러로, 언제나 책장 제일 높은 선반 뒤쪽에 잘 감춰져 있었다. 그런데 어느 날, 그 책이 사라졌다.

그 책 누가 손댔어?

어떤 책?

어떤 책인지 알잖아.

우리 모두 그 책을 몰래 읽었다. 그 책은 실용적인 안내서이자 성 건강 전문의였고 동시에 에로문학이었다.

그렇게 우리는 의학 담론을 통해 섹스를 처음 접했다. 마스터베이션은 (그 책에 따르면) 건강에 해롭고 사랑 없는 섹스도 마찬가지였다…… 하지만 사실 우리에게 섹스 없는 사랑의 고통도 그보다 못하진 않았다.

중요한 성애 장면 목록에서 발췌

이제 계단을 뛰어올라 소니에게 달려가는 동안, 강렬한 욕망이 그녀의 온몸을 훑고 지나갔다. 계단참에서 소니는 그녀의 손을 잡고 복도를 지나 그녀를 빈방으로 이끌었다. 등뒤로 문이 닫히자 그녀는 다리에 힘이 풀렸다. 입술에 소니의 입술이 닿는 느낌과 함께 태운 담배의 쌉쌀한 맛이 느껴졌다. 그녀는 입을 벌렸다. 그 순간 그가 신부 들러리 드레스 아래로 손을 밀어넣는 느낌이 들면서 옷감이 바스락거리며 밀려나는 소리가 들렸다. 그의 크고 따뜻한 손이 다리 사이로 다가와 새틴 팬티를 찢어 젖히고 음문을 쓰다듬는 게 느껴졌다. 그녀는 소니의 목에 팔을 감은 채 그가 바지를 여는 동안 매달려 있었다. 이윽고 그가 그녀의 맨 엉덩이를 두 손으로 받쳐 안아올렸다. 그녀는 몸을 위로 살짝 튕겨 양다리를 그의 허벅지 위쪽에 감았다. 입안에 들어온 그의 혀를 빨았다. 그가 몸을 거칠게 밀치자 그녀의 머리가 문에 부딪혔다. 허벅지 사이에서 불타는 무언가가 지나가는 느낌이 들었다. 그녀는 소니의 목을 감고 있던 오른손을 아래로 내려, 피를 잔뜩 머금은 거대한 근육 덩어리를 감싸쥐고 그를 인도했다. 손안에서 그것은 동물처럼 박동했고, 그녀는 감격스러운 황홀경에 휩싸여 울음이 터질 것만 같아……

마리오 푸조의 『대부』 중 전설의 28쪽은 우리 세대 전체에게 계시이자 불세례였다. 나는 반 친구들 대부분이 그랬듯이 그 부분을 손으로 베껴 적었고, 좀더 대담한 녀석들은 면도칼로 책장을 잘라냈다.

섹스란 마치 복잡한 곡예 동작들 같았다. 뛰어오르고 붙잡고 들어올리고 밀어넣고, 처음에는 한 손으로, 그다음에는 혀로, 그러다 또다른 손으로…… 나는 절대로 배울 수 없을 것 같았다. 하지만 어쨌든 그런 동작 구성을 안다는 것만으로도 그 세계에 발을 들인 사람 같은 자신감이 생겼다. 적어도 이론상으로는 내가 그 '감격스러운 황홀경'에 이르기 위해 뭘 해야 하는지 알았으니까……

또다른 소설은 프랑스 작품이었다. 『대부』의 말없는 장면과 달리 여기에는 말과 한숨과 생략이 아주 많았다…… 이 책을 통해 우리는 섹스 도중에도 말을 할 수 있다는 사실을 배웠다. 모파상의 『벨 아미』. "사모합니다, 나의 마드무아…… 안 돼요, 제발……" 빠른 전율…… 격렬하고 서투른 성교……

아울러 등사본으로 비밀리에 유통되었고 저자가 발자크라고 얘기되던 에로틱한 이야기들도 덧붙여야겠다. 여성과 동물 사이의 교접(바로 그 단어를 사용했다)에 관한 글이었는데(파시파에와 황소의 사례와 비슷한 것), 다만 이 경우는 개였던가 곰이었던가, 이제는 잘 기억나지 않는다.

……

모든 것이 부족하던 시절이었는데도 우리는 예기치 않은 곳에서 에로티시즘의 원천을 찾았다.

예를 들면 고전 회화. 여성의 나신으로 가득한, 마르지 않는 샘, 비록 우리가 좋아했을 법한 몸보다는 조금 더 통통하고 바로크적이기는 했지만, 그래도 굉장했다. 우리는 싸구려 복제화들을 유심히 바라보았다…… 고야의 〈옷을 벗은 마하〉, 보티첼리의 〈비너스〉, 루벤스의 〈삼미신〉, 쿠르베의 〈목욕하는 여인〉…… 하지만 우리 역사 교과서에 나오는 들라크루아의 〈민중을 이끄는 자유의 여신〉, 혁명적 열정으로 부푼 가슴을 드레스 위로 드러낸 그 모습은 우리만의 성적 혁명의 일부가 되었다.

오래된 네커만 통신판매 카탈로그 속 속옷 광고.

불가리아 리듬체조의 황금 소녀들 *.

모든 피겨스케이팅 대회.

나체로 활을 든 디아나 여신의 조각상들. 그 조각상들은 (이전에 디아나폴리스라고 불리던) D시 전역에 흩어져 있었다. 어느

---

* 불가리아 리듬체조를 세계 최고 수준으로 이끈, 특히 1976년에서 1999년까지 활동한 선수들을 가리키는 애칭.

날 오후 찰나의 순간에, 나는 길 건너편 집 창문 너머로 같은 반 여자애의 알몸을 얼핏 본 적이 있었다. 그애 이름도 디아나였다. 이미 그 신화를 알고 있던 나는 저주가 닥쳐 그 순간 내가 사슴으로 변할까봐 두려웠다.* 발에 발굽이 자라나는 듯했고 머리에서는 금방이라도 거대한 뿔이 솟아날 것만 같았다. 바로 그때 옆집 마당에 있던 개가 나를 향해 짖기 시작했다. 그 개가 내 안의 사슴냄새를 맡았다는 확실한 신호……

여성의 긴 다리가 나오는 팬티스타킹 포장지.

이후 우리는 정자가 여성 피부에 매우 이롭다는 소문을 들었다. 나보다 몇 살 더 위인 동네 아이 하나가 자기는 자주 불려가 '배달'을 해준다고 뽐냈다. 그건 불가리아판 니베아지, 하고 말하곤 했다.

그 시절의 연애편지가 가득 든 가방 하나를 간직하고 있다. 그 편지들도 여기에 덧붙여야 할까? 그때는 무슨 편지를 그렇게 많이 썼는지 모르겠다. 문득 궁금해졌다. 그 편지들을 그것을 쓴 여

____

* 그리스신화에서 사냥의 여신이자 달의 여신인 아르테미스(로마식 표기로는 디아나)를 엿보았다가 사슴으로 변하는 저주를 받아 개들에게 찢겨 죽은 테바이의 사냥꾼 악타이온의 이야기를 가리킨다.

자애들에게 돌려보내면 어떤 일이 벌어질까? 그들의 주소를 알아내 편지를 하나하나 우편함에 넣는다면? 그중 가장 길고 사랑이 넘치는 편지를 쓴 V는 결혼해서 멕시코에서 행복하게 산다는 것 같다.

V는 편지지 양면을 꽉 채워 글을 쓰고도 공간이 부족해 봉투 안쪽에까지 계속 쓰곤 했다. 한번은 일곱 통을 한꺼번에 받은 적도 있다. 한 통을 부쳤는데 다른 할말이 생각나서 또 쓰고, 또 쓰고, 그런 식이었다. 그녀는 삼십 분마다 한 번씩 우체국에 달려갔다. 나는 그 편지들을 군대에서 받았다. 인근 마을에서 우편물을 수령해 온 병사가 멀리서 그 편지 일곱 통을 머리 위로 흔들어댔다. 부대 사람들 모두 그 많은 편지 중 자기한테 온 것이 한 통은 있으리라 기대하고 밖으로 나갔다. 우편물 담당이 봉투에 적힌 이름들을 읽기 시작했다. 실은 단 하나의 이름을 일곱 번 불렀다. 편지를 한 통씩 받을 때마다 너무나 죄스러워 다른 병사들의 얼굴을 보기가 힘들었다—슬픔에서 금세 조용한 미움으로 바뀌는 그 표정. 세상의 모든 불평등 때문에. 편지가 일곱 통이나 있는데 전부 한 사람에게 온 거라니.

이제 와서 보니 그 편지들의 서두 중 일부는 『위대한 인물들의 연애편지』라는 작은 책자에서 글자 그대로 베낀 것이었다. 이제야 알게 된 순진한 속임수. 바로 그래서 그렇게 품격 있는 문체—"내 사랑, 나는 운명이 우리를 수호하고 있다고 믿어……"—뒤에 아무런 예고 없이 일상으로 직진하는 문장이 이어진 것이었다. "강의는 대부분 재미없고 어떤 교수들은 도대체 성의가 하나도 없어……" "페탸 기억나? 전에 내가 너한테도 소개했잖아?…… 그애가 이탈리아 남자를 낚았대, 믿을 수 있겠니?……"

혹은 이런 내용도 있다. "3월 8일과 9일처럼 행복한 날이 우리에게 다시 오면 좋겠어!!!" 느낌표가 세 개나 붙은.

3월 8일과 9일에 무슨 일이 있었는지 기억할 수 있다면 얼마나 좋을까.

기차에서 엿들은 말. "사회주의 시기엔 연애를 참 많이도 했어. 달리 할 일이 아무것도 없었으니까."

침묵의 요리책

'쓰이지 않은 (그리고 쓰일 수 없었던) 1980년대의 이야기 목록'에 한 가지를 더 추가하려 한다. '침묵의 짧은 역사.'

어머니는 침묵으로부터 멋진 요리를 만들어냈다. 애호박 튀김, 양고기 구이, 바니차*……

---

* 얇은 반죽에 치즈, 달걀, 요구르트 등을 넣고 돌돌 말아 구운 불가리아의 전통

그때는 몇 가지 요리로 모든 것을 말할 수 있었다. 이제야 나는 어머니와 할머니가 왜 그렇게 요리를 잘했는지 깨닫는다. 그건 요리가 아니라 이야기였다.

어머니와 할머니가 만든 바니차와 티크베니크* 속 겹겹의 미궁은 셰에라자드의 이야기만큼이나 맛깔스럽고 구불구불했다. 여기, 실전된 불가리아의 서사시가 있다. 바니차 서사시.

……

당시에 우리 옆집에 살던 부부의 관계는 유쾌하지만 약간 이상했다. 그들은 매주 토요일 오후에 언쟁을 벌었다. 그것은 주말 볼거리에 속하는 하나의 정기 의식이 되었다. 언젠가 그들의 토요일 싸움이 벌어지지 않았을 때 우리 가족이 진심으로 걱정했던 기억이 난다. 어머니는 완전히 진지하게 아버지에게 옆집에 가서 별일 없는지 확인하고 오라고 채근했다. 아버지는 다짜고짜 찾아가서 "왜 안 싸우시죠?"라고 물을 수는 없다고 대답했다. 애초에 왜 싸우는지 아무도 물은 적 없으니 더욱 그렇다고. 물론 아버지는 결국 옆집에 찾아갔다. 언제나 최종 승자는 어머니였다. 문을

페이스트리.
* 불가리아 전통 호박 파이.

두드려도 아무 응답이 없었는데, 알고 보니 그들은 그날 다른 지방에 가 있었다.

사실, 그들의 싸움은 항상 똑같은 방식으로 진행되었다. 남편이 여행 가방을 잡는다. 단단한 재질의 멋들어진 갈색 여행 가방. 그런 다음 이번에는 정말로 영영 떠나겠다고 고함을 지른다. 그리고 그는 현관 밖으로 나가 바닥에 여행 가방을 내려놓고 그 옆에 앉아 담배에 불을 붙인다. 아내는 요리를 시작하고, 한 시간 남짓 지나면 토요일 정찬의 유혹적인 향기가 풍기기 시작한다. 계절에 따라 감자를 곁들인 닭고기거나 소고기 스튜거나 파를 넣은 양고기. 그 냄새가 너무 향긋하고 정겨워서 남자는 천천히 여행 가방을 들고 문턱을 넘어 다시 집안으로 들어간다. 그렇게 다시 한번 토요 탈출의 문턱에서 돌아온다. 체념하고 배고픈 채로.

T시로 돌아가다

먼지의 형이상학

나는 창틀에 앉아 잠들었다. 더러운 유리창을 뚫고 들어오는 햇빛, 따뜻한 오후의 햇살에 잠이 깬다. 아직 완전히 깨어나기 전, 잠과 오후 사이의 중간 지대에서, 솟아오르는 듯한 가벼움, 아이의 몸이 느끼는 그 무중력의 감각을 경험한다. 깨어나면서 몇 초 만에 나이가 든다. 주체할 수 없는 통증이 등허리를 강타하고 다리는 뻣뻣하다. 9월 초의 빛, 창밖에 떨어진 첫 낙엽, 누군가가 바깥 거리를 지나다 나를 봤을지도 모른다는 불안.

나는 조심스럽게 창에서 내려온다. 어릴 때처럼 훌쩍 뛰어내리지 않고 천천히 몸을 펴면서. 방이 가을 햇빛을 받아 생생하게 살아난다. 한줄기 빛이 테이블 위 커다란 유리 재떨이를 곧장 통과하면서 그 빛을 구성하는 여러 색깔로 분해된다. 오래전에 죽어 그 옆에 말라붙은 파리조차 깜빡 잊고 내버려둔 귀걸이처럼 섬세하게 반짝인다. 빛줄기 안에서 떠도는 먼지 입자들의 브라운 운동*…… 원자론과 양자물리학의 가장 일상적인 증거. 우리는 결국 그런 먼지 입자로 이루어져 있다. 어쩌면 이 방도, 이 오후도, 그리고 어설픈 삼차원의 나 자신 역시 그저 투사된 영상에 불과할지 모른다. 동네 영화관에서 윙윙거리며 돌아가던 오래된 영사기의 빛줄기가 쏘아 보내는 영상처럼.

나는 그 어둠을, 마룻바닥 광택제 냄새를, 영사기의 윙윙거림을 떠올렸다. 극장 안의 모든 것이 그 어둠과 빛 한줄기로 만들어졌다. 말을 탄 머리 없는 남자도, 웅장한 로키산맥과 그랜드캐니

---

* 액체나 기체 속 부유 입자들이 불규칙적으로 움직이는 현상으로, 이를 1827년에 처음 관찰한 식물학자 로버트 브라운의 이름을 따서 '브라운 운동'이라 한다.

언도 그 빛을 따라 도착했다. 말과 인디언, 함성을 지르는 수Sioux 족*, 기하학적으로 배열된 로마 군단, 하늘을 향해 가는 듯한 흐트러진 집시 마차의 대열도 그 빛줄기를 따라 먼지를 일으키며 지나갔다. 롤로브리지다와 로렌, 바르도, 알랭 들롱, 그의 영원한 맞수 벨몽도 역시 그 빛을 타고 왔다. 벨몽도, 어휴, 그 우락부락한 얼굴…… 영화가 지루할 때는—싸움이 적고 말만 많을 때—고개를 돌려 극장 뒤편 작은 유리창에서 나오는 빛줄기를 바라보던 기억이 난다. 빛줄기를 따라 어지럽게 춤추는 입자들이 가득했다. 하지만 그건 어느 집에서나 가구 위를 손으로 쓸면 묻어나는 보통의 평범한 먼지가 아니었다. 이 마법의 먼지는 세상에서 가장 매혹적인 남녀의 얼굴과 몸, 말과 검, 활과 화살, 키스, 사랑, 모든 것을 만들어냈다. 완전히 모든 것을…… 나는 그 먼지 입자들을 보면서 맞혀보려 했다. 그중 어떤 것이 입술이 되고, 눈이 되고, 말의 발굽이 되고, 또 어느 장면에서 아주 잠깐 스쳐간 롤로브리지다의 가슴이 될지……

나는 방안을 비추는 빛줄기에 손을 넣어 먼지 입자를 흩트리다 그것을 잡으려는 것처럼 재빨리 주먹을 쥔다. 어린 시절에 그랬듯이…… 나는 팔을 휘저으며 먼지와 싸움을 벌이곤 했다……

---

* 아메리카 원주민 부족.

지금 시점에서 보면 그건 질 수밖에 없는 싸움이었다. 그들이 늘 이긴다. 작은 위안이 있다면 머지않아 나 역시 그들 곁으로 가리라는 것. 먼지는 먼지로 돌아가리니……

집

나는 여기서 아무도 모르게 지낸다. 역설적인 건 그다지 애쓰지도 않는다는 점이다. 남의 눈에 띄지 않고 지내기를 원한다면 가장 확실한 피신 방법은 고향으로 돌아오는 것이다. 그래도 어느 정도 비밀스러움을 유지하려 애쓰며 외출은 거의 하지 않는다. 이곳에 오기 전에, 오랫동안 외국에 나가 있을 거라는 말을 여기저기에 흘렸다. 남미에서 제공하는 작가 지원 프로그램을 구실로 지어냈다. 문학 웹사이트 두어 곳에서 어김없이 빈정거리는 글이 올라왔다. 최근 몇 년간 내가 발표한 문장의 수보다 여행한 횟수가 현저히 더 많다는 내용이었다. 전적으로 정당한 비난. 나는 짐을 싸서 떠났다. 아니, 돌아왔다. 이 경우 어떤 동사가 더 정확한지 잘 모르겠다.

우리가 한때 세 들어 살던 집은 몇 년째 비어 있었다. 예전 주인들은 세상을 떠났고 그 자손들은 전 세계로 흩어졌다. 관리인과 간신히 연락이 닿았다. 두세 주 이상 머무를 생각이 없었는데도 석 달 치 월세를 지불했다. 그곳에서 지내다가 아무도 모르게 소피아로 돌아갈 계획이었다. 수많은 상자와 숙명과도 같은 지하의 어둠이 기다리는 곳.

어쨌거나 관리인은 참지 못하고 내게 이곳에 무슨 일로 왔는지, 왜 굳이 이 집을 빌리려 하는지 물었다. 물론 알리바이도 준비해두었다. 내 직업 특성상 다른 건 몰라도 그럴듯한 이야기 하나쯤은 언제든 지어낼 수 있었다. 중요한 연구를 마무리하기 위해 외딴곳을 찾은 학자에 관한, 효과가 검증된 이야기를 밀어붙였다.

그렇더라도 하고많은 곳 중에서 왜 하필 이곳을 골랐나요? 지역민들은 다들 달아나지 못해서 안달인데 말이에요.

바로 그 이유죠, 저는 평온하고 조용한 곳을 찾고 있으니까요. 몇 년 전 이 근처 온천 요양지에 들러 부러진 다리를 치료했어요. 이곳은 정말 멋진 곳입니다, 정말 멋져요, 나는 거듭 말했다. 그의 의심은 눈 녹듯 사라졌다. 상대방이 사는 곳을 칭찬하면 그는 그게 자기 공이라도 되는 양 칭찬한 사람을 금세 자기편으로 받아들인다. 나는 할일이 무척 많으며 방해받지 않고 지내고 싶다고 다시 한번 강조했다. 관리인은 내게 딱 맞는 곳을 골랐다고 장담했다. 왼쪽 이웃집에는 청각장애인 할머니가 살고 오른쪽 집은 여러 해 동안 비어 있어서 쥐와 카라콘줄리* 소굴이 되었다고 했다. 사람들 말로는, 관리인이 계속 말했다, 이따금 방안에서 희미

---

* 불가리아와 발칸 지역 민속 설화에 등장하는 고블린과 비슷한 괴물.

한 불빛이 깜빡이는 걸 볼 수 있다네요. 그 집에서 마지막으로 살았던 눈먼 마리카의 영혼이죠. 그러더니 내가 계약을 취소할까봐 겁이 났는지 문득 말을 멈췄다가, 당연히 자기는 그런 허튼소리를 믿지 않는다고 덧붙였다.

나는 그 옆집을 아주 잘 기억한다. 그때는 눈먼 마리카가 살아 있었는데, 왜 그랬는지 알 수 없지만 우리는 그 여자를 무서워했다. 마리카는 낮 동안 방에서 숨어 지내다가 저녁이 되면 바깥으로 나와 마당에서 양팔을 넓게 펼친 채 나무들 사이를 배회했다. 마리카는 낮보다 밤에 더 잘 본다고, 그녀 안의 어둠이 바깥의 어둠과 조화를 이루기 때문이라고 누군가는 말했다. 두더지들도 그러지 않느냐며. 이 지역 사람들은 말을 가리는 법이 없다.

그 외에는 모든 것이 똑같았다. 소련 장군의 이름을 딴 거리 이름도 예전과 같았고, 테이블 하나, 침대 하나, 오래된 석유난로 한 대가 있는 방도 같았다. 지금은 빛바랜 벽지의 난초 문양도 그대로였다.

집 처마에 제비 가족이 둥지를 틀었다. 새끼는 세 마리다. 저녁이 되면 나는 일부러 밖에 불을 켜놓는다. 그러면 파리와 나방이 몰려들고, 제비들이 그 곤충들을 잡아먹는다. 문득 내가 하는 짓이 옳은지 의문이 든다. 나는 한 종이 다른 종을 좀더 쉽게 죽일 수 있도록 돕고 있다. 그래, 제비에겐 아기들이 있어서 더 많은 음식이 필요하지. 아이들은 막강한 알리바이다. 하지만 내가 희생양으로 삼은 파리와 나방에게도 새끼들이 있을 것이다. 어째서 어린 제비가 파리 유충보다 더 소중한가? 파리를 죽이든 코끼리를 죽이든, 둘 다 똑같은 살해가 아닌가?

나는 명확한 이유가 있어서 T시의 이 집으로 돌아왔다. 창문 오른쪽 바닥의 마룻장을 뜯어냈다. 예전에 침대가 있었던 곳이다. 어렸을 때 거기에 비밀 보관용 상자를 감춰두었다. 나중에 급히 이사를 하게 되었을 때 그 상자를 가지고 갈 수가 없었다. 언젠가 반드시 돌아와 그 상자를 찾으리라 다짐했다. 그 상자로부터 이후의 모든 상자와 궤짝이 생겨났다. 모든 것이 그 상자에서 유래했으며 결국 그것이 없다면 내 수집품은 절대로 완전할 수 없을 것이다.

인디언의 종말

죽은 인디언들과 한때 그들 부족의 일원이었던 우리를 위해 잠시 묵념을 하자. 사라진 것들의 목록에 그들도 추가해야겠다. 이제는 자취를 감춘 호출기, 비디오테이프, 다마고치 등이 포함된 그 목록에. 우리는 〈비네투〉*를 보고 나면 모두 비네투가 되었고, 〈오시

---

* 원래는 독일 작가 카를 마이가 쓴 유명 소설 시리즈로 1960년대에 영화화되었

올라〉*를 보면 온 동네가 오시올라로 가득했다. 티컴서, 토케이이토, 세베리노, 그리고 '위대한 뱀' 칭가추크**의 경우도 마찬가지였다…… 우리 뒤에 태어난 세대에게는 그런 이름이 아무런 의미도 없다는 것을 안다. 배트맨, 스파이더맨, 닌자 거북이 등이 인디언과 그들의 신화를 밀어냈다. 그것도 부정한 방식으로, 단 한 번 맞붙어 싸워보지도 않고. 그들은 두 세기 전에 흰 얼굴들이 시작한 짓을 마무리했다.

내가 하려는 이야기는 그와 같은 동독의 오래된 카우보이 영화 중 하나가 상영된 뒤에 벌어진 일이다. 우리는 늘 백인들과 한바탕 전투라도 치른 것처럼 멍한 상태로 영화관에서 나왔다. 그러고 나서 적어도 한 시간 동안은 한 발을 영화 속에 담근 채 반은 인디언, 반은 초등학교 3학년 아이로 남아 있었다. 그것은 거

다. '비네투'라는 가상의 아메리카 원주민이 주인공으로 등장한다.

* 1971년에 나온 독일 영화. 아메리카 원주민 세미놀족의 지도자로, 미국 정부의 원주민 이주 정책에 대항해 싸운 오시올라의 이야기를 다룬다.

** 이들은 모두 실존 인물이거나 가상의 아메리카 원주민으로, 해당 인물을 주인공으로 한 소설이나 영화가 존재한다. '티컴서'는 실존했던 쇼니족 원주민 지도자로 1972년 한스 크라체르트가 감독한 동명의 독일 영화에 주인공으로 등장했다. '토케이이토'는 독일 작가 리젤로테 벨슈코프-헨리히의 소설과 이를 원작으로 한 독일 영화 〈위대한 곰의 아들(Die Söhne der großen Bärin)〉(1966) 속 원주민 주인공이다. '세베리노'는 독일 감독 클라우스 도베르케가 만든 동명의 1978년 영화 속 원주민 주인공이며, '칭가추크'는 미국 소설가 제임스 페니모어 쿠퍼의 소설 시리즈와 이를 원작으로 한 영화 및 드라마 시리즈에 등장하는 모히칸족 추장이다.

의 신체적인 감각에 가까웠다. 그리하여 그날도 영화가 끝난 뒤 우리는 여느 때처럼 보자와 툴룸비치카*를 먹으러 영화관 근처 빵집으로 갔다. 전투를 치른 뒤 정신을 추스르고 말에서 내려와 지루한 불가리아의 세계로 다시 들어가려면 시간이 좀 필요했다. 우리는 빵집에서 줄을 섰다. 마침내 우리 무리 중 첫번째 아이가 주문할 차례가 왔다. 그애를 '추장'이라고 부르기로 하자. 그애는 보자와 툴룸비치카를 위엄 있게 주문했다. 그러나 계산대 뒤에 있는 여자는 누군가와 잡담을 하느라 그 말을 듣지 못했다. 우리의 추장은 열 살 아이의 얼굴에 돌처럼 굳은 표정을 지은 채 진열대 앞에 서 있었다. 여자가 비로소 그애를 보고 약간 퉁명스럽게 쏘아붙였다. "어서, 꼬맹이, 뭘 살 건지 말해. 기다려줄 시간 없어." 그러자 그애는 싸늘하게 대꾸했다. "칭가추크는 같은 말을 두 번 하지 않는다." 누구도 예상하지 못한 행동이었다. 그런 말을 내뱉는 데는 분명히 배짱이 필요했고, 뒤이어 천장의 선풍기 소리만 들리던 긴 정적은 그 순간의 위엄을 더욱 강조했다. 하지만 잠시 후 계산대의 여자와 단골 몇 명이 약속이라도 한 듯 동시에 폭소를 터트렸다. 그건 정말로 비열한 짓(당시 우리끼리 쓰던 말로 하면, 열라 구린 짓)이었다. 차라리 우리를 후려치거나 내쫓는 편이 나았을 것이다. 칭가추크는 참을 수 없어서 밖으로 뛰쳐

---

* 보자는 전통 곡물 발효 음료, 툴룸비치카는 튀긴 도넛과 비슷한 페이스트리 빵.

150

나갔다. 우리도 '말에 박차를 가해' 달려나갔다.

　그후에 우리는 아무도 칭가추크를 놀리지 않았다. 오히려 자기를 눈곱만큼도 신경쓰지 않는 세상, 특히 초등학교 3학년 아이는 안중에도 없는 세상에서 그런 용기를 낸 칭가추크를 우러러보았다.

　이 이야기의 에필로그는 훨씬 더 우울하다. 그로부터 여러 해가 지난 지금 T시를 거닐다가 이동식 사격장을 우연히 발견했다. 색이 바래고 녹슬긴 했지만, 장담컨대 어린 시절에 본 것과 똑같은 트레일러였다. 심지어 소총도 개머리판이 훨씬 더 낡았을 뿐 똑같았다. 한때 이곳은 우리에게 가장 마술적인 장소였다. 평소에는 볼 수 없는 온갖 외국산 보물을 여기에서만 볼 수 있었다(그것이 유고슬라비아에서 온 물건들이었다는 것을 지금은 안다). 마치 알리바바의 동굴 같았다. 담배 모양 사탕, 고이코 미티치[*], 클라우디아 카르디날레, 브리지트 바르도 같은 인물이 실린 컬러 엽서, 여성의 나체 사진이 인쇄된 소형 달력, 게임용 카드, 보는 각도를 달리하면 윙크하는 것처럼 보이는 여자의 사진, 펜대 안에 물위를 떠다니는 배가 담긴 볼펜, 향기 나는 중국산 지우개,

---

[*] 유고슬라비아(현 세르비아) 출신 배우로 독일에서 제작한 서부영화 시리즈의 주연을 맡아 인기를 끌었다.

권총 모양 라이터, 장난감 화약총, 커다란 금속 버클이 달린 가
죽 벨트, 엘비스 프레슬리 배지, 에펠탑 열쇠고리, 레프스키 축
구팀* 전원의 사진이 인쇄된 오래된 달력, 알록달록한 사탕이 가
득 담긴 유리 지팡이, 불꽃놀이 막대, 가죽 카우보이모자, 플라스
틱 권총집, 다양한 크기와 빛깔의 유리구슬, 베이클라이트 소재
의 발레리나 인형, 늑대도 함께 있는 빨간 망토 소녀의 도자기 인
형까지…… 도자기와 플라스틱으로 이루어진 이 키치의 제국은,
거듭 말하지만 한때 우리에게 더할 나위 없이 소중했으나 이제는
초라하고 생기를 잃은 느낌이었다. 요즘은 어느 가게에 들어가도
그보다 훨씬 더한 보물(그리고 훨씬 더한 키치)이 널려 있으니 말
이다. 가게 바로 앞에는 조잡한 갈색 인디언 인형들이 도끼와 활
과 창 등을 들고 말과 함께 서 있었다. 예전의 우리라면 오른팔을
내주고서라도 갖고 싶었을 물건들이었다. 트레일러로 다가갔을
때, 문득 계산대 뒤에 있는 남자가 한때 그토록 위풍당당했던 칭
가추크라는 사실을 깨달았다. 나이들고 배가 불룩 나온 그가 아
이들 한 무리를 소리쳐 불렀지만 아이들은 무심히 지나갔다. 영
화는 끝난 것이다.

　나는 그에게 말을 걸지 않고 길 건너 밤나무 그늘로 물러나 지
켜보았다. 잠시 후 열다섯 살가량의, 아마도 그의 아들인 듯한 소

---

* 소피아를 연고지로 둔 불가리아의 대표적인 프로 축구단.

년이 트레일러로 다가갔다. 둘이서 한두 마디 말을 나누더니 칭가추크는 자리를 떴다. 나는 잠시 기다리다가 그 소년에게로 갔다. 사격 열 발 값을 내고 거기 있는 소총 두 자루 중 하나를 집어 호두를 향해 쏘기 시작했다. 첫 발을 쏘고 나니 조준점보다 왼쪽으로 몇 센티미터쯤 빗나가는 총이라는 것을 알 수 있었다. 모든 사격장에서 쓰는 그 낡은 속임수, 그것이 오히려 정겹게 느껴졌다.

"이건 빗나가는 총이구나." 나는 말했다.

"어, 아니요, 그럴 리가 없는데요." 소년의 얼굴이 붉게 달아올랐다. "다른 총을 써보세요."

"아니, 아니야. 얼마만큼 빗나가는지 감잡았어." 나는 웃으며 말했다. 그리고 호두 몇 개를 맞힌 뒤 토끼를 바짝 뒤쫓는 늑대를 쏘았고 그다음에는 공주에게 절하고 입을 맞추는 왕자를 쏘았다.

"상품을 고르세요, 손님." 내가 소총을 제자리에 돌려놓자 소년이 말했다.

나는 인디언 인형은 얼마냐고 물었다. 웅크려 앉은 자세로 활을 쏘는 전사 하나와 말을 탄 전사 하나를 집어들고 감식가처럼 윤곽을 어루만지며 살펴보았다. 소년은 믿을 수 없다는 듯 나를 바라보며 서 있었다. 인디언 인형에 관심을 보인 사람은 내가 처음이었을 것이다. 그 인형들을 전부 사고 싶다고 말하자 소년은 숫제 겁을 먹은 표정이었다. 아빠가 뭐라 하실지 모르겠다고, 아빠가 특히 아끼는 물건이라고 말했다. 그래도 파는 물건 맞잖아, 안 그러니, 하고 나는 좀더 힘주어 물었다. 네, 맞아요, 파는 물건 이에요, 하고 소년이 대답하며 아버지를 찾아 하릴없이 주위를 둘러보았다. 얼마니? 값은 물론 어이없도록 쌌다. 얘야, 우리 이 렇게 하자, 나는 말했다. 전부 다 사고 나서 반만 가져갈게. 나머 지는 네 아빠 몫으로 남겨둘 거야. 아빠한테 이렇게 헐값에 팔아 치우지 말라고 전해. 과거로부터 온 부가가치가 있다고. 아이가 내 말을 이해했는지는 모르겠다.

"수집가세요?" 아이가 물으며 인디언 인형이 가득 담긴 값싼 비닐봉지를 내게 건넸다.

"그렇게 말할 수도 있지."

"이름을 알려주시거나 다시 들러주세요. 아빠가 아저씨를 꼭 만나고 싶어하실 거예요. 여기 사람들은 인디언에 관심이 없거든 요."

"아빠한테 인사 전해줘." 나는 걸음을 옮기며 말했다.

"아저씨 이름이 뭔데요?" 아이가 뒤에서 외쳤다.

나는 몇 발짝 더 걸어갔다. 꼭 대답해야 하는 건 아니었다. 듣 지 못한 척할 수도 있었다. 하지만 돌아섰다.

"'발 빠른 사슴'이 내 인디언 이름이야." 나는 손을 흔들고 모 퉁이를 돌아 사라졌다.

옆길로 새기

눈 가리고 술래잡기. 미로를 만드는 가장 쉬운 방법—눈가리개를 하고 걷기 시작하면 된다. 갑자기 세상이 뒤집힌다. 아주 잘 알던 방이 달라진다. 비틀거리다 물건에 부딪히고 다치고 신음하고 끙끙거리며 돌아다니는 진정한 미로. 지금 생각해보니 이건 미노타우로스가 가장 좋아했을 게임인 것 같다.

어릴 때 사촌누이들과 약속했다. 우리가 아무리 나이를 먹고 변해도, 아이를 낳더라도, 거물이 되거나 완전히 실패자가 되더라도, 해마다 날을 정해 모여서 눈 가리고 술래잡기 놀이를 하기로. 정말로 눈이 멀 때까지 하는 거야, 하고 말하며 사촌들은 웃음을 터트렸다. 어둠 속에서 누군가를 잡으려다 생기는 우연한 접촉, 촉감을 통해 상대를 알아차리기까지의 그 느린 과정은 그 게임에 순진한 에로티시즘을 가미했다. 우리가 그 게임을 마지막으로 한 건 대학 졸업 무렵이었다. 그때 나는 거실에 있는 커다란 선인장에 부딪혔고 그후 이틀 동안 몸에서 가시를 뽑았던 기억만 남아 있다.

영화관 앞의 줄리에타

여기에 온 이후 이번이 아마 고작 세번째 외출일 것이다.

땅거미가 지는 거리를 천천히 걸으며 얼굴을 봐도 아무런 감흥이 없는 사람들을 스쳐지나간다. 어둡고 피로하고 표정 없는 얼굴들. 10월 초의 석양은 금세 지고, 공기 중에 구운 파프리카 향기가 감돈다. 모두가 저녁을 먹으러 집으로 돌아갔다. 여기저기서 (모두 똑같은) 텔레비전 드라마 대사가 들려온다. 필름 릴의 냄새를 잊은 지 오래된 시내 영화관 앞을 지나간다. 별안간 뒤에서 어떤 여자의 목소리가 단숨에 쏟아내는 말. "안녕, 안녕…… 뭐하고 지내? 난 떠날 거야…… 그래, 잘 있어…… 한동안 안 올 거야……"

혀가 꼬일 만큼 빠른 말 뒤로 이어지는 소리 없는 이상한 웃음. 너무나 뜻밖이라 나는 펄쩍 뛸 듯 놀랐다. 대답을 겨우 생각해냈을 때, 사실 대답할 필요도 없었지만, 그 여자는 이미 나를 지나쳐 갔다. 줄리에타, 광인 줄리에타! 뒷모습만 보고도 알아볼 수 있었다. 약간 구부정한 자세로 늘 서둘러 걷는 모습. 내 기억 속 먼 옛날부터 그대로인 구식 분홍색 정장과 큼직한 헝겊 단추들, 그리고 영국 여왕의 모자처럼 챙이 아래로 쳐진 모자까지 그대로였다.

내 어린 시절의 줄리에타, 늘 동네 영화관 근처를 어슬렁거리던 알랭 들롱의 약혼자. 영화관 사람들은 언제나 줄리에타를 공짜로 들여보내주었고 그녀는 모든 영화를 다 외울 정도였다.

어렸을 때, 아직 그 능력이 충분히 남아 있던 시절에, 나는 줄리에타 안에서 들끓는 불협화음을 감지했다. 줄리에타 자신이 약간 흐릿하고 정신없이 빠른 속도로 계속 바뀌는 영화 장면들로 이루어진 것 같았다. 폭주 열차가 나를 덮칠 듯 달려오고, 그와 함께 말떼, 사랑의 떨림, 배에 꽂히는 무자비한 발길질, 얼굴들, 대사, 코를 갈기는 주먹, 낮게 날아가는 비행기들, 무심코 던져진 말들, 슬픔, 그리고 희열까지…… 나는 탈진하고 어질어질한 상태로 그녀의 내면에서 빠져나왔다.

알랭 들롱과의 '로맨스'로 행복에 겨운 줄리에타는 항상 알랭 들롱이 T시로 와서 자기를 곧장 파리로, '파르 아비용'*으로 데려갈 거라고 말했다. 줄리에타는 글을 몰라서 연인에게 편지를 대신 써줄 사람을 늘 찾아다녔다. 나 역시 영화관 근처를 자주 어슬렁거렸고 줄리에타를 놀리지 않는 몇 안 되는 아이 중 하나였기에 그녀의 단골 대필자, 그 동네의 시라노 드 베르주라크**가 되었다. 줄리에타는 모든 편지를 "내 가슴속 진정한 사랑 알랭에게"로 시작한 뒤 그의 최신 영화에 대한 짧은 평을 의무적으로 넣었고 화면을 통해 그가 자신에게 보내는 모든 신호를 어떻게 해독했는지 자세히 설명했다. 때로는 질투에 사로잡혀 짧은 경고를 보내기도 했다. 예컨대 젊은 안 파리요나 그 맹랑한 M. D.를 조심하라는 것(나는 '맹랑한'을 '명랑한'으로 말없이 바꿔놓았다)…… 편지 끝에는 항상 이런 말이 있었다. 자신은, 줄리에타

---

* '항공 우편으로'를 뜻하는 프랑스어.
** 프랑스의 작가 에드몽 로스탕이 실존 인물을 바탕으로 쓴 희곡 『시라노 드 베르주라크』의 주인공. 글재주와 언변이 뛰어나지만 큰 코 때문에 자신이 없어 사랑을 고백하지 못하고 친구의 연애편지를 대신 써준다.

는, 이미 준비되어 있고 짐도 많지 않다, 그를 기다리고 있다, 그러니 언제 데리러 올지 편지 몇 줄만 적어 보내줄 순 없는지? 매일 오후 영화관 앞에서 기다리겠다. 내가 편지를 봉투에 넣고 그 위에 "알랭 들롱, 파리"라고 적으면 줄리에타는 그것을 직접 노란 우체통에 넣었다. 발신인 주소는 언제나 "T시, 줄리에타, 영화관 앞"이었다. 이런 식의 주소는 오히려 두 사람의 명성을 분명히 드러냈다. 전 세계에 알려진 사람과 한 마을에 알려진 사람.

그런데 어느 날 기적 중의 기적이 일어나, 줄리에타는 알랭 들롱에게서 편지를 받았다. 누군가가 편지를 밥차로프 영화관 매표소에 놓고 갔다. 봉투의 소인이 이웃 도시의 이름으로 되어 있고 편지가 불가리아어로 쓰였다는 점은 무시해도 좋을 사소한 세부 사항이었다. 그 편지를 처음 읽는 영광이 내게 주어졌다. 줄리에타는 이제 나 말고는 아무도 믿지 않았다.

"친애하는 줄리에타." 마을 조롱꾼들은 작은 마을 특유의 잔인함을 담아 썼다. "당신의 편지를 자주 받고 있어요. 답장을 쓰기 위해 불가리아어를 배워야 했지요. 답장을 항상 쓰지는 못해요. 일도 많고 여자도 많아 눈코 뜰 새 없이 바쁘니까요. 하지만 다른 여자들에게는 그다지 관심이 가지 않네요. 나는 당신에게, 한없이 소중한 나의 어린아이, 나의 약혼녀에게 영원히 충실하기 때문이죠. 나를 계속 기다려줘요. 지참금도 준비하고 수영복도 꼭 챙겨요. 내가 T시에 들러 당신을 카나리아제도로 곧장 데려갈 테니까요. 당신을 영원히 사랑하는, 들롱."

그들은 줄리에타를 아무것도 모르는 카나리아로 취급했지만 그녀는 기쁨에 겨워 퍼덕이며 날아다녔기에, 나는 편지가 위조라는 말을 차마 할 수가 없었다. 그녀는 내 손에서 봉투를 낚아채더니 들롱의 향수 흔적이라도 맡으려는 듯 코를 봉투 안으로 들이밀었다. 그러고는 나를 와락 껴안고 편지를 품안에 넣은 채 미친 듯이 행복에 겨워 마을을 돌아다니면서 기쁜 소식을 전하고 작별 인사를 건넸다.

이제 그 무엇도 들롱이 올 거라는 줄리에타의 확신을 무너뜨릴 수 없었다. 그녀는 매일 오후 지참금과 수영복이 든 허름한 가방을 들고 영화관 앞에 있었다. 세월이 흘렀고 1990년대에는 영화관이 문을 닫았으며 들롱 역시 무자비하게 늙어버렸지만 줄리에타는 하루도 거르지 않고 오후가 되면 약속된 장소에 나왔다. 나는 내 사적인 자료와 그 시절의 신문들을 뒤져보았지만 마을의 유일한 귀족인 줄리에타의 사진이나 흔적은 찾지 못했다. 줄리에타의 형제인 '시내의 고쇼'는 그녀에게서 '마을의 광인'이라는 타이틀을 빼앗아갔다. 광기에도 불평등은 있었다! 온순하고 무해한 사람이었던 고쇼는 툰자강의 갈대에 뒤엉켜 익사한 채 발견되었다. 남아 있는 그의 사진을 여기에 싣는다. 이 사진을 보고 우리는 그의 누이 줄리에타의 빛나던 얼굴을 조금이나마 떠올릴 수 있을 것이다.

줄리에타의 이야기도 이 책의 타임캡슐에 담아두기로 하자. 언젠가 늙고 잊힌 들롱은 알게 될 것이다. T시에 사는 한 여인이 폐관한 지 오래된 영화관 앞에서 작은 가방 하나에 모든 짐을 담은 채로 사십 년 동안 매일 오후(페넬로페*도 창피해 움츠러들 만한 세월) 자신을 기다렸다는 사실을.

1980년대의 공적인 역사

1981년에 불가리아는 천삼백 살이 되었다. 그뒤로 두 해 동안 우리는 말을 몰아 달리는 원조-불가리아인들과 습지에 숨어 속이 빈 갈대를 스노클 삼아 숨을 쉬는 야만적인 슬라브족 무리를 계속 보았다. 그런 서사 사극 영화의 군중 장면에 단역배우로 출

---

* 그리스신화에서 남편 오디세우스를 이십 년 동안 기다린 인물.

연한 친구나 친척이 누구에게나 한 명쯤은 있었다. 어떤 장면에서는 부주의하게 디지털시계를 차고 나온 원조-불가리아인들이 카메라에 잡혔다는 소문도 떠돌았다. 디지털시계는 당시에 선풍적인 인기를 끌었고, 그 덕에 암시장에서 그런 시계를 팔던 수완 좋은 베트남인들이 재미를 좀 봤다. 그런 시계를 그냥 풀어서 아무데나 둘 수는 없었다. 어떤 의미에서 건국 천삼백 주년은 영화 시사회처럼 지나갔다. 우리가 미처 대비하지 못한 1981년의 진정한 사건들은 그와는 완전히 다른 것이었다.

메흐메트 알리 아자[*]가 교황에게 총을 쐈다. 불가리아도 그 사건에 연루되었고 우리 모두 텔레비전 앞에 붙박여 있었다. 작은 나라 사람들을 하나로 뭉치게 하는 데는 온 세상이 자기들을 적대한다는 느낌만한 게 없다.

또다른 중요한 사건에는 불가리아가 직접 관련되지 않았다. 12월에 에이즈에 대한 첫 보도가 나왔다. 그것으로 1960년대는 1981년에 공식적으로 막을 내렸다. 모든 성 혁명은 보건상의 이유로 종료되었다. 불가리아에서는 그런 혁명이 제대로 시작된 적조차 없었기 때문에 우리는 그 종말을 특별히 비극적으로 받아들이지 않았다.

---

[*] 튀르키예의 극우 단체 '회색늑대단(Bozkurtlar)'의 일원으로, 교황 요한 바오로 2세 암살 미수 사건의 범인. 이 사건 배후에 소련과 불가리아 정보국이 있다는 소문이 돌았다.

그다음 해, 브레즈네프*가 죽었다. 그게 에이즈 유행과 관련이 있었을까? 난 아니라고 본다. 우중충하고 을씨년스러운 11월 어느 날이었고 비가 내렸다. 학교에서 소식이 전해졌는데 선생님들은 슬프기보다 두려운 것처럼 보였다. 그렇다, 두려움이 슬픔보다 컸다. 이제 누가 우리를 지켜줄까? 그날 수업은 취소되었다. 다음날 교사 휴게실에 있던 텔레비전이 복도로 나왔고 우리는 차렷 자세로 나란히 서서 장례식을 그 음울한 세부까지 다 보아야 했다. 꽃이 수북이 쌓인 커다란 관, 학교 전체에 울려퍼지던 느린 행진곡. 음량이 최대치로 맞춰져 있었다. 텔레비전 바로 앞에 선 저학년 아이들은 어리둥절한 표정으로 화면을 바라보았다―아마도 죽은 사람을 생전 처음 보았을 것이다. 그렇게 우리는 죽음을 정면으로 마주했다. 싸늘한 학교 복도에서, 우리에게 아무런 의미가 없던 사람을 위해 억지로 훌쩍거리며. 나는 열두 살이었고, 바로 전날 생일 파티에서 병 돌리기 게임을 하다 어떤 여자애와, 비록 어둠 속이긴 했지만, 처음으로 키스를 나눴다. 첫 키스, 첫 죽음.

그것은 종말의 시작이었다. 마치 전염병처럼 소련 서기장들

---

* 레오니트 브레즈네프. 1964년부터 1982년까지 소비에트연방의 최고 지도자였으며 냉전기의 장기 집권자였다.

이 일이 년 간격으로 죽어 나갔다. 의식은 이미 모두 정해져 있었다. 당일 하루 학교를 쉬었다. 다음날 학교 복도에서 장례식을 시청했고 학급의 반장들은 울었다. 뒷줄에 선 아이들은 볼펜 대롱에 넣은 쌀알을 입으로 불어 서로에게 발사했다. 그렇게 여러 번 반복하고 나니 죽음은 우리에게 더이상 큰 인상을 남기지 않았다.

사실 내 사춘기 전체는 1980년대의 복합적인 정치 상황이라는 프리즘을 통해 간략히 묘사할 수 있다.

첫 키스(어떤 여자애와).

브레즈네프 사망.

두번째 키스(다른 여자애와).

체르넨코 사망.

세번째 키스……

안드로포프 사망.

내가 이들을 죽이고 있나?

공원에서 어설픈 첫 섹스.

체르노빌.

뒤이은 지수함수형 붕괴의 기나긴 반감기.

옐로 서브머린

1968년에 녹음된 〈옐로 서브머린〉을 여러 번 주의깊게 듣고 나면 거기엔 혁명을 촉구하는 암호화된 신호, 비틀스가 불가리아 청년들에게 보내는 공모의 메시지가 있다는 것을 알 수 있다. 노래 중간에(정확히 곡 시작 후 일 분 삼십오 초 지점) 배경 소음에 섞인 "푸스니 미 베리가타" 즉 "이 사슬을 좀 끊어줘"라는 구절이 또렷이 들린다. '푸'에 강세를 두고 아주 재빨리 발음하는 완벽한 불가리아어다. 바로 그렇게, 푸스니미베리가타. 불행히도 우리는 이 암호를 너무 늦게, 1980년대 중반에야 해독했고, 그때는 모든 가능성이 사라진 뒤였다.

위 올 리브 인 어…… 딴-따-단-따-단…… 딴-따-단-따-단…… 딴-따-단-따-단

위 올 리브 인 어…… 딴-따-단-따-단…… 딴-따-단-따-단…… 딴-따-단-따-단

하지만 그 어떤 노란 잠수함도 노란 집 앞을 지나가지는 않았다.*

---

* 비틀스의 노래에서 '옐로 서브머린', 즉 '노란 잠수함'은 환상과 유토피아, 밝고 낙관적인 공동체를 상징한다.

1990년대의 사 초

나는 1989년 11월 3일에 찍힌 삼 분짜리 비디오에서 내 모습을 보았다. 당시 현장에 카메라가 그렇게 많았는데도 내가 아는 한 그것이 유일하게 남은 영상이다. 사 초 동안 나는 스무 살이었다. 그 기나긴 사 초가 내게 모든 것을 기억할 시간을 주었다. 세상에, 내가 얼마나 깡마르고 우스꽝스러웠는지. 목젖이 툭 튀어나오고 머리는 눈을 덮고 학생들이나 입을 만한 싸구려 재킷을 입은 그 모습. 그리고 가우스틴도 있다. 그가 찍힌 유일한 장면, 원래 그는 자신이 사진에 담기는 것을 허용하지 않았다. 우리는 호기심과 두려움에 젖어 계속 주위를 두리번거린다. 불가리아에서 사십 년 만에 처음으로 열린 집회였다. 오늘날의 관점으로 보면 그 집회의 요구 사항은 전적으로 온건했다. 릴라산맥을 오염시킬 수력발전 사업을 멈추라는 것. 하지만 그때는 베를린장벽도, 불가리아 정권도 무너지기 전이었다. 나는 민간인 복장을 하고 카메라를 든 사람들을 보았다. 방송국에서 나온 사람들은 확실히 아니었다. 정보기관 요원들은 다른 촬영 기법을 사용한다. 신원을 파악할 수 있도록 개개 인물의 얼굴을 확대해서 찍는다. 덕분에 나도 사 초 내내 아주 가까이에서 잡힌 모습으로 화면에 나온다. 촬영자가 좀 과욕을 부렸다. 여기저기에 익숙한 얼굴들이 보이는데, 몇몇 대학 동창이 있고 시인도 한 명 있다. 다들 표정이 불안하고 몸은 경직되고 어색하며 옷은 거의 다 비슷하다.

디자인이 조악한 대량생산 제품. 그렇다, 진정 도발적이고 알록
달록했으며 잘 차려입었던 1960년대와 달리 1980년대는, 공산주
의 전체와 마찬가지로, 보기 흉하게 끝나가고 있었다.

보라, 지금 영상에서 사복 경찰들이 시위대 사이로 뛰어들어
혼란을 일으키는 장면이 나온다. 그들을 알아본 나와 친구는 몇
마디 말을 나눈다. 그런 다음 나는 오른쪽으로 고개를 돌려 나를
찍고 있는 카메라를 똑바로 바라본다. 영상이 삼 초쯤 진행된 지
점에서 일어난 일이다. 화면을 확대해보려 하지만 화질이 나쁘
다. 사 초쯤 되었을 때 나는 이미 화면에서 사라지고 없다.

잊지 않기 위해……

비토샤 대로에 있는 서점에서 『위기에 처했을 때 무슨 요리를
할까』라는 책을 훔친 적이 있다. 당시에 함께 살던 여자에게 주기
위해서였다. 우리 아파트에 먹을 것이라곤 콩 통조림 두 개밖에
없었다. 스위스군 보급품을 식량 원조로 받은 것으로, 이미 유통
기한이 지나 있었다. 저녁마다 우리는 함께 앉아 훔친 요리책을
봤다.

디저트로는 뭘 만들까?

음, 배 케이크는 어때?

우리는 케이크 요리법이 실린 146쪽을 펼쳐, 모든 단어의 맛을
음미하며 천천히 읽기 시작했다. 우리는 버터를 녹인 팬에 꿀 반

컵을 넣었다. 달걀노른자를 조심스럽게 흰자와 분리했다. 그런 다음 노른자에 준비된 설탕의 절반을 섞고 식용유, 우유, 밀가루, 베이킹파우더도 넣었다. 거품기로 재료들을 잘 섞고 기름을 바른 팬에 부었다. 오븐에 팬을 넣고 황갈색이 될 때까지 구웠다. 우리에겐 팬과 오븐과 거품기를 제외하면 위에서 말한 재료가 하나도 없었다. 하지만 그 과정에 너무 몰입한 나머지 손에 묻은 밀가루가 보일 정도였다.

청년 1구역*에 사는 70세의 패니 아주머니는 동네의 종합 진료소에서 복부 엑스레이를 신청했다. 검사 전에 무료로 나눠주는 오트밀을 받기 위해서였다.

1990년대의 추위와 정전. 글로부스 영화관의 컴컴한 로비에 모여든 낯선 사람들의 숨쉬는 눈먼 등판만이……

마치 어느 신문사의 계약직 야간 기자처럼 컴컴한 소피아를 돌아다니며 만난 사람들. 그중 곰을 잃고 시내를 떠돌던 곰 조련사

---

* 과거 사회주의 체제하에서 불가리아는 소피아에 신도시형 주거 시설을 건설하고 각 구역에 '청년' '희망' '자유' '우정' 등의 이름을 붙였다. 당시 사회는 사유재산 개념이 약하고 주거 이전이 활발하지 않아 청년 지구는 세대교체 없이 그대로 노년층 지역이 되었다.

가 있다. 신흥 폭력조직의 깡패들이 지프를 타고 나타나 조련사에게 곰이 얼마냐고 물었다. 조련사가 곰을 팔 수 없다고 버티자 놈들은 조련사의 목덜미를 후려치고 곰의 사슬을 낚아채 지프 뒤에 묶었다. 핏불테리어를 훈련하기 위해 그 곰이 필요하다는 것이었다. 깡패들은 조련사에게 50레바를 던졌고 곰은 지프 뒤에서 울부짖으며 달려갔다. 이런 사소한 일들은 1990년대의 범죄 연대기에 끼지도 못한다.

눈먼 토니 이야기. 그는 신붓감을 구하기 위해 대학생 마을로 가는 버스 안에서 끝없는 레치타티보를 읊는다.

그래, 나는 토니, 백만 명 중에 하나뿐인 사나이,
인생을 함께할 아내를 찾고 있다네……

그다음에는 그가 누구이고 어디로 가는지, 대도시에서 삶을 일구기 위해 얼마나 고생했는지에 관한 우여곡절 가득한 서사시적 이야기가 이어진다. 앞으로 꾸릴 젊은 가정과 자녀 계획, 평화로운 노년에 대해서도…… 마지막에 눈먼 토니는 박자와 운율을 그대로 유지한 채 자신의 정확한 주소와 전화번호를 읊는다.

내 대학 친구 이야기. 그녀는 학교 근처의 가장 시끄러운 카페에서 날마다 몇 시간씩 앉아 있었다. 고향 B시로 돌아가기 전에 결혼 상대를 찾고 싶다는 간절한 바람 때문이었다. 고향에 가면 아버지가 문가에서 고함을 지를 터였다. "너 결혼은 했냐? 오 년 동안 그 많은 돈을 쏟아부었더니 노처녀가 되어 돌아와? 여기엔 네 남편감 없다!"

친구는 그 카페에 앉아 세상에서 가장 큰 커피를 천천히 홀짝이며 기다렸다. 결혼하고 싶다는 그녀의 비밀스러운 바람은 이미 고통스러울 정도로 명확히 드러났다. 남자들은 모두 그 테이블을 피했다. 그러던 어느 날 친구가 공황에 빠져 내게 전화를 걸었다. 상황이 아주 심각하다며, 아버지가 위독하신데 돌아가시기 전에 남자를 데려가 보여드리고 싶다는 것이었다. 이번 딱 한 번만이라고 그녀는 강조했다. 나는 동의했고, 우리는 그녀의 고향으로 갔다. 넝쿨 정자 아래에 놓인 커다란 테이블 주위에 가까운 고모들과 삼촌들, 그리고 이웃 몇몇이 말없이 침울하게 둘러앉아 있었다. 친척들이 친구의 아버지를 안아서 모셔 왔다. 그는 매우 위독한 시골 버전의 돈 코를레오네처럼 보였다. 내가 옆으로 다가가자 그는 나를 한참 바라보더니 뭔가 말을 하려다 기침을 했다. 그러자 사람들이 그를 다시 안으로 데려갔다.

세월이 흐른 뒤 우연히 그 도시의 버스 정류장에 가게 되었다. 어떤 할머니가 나를 빤히 보다가 외쳤다. "어이, 그때 그 녀석이네! 우리 애한테 거짓말하고 결혼식장에서 내뺀 그 녀석, 왜 결혼을 안 한 거야, 이놈아……"

　우리는 폐업 직전의 서점들에서 사회주의 시절의 옛 가격표가 붙은 책들을 가져다 대학의 안뜰에서 팔곤 했다. 시클롭스키의 『동물원, 혹은 사랑 이야기가 아닌 편지들』, 카프카 서간집 『나는 고독하게 살기 위해 태어났다』, 그리고 온갖 문고판 책. 조이스의 『젊은 예술가의 초상』 양장본의 가격은 자그마치 4.18레바였지만* 아무도 사지 않았다. 옛날 옛적, 아주 좋았던 시절에 암소 한 마리가 길을 따라 내려오고 있었어. 길을 따라 내려오던 그 암소는 베이비 터쿠라는 이름의 착하고 작은 소년을 만났지……**

　이것들은 언젠간 잊힐 사소한 이야기일 뿐, 그 밖의 모든 것은 당시의 신문에 실려 있다. 그래도 어쨌거나 1990년대는 가장 활기 넘치고, 무슨 일이든 일어날 수 있었던 최고의 십 년이었다. 우리는 젊음의 끝자락을 누리고 있었다. 바로 그 무렵에 가우스틴이 나타났다. 철학과를 중퇴한 그의 기발한 프로젝트(와 실패)를 기록하자면 노트 한 권을 가득 채울 정도다.

---

* 4.18레바는 1990년대 환율 기준 미화 2달러에 못 미치는 액수이다.

** 『젊은 예술가의 초상』 1장 도입부에 나오는 구절.

가우스틴은 왜 지금까지도 내게 중요한 걸까? 나는 친구가 거의 없다. 공감은 사람들과 가까워지게 해주지만, 타인의 슬픔이 질병처럼 나를 무겁게 내리누르던 내 경우에는 그렇지 않았다. 여자도 없고 연애도 없고 우정도 없었다. 하지만 가우스틴은 다른 시간과 다른 물질로 이루어진 존재 같았다. 그런 사람—반투명하면서도 불투명한—을 나는 만난 적이 없다. 나는 그를 희박한 공기처럼 뚫고 지나가기도 했고 유리벽처럼 들이받기도 했다. 하지만 그럼에도, 아니 어쩌면 바로 그렇기 때문에, 그는 내가 친구라고 부를 수 있는 유일한 사람이었다.

가우스틴의 프로젝트

정직하게 돈을 벌 수 있는 모든 방법이 서서히 사라져갔다. 어느 날, 우리는 영화관 주변을 어슬렁거리며 어떤 새로운 영화가 나왔는지 살펴보고 있었다. 입장료가 감당할 수 없을 만큼 비싸서 진열창에 붙은 포스터와 사진 몇 장만 멍하니 바라보았다. 그때 가우스틴이 기발한 아이디어를 냈다. 우리가 영화를 말로 이야기해주자는 것이었다. 아주 적은 돈만 받고 삼십 분 동안 영화 내용을 자세히 설명해주는 것. '가난한 이들을 위한 영화' 프로젝트. 영화 산업 전체에 대한 전면적 덤핑 행위. 그는 완전히 흥분했다. 이게 어떤 시도인지 알겠어? 영상에서 서사로 되돌아가는 역사적 반전이라는 것을? 영화관 앞에 서 있다가 밖에서 어슬렁거리는 사람들 사이에 끼어 무심히 말을 거는 거야. 이 영화 진짜 대단한데, 빌어먹을 흡혈귀 같은 영화관 놈들이 말도 안 되는 돈을 받아먹잖아, 그런데 나는 이미 영화를 봤거든, 단돈 700레바만 주면 자세히 이야기해줄게. 영화표는 그보다 열 배는 비싸잖아. 대충 열다섯 명만 모으면 준비 완료지.

잠깐, 잠깐, 나는 끼어들었다. 우리는 영화를 언제 보는데?

나중에, 돈 받고 나서 보지, 가우스틴이 말했다.

그럼 사람들에겐 무슨 이야기를 해줘?

지어내면 되지, 그는 해맑게 대답했다. 뭐가 어렵겠어, 너 작가잖아, 그렇지? 제목이 있고 포스터에 몇 줄짜리 설명도 있고 진열창에 사진도 두어 장 붙어 있잖아. 뭘 더 바라겠어?

가우스틴은 별종이었다. 그 말은 심지어 농담도 아니었다. 그는 유머 감각이 전혀 없었다. 모든 집착적인 사람들처럼. 내 할머니의 말대로, 다른 길을 가는 사람들처럼. 니체가 쓴 대로, 혁명가들과 여자들처럼.

가난한 이들을 위한 영화. 오래된 농담에 나오는 '가난한 이들을 위한 다마고치'처럼. 아직 기억하는 사람이 있을지 모르지만, 다마고치는 삐삐처럼 생긴 장치인데(삐삐가 뭔지도 설명해야 하나?) 안에 전자 반려동물이 있어서 특정 시간에 밥을 먹이고, 물을 주고, 칭얼거리면 놀아주기도 하면서 돌볼 수 있었다. 그러다 질려서 며칠 동안 버려두면 결국 굶어죽었다. 그 많던 다마고치는 다 어디로 갔을까? 그 많던 옛날의 삐삐 곁으로. 사람은 자신이 얼마나 많은 죽음을 만들어낼 수 있는지 알지 못한다.

내가 좀 곁길로 새고 있다는 건 알지만, 다음의 영혼들을 위해 일 분만 묵념을 드리기로 하자.

그 옛날의 삐삐

다마고치

비디오카세트와 VCR

카세트테이프 플레이어

그것에 밀려 사라진 릴 테이프 녹음기

그것에 밀려 사라진 레코드플레이어

오디오카세트

전보, 그리고 그에 수반했던 모든 의례

타자기(여기에서 나의 마리차, 1990년대의 담뱃재와 커피 자국으로 가득했던 내 타자기에 개인적인 작별인사를 할 수 있게 허락해주길). 타자기로 글을 쓰는 일은 신체적 노력을 요했다. 기억할지 모르지만, 그건 다른 종류의 움직임이었다.

좋아, 일 분이 지났다. 우리가 무슨 얘기를 하고 있었지? 그래,

가난한 이들을 위한 영화였지. 하지만 우선 아까 그 농담을 마무리하기로 하자. 다마고치도 돈이 드니까 가난한 이들을 위한 다마고치가 생겨났다. 그게 뭐였을까? 성냥갑 속의 바퀴벌레. 바로 그거다. 이제는 별로 웃기지도 않겠지만, 나는 이런 자질구레한 것들, 이미 지나가버린 모든 것을 고집스럽게 모아두려 한다. 그것들은 사라졌다, 죽었다. 그건 어쩌면 이런 말과 정반대일 것이다. "그들이 홍수에서 살아남아 계속 번성하게 하도록"*…… 나는 완전히 방향을 잃었다. 내가 지금까지 나만의 홍수에서 이렇게 정신없이 다소 전전긍긍하며 건져낸 것들이 계속 번성하기는 커녕 살아남을 수라도 있을지 모르겠다. 과거는 불임인 암말처럼 결실을 보지 못한다는 것을 안다. 하지만 그래서 더욱 애틋하다.

가난한 이들을 위한 영화라는 아이디어도 아무런 결실을 보지 못했다. 처음 모집한 사람들에게 보지도 않은 영화 이야기를 하다가 간신히 몰매를 면하고 도망쳤다는 정도로만 말하겠다.

'개인 맞춤 시' 프로젝트도 비슷한 결말을 맞았다.

부끄러운 일 같은 건 없어, 어느 날 아침에 가우스틴이 말했다. 넌 돈을 받고 그림을 그려주는 거리의 화가들처럼 거기 앉아 있는 거야. 연필과 종이를 손에 들고 이렇게 말하는 거지. 시를 써

---

* 성경의 「창세기」에 나오는 노아의 방주 이야기를 빗댄 것.

드릴까요? 예쁜 아가씨들은 누구나 자기만의 시 한 편을 가질 권리가 있죠. (어디에선가 따온 말이었을 것이다.) 십 분이면 됩니다.

그래서 나는 시내의 카페 크리스털 앞에 있는 공원 벤치에 자리를 잡았다. 종이 몇 장과 연필 한 자루, 그리고 '개인 맞춤 시' 서비스를 제공한다는 소박한 간판 하나를 준비해 앞에 놓았다. 아무 일도 없이 두 시간이 지나갈 무렵, 쉰 살 언저리의 여자가 내게 다가왔다. 그건 우리가 상상한 상황이 아니었다. 어떤 이유에선지 우리는 모든 고객을 스무 살짜리 아가씨로 상상한 것이다. 살집이 좋고 소련 만화에 나오는 악당처럼 생긴 그 여자가 맞춤 시를 써달라고 했다. 정해진 십 분이 흘러갔다. 아무것도 떠오르지 않았다. 내 머리는 텅 비고 휑한 지하실 같아서, 시간이 똑똑 떨어지며 흘러가는 소리만이 들리는 듯했다. 시간이 갈수록 점점 더 우리 둘 모두에게 못할 짓이라는 생각이 들었다. 여자는 땀을 흘리며 휴지를 꺼냈다. 움직여도 되나요? 네, 그럼요, 손님을 그리고 있는 것도 아니니까요. 어디를 봐야 할까요? 어디든 상관없어요, 살짝 옆을 보세요, 저를 보실 필요는 없고요, 제가 좀 신경이 쓰여서요. 여자는 낭만적인 사람이었거나 아니면 졸부였을 것이다. 지나가는 일 분 일 초가 허공에 울려퍼지면서 나의 실패는 더욱 밝게 빛났다. 마침내 나는 정면 돌파하기로 마음먹었다. 고개를 들고 여자의 눈을 똑바로 들여다보며 말했다. "실은,

오늘 고객님의 오라가 너무 강렬해서 도저히 집중할 수가 없네요. 혹시 다른 날 들러주시면 안 될까요?”

당시는 신문마다 오라니 외계인이니 하며 떠들어대던 시절이었다. 내 말은 효과를 냈고, 여자는 내 뺨을 후려치는 대신 환히 미소를 지었다. 내가 진정한 시인이라면서 단번에 알아봤다고 했다. 타고난 시인만이 오라를 낚을 수 있다고(마치 오라가 잉어라도 된다는 듯이). 여자는 근처에 산다면서 자기 집에 가서 와인을 마시자고 했다. 나는 죄책감 때문에 초대에 응했다. 알고 보니 여자는 혼자 사는 사람이었다. 그녀는 와인 한 병을 꺼내 소파에 앉았다. 빈자리가 많은데도 굳이 내 옆으로 다가와 몸을 바짝 밀착시켰다. 죄송하지만 저는 시인입니다, 나는 벌떡 일어서며 외쳤다. 내가 다루는 건 어디까지나 오라이지 육체는 내 전문 분야가 아니라는 걸 일깨우려는 것처럼.

처어얼썩! 여자의 따귀 한 방으로 이 프로젝트 역시 가우스틴의 이해받지 못한 위대한 아이디어 더미에 처박혔다.

‘콘돔 패션쇼’ 프로젝트는 가우스틴이 직접 진행했다.

그저 돈을 가진 사람들을 찾아가 자신이 제안하는 사업이 노다지나 다름없다는 것을 설명하면 되는 일이었다. 그는 풀이 죽어서 돌아왔다. 우리는 자리에 앉아 ‘초록 소(크렘드망트에 우유를 탄 칵테일)’를 한 잔씩 따라 마셨다. 가우스틴은 무슨 일이 있었는지 자세히 설명하며, 그 터무니없이 부유한 광고 대행사에 들어서자마자 그들은 이 아이디어의 진가를 몰라볼 거라는 생각이 들었다고 했다.

콘돔의 패션 레뷰*. 혁명이지, 가우스틴은 점점 열을 냈다.

그래, 레뷰-루치야**, 나도 거들었다.

그거 좋네, 기억해둬, 그는 지나가는 말로 덧붙이고는 원래 하던 이야기로 돌아갔다. 그런 패션쇼는 그 누구도 시도한 적 없어, 내 말 알아들어? 상상할 수 있는 모든 것이 런웨이에 올라갔지만 이 소품만큼은 전례가 없지. 가우스틴은 점점 더 흥분했다. 완전한 미니멀리즘. 콘돔 회사들은 여기에 돈을 미친듯이 쏟아부을 거야. 그런데 그 사람들은 이러더라고―콘돔 낀 모델들이 런웨이를 걷는다는 게 말이 되나요? 첫째로, 정부에서 포르노 공연이라며 어마어마한 벌금을 때리겠죠. 둘째, 어떤 방송국도 그런 패션쇼는 방영하지 않을 테고, 혹시 하더라도 행사의 핵심이 되는 부분에 조그만 검은 사각형을 붙여야 하겠죠.

그리고 마지막으로요, 하고 그 작자들이 헤헤헤 웃어젖히며 말하는 거야. 무대 뒤에서 발기가 계속 유지된다고 누가 보장하죠,

---

* 희극, 풍자극 등을 의미하는 프랑스어 '레뷰(revue)'에서 유래한 말로 불가리아어에서는 패션쇼, 무대 공연, 시연 등을 의미한다.

** 혁명을 의미하는 불가리아어 '레볼류치야(Революция)'와 패션쇼를 의미하는 '레뷰'를 합성한 말장난.

예? 누가요? 그게 얼마나 엄청난 일인지 알아요? 포뮬러1 경기의 피트스톱에서 타이어를 갈아 끼우는 수준일걸요. 하하하…… 어지간히 펌프질해서는 어림도 없죠!

가우스틴은 농담이 가라앉기를 기다렸다가 그들에게 냉정하게 말했다. 자, 이제 천천히 입에서 자지들을 좀 빼시죠. 사실, 이 쇼에는 사람 모델이 나오지 않습니다.

그게 무슨 소리예요? 대행사 사람들이 입을 떡 벌렸다.

그 모든 문제를 피하기 위해서, 가우스틴은 말했다. 아프리카 제의에 쓰이는 조각상을 사용할 겁니다. 그런 조각상들은 전부 거대한 남근을 가지고 있어요.

거대한 뭐요? 그 작자들이 어리둥절해져서 물었다.

거대한, 발기된 남근 말입니다, 가우스틴이 차분하게 되풀이했다.

좆 말이야, 대표가 설명했다.

그렇게 해서 사업에 예술을 가미하는 겁니다. 그래야만 발기한 남근이 포르노가 아닐 수 있으니까요, 하고 말하며 가우스틴은 프레젠테이션을 마무리했다.

대행사 관계자들은 가우스틴에게 결정을 내리는 동안 밖에서 기다리라고 했다. 그리고 한 시간 뒤에 그를 불러들여 거절을 통보했다. 예술 부분 때문이었다. 발기한 아프리카 조각상을 누가 보고 싶어하겠어요? 그들은 예술에(분명 포르노에도) 반대하지 않았지만 이 경우에는 둘 다 투자할 만한 가치가 없었던 것이다.

그래서 이 아이디어도 실패의 저장소로 보내졌다. 좋아, 그건 노트에 적어둬, 가우스틴은 말했다. 우리가 시대를 너무 앞서간 거야. 언젠가 저들은 이 아이디어를 손에 넣으려고 아등바등 싸울 거야. 그렇게 그는 보물을 미래에 쌓아나갔다. 나는 금고지기에 불과했다. 결국 글쓰기도 실패를 보존하는 일이다. 이런 말을 들으면 가우스틴은 정말로 화를 내겠지. 아직 일어나지 않은 일은 실패가 아니야, 하고 말하는 그의 목소리가 들리는 것만 같다.

나는 그가 어딘가에서, 다른 시간과 장소에서, 기발한 아이디어로 성공한 발명가 혹은 위대한 사기꾼이 되어 있으리라 믿는다.

여기, 실패를 기록한 갈색 노트에는 실현되지 못한 가우스틴의 다른 프로젝트들도 잠들어 있다.

개인적인 이야기들의 금고. 고객의 이야기를 들어주고 보존하고 철저히 비밀을 지키며 일정 기간 보관한다. 고객이 원한다면 사후에 그 이야기를 유산 상속인들에게 전달할 수도 있다.

하늘에 영상 투사. (그의 가장 거대한 프로젝트 중 하나.) 초강력 장비를 이용해 하늘 전체를 스크린 삼아 영상을 투사하는 것이다. 처음에는 정확히 무엇을 투사할지 뚜렷한 생각이 없었지만, 천상의 야외극장이라는 발상만으로도 그는 흥분에 휩싸였다. 그렇게 광활한 공간을 사용하지 않고 비워두면 안 되지. 남반구혹은 북반구의 모든 이들이 동시에 고개를 들고 하늘을 올려다보는 장면을 상상해봐.

한 달 뒤 이 프로젝트는 훨씬 더 구체적으로 발전했다. 구름 위에 영상을 투사하는 거야. 특히 낮고 빽빽한 구름층이 있을 때가 제일 좋겠지.

그 위에 뭘 투사할 건데?

예컨대 구름, 일단 시작은.

구름?

구름 위에 구름. 자연이 이런 복제, 이런 동어반복에 어떻게 반응하는지 보자고. 무엇보다 비를 투사하면 가장 멋질 거야. 상상해봐—진짜 구름에서 내리는 영화 속 빗줄기. 처음에 관객들은 깜짝 놀라 흩어지겠지. 1896년에 〈라시오타역으로 들어오는 기차〉를 보고 그랬듯이. 영화의 시작과 끝에는 자연스러운 두려움이 자리하는 법이야.

또 이런 것도 있다…… 소설의 정원. 고전소설들을 비옥한 땅에 묻고 거름을 준 다음 그중 어떤 작품이 열매를 맺는지 보는 것이다. 일명 균형을 복구하는 프로젝트—나무로 만들어진 것은 다시 땅으로 돌아가야 한다.

'일 분 건축' 프로젝트도 여기에 포함된다. 평범한 파리가 날아다니는 몇 초 혹은 일 분의 궤적을 작은 철사 조각으로 재현하는 것. 파리의 비행이 만들어내는 모든 불규칙한 곡선을 철사로 정확히 재현해야 한다.

그리고 사진전도 있다. 제목은 '오후 세시에 찍은 여러 도시의 하늘'. 그 밖에도 수없이 많은 것들이 있었다……

가우스틴. 그가 성공한 유일한 프로젝트는 자기 자신의 실종이

었다. 어느 날 저녁, 가우스틴이 작별인사를 하러 왔다. 나는 또 뭔가 새로운 계획을 세웠을 거라고 확신하면서 어디로 갈 거냐고 물었다. 1937년으로, 그가 간단히 대답했다. 나는 농담이라고 생각했다. 편지나 보내줘, 나는 말했다. 1990년대라는 가장 흥미진진한 시절이 한창이던 그때, 가우스틴은 사라졌다. 그가 무슨 계획을 세웠는지 나는 알지 못했다(지금도 모른다). 하지만 첫 편지에 이어 엽서를 두세 통 받았을 때, 1930년대의 구식 필체로—그렇다, 나는 시대별로 다른 필체가 있다고 생각한다—쓰인 그의 글을 읽고 나서 깨달았다. 다른 때와 달리 이번에는 기어이 해냈다는 것을.

(그 일에 대해서는 『그리고 다른 이야기들』에서 더 자세히 이야기했다.)

그로부터 몇 년 뒤 어느 겨울 오후에 런던 공항의 카페에서 그를 보았다. 손에 잡지를 들고 있었는데, 멀리서 보기에는 뭔가 걱정스러운 표정이었다. 내가 탈 비행기가 곧 이륙을 앞두고 있었다. 나는 인사라도 나누려고 급히 달려갔다가 하마터면 그의 테이블 위로 엎어질 뻔했다. 가우스틴이 나를 차갑게 처다보았다. 그는 유행이 지난 지 한참 된 흰색 터틀넥 스웨터를 입고 있었다. 선생과 제가 구면입니까? 나는 멍해져서 몇 초간 거기 서 있다가 탑승 마감 방송에서 내 이름이 불리는 소리를 듣고 탑승구로 급히 달려갔다. 그가 읽고 있던 잡지는 1968년에 발행된 〈타임〉이고 펼쳐진 부분은 베트남전에 관한 기사라는 사실을 알아본 뒤였다. 그때는 2007년 1월이었다.

그로부터 몇 년 뒤, 새벽 세시에 온 늦은 문자 한 통.

고양이 오줌이 어둠 속에서 빛난다는 걸 알게 됐어. 네가 흥미로워할 것 같아서.

이름은 적혀 있지 않았지만 이런 문자를 보낼 사람은 딱 한 명뿐이었다. 적어도 이번에는 조금 더 가까운 시대에 머물고 있었던 것이다(이미 고양이가 된 게 아니라면).

최근 런던의 〈타임스〉는 새로운 발명품에 대해 보도했다. 절약을 좋아하는(혹은 이중생활을 하는) 부유하지만 바쁜 사업가들을 위한 발명품—가상 관광 전문 여행사. 그 여행사는 가지 않은 여행의 기념품까지 챙겨준다. 고객은 여행을 다녀왔다는 모든 증거물을 받게 되는데, 여기에는 여권에 찍힌 스탬프와 사진은 물론이고, 예컨대 루브르박물관의 입장권 조각, 혹은 코트다쥐르의 조개껍데기까지 포함된다. (어쩌면 샌드위치제도*의 샌드위치까지도.) 여행사에서는 고객의 여행이 어떠했는지 알려주고 완벽한

---

* 남대서양에 있는 섬들의 무리인 영국령 '사우스샌드위치제도'를 가리킨다.

기억까지 갖춰준다. 고객 자신도 여행을 다녀왔다고 믿을 정도
로. 문득 가우스틴이 내게 신호를 보내고 있다는 생각이 스쳤다.

4

시한폭탄
(세상의 종말 이후에 열어볼 것)

공감자의 노화

한때 나는 모든 것의 안으로 들어갈 수 있었고 모든 것이 될 수 있었다. 이제 나이가 들어 무능력해진 나는 상실에 대한 작은 보상으로 모든 것을 모으고 싶어졌다.

공감자의 노화는 이상하고 고통스러운 과정이다. 한때 열려 있던 타인과 그들의 이야기로 들어가는 통로가 이제는 벽으로 막혀 있다. 자기 몸속에 가택 연금된 상태.

예전에는 그 무엇도 공감을 일으키지 못하게 어둠 속에 틀어 박히고 싶어질 때가 있었다. 아무것도 없는 어둠이라는 치유 공간에 그냥 앉아 있고 싶었다. 나 자신이 산산이 흩어지는 것을 막고, 타인의 슬픔과 이야기의 밀물을 멈추고 싶었다.

지금 내가 원하는 것은 그 어린 시절의 육체적 강렬함을 경험했던 날들을 단 며칠이라도 기억하는 것이다. 그때는 모든 이들의 이야기를 내 이야기처럼 온몸으로 겪었다. 그때 받은 진단명이 뭐였더라―급성 공감-신체화 증후군…… 나는 이제 더이상 이입되지 않는다. 그런 이입의 기억만 있을 뿐―하지만 그 기억이란! 그 기억들은 어둠 속에서 유성처럼 솟아오른다. 때로 나는 (다시) 미노타우로스이기도 하고, 어떤 때는 라이카라는 개이기도 하다. 나는 전쟁중에 한 여자를 두고 떠나고, 생후 아홉 달 된 내 아버지를 보고 행복해한다. 20세기 초에 세 살배기 나는 제분소에 버려지고, 한 세기 뒤 T시에서 투우 경기 도중 황소로서 죽임을 당한다……

이 능력이 사라져간다는 것을 느꼈을 때, 내 의사라면 '탈脫공감'이라고 장난스럽게 이름 붙였을 그 과정을 겪으며, 나는 빈약한 대체물에 의지했다―수집하기. 무엇이든 모으고 싶다는, 그것들을 상자와 노트에 담고 나열하고 열거하여 정리하고 싶다는 절박한 욕구가 생겼다. 말로 사물을 보존하고 싶었다. 한 가지 집착이 남긴 자리는 언제든 다른 집착이 채울 수 있다. 전에 나는 세상의 모든 몸안에 머물 수 있었는데, 지금은 내 몸이라는 집안에서 방과 방 사이를 건너다닐 수만 있어도 만족한다. 가장 오래 머무는 곳은(내가 이 말을 이미 했던가?) 아이들의 방이다.

나는 누구인가. 두꺼운 시멘트 벽으로 둘러싸인, 예전에 방공호였던 지하실에 있는 마흔네 살의 남자. 내 나이 마흔넷이라지만, 거기에 1913년에 태어난 할아버지의 나이를 더하고, 제2차 세계대전 끝자락에 태어난 아버지의 나이도 더해야 한다. 아울러 영화관 앞 줄리에타와 탈출 묘기 곡예사 가우스틴, 그 밖에 내가 길게든 짧게든 안에 머물렀던 더 많은 사람들의 나이를 더하고, 거기에 고양이 두 마리, 개 한 마리, 민달팽이 몇 마리, 공룡 두 마리—이들의 뼈는 베를린 자연사박물관에 있다—의 나이까지 더해야 한다. 그 모든 것에, 내 몸이라는 집을 한 번도 떠난 적 없는 미노타우로스의 셀 수 없는 나이까지.

때로 나는 마흔네 살이고, 때로는 아흔한 살이며, 때로는 동굴이나 지하실의 미궁에, 시간의 밤 속에 있고, 때로는 아직 태어나지 않은 채 자궁의 어둠 속에 있다.

대체로, 나는 열 살이다.

나는 그 모든 존재인 채 한꺼번에 죽게 될까? 나는 한꺼번에 사라질 거야, 그가 말했어. 나는 한꺼번에 사라질 거야…… 공룡에 대한 그 동요처럼. 그걸 어디에서 들었더라?

세상의 종말 이후를 위한 구급상자

행동 지침을 적은 첫번째 노트가 여기에 있다. 이 노트를 쓰기 시작한 1970년대 말에는 제3차세계대전―그와 더불어 세상의 종말―을 피할 수 없다는 기류가 명확해졌다.

나는 첫 페이지를 연다. 해독이 어려운 필체로 쓰여 있다.

인간은 포옹을 좋아한다. 혹시 살아남은 인간을 만나게 된다면 상체에 달린 팔을 넓게 벌려 그 인간을 안고 살살 조여라. 팔을 그 상태로 최대한 오래 유지하면 가장 좋은 결과를 얻을 수 있다.

(글에 이어 포옹하는 사람들의 모습이 손으로 그려져 있다.)

이렇게 하면 인간은 꽤 진정된다. 심지어 눈에서 투명한 액체를 흘리며 울기 시작할지도 모른다. 인간은 울기를 좋아한다. 별문제 아니다. 죽지는 않는다. 더 위험한 것은 어딘가에서 빨간 액체가 뚝 뚝 떨어질 때다. 그건 더 끈적끈적한데, 아마도 적혈구 때문일 것이다. 그건 즉시 멎도록 해야 한다. 안 그러면 죽을 수도 있다. 죽음이란……

나는 거기서 쓰기를 멈췄다. 죽음을 설명할 수 없어서가 아니었다. 나는 이미 열두 살이었고 죽음이 무엇인지 알았다. 생물 교과서에서 죽음의 정의를 옮겨 적을 수도 있었다―유기체의 생체 기능이 완전히 정지하는 것을 일컫는 말로…… 하지만 이 노트를 발견할 이들의 언어도 같은 논리에 따라 발전했는지 어떻게 알 수 있지? 그들이 쓰는 어휘도 그 논리를 따를까? 애초에 언어라는 것을 사용하기는 할까? 여기에 올 이들은 예컨대 '빨강'이 무엇인지 알기는 할까? 어쩌면 그들은 빨강 대신 다른 말을 쓸지도 모른다. 이를테면 '파랑'이라든가. 아니면 '토마토'라든가. 아니면 '크트른트'라든가. 혹은 그들에겐 색깔을 나타내는 말이 아예 없을지도 모른다. 왜냐면,

가) 눈은 아주 오래전부터 흔적기관으로만 남았고 그보다 훨씬 더 발달한 감각 수단을 사용하기 때문에.

나) 문자를 읽지 않기 때문에. 문자 사용은 이미 흘러간 과거의 단계가 되어 그들은 문맹이고, 이 경우에 문맹은 사실 문해력을 초월한 상태일지도 모른다……

어쨌거나 맨 아래에는 다음과 같이 적었다.

이 노트를 발견한다면 나를 찾아오기 바란다. 직접 만나 전부 설명해주겠다(내가 아직 살아 있다면). 나는 학교 지하실에 있을 것이다(입구는 계단 아래쪽). 아니면 여기서 세 블록 떨어진 담배 공장 지하의 방공호에 있을지도 모른다.

나는 그 밑에 서명도 했다. 그러고도 아직 불충분하다고 생각해 내 이름 전체와 나에 대한 간단한 설명까지 적었다. 푸른빛이

도는 초록색 눈, 여름에는 초록색이 더 강해짐. 머리색은 밝고 키가 크
며 코는 반듯함. 특이 식별 정보 없음. 할아버지의 여권에도 그런 말
이 적혀 있었다. 하지만 "특이 식별 정보 없음"이라는 문구는 나
를 알아보는 데 별 도움이 안 될 것 같아서 또 덧붙였다. 이마가
넓고 눈썹 뼈가 돌출되었으며(전에 학교에서 신체검사를 받을 때
의사가 그렇게 말하는 걸 들은 적이 있었다), 아랫입술 왼쪽 아래
에 점이 있음. 나는 오랫동안 못 본 사람들은 점으로 서로를 알아
본다는 걸 알고 있었다. 거기에 다시 한번, 지금 와서 보니 현명
했다고 생각되는 정보를 추가했다. 2000년에 나는 서른세 살 남
자일 거라는 사실. 인간은 평균 수명이 일흔다섯ㅡ남자는 그보
다 조금 짧고ㅡ이기 때문에 2050년 이후에는 내가 별 도움을 주
지 못할 거라고도 적었다. 하지만 그 이전에는 언제든 날 찾으라
고. 그런 다음 한번 더 서명을 했다.

그는 행동 지침을 적은 노트를 싱어 재봉틀 회사에서 나온 둥
근 양철통에 넣는다(기억 속 그의 모습이 또렷이 보인다). 그 양
철통은 *그*가 가진 가장 소중한 물건이었다. 할아버지가 즐겨 말
한 대로 그것은 '9월 9일 이전'*의 물건이었다. 어떤 것이 정말로
오래되었다고 말하고 싶을 때 사람들은 항상 '9월 9일 이전'의 물

---

* 불가리아에서 공산주의 쿠데타가 일어난 1944년 9월 9일을 가리킨다.

192

건이라고 말한다. 그건 마치 '기원전'처럼 들리는 말이다. 그런데 정말이지 이상한 점은 그의 할머니와 할아버지 역시 '9월 9일 이전' 사람들이라는 사실이다. 그건 정말로 믿기지 않는다. 그 양철통에는 이상한 글자들이 쓰여 있고, 뚜껑 위에는 커다란 빨간색 S자와 그 주위를 둘러싼 구불구불한 금색 장식 무늬가 있다. 세월이 흐른 뒤 그는 여행지 곳곳에서 세기 전환기의 건물과 그림의 세부 장식을 보며 그 양철통 덕분에 유년기의 일부가 된 제체시온 양식을 알아보게 된다. 재봉틀을 살 때 사은품으로 받은 실과 직물 샘플 보관용 양철통.

왠지 몰라도 정작 싱어 재봉틀 본체는 '9월 9일 이후'에 사라졌다. 그것은 또하나의 어둡고 혼란스러운 일이었다. '9월 9일 이전'에 존재하던 것이 '9월 9일 이후'에 사라진 것이다. 하지만 실과 직물 샘플을 담는 그 양철통은 남아 있었다. 그것은 어떻게든 한 체제에서 다른 체제로 밀수되었으며 그래서 그는 그 통에 제 보물을 전부 보관할 수 있었다. 그 보관함은 한 세계의 종말을 이겨낼 수 있을 만큼 견고한 금속으로 만들어졌기에 그는 행동 지침을 적은 노트를 그 안에 넣어두었다. 하지만 혹시 몰라서 싱어 양철통을 그보다 더 큰 원형 할바* 통에 다시 넣었다. 물론 그 양

---

* 중동과 지중해, 발칸 지역 등에서 먹는 전통 디저트로 견과류나 각종 씨앗에 꿀이나 설탕을 섞어 만든다.

철통은 훨씬 더 볼품없고 살짝 녹슬기까지 했지만 그렇게 이중으로 무장해야 더 안전했다. 게다가 누가 낡은 할바 통을 슬쩍하겠는가? 그런 다음 그는 노트에서 종이 한 장을 찢어냈고 거기에 반쯤 말라붙은 릴라 풀을 짜내 바른 뒤 할바 상표 위에 붙였다. 그러고는 아주 천천히, 대문자로 또박또박 다음과 같이 썼다. "세상의 종말 이후에 열어볼 것!"

이유를 설명할 순 없었지만 그는 세상의 종말이 완전한 종말이 아님을 알았다. 그후로도 무언가가 살아남아 모든 것을 다시 시작해야 했다.

그는 인류 역사상 가장 중요한 발견은 불과 바퀴라는 말을 백과사전에서 읽었다. 그래서 그 양철통에 제일 먼저 성냥 한 갑을 넣었다. 그리고 잠시 망설이다가 가장 아끼는 장난감 자동차도 넣었다. 그러면 양철통을 연 이들이 바퀴가 무엇이고 그것이 어떻게 작동하는지 알 테고, 그 원형을 토대로 진짜 자동차를 만들 수 있을 테니까. 성냥과 작은 빨간색 자동차는 멸망 이후 생존을 위한 구급상자의 기초가 되었다. 그다음에는 요오드 한 병, 붕대 하나, 아스피린 반 통, '베트남의 기적'이라는 연고를 넣었다. '호랑이 기름'이라는 무시무시한 성분이 들어 있는 그 연고는 알싸하고 자극적인 냄새가 나고, 감기부터 모기 물린 데까지 다 치료해주는 만병통치약이었다. 세상의 종말 이후를 위한 구급상자.

시작은 이거면 충분했다.

나는 삼인칭이라는 방공호로 달려간다. 과거라는 지뢰밭에는 다른 사람을 보낸다. 나는 예전에 바로 그 사람이었다. 한때 일인칭이었던 그 사람. 이제 나는 그가 아직 살아 있는지 묻기가 두렵다. 지금까지 우리를 이룬 그 모든 이들, 그들은 아직 살아 있을까?

이중 대비

1980년. 한편에는 사도 요한과 그의 할머니가 말하는 멸망, 홍수, 세상의 종말이 있었다. 다른 한편에는 아버지의 신문 만평에 묘사된 것처럼 퍼싱 미사일에 올라타 카우보이모자를 쓰고 치아를 드러낸 (그리고 치아까지 빈틈없이 무장한) 지미 카터가 도사리고 있었다. 학교에서는 슬라이드 영사기를 통해 핵폭발로 생긴 버섯구름 사진을 계속해서 보여주었고, 그는 뜰에 솟아난 버섯들조차 샌들 밑에서 폭발할까 무서워 조심스레 피해다녔다.

두 번의 멸망—할머니의 멸망과 학교에서 말하는 공식적인 멸망—은 정확히 일치하지 않았고, 그래서 상황이 더 꼬였다. 세상의 종말이 한 번으로는 부족한지 두 번이나 일어난다는 얘기였다. 살아남기 위해서는 그 두 가지 모두에 대비해야 했다.

방지 대책 또한 각기 달랐다. 할머니는 닭 잡는 일을 그만두었고 그 죄는 할아버지의 영혼이 감당할 몫으로 떠넘겼다. 할머니의 말에 따르면 사람은 끊임없이 회개하고 성호를 긋고 어떤 종류의 죄도 짓지 말아야 했다. 그는 자신의 몫을 줄이기 위해 한동안 개미로 하던 실험을 중단했고, 학교에서 그의 얼굴이 빨개질 때마다 어김없이 놀려대던 뒷자리의 그 혐오스러운 스테프카 자식을 너무 미워하지 않으려고 노력했다. 그 외에 다른 죄는 생각나지 않았다.

핵무기와 화학무기에 대한 방어는 훨씬 더 복잡했다. 눈 깜짝할 사이에 방독면을 써야 했다. '눈 깜짝할 사이에'—그의 기초 군사훈련 교관이 가장 즐겨 쓰던 표현이었다. 그다음 즉시 방호 망토, 고무장갑, 고무장화를 착용하고 가장 가까운 방공호로 냅다 달릴 것. 만일 방공호가 너무 멀다면 핵폭발과 반대 방향으로 땅에 납작 엎드리고, 눈을 다칠 우려가 있으니 버섯구름은 쳐다보지 말 것. 그는 사린, 소만, 머스터드가스 같은 화학무기에 대해서나 그것들이 어떤 피해를 초래하는지 속속들이 알았고 그의 반 친구들도 마찬가지였다. 그들은 독가스, 화학무기, 생물학무기, 원자폭탄, 중성자탄, 퍼싱 미사일, 크루즈 미사일 등에 대해서는 전문가나 다름없었다.

그러므로 너무 놀라지 않도록, 그는 두 가지 시나리오에 대비해 연습했다. 무슨 일이 일어나든 방독면을 쓰고 기도하기 시작한다. 훈련중에 그는 머리에 방독면을 쓴 채 기도를 하려고 애썼으나 조용한 웅얼거림만 호스를 통해 들려왔고 꽉 끼는 고무 마스크의 안경 부분에 뿌옇게 김이 서렸다.

"혼자서 뭐라고 주절거리나, 신병." 군사훈련 교관이 빽 소리를 질렀다―그는 군복을 입은 소령이었고 아이들 모두가 그를 무서워했다. "그렇게 지껄일수록 산소만 더 빨리 소모된단 말이다."

주어진 시간―몇 초였더라?―안에 방독면을 쓴 사람은 살아남는다. 왼팔이 제대로 자라지 않은 불구자 지브카처럼 제시간에 방독면을 쓰지 못하는 사람은 흐물흐물 녹아버린다.

쉬는 시간에 그는 책상 앞에 혼자 앉아 어머니와 아버지가 제시간에 방독면을 쓸 수 있을지 계산해봤다. 부모님이 살 수 없다면 그가 굳이 살아남으려 애쓸 이유가 있을까? 할머니와 할아버지는 더더욱 가망이 없었다. 너무 느리니까. 할머니는 우선 안경을 써야 하는데 늘 안경을 어디에 뒀는지 몰랐고, 안경을 쓴 다음에는 방독면이 담긴 가방을 찾아야 하고, 그다음에는 분명 어딘가에서 소를 돌보고 있을 할아버지를 불러야 했다…… 그러면 주어진 몇 초보다 훨씬 더 걸릴 건 불 보듯 뻔했다.

옆길로 새기

방독면을 쓴 사람은 미노타우로스를 닮았다.

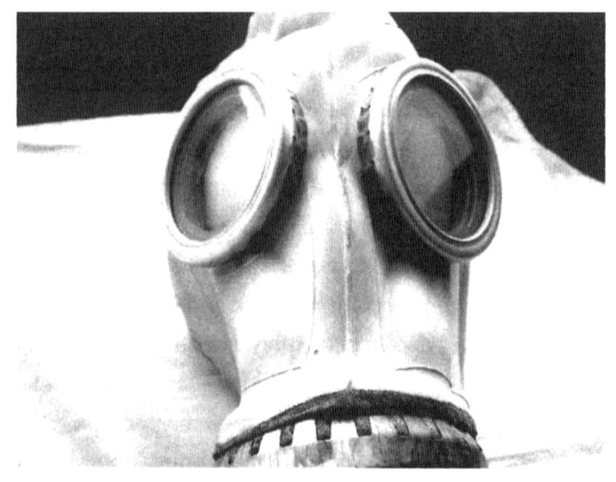

죽음은 우리가 없어도 익어가는 체리나무다

아무것도 폭탄에 파괴되지 않는다. 집과 학교는 온전히 남을 테
고 거리와 나무도 그대로 있을 것이다. 마당의 체리나무에서는
열매가 익을 것이다. 단지 우리만 없어질 뿐. 오늘 학교에서 중
성자탄이 터진 후의 세상에 대해 그렇게 배웠다.

저 서술이 얼마나 정확한지 이제야 깨닫는다. 거리는 아직 그대로 있고 나무도 아직 그대로 있고, 보라, 저기 체리나무도 그대로 있는데 우리만 죽고 없다. 예전에 세상의 구원자였던 나도 전혀 남지 않았다. 그러니까 결국 누군가가 중성자탄을 떨어뜨린 것이다. 할머니, 할아버지, 아버지, 어머니, 그리고 이제 일인칭으로는 말하기 힘든 그 소년이 사라지고 없는 걸 보면 그 사실은 더욱 확실해진다.

시간에 대항할 방독면과 방공호는 아직 아무도 발명하지 못했다.

타임 셸터

세상이 멸망한 다음날, 신문은 없을 것이다. 얼마나 역설적인가. 세계사에서 가장 중요한 사건이 언론에 보도되지 않을 거라니.

하지만 아직은 그렇게 되기 전이다. 그리고 나는 서둘러야 한다…… 내 일을 마무리하기 위해.

간통죄로 돌팔매 사형을 선고받은 이란 여성. 처형을 내 아들 앞에서만은 하지 말아주세요, 가까스로 유럽 신문과의 인터뷰 기회를 얻은 여자는 그렇게 말한다. 〈타임〉 표지에 실린 귀와 코가 잘린 아프가니스탄의 소녀. 사진은 충격적이다. 코가 있어야 할 자리에 커다란 검은 구멍이 열려 있다.

모스크바 인근에서 대형 화재 발생, 숨막히는 연기가 도시를 뒤덮고 희생자의 수는 날마다 늘어간다. 유럽에서 홍수. 파키스탄에서는 물난리……

나는 신문기사 제목들을 옮겨 적는다. 날짜는 2010년 8월이다. 이와 비슷한 뉴스를 구약성서나 중세의 연대기에서 본 적이 있다. 기사 제목들로만 일기를 써도 재미있을 것 같다. 홍수…… 화재…… 잘린…… 나는 신문을 조심스럽게 반으로 접고, 다시 반으로 접고, 다시 반으로 접는다. 신문은 냅킨처럼 작아져서 이제 읽을 수 있는 글자는 ……수……화……잘. 나는 그것을 '취급 주의'라고 적힌 상자에 넣는다.

나는 모든 것을 정확한 목록으로 기록하려고 노력한다. '지금'이 '옛날'이 될 때를 위하여. 우리는 학교 졸업 앨범에 그렇게 적고, 아무 값도 나가지 않는 청춘의 눈물로 앨범을 흠뻑 적셨다. 이 집의 지하실이 넓어서 다행이다. 오래된 방공호. 내가 수년간 잡다한 물건을 모아왔는데도 아직 빈자리가 남아 있다. 이 집을 살 때 그 조건을 고집했다. 넓고 쓸 만한 지하 저장고, 하나의 완전한 주거 공간을 이루는 지하층, 복도 둘, 여러 틈새와 비밀 통로들을 형성하는 벽. 이전 집주인에게 벽의 두께와 집의 건축 연

도, 과거 침수 이력 등등을 상세히 질문했다. 그는 꽤 놀란 듯했
다. 값을 조금이라도 더 높게 불렀어야 한다고 후회했을 것이다.
이 아래에서 사시려고요? 아니요, 나는 대답했다. 그리고 다음
날 기본적인 생필품 대부분을 지하로 옮겼다. 나는 하루 대부분
을 이곳 지하에서 보낸다. 마음이 편안하다. 지상층은 대개 알리
바이로 사용한다. 정상처럼 보이려는 노력을 약간만 들이면 많은
시간을 절약할 수 있고, 그 시간 동안은 자기가 원하는 모습대로
마음놓고 지낼 수 있다.

최근에 멩겔레* 박사의 일기가 발견되었다고 신문에 보도되었
다. 그는 라틴아메리카에 숨어 끝까지 들키지 않고 평온한 노년
을 보냈다. 일기는 1960년부터 1975년까지 쓰인 것으로 평범한
스프링 노트에 적혀 있다. 날씨, 짧은 시, 철학적 단상, 자전적인
사실로 가득한 일기. 그 모든 무해한 세부로 이루어진, 삶 자체에
대한 알리바이.

1월 1일

---

* 요제프 멩겔레. 나치 독일의 장교이자 의사로 아우슈비츠 수용소에서 수행한 비
인도적 인체 실험으로 '죽음의 천사'라는 별명을 얻었다.

나는 은둔자가 아니다. 지하에 텔레비전도 있고(저녁 뉴스만 본다) 서른 종 넘는 신문과 잡지를 구독하므로 나는 확실히 은둔 자가 아니다. 그래도 세상을 면밀히 지켜볼 필요가 있다. 나는 징 후를 수집하고 있다.

아리스토텔레스의 『시학』을 읽고, 남아 있는 레코드도 듣는다. 어떤 달력에 따르면 오늘은 마지막 해의 1월 1일이다. 그런 날의 오후라고 해도 이건 너무 조용하다. 평소 오던 전화도 없고 새해 인사 문자도 없다. 나는 그런 정적에 대한 알리바이를 만들기 위 해 휴대전화를 꺼버린다.

예전에 정리하며 읽은 신문에 2009년의 단어는 'unfriend'라 고 쓰여 있었다. 절교. 지난 십 년 동안 내가 한 일이 바로 그것뿐 이라는 생각이 든다. 시간이 흐르면서 친구들은 저마다 다른 방 식으로 사라졌다. 어떤 친구는 마치 애초에 존재한 적도 없었던 것처럼 갑자기. 다른 친구들은 서서히, 어색하게, 미안하다는 듯 이…… 더는 전화가 오지 않는다. 처음에는 잘 알지 못한다. 그러 다가 전화기 배터리가 방전되었나 확인하게 된다. 오후 다섯시에 느끼는 예리한 부재. 처음에는 그런 감각이 한 시간 정도 지속되 지만 시간이 갈수록 짧아진다. 하지만 영영 사라지지는 않는다. 오래전에 담배를 끊었는데도 여전히 담배가 꿈에 나오는 것처럼.

하루의 빛이 저물어가는 가운데, 다시 한번 막연한 슬픔과 두 려움이 밀려드는 것을 느낀다. 이름 붙일 수 없는, 진정으로 흉포

한 두려움. 나는 재빨리 외투를 입고 귀마개가 달린 모자를 눌러 쓴다. 유행을 따르는 사람으로도, 노숙자로도 보일 수 있을 것이다. 어느 쪽이든 괜찮다. 어쨌거나 나는 보이지 않는 존재니까.

누구든 세상의 종말 이후 자기 동네가 어떤 모습일지 궁금하다면 1월 1일 오후에 밖으로 나가보면 된다. 형언할 수 없는 정적. 모아둔 기쁨의 비축분은 전날 밤에 다 써버렸다. 메마르고 차가운 밑바닥이 드러났다. 형이상학적 밑바닥. 나는 항상 궁금했다. 도대체 뭘 축하하는지—한 해의 끝인지 다른 해의 시작인지. 아마 끝이겠지. 시작을 축하하는 거라면 1월 1일이 가장 행복한 날일 테니까.

나는 아파트 건물들 사이의 얼어붙은 좁은 길을 따라 걷는다. 발밑에서 빈 와인 병이 굴러다니고 길바닥에 온갖 종류의 폭죽 잔해가 흩어져 있다…… 사람은 단 한 명도 없다. 점점 수상해 보이기 시작한다. 마치 누군가가 새해 불꽃놀이로 위장해 모두를 날려버린 것처럼. 중성자탄을 터트린 것이다. 은신처의 두꺼운 벽 뒤에 있었던 나만 유일하게 살아남았다. 새해 전야에 방공호에 들어가 있을 정도로 조심스러운 사람이 나 말고 또 있었을 리 없다. 세상이 끝난 뒤 CNN에서는 뭐가 방송될까. 가서 확인해보려고 돌아서는데 난데없이 개 두 마리와 부랑자 한 명이 내 앞으로 튀어나온다. 올해 들어 처음 보는 생명체들…… 그들을 보니 그렇게 반가울 수가 없다. 사실 오늘은 그들의 날이다. 그들의 새해는 하루 늦게 온다. 연휴 직후의 쓸쓸한 쇼핑몰처럼 쓰레기통이 전날 밤 먹다 버려진 음식으로 어지럽게 넘쳐나는 때.

……이후에 열어볼 것

알람 시계, 옷핀, 칫솔, 인형, 미니카, 여성용 모자, 화장 도구 세트, 전기면도기, 담배 케이스, 담배 한 갑, 파이프, 잡다한 천과 직물 조각, 1달러 정도 되는 잔돈, 옥수수 씨앗, 담뱃잎, 쌀, 콩, 당근……

이처럼 하나로 묶기 어려운 이 잡다한 수집품은 어디에 담길 수 있을까?

아마도 여행 가방일 것이다. 하지만 그런 여행 가방의 주인은 누구일까? 여성용 모자를 보면 여자일 것 같고, 파이프와 전기면도기를 보면 남자 같은데 요즘엔 그것도 단정할 수 없다. 아니면 인형으로 미루어 어린 소녀의 가방일 수도 있고, 미니카와 사내아이가 모을 법한 자질구레한 물건들을 보면 사내아이의 것인지도 모른다.

목록은 계속된다.

소설책, 『브리태니커 백과사전』에서 잘라낸 글, 피카소와 오토 딕스의 그림, 그리고 〈타임〉〈보그〉〈새터데이 이브닝 포스트〉〈우먼스 홈 컴패니언〉을 비롯해 1938년 늦여름에 발간된 잡지와 신문. 그 모든 것이 마이크로필름에 담겨 있다. 종이로 된 성경책. 알베르트 아인슈타인과 토마스 만의 짧은 편지들. 삼백 개의 언어(!)로 된 주기도문과 표준 영어사전 두 권……

박물관 저장고? 작가의 작업실?

다음에 계속……

십오 분짜리 필름 릴. 그 안에는 다음 내용이 담겨 있다. 루스벨트 대통령이 당시의 시사를 주제로(해는 여전히 1938년이다) 연설하는 모습을 담은 유성영화, 비행기로 촬영한 뉴욕 전경, 가장 최근에 열린 올림픽의 영웅 제시 오언스, 모스크바 붉은광장의 노동절 퍼레이드, 선전포고 없이 벌어진 중일전쟁의 장면들, 플로리다주 마이애미에서 4월에 열린 패션쇼, 원피스 수영복을 입은 두 소녀와 오후용 정장을 입은 신사들…… 그리고 캡슐의 위치를 적도와 그리니치 자오선을 기준으로 한 위도와 경도까지 정확히 표시한 도면.

그렇다, 타임캡슐이다. 세계의 우려스럽고 쾌활한 정신분열증을 특정한 순간에—그것도 전쟁 전야에—포착한 것.

그 세계는 1938년 9월 23일에 지하 50피트 깊이에 묻혔다. 웨스팅하우스 전기 제조 회사의 엔지니어들이 뉴욕 세계박람회를 위해 설계한, 아마도 가장 유명한 캡슐에 담긴 채. 개봉일은 오천 년 후. 그러나 그로부터 정확히 일 년 뒤, 세계는 다시 한번 (문자 그대로) 땅에 묻히게 된다. 이번에는 의례도, 캡슐도, 정확한 위치를 나타내는 도면도 없이.

처음에 엔지니어들은 그 캡슐을 공식적으로 '시한폭탄'이라 불렀고, 실제로도 그것은 폭탄이나 포탄처럼 보였다. 228센티미터의 길쭉한 몸체에 끝이 둥근 형태. 그러다 불길하다는 이유로 이름을 변경했다. 적어도 공식적으로는. 하지만 이미 도화선에 불이 붙은 뒤였다.

1945년에 사람들은 캡슐을 열고 싶어했다. 상실한 전전戰前 세계에 대한 향수였을까? 아니다. 그들은 거기에 가장 웅대한 발명품, 원자폭탄의 도면을 추가하고자 했다. 그러다가 결국 열지 않기로 결정했다. 하지만 이십 년 뒤 참지 못하고 같은 장소에 두 번째 캡슐을 묻었는데, 거기에는 원자폭탄을 비롯한 몇 가지 신무기에 관한 자료에 더해 비틀스의 음반, 피임약, 신용카드를 넣었다.

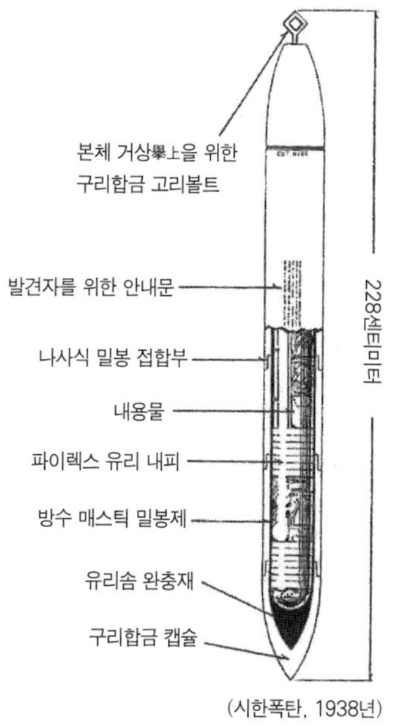

(시한폭탄, 1938년)

보이저

시간을 보존하려는 시도는 계속된다. 때는 1977년이다. 우주선 보이저호의 출현으로 전략이 변경된다—이제는 캡슐을 우주에 묻을 수도 있다. 이전까지는 방향이 깊은 땅속이었다면 이제는 머나먼 하늘이다. 지구, 그 위험한 장소로부터 최대한 멀리.

'골든 레코드'에는 다음과 같은 것들의 사진이 담겨 있다. 5센티미터 길이의 태아, 젖을 먹이는 어머니, 우주에 있는 (태아와 무척 닮은) 우주비행사, 집, 슈퍼마켓, 남자와 여자의 실루엣(여자는 임신중이고 뱃속의 아기도 보인다). 하지만 가장 멋진 부분은 소리다—빗소리, 바람소리, 침팬지 소리, 키스하는 소리, 개구리 소리, 우는 아이를 어르는 소리, 트랙터 소리, 말이 달리는 소리, 모닥불 주위에서 담소를 나누는 소리 등.

그 미국산 우주왕복선이 발사된 때는 냉전이 한창 뜨겁던(그런 언어적 역설이라니) 시절이었다. 우리는 단지 그 골든 레코드에 불가리아 민요가 실렸다는 이유로 보이저호에 대해 알게 되었다. 그러나 거기에는 미국 대통령의 인사도 담겨 있었다(그건 미처 몰랐다). 치아를 드러낸, 앞에서 말한 바로 그 지미 카터. 이웃의 어느 여자는 그를 정육용 칼로 닭 잡듯 내리치고 싶다고 했다. 어쨌거나 그래서 이제 지미 카터와 불가리아 민요 〈델리오 하이두틴〉은 별들 사이를 함께 떠돌았다. 우리는 다름 아닌 우리의 노래가 선택되어 자랑스러웠다. 하지만 우주에 그 노래만 홀로 있지는 않다는 걸 나중에야 알게 되었다. 나란히 함께 실린 음악은 소비에트연방 아제르바이잔의 전통 백파이프 음악과 조지아 합창단의 노래, 호주 원주민의 노래, 세네갈의 북소리, 모차르트, 바흐, 베토벤까지…… 우리는 살짝 실망했다. 왜 그랬는지는 모르겠지만, 우리는 외계인들이 저녁에 쌀쌀한 천상의 테라스에 나와 축음기에 틀어놓고 가장 즐겨 듣는 음악이 맹렬한 하이두틴*

을 기리는 불가리아 민요일 거라고 상상했다. (작은 민족은 맹렬해지기를 아주 좋아한다.) 나는 그 노래 가사의 로도피** 방언을 알아들을 수 없어서 과연 외계인들은 이해할 수 있을지 진심으로 걱정스러웠다.

아직도 외계인들이 그 노래를 이해하지 못했기를 바란다. 이해했다면 우린 그들을 영영 잃어버릴 테니까. 아니 어쩌면 이미 노래를 들어봤고 그래서 이렇게 늦도록 안 오는 건지도 모른다. 간단히 설명하자면, 노래의 주인공 델리오는 튀르크인들이 강제로 자신의 친척 아주머니 두 명을 이슬람으로 개종시킨다면 마을을 습격하겠다고 위협한다. 그러면 무수한 어머니들이 울부짖고/ 무수한 젊은 신부들이 통곡하고/ 심지어 뱃속의 아기까지 울게 되리라……

어머니의 자궁에 있는 그 아기, 델리오와 같은 레코드를 타고 날아가는 그 아기는 조심하는 게 좋을 것이다.

---

* 오스만제국 지배기에 활동했던 무장 민병대로, 민중 전통에서는 산속에 숨어 활동하며 관료, 지주를 공격하고 민중을 보호하는 의적으로 묘사된다.

** 발칸반도 남쪽, 불가리아와 그리스 접경지대에 있는 로도피산맥 인근 지역의 이름.

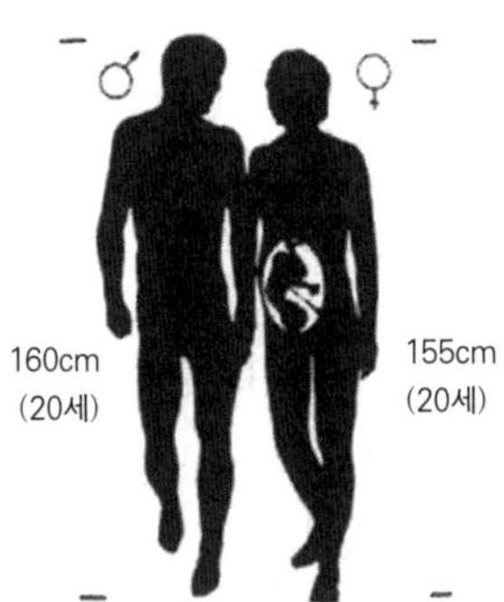

다른 캡슐들, 다른 유언들

아직도 1977년이다. 장소는 플레벤시市.

"플레벤 파노라마* 기념관의 건물 기초부, 로비 바닥 아래에 메시지가 담긴 캡슐이 매장되었습니다. 이 캡슐은 정확히 백 년 후, 우리 모두 공산주의 체제에서 살고 있을 때 개봉될 것입니다." 국가평의회 의장 토도르 지프코프 동지는 캡슐을 매장하는 행사에서 선언했다.

"글쎄, 우리 모두가 공산주의 체제에서 살고 있진 않을 텐데." 아버지는 텔레비전을 끄며 말했다. "저자는 자기가 영원히 살 거

____

* 1877년과 1878년에 발생한 러시아–튀르크 전쟁중 불가리아의 플레벤에서 벌어진 공방전의 희생자들을 기념하는 건물. 이 전쟁에서 결국 러시아제국 동맹군이 승리했고 불가리아공국이 독립했다.

라고 생각하나봐." 나는 지금으로부터 백 년 뒤, 새로운 인간 호
모 코뮤니스티쿠스communisticus가 캡슐을 열고 그때는 화석이 된
그들의 선조 호모 소셜리스티쿠스socialisticus가 보낸 지침을 읽는
모습을 상상한다.

안에 뭐라고 쓰여 있었을까? "강력한 지도력…… 공산주의의
혜택을…… 각자의 필요에 따라 받는……"과 같은 구호들, 그리
고 당시 우리가 흔히 주절대던 갖은 헛소리.

이 캡슐 열병은 전염성이 강했다. 모두가 앞다투어 미래에 보
내는 메시지를 묻었다. 끝내 우리 학교 차례도 돌아왔다. 캡슐은
대형 유리 시험관 같은 모양이었다. 화학 실험실에서 본 것 같다
는 느낌도 들었다. 교장은 전교생 앞에서 공산주의 체제에서 살
게 될 미래의 피오네르에게 보내는 우리의 메시지를 낭독한 뒤
그 종이를 캡슐 안에 넣었다. 이어서 학생들의 그림 세 점과 글
세 편도 함께 넣었다. 이전에 '2000년에 나는 어떤 모습일까?'를
주제로 작품 공모전이 열린 적이 있었다. 요컨대, 우리는 스스로
를 우주로 진출한 공산주의자의 모습으로 보았다. 공산주의가 전
지구를 정복하고 이미 인근의 행성으로 전파되고 있었다. 우리는
빨간 별이 달린 우주복을 입은 우주비행사를 그렸다. 그들은 탯
줄인가 밧줄인가 싶은 것으로 모선母船과 연결되어 있고 한 손에
는 데이지꽃 한 다발을 든 모습이었다. 아니 양귀비꽃을 더 많이

그렸다. 양귀비는 '스러진 영웅들의 피에서 피어나는' 꽃이라서 더 적절했다. 나중에 나는 양귀비가 다른 용도, 더욱 정신을 취하게 하는 용도로도 쓸모가 있다는 것을 알게 되었다.

그때는 그런 것들을 캡슐에 넣었다. 피오네르 소년단 담당 교사는 학교 깃발도 넣자고 제안했지만 시험관이 너무 작아서 그럴 수 없었다.

캡슐을 묻기 전에 '2000년에 나는 어떤 모습일까'를 주제로 열린 작품 공모전에서 나는 단 한 문장만 썼다. "2000년에 세상은 끝나기 때문에 나는 그때 어떤 모습도 아니다. 이것은 사실이다." 내가 왜 그랬는지는 설명할 수 없다. 나는 즉시 소년단 담당 교사에게 불려갔고, 그 글은 "도발적"이라는 낙인을 받았다. 교사는 그 "사실"을 누가 내게 말했는지를 주로 물었다. 그런 질문을 받자 앞으로 벌어질 일을 모두가 알면서도 국가 기밀이라는 명목으로 숨기고 있다는 내 의심은 더욱 강해졌다. 나는 할머니를 밀고할 만큼 어리진 않았다. 그래서 바닷가에서 어느 뚱뚱한 폴란드 여자가 말해주었다고 거짓말로 둘러댔다. 일부러 "뚱뚱한"이라고 말함으로써 이 도발자에 대한 나의 태도를 드러냈다. 폴란드인들은 우리와 달랐다. 그들은 해변에서 상반신을 드러낸 채 누워 있고 니베아 핸드크림을 암거래로 팔았다. 가서 그 여자나 찾아보라지.

말할 필요도 없겠지만, 나의 때 이른 경고는 시험관 속에 담기지 않았다.

한편 나는 나만의 캡슐을 채우기 위해 두 배의 노력을 기울였다. 철저히 비밀스럽게, 그 시절의 표현을 쓰자면, 시대정신에 발맞춰. 시대정신에 발맞춰…… 이럴 수가, 어쩌다 이런 말이 튀어나왔지? 회상은 결코 순수하지 않다. 그 시절의 문구들이 다시 떠오른다. 갑자기 입맛이 쓰다. 시대정신에 발맞춰. 시대정신에…… 몇 번 더 연거푸 말해서 의미 없게 만들어버려야겠다.

73번 상자

그리고 '타임캡슐'이 하나 더 있는데, 이번에는 공식적인 것이다. 빨간색 대문자로 "콤소몰* 단원이 되면 열어볼 것"이라고 쓰인 평범한 종이봉투. 사회주의 체제에서 이런 봉투는 모든 아이에게 출생 직후 주어졌다. 나는 이 허술한 종이 캡슐을 73번 상자에 넣어두었고, 지침을 어기고 이제야 봉투를 열고 있다. 안에는 타자기로 적은 다음과 같은 글이 있다.

---

* Komsomol. '공산주의 청년 동맹(Kommunisticheskiy Soyuz Molodyozhi)'의 약자로, 14세부터 28세 사이의 청소년과 청년을 대상으로 하는 구소련과 동유럽의 청년 조직이다.

젊은이에게,

사람의 인생에는 잊을 수 없는 순간들이 있다. 오늘 동지는 떨리는 손으로 피오네르 소년단의 진홍색 넥타이를 풀고 대신 콤소몰 단원 수첩을 받는다. 이는 당과 영웅적이고 근면한 우리 인민이 동지에게 품은 깊은 신뢰의 상징이다.

당당하고 담대하게 말하고 행동하라! 젊음의 다부짐과 청년의 대범함을 모든 세대에게 가장 소중한 것 — 조국 — 에 바치라!

사회주의 화법의 눈부신 또하나의 사례. 지금 보니 너무 거창해서 발음하기도 힘들다. 당당하고 담대하게 말하고 행동하라! 젊음의 다부짐과 청년의 대범함…… 그 많은 'ㄷ'은 다 뭐지? 혀가 엉덩방아를 찧는 것 같은 이 말들은? 나는 그 양복을 입은 오리스니체*가 정말로 분만실에 있는 어머니에게 찾아와 그 봉투를 내밀었을지 궁금하다. 아직 충격에서 빠져나오지 못한 어머니가 뭐가 뭔지도 모르는 채로 정신없이 기저귀와 젖병 소독용 냄비 따위를 챙기는데, 공산당 지역위원회 대표가 찾아와 그 편지를 건네

---

* 불가리아 민속 설화에서 아이가 출생하면 찾아와 운명을 정해주는 세 여신.

는 것이다. 아이는 걱정 마십시오. 우리가 이미 운명을 정해두었으니까요. 먼저 차브다르* 단원이 되고, 그다음 피오네르 소년단의 넥타이를 매고, 그다음에는 그걸 풀고 콤소몰 수첩을 받을 겁니다. 거기 다 적혀 있습니다. 절대. 빠져나가지. 못하도록.

처음에 나는 그 봉투를 버리려고 했다가 다시 원래대로 73번 상자에 넣기로 했다. 상자 안에는 그런 물건도 있어야 하니까.

이런 과거의 방사성폐기물로부터 이 상자를 더욱 철저히 보호해야겠다는 생각이 든다. 하지만 오로지 이 캡슐만 온전히 남게 된다면 어떡하지? 이 캡슐이 발견되고 이를 중심으로 사이비 종교라도 생겨난다면? 그런 생각은 하지 말았어야 했는데. 그런 상황이 너무나 또렷하게 떠오른다.

73번 미래

멸망 이후 오랜 세월이 흐른 뒤 생명이 다시 태동하고, 이후 수천 년의 시간이 흐르면 인류가 다시 등장한다. 이 새로운 '멸망-이후 인류'는 예전 인류와 대체로 비슷하게 진화하지만 몇 가지 사소한 편차(변이)가 생기는데, 그중 하나는 추상적 사고를 할 수

---

* 7세부터 9세까지의 어린이를 대상으로 한 불가리아의 사회주의 아동 조직.

없다는 점이다. 자연 혹은 신이 성공과는 거리가 먼 이전의 실험에서 교훈을 얻어 몇 가지 건전한 조정을 거친 것이 분명하다.

어느 날 신인류는 땅에 묻힌 채 기적적으로 보존된 캡슐 하나를 우연히 발견하는데, 거기에는 멸망 이전에 보낸 메시지가 담겨 있다. 이는 이루 말할 수 없이 엄청난 사건이다. 마침내 선조의 흔적을 발견한 것이다. 하지만 그건 상상을 초월할 정도로 멍청하고 우스운 메시지다(하지만 그들은 이 사실을 깨닫지 못한다). 그것은 후손에게 전하는 유언 같은 것으로, 원래는 이백 년 뒤에 열도록 정해져 있다. 군데군데 닳아 없어졌지만 일부 문구는 온전히 남아 있다. 그들은 그것을 신중히 해독한다. 성서가 새겨진 석판을 읽듯 경건하게.

우리는 이 유언을 따르고 우리의 삶을 그에 맞게 바꿔야 한다, 라고 곳곳에서 외쳐댔다. 단 한 사람만이 저항했다. 오히려 그는 선조가 맞이한 운명을 피하려면 우리는 석판에 새겨진 내용과 정확히 반대로 해야 한다, 라고 계속 말했다. 하지만 아무도 그의 말을 듣지 않았다. 유언은 널리 퍼져나갔고 그 안에 담긴 모든 말은 구체적인 행동 지침으로 해석되었다.

모든 상투어(상투어란 결국 제 꼬리를 삼킨 추상적 관념에 지나지 않는다)는 그것을 글자 그대로 받아들이면 위험해진다. 멀고 먼 20세기에서 온 공허하고 의미 없는 문구 세 개가 지금까지 결속력 강하고 행복했던, 추상적 관념이란 존재하지 않았던 그 사회를 송두리째 뒤엎었다. ……삶의 바다에 대비하고 훈련받은…… 사회주의 가족—우리 사회의 기본 세포…… 조국을 위해 피를 흘려라……

바다는 멀지 않은 곳에 있었다. 그들은 즉시 바다를 교육장으로 삼아 그곳에서 아이와 노인을 가리지 않고 훈련하기 시작했다. 선생이 앞에서 헤엄치면 학생들은 그 주위에 떼를 지어 허약하고 지식에 굶주린 몸으로 팔다리를 허우적거리며 따라갔다. 그중 더 쇠약하고 병약한 이들은 물속으로 조용히 가라앉고 뒤처지고 버려졌다. 생존자들은 물에 익숙해졌고 등 근육이 커다랗게 발달했으며 바다에서 살아가는 법을 완벽하게 터득했다. 이 얼마나 박식한 운동신경인가, 얼마나 학구적인 근육인가…… 익사하지 않은 시인들은 노래했다. 이제 그들은 육지에서는 해안에 떠밀려 온 고래가 된 느낌이었다. 삶은 점차 바다로 돌아갔다. (그야말로 진화의 뒷걸음질이 아닌가.)

이후 그들은 유언의 두번째 문구에 따라 바다를 나무로 된 감방*으로 가득 채웠다. 모든 신혼부부는 결혼 선물로 감방을 한 칸씩 받았고 자발적으로 그 안에서 물속에 잠겨 지냈다.

일 년에 세 번씩 기념하는 '위대한 출혈의 날'에는 스스로 몸에

---

* 불가리아어 단어 'клетка(클레트카)'에는 '세포' 혹은 '단위'라는 의미와 '감방'이나 '칸막이'라는 두 갈래의 뜻이 있다.

상처를 내고 흘린 피를 조국을 위해 바쳤다. 그런데 조국이 무엇인지 전혀 모르고 그와 관련한 지침도 없었기에, 그들은 그저 피를 모아 거대한 통에 담았고 곧이어 그 통을 그렇게 불렀다. '조국.'

그 외에 이 문명에 대한 다른 증거는 남아 있지 않다.

정보 매체

몇 년 전, 보안상의 이유로 내 아카이브를 백업하기로 마음먹었다. 가장 중요한 정보는 디스크에 저장해 작은 상자에 숨겼다. 상자는 고페르나무*로 만들어 안팎에 역청을 발라 밀봉했다. 구약성서에 나오는 지침을 따랐다. 물론 현대판 노아의 방주는 신기술 덕분에 꽤 달라졌다. 원래의 방주는 길이 300큐빗, 너비 50큐빗, 높이 30큐빗에 삼층으로 나뉘어 있었다. 반면 지금은 디스크 한 장이다.

처음에는 불연성 금고가 어떨까 생각했지만 그 책에 쓰인 대로 하는 것이 제일 낫다는 결론을 내렸다. 역청을 바른 고페르나무는 물기를 막아주고 금속 금고와는 달리 항상 물위에 뜬다. 그 위

---

* 성경에서 노아의 방주를 만든 목재라고 알려진 나무. 잣나무나 소나무 등으로 추정된다.

대한 책은 참으로 모든 것을 미리 생각해두었다.

물론 디스크에만 의존하지는 않는다. 디스크는 믿을 수가 없고, 아주 작은 오류만 생겨도 전체가 망가진다. 기술이 고도화될수록 손상은 더욱 돌이키기 힘들다. 어딘가에서 읽었는데, 종이, 특히 중성지는 그 어떤 디지털 장치보다 더 안정적인 정보 매체라고 한다. 제지 업체들은 중성지가 천 년도 간다고 말한다. 확실히, 이 세계가 그보다 더 오래갈 리는 없다. 그래서 나는 여전히 신문 스크랩 기사가 가득한 내 상자들과 구식 노트들을 믿는다. 세상이 다시 아날로그로 돌아갈지도 모르니까. 그럴 가능성은 절대로 무시할 만한 수준이 아니다.

다른 캡슐들은 세상을 엽서의 그림처럼 묘사하므로—상냥하고 예쁘고 춤을 추고 끊임없이 온갖 잡동사니를 발명하는 곳으로—내 지하실에 있는 캡슐은 징후와 경고, 쓰이지 않은 이야기들을 담아야 했다. 이를테면 '1980년대 권태의 역사' '덧없는 것들의 짧은 역사' '사회주의 말기 지역적 슬픔에 관한 개론' '우리가 알아차리지 못한 징후 목록' '2010년에 나타난 두려움의 불완전한 목록', 혹은 광인 줄리에타, 말람코, 칭가추크, 반反역사적 인간, 내 할아버지, 버려진 소년의 이야기, 무無에서 와서 무로 떠나는, 이름 없고 덧없고 화면 밖에 머물며 영원히 침묵하는 이들의 이야기, '일어나지 않은 일의 보편사'……

무언가가 영속적이고 기념비적이라면 그것을 왜 굳이 캡슐에 넣어야 하나? 정말로 보존해야 하는 것은 죽는 것, 썩는 것, 부서지기 쉬운 것, 어둠 속에서 훌쩍거리며 성냥을 켜는 것…… 이 책의 지하실에 있는 모든 상자에는 바로 그런 것들이 담길 것이다.

노아 콤플렉스

나는 모든 종류와 장르를 망라하는 책을 상상한다. 독백에서부터 소크라테스식 대화, 육각운으로 쓰인 서사시에 이르기까지, 동화에서부터 논문, 목록에 이르기까지. 격조 높은 고대의 문물에서 도살장 작업 지침서에 이르기까지. 그 책 안에는 모든 것이 모이고 옮겨질 수 있다.

쓰고, 쓰고, 또 쓰게 하라. 기록하고 보존하게 하라. 노아의 방주처럼 되게 하라. 크든 작든, 정결하든 부정하든 모든 생물이 있어야 하나니, 모든 종류와 모든 이야기에서 하나씩 데려오라. 나는 순수 장르에 관심이 없다. 가우스틴이 늘 말했듯이, 소설은 아리아인이 아니다.

쓰고, 쓰고, 또 쓰게 하라. 기록하고 보존하게 하라. 노아의 방주처럼 되게 하라. 내가 아니라 이 책을. 오직 책만이 영원하다. 오직 책의 표지만이 파도 위로 떠오르며, 오직 책의 페이지 사이에서 들끓는 생명만이 살아남으리라. 그리고 새로운 땅을 보게 되면 그들은 나아가 번성하리라.

그리하여 글로 쓰인 것은 살과 피를 얻어 온전한 형상으로 살아나리라. '사자'는 사자가 되고, '말'은 말처럼 힝힝거리고, '까마귀'는 시끄럽게 우짖으며 지면에서 날아오르리라…… 미노타우로스는 대낮의 빛으로 걸어나오리라.

신新사실주의

나는 오랫동안 지하세계에서 나가지 않았고, 그래서 얼마 전부터는 잠시 산책이라도 해야겠다고 마음먹었다. 저녁이 오기를 기다렸다. 이 계절에는 오후 다섯시만 되면 어둑어둑해지고, 그래서 지하에서 지상으로 옮겨가는 일이 한결 수월해진다. 불행히도 크리스마스 장식 전구들이 벌써 켜져서 어둠은 구석으로 밀려났다. 좀더 어두운 거리를 골라 찬 공기를 들이마시며 걷다가 예전에 즐겨 가던 미술관 앞에 이르렀다. 미술관은 아직 열려 있었고, 마침 '신사실주의'라는 전시가 마지막 며칠을 남겨둔 참이었다. 그 시간에는 관람객이 없어서 나는 안으로 들어가기로 했다.

와인 코르크 마개와 쓸모없는 잡동사니가 가득 든 작은 유리 용기들, 레몽 앵스*의 닳아빠진 포스터 조각들을 들여다보았다.

---

* 프랑스의 신사실주의 예술가로, 특히 낡고 찢어진 광고 포스터를 뜯어내 콜라주

물감을 튜브에서 짜내 리본처럼 길게 늘어뜨린 아르망*의 작품은 마치 유리 속에 박제된 색색의 뱀처럼 보였다. 나는 다니엘 슈퇴리**의 작품인 저녁식사의 잔해 앞에 오래 서 있었다. 남은 음식을 접착제로 붙인 식탁이 입체 정물화처럼 벽에 걸려 있었다—기름이 말라붙은 프라이팬, 두 사람이 마주앉았던 식탁에 놓인 빈 커피잔 두 개, 잔 바닥에 남은 커피 찌꺼기, 유리잔 두 개와 1970년산 마티니 빈 병, 초가 다 타버리고 촛농만 남은 촛대, 구겨진 냅킨…… 누군가가 여기에 있다가 떠났다. 대화가 있었고, 말로 표현된 것과 말하지 않은 채 남겨진 것이 있었다. 그들은 오래 앉아 있었고, 촛불이 타올랐으며, 함께 보낸 시간은 즐거웠다. 그러다 그들은 자리에서 일어나 나갔다. 혹시 다른 방에서 섹스를 했을까? 커피는 그전에 마셨을까, 그후에 마셨을까? 자세히 보면 한쪽 유리잔에 묻은 립스틱 자국이 보일지도 모른다. 사십 년 전에 묻은.

아마 그 사람들은 이제 이 세상에 없을 것이다. 남은 건 커피 찌꺼기뿐.

처럼 재구성한 작업으로 유명하다.

* 프랑스의 신사실주의 예술가로, 본명은 아르망 피에르 페르낭데즈이다.

** 루마니아 태생의 스위스 국적 신사실주의 예술가로, 식문화를 통해 인간을 탐구하는 소위 '이트아트(Eat-Art)'로 유명하다.

공기에 이미 어떤 기운이 배어 있었다. 1960년대 말과 1970년대에 신사실주의자들은 멸망을 예감했다. 그 무렵 크리스토*는 세상을 둘둘 감아 포장하기 시작했다. 마치 떠날 준비라도 하듯. 모든 것을 포장해야 한다. 우리는 짐을 챙겨 떠난다. 작은 흔들목마를 포장한 것부터(내 생각에 그의 가장 슬픈 작품) 천으로 감싼 퐁뇌프 다리까지. 가자아아, 우린 이사한다아아아아…… 이 집은 곧 헐릴 거야.

이사의 기억

나는 어린 시절부터 이 집 저 집 자주 옮겨다닌 터라, 익숙한 물건이 일상의 용도에서 벗어날 때 주는 그 이상한 느낌을 잘 안다. 의자가 더는 의자가 아니고 식탁도 식탁이 아니며 침대는 해체되어 있다. 서랍장은 서랍 여러 개와 목제 테두리에 지나지 않는다. 책들은 '정제 천일염'이라고 적힌 비닐봉지에 잔뜩 담겨 있다. 마치 소금에 절일 생선처럼. 나중에 그 책장을 넘기면 따갑지는 않을지 궁금해진다.

너는 그 아수라장 한가운데에서 서성거리고, 어디에 있어야 할

지 알 수가 없다. 어른들도 모르기는 마찬가지, 그들은 신경이 곤두선 채 담배를 피우며 트럭을 기다린다. 그러다 모든 짐을 트럭에 싣고도 저마다 우왕좌왕한다. 문을 닫고 싶지 않은 것이다. 어머니는 혹시 두고 나온 건 없는지 벌써 스무번째 확인하러 들어가고 아버지는 어느새 마당으로 나가 체리나무 두 그루와 장미관목에 물을 준다. 새로운 세입자가 나무들을 돌봐줄지 알 수 없으니까. 나는 고양이 한 마리를 안아준다. 다른 한 놈은 어딘가로 숨어버렸다.

작별.
새로운 집.
새로운 작별.
학창시절의 숱한 이사.
이혼 후 집을 떠나 이사.
여러 외국으로 이사.
귀국.
새로운 집.

이사를 기록한 목록으로도 한 사람의 인생을 이야기할 수 있다.

엄마 캡슐

전시를 관람하고 나서 상자와 가방이 있는 집으로 돌아간다.

(지금 이 순간을 포함해) 매 순간 누군가는 어딘가에서 타임캡슐을 묻고 있다. 유행은 1999년에 정점을 찍었고, 그뒤로는 관심이 좀 시들해졌다. 2000년에 멸망은 일어나지 않았다. 사람들은 실망했다. 그토록 기다렸으니 실망할 만했다. 그사이, 새로운 타임캡슐인 페이스북이 나타났다. 이제 너는 반은 인간, 반은 아바타인 이상한 종류의 미노타우로스, 아니 미노-아바타이다. 아, 내가 좀 산만해졌다. 페이스북이 그렇다, 정신을 산만하게 한다.

내가 하려던 말은, 해마다 땅에 묻히는 수만 개의 타임캡슐 중에서 90퍼센트 이상이 영원히 상실된다는 점이다. 묻은 사람이 잊거나 죽거나 다른 데로 이사한다. 그래서 지구상에 묻힌 모든 캡슐의 좌표를 담은 엄마 캡슐을 만들어야 한다. 그리고 그것의 좌표가 잊히지 않도록 오직 그 일―엄마 캡슐의 좌표를 기억하는 일―만을 하는 사람을 특별히 고용해야 한다.

보따리와 병

뜻밖의 물건들이 타임캡슐이 될 수도 있다. 그중 가장 거대한 것은 화산재 아래에 보존된 도시 폼페이일 것이다. 하지만 나는 더 작은 것들이 좋다. 예컨대 내가 태어난 날 할아버지가 챙겨둔 라키아 브랜디 한 병. 이제 그 병은 마흔네 살이 되었을 거다. 병을 찾아 열면 1968년 전체가, 적어도 불가리아 남동부의 1968년이 증류되어 있을 것이다. 그해 여름에 햇살이 빛났던 날들의 수, 초가을에 내렸던 비, 공기 중의 습도, 토양의 질, 포도나무에 번졌던 병충해, 그 한 해의 역사 전체가 그 유리병 하나에 기록되어 있다.

혹은 할머니가 '마지막'에 대비해 싸두었던 옷 보따리. 스카프, 앞치마, 진홍색 조끼, 겨울용 털양말, 혹은—여름이라면—나일론 스타킹, 에나멜 구두 한 켤레…… 보따리는 할머니가 돌아가시는 날 열기로 되어 있었지만, 할머니는 하루걸러 한 번씩 보따리를 풀어보곤 했다. 좀이 쏠아 옷에 구멍이 나진 않았는지 확인하려고, 혹은 그저 한번 더 들여다보려고. 그 또한 죽음에 익숙해지는 하나의 방식이다. 할머니는 한 달에 한 번쯤 그 옷들을 입어보기도 했다. 오래된 검은 스카프를 벗고 커다란 암적색 장미꽃이 그려진 새 스카프를 두르고, 일상적으로 입던 갈색 털실 조끼 대신 생일 선물로 받아 한 번도 입지 않은 붉은색 조끼를 입어보았다. 그런 다음 좁고 긴 직사각형 거울에 자신의 모습을 비춰보며 젊었을 때는 얼마나 예뻤는데, 허리가 얼마나 잘록했는데, 하고 한탄하곤 했다. 어떻게 이런 모습으로 거기에 간단 말이야, 하면서 할머니는 울었다. 죽음만이 할머니의 허영을 일깨웠다. 할머니를 기다리는 사람은 여기보다 거기에 더 많았다.

······그리고 육각운

뜻밖의 물건들이 타임캡슐이 될 수도······ 이를테면 육각운. 무언가가 육각운으로 말해진다면, 역사적으로나 실용적으로나 그것의 유통기한은 영원하다. 트로이전쟁 전체가 육각운이라는 타임캡슐에 보존되어 있다. 그 이야기가 무엇이든 다른 형태에 담겼다면 그것은 망가지고 부패하고 찢어지고 바스러졌을 것이다······ 육각운은 결국 가장 오래가는 재료였던 것이다.

헤시오도스는 『노동과 나날』에 일련의 생존 지침을 남겨두었다. 진정한 서바이벌 키트. 세상에 어떤 일이 생겨서 아무것도 모르는 사람들이 새로 나타나더라도 이 책 덕분에 그들은 배울 수 있을 것이다. 씨앗을 심기에는 어느 달이 좋은지, 밭을 갈기에는 또 어느 달이 좋은지, 멧돼지와 울부짖는 황소와 일꾼 노새는 각각 언제 거세해야 하는지······

그 책에는 다음과 같은 마음에 드는 지침도 담겨 있다.

태양을 마주보고 똑바로 선 채로 소변을 봐선 안 된다. 하지만 기억하라, 항상 해가 질 때와 해가 뜰 때 소변을 봐야 한다는 것을.

밖에 나가 걷는 동안 길 위나 길가에 소변을 봐서는 안 된다.

발가벗은 채 소변을 봐서도 안 된다. 밤은 복된 신들의 시간
이다.

세상 모든 일에는 지침을 주는 좋은 책이 각기 한 권쯤은 있어
야 한다. 나는 이 책도 상자에 넣는다.

벌과 박쥐

해마다 연말이면 나는 이 상자들을 열어놓고, 1월부터 12월까
지 나온 모든 간행물을 꼼꼼히 살펴본다. 새해 전날까지 날마다
이 작업에만 빠져 있을 때도 있다. 나는 그중에 보존되어야 할 가
장 중요한 것들만 따로 모아두고……

내게는 나만의 분류 체계가 있다.

가장 중요한 뉴스는 종종 싸구려 종이에 인쇄된 얇은 부정기
간행물에 실리곤 한다. 예컨대 〈현대 양봉인〉〈원예의 시간〉〈실
내 화초 질병〉〈작은 농장 돌보기〉〈수소와 암소: 초보 영농인을
위한 신문〉〈가정 수의사〉〈고양이의 모든 것〉 등등.

때로는 '세상 곳곳의 이상한 소식'이라는 칼럼의 글 다섯 줄
이 중요한 정보로 판명될 수도 있다. 특히 북미 어느 외딴 마을에

서 일부 꿀벌 군집이 보인 기이한 행동을 다루는 글이라면 더욱 그렇다. 아침에 꿀벌들이 벌집에서 나간 뒤 다시 돌아오지 않았다. 바로 이런 것을 나는 징후와 계시라고 부르지만, 당시에는 아무도 눈치채지 못했다. 사람들은 징후를 읽으려고 노력하지 않는다. 그들은 꿀벌의 불가사의한 실종을 바로아Varroa 파괴자—좀 더 정확한 명칭은 바로아 응애—의 탓으로 돌렸다. '흡혈충'이라고도 불리는 이 빨갛고 작은 진드기는 꿀벌의 몸에 미세한 고리를 박아넣는다. 나는 그 신문에 편지를 보내 그게 문제가 아니라고, 이건 시작에 불과하다고 설명했다. 아인슈타인의 말을 인용하기까지 했다. 아인슈타인 운운하면 다들 귀를 기울이니까. "꿀벌이 지구상에서 사라지면 인간은 그로부터 사 년밖에 살지 못할 것이다."

아무도 귀기울이지 않았다.

그때가 아마 2004년이었을 것이다. 그래, 2004년 겨울이었다. 그로부터 꼬박 두 해가 지나고 나서야 사람들은 이것이 단발적인 사건이 아니라는 것, 세상의 모든 꿀벌에게 뭔가 이상한 일이 일어나고 있다는 것을 알아차렸다. 2006년이 되어서야 내가 본 양봉 신문에 나온 몇 줄짜리 글이 〈뉴욕 타임스〉와 〈가디언〉을 비롯한 주요 매체의 1면 머리기사가 되어 나왔다. 그제야 사람들은 지구상에서 살아가는 우리 성스러운 가족 중에서 가장 책임감 있고 기강 잡힌 일원들의 기이한 실종에 '군집 붕괴 현상'이라는 이름을 붙였다. 벌집들이 텅 비어간다. 더없이 가정적이었던 생명체가 집으로 돌아가는 능력을 상실해 길을 잃고 죽는다. 그 진단명을 기억하자. 군집 붕괴 현상. 꿀벌 가족의 해체…… 그들에게 그런 일이 벌어진다면 인간과 인간의 불안정한 가족에겐 무엇이 남을까? 이 현상에는 다른 온갖 종말론적 헛소리보다 더 강력한 묵시록이 담겨 있다. 벌이 첫번째 징후다. 붕붕거리는 묵시록의 천사들. 우리는 예리코의 나팔소리를 기다리지만 들리는 것은 점점 희미하게 잦아드는 붕붕…… 붕붕…… 붕붕…… 소리뿐. 그것이 신호다. 들리지 않는가? 그렇다면 잠깐만 아이팟 이어폰을 빼보시길.

그런데 흰코증후군에 대해서는 우리가 얼마나 알고 있을까? 박쥐에게 생기는 흰코증후군. 들어본 적도 없지 않나? 죽은 박쥐의 수는 아무도 세지 않는다. 보라, 그게 돼지나 소였다면 모두가 걱정할 것이다. 2006년에는 뉴욕과 샌프란시스코 인근 동굴의 박쥐 개체군 중 90퍼센트가 알 수 없는 이유로 갑자기 죽었다…… 박쥐들은 먹기를 멈추고 딱딱하게 경직되어 매달려 있다가 마침내 동굴 밖으로 날아가 땅에 떨어져 코가 하얗게 변한 채로 죽었다…… 코가 하얗고 날아다니는 작은 쥐, 죽은 초소형 배트맨. 나는 이 정보도 상자에 넣는다. 나중에 중요하다고 밝혀질지도 모르니까.

나는 나중에 올 사람들을 위해 정보를 수집한다. 그렇게 불러도 되는지는 모르겠지만, '종말 이후의 독자'를 위해서다. 이전 시대가 남긴 기초적인 기록물이 있다면 나쁠 건 없다. 오늘의 신문들이 그때는 역사 연대기가 될 것이다. 신문의 입장에서도 좋은 미래다. 마지막을 향해 빠른 속도로 누렇게 바래가는 시대에 어울리는 증언이기도 하고.

2022년 6월 4일자 신문이다. 상단에 두꺼운 글씨로 표제가 쓰여 있다. '기이한 기억상실 유행병.' 그리고 더 작은 글자로 적힌 부제는 '인간형 군집 붕괴 현상?'이다. 기사의 내용은 대체로 다음과 같다.

수세기에 걸쳐 형성된 규칙과 습관이 작동을 멈추고 있다. 아침에 출근하려고 집을 나선 사람들이 저녁에 집으로 돌아가는 길을 찾지 못하는 사례가 점점 늘어나고 있다.

K. S.(39세)에게 그날 아침은 이전의 무수한 날들과 다를 바 없었다. 토스트, 달걀과 베이컨, 큰 머그잔에 담긴 커피로 아침을 먹고 아이들과 장난을 치고 현관에서 키스를 나누고 저녁에 돌아오면 가족과 함께 늘 하던 모노폴리 게임을 하기로 약속하고⋯⋯ 그러나 그날 저녁 그는 집으로 돌아오지 않았다. 사실 사무실에

가지도 않았다. 그는 도시 반대편에서 우연히 발견되었는데, 길을 잃은 채 사내아이처럼 바짓단을 걷어올리고 괜히 돌멩이를 걷어차며 길가를 걷고 있었다. 그는 아내와 아이들이 있다는 사실도 기억하지 못했고 집주소도 몰랐다. 자기가 열두 살이라고 했다.

D. R.(33세)의 사례는 더욱 불가해하다. 싱글맘인 그녀는 평소처럼 아이들을 유치원에 데려다주었다. 아이들을 내려주고 키스하고 오후에 일찍 데리러 오겠다고 약속했다. 정해진 하원 시간 삼십 분 전에 이미 아이들은 옷을 입고 집에 갈 준비를 마친 채 유치원 울타리 옆에 서 있었지만 엄마는 오지 않았다. 다른 부모들이 하나둘 도착하기 시작했고, 결국에는 두 아이와 교사들만 남았다. 어두워지기 시작하는데 아무도 오지 않았다. 교사들이 어머니에게 전화를 걸었지만 받지 않았다. 아이들은 그날 밤 유치원에서 자야 했다. 어머니는 사흘 뒤 멀리 떨어진 북쪽의 한 도시에서 발견되었다. 경찰 당국에 따르면 그녀는 이상하게 행동하며 체포에 저항했고, 한 경찰관의 얼굴을 할퀴고 욕을 퍼부었는데, 이십 년 전에 유행했지만 지금은 아무도 쓰지 않는 욕이었다. 그 마지막 세부 사항은 의미심장하다. 나이가 몇 살이냐고 묻자 서른이 족히 넘은 그 여자가 중학교 1학년이라고 답했기 때문이다. 그 도시에 왜 왔는지 물었을 때는 학교에서 수학여행을 왔다고 대답했다. 물론 아이들이나 가족에 대해서는 아무것도 기억하지 못했다. 신문사가 자체 조사한 바에 따르면 그 어머니가 다니던 중학교는 실제

로 이십구 년 전에 그 도시로 수학여행을 간 적이 있었다.

　당국은 여자를 원래 살던 도시로 강제 이송했고, 익숙한 환경으로 돌아가면 기억이 되살아날 것이라고 기대하며 집으로 데려갔다. 하지만 그녀는 마치 남의 집에 온 것처럼 행동했다. 집안의 물건은 아무것도 건드리지 않았고 화장실이 어디냐고 묻기도 했다. 옷장에 걸린 옷도 알아보지 못했다. 자녀들과 직접 대면한 자리에서 심리학자들은 여자에게서 어떠한 인지의 징후도 발견하지 못했다.

　지금으로선 이 사건을 명확히 설명할 방법이 없다. 학자들은 여러 가설을 동시에 놓고 조사중이다. 그중 가장 흥미로운 가설은, 알 수 없는 이유로 과거 사건들이 갑작스럽게 재활성화되고 개인적 차원의 '평행 시간 통로'가 열린 현상이라는 것이다. 과거의 막강한 침략. 최근 유행처럼 번져 무자격 치료사들이 불법적으로 시술하는 사례가 늘고 있는 '최면 역행 요법'의 부작용을 의심하는 학자들도 있다.

징후들

2011년 1월 1일에 아칸소주의 작은 마을에서 이천 마리가 넘는 죽은 찌르레기가 하늘에서 떨어진다. 이 불가사의한 죽음의 원인은 밝혀지지 않았다. 보도 일자는 1월 3일이다.

　이후로 여러 날 동안 새들의 불가사의한 죽음이 세계 여러 지역—유럽, 호주, 뉴질랜드—에서 보도되기 시작한다. 조류 전염병, 미군의 비밀 화학무기 실험 등을 포함해 여러 가설이 제기된다. 진실을 밝혀내겠다고 선언한 전직 미 육군 장성은 쓰레기 수거 트럭 안에서 숨진 채 발견된다. 죽은 새가 하늘에서 떨어지는 것은 종말의 확실한 징후라고 믿는 사람들이 점점 늘어난다.

　영국의 해안에서는 죽은 게가 사만 마리나 발견된다.

5

초록색 상자

미궁의 귀

그 일은 내게 아주 오랜만에 일어났다…… 2010년 신문들을 훑어보다가 우연히 짧은 기사 하나를 발견했다. 아마도 다음날 쏟아진 뉴스에 밀려 잊히고 묻혔을 기사였다. 하지만 내게는 무척 예외적인 사건이었다. 그로 인해 한동안 잊고 지냈던 '이입' 상태로 되돌아갔으니…… 오랫동안 경험하지 못했던 그 상태.

투우 경기중 황소가 군중 속으로 뛰어들어
서른 명 부상, 황소는 사살돼
2010년 8월 19일, 목요일, 타파야

스페인에서 벌어진 이례적인 사건에서 서른 명이 부상을 입었다. 사건은 투우 경기 도중 발생했다. 경기장으로 막 들어온 황소가 주위를 둘러보더니 울타리를 훌쩍 뛰어넘어 관중을 공격하기 시작했다. 이 불행한 사건은 타파야에서 발생했다. 공포에 질린 관중은 피신하려 했지만 원형극장의 계단식 좌석에 가로막혔다. 격분한 황소는 공포에 질린 여러 관중 무리를 향해 돌진했다. 투우사는 꼬리를 당겨 황소를 저지하려 했다. 사태가 진정되기까지 꼬박 십오 분이 걸렸다. 결국 황소는 사살되었다.

원형극장은 물론 미궁이다. 그것은 가장 흔히 발견되는 원형 미궁 가운데 하나로, 여러 개의 동심원과 그것을 가로지르는 통로들로 이루어져 있다. 고개를 든 황소는 미궁을 알아보았다─ 그의 증조부 미노타우로스가 살던 고향집을. 동물에게는 (아이들과 마찬가지로) 시간 감각이 없으므로 황소는 그 고향집을 보고 자기 안에 있는 미노타우로스를 알아보았다. 그는 모든 낮과 밤을 기억했다…… 아니, 가만, 그건 인간의 언어다. 그 안에는 낮이 없었다. 그는 세상의 모든 밤을 합친 끝없는 밤을 기억했다. 다시 한번 자신이 아는 단 두 얼굴을 기억했다. 그를 무릎에 앉혀 안아주던 어머니의 얼굴. 그가 본 가장 아름다운 얼굴. 그가 가장 가까이 다가간 얼굴. 그리고 두번째 얼굴─그를 살해한 자의 얼굴. 그 역시 아름다웠다. 인간의 얼굴들.

이제 그를 살해할 자(아마도 테세우스의 먼 친척일)가 아래쪽 경기장, 미궁의 한가운데에 서 있었다. 같은 장면이 되풀이될 거라서, 제 몸의 부드러움과 연약함, 그가 근본적으로 인간임을 증명할 그 성스러운 부드러움과 연약함을 다시 한번 경험하게 될 거라서가 아니었다. 그가 그런 행동을 한 것은 그런 이유가 아니었다. 다른 이유가 있었다. 자신을 살해할 자가 바로 앞에 서 있다면, 어머니의 얼굴도 근처 어딘가에 있을 거라는 돌연한 깨달음. 저 위 관중석 어딘가에. 그 두 얼굴은 언제나 함께 있었다. 그 장면이 되풀이된다. 미궁이 소용돌이치며 되돌리는 것은 단지 공간만이 아니다. 시간도 휘돌아 제 꼬리를 삼켰고, 어떤 일이 일어날 수 있다면, 무언가 바뀔 수 있다면, 지금이 바로 그때다.

나는 살해자에게서 돌아서고, 온몸의 근육에 힘을 준 채 울타리를 부순다. 길 잃은 아이처럼 군중 속에서 어머니를 보고 달려간다. 이제 무엇도 나를 막을 수 없다. 단 한 번만이라도 어머니의 얼굴에 내 얼굴을 맞댈 수만 있다면. 어머니의 품에 파고들 수만 있다면. 나는 세 살이다. 어머니를 찾고 있다. 사람들이 비명을 지르며 내 발치에 쓰러진다. 하지만 그들은 내 어머니가 아니다. 어머니를 보면 나는 알아볼 것이다. 제발 어머니를 놓치지 않기를, 이미 떠나버린 게 아니기를. 저 앞에, 조금 더 앞에. 저기 어머니처럼 보이는 사람이 있다. 아니구나. 그럼 저 사람은? 아니야. 아니야. 내 목의 동굴에서 터져나오는 울부짖음이 무시무시하다. 모든 언어─사람의 것이든 동물의 것이든 괴물의 것이든─에서 전부 동일한 단 하나의 단어.

엄마아아아아아아아아아아……

원형극장의 미궁이 그 울음을 붙잡아 통로들의 벽 사이로 튕겨
보내고 막다른 길로 꺾어들게 한 뒤 다시 반향시켜 살짝 뒤틀린
채 인간 귓속의 미궁으로 돌려보낸다. 마치 끝없이 이어지는 이
런 소리처럼,

음매애애애애애애애애애애애애……

그렇게 바뀐다. 아주 미세한 변화. 미궁은 '아'를 '애'로 바꿔놓
았다. 그것이 같은 단어라는 것을, 똑같은 '엄마아아아아'라는 것
을 인간이 알았더라면…… 세상의 역사와 죽음의 역사(그 둘이
같은 이야기라고 해도 놀라울 것 없다)가 달라졌을 것이다.

두려움에 빠진 존재가 어미를 찾고 있다. 인간이든 동물이
든―그 단어는 같다.

하지만 신화는 반복될 수 있고 미노타우로스의 죽음은 되풀이
되어야 한다. 그가 어머니를 찾기 전에, 어머니의 무릎으로 파고
들어 안기기 전에, 어머니의 자궁, 가장 원초적이고 부드럽고 고
동치는 그 동굴로 돌아가기 전에. 그렇게 된다면 그건 이미 다른
(용납할 수 없는) 신화일 것이므로.

그가 눈에 익은 어깨와 머리채가 황급히 사라지는 모습을 얼핏 본 듯한 순간, 죽음이 그를 덮친다. 처음이다, 그가 그런 식으로 죽임을 당하는 것은. 멀리서. 칼이나 창도 없이. 살해자의 얼굴도 보지 못한 채.

얼굴 없이

살해자의 얼굴도 보지 못한 채. 만일 『살해의 보편사』라는 책이 있고 그 안에 역사적 사건만이 아니라 신화를 비롯해 전설, 소문, 소설 등에 나오는 살해까지 모두 담겨 있다면, 그것이 얼마나 따뜻하고 인간적인 행위인지 명백히 드러낼 것이다—나를 죽일 존재와 직접 대면하는 행위 말이다. 그렇다, 잔인하긴 하다. 하지만 그건 인간적 차원의 잔인함이다. 죽음은 구체적인 몸과 손과 얼굴을 가진 타인에게서 비롯된다. 우리는 이 사실을 살해가 탈인간화된 오늘날에 와서야 제대로 인식할 수 있다—탈인간화라는 개념을 여기에 가져다 써도 될지는 모르겠지만. 이는 상대적으로 새로운 현상으로, 아마 화약이 발명된 불과 몇 세기 전에 시작되었을 테니 정말 얼마 안 된 것이다.

언어조차 아직 적응하지 못했다. 우리는 '죽음을 대면하여'라고 말하지만, 이는 벌써 지나간 시대의 표현이 되었다. 죽음은 얼굴을 잃었고, 바로 거기에 새로운 공포가 있다. 얼굴이 없다는 것.

무작위로 몇 가지 예를 들어보자. 아킬레우스는 헥토르를 죽였다. 그것은 서사요, 역사요, 살해자와 희생자의 춤이었다. 그것은 희생자에게 자기 몫의 동작과 손짓과 대사의 권리가 주어지는 의례였다. (바로 그래서 현대판 총격전을 노래하는 호메로스는 존재할 수 없는 것이다.) 심지어 리코메데스가 테세우스를 속여 에우보이아 근처의 스키로스섬 절벽에서 그를 밀어 떨어뜨리려고 했을 때도 다시금 인간의 손길, 인간의 존재가 있었다.

그후로는 어떻게 되었나? 여기서 이야기하는 것은 심지어 전쟁이라는 도살장도 아니다. 케네디가 리무진을 타고 지나간다, 미소를 짓는다, 고통스러워하며 찡그린다, 푹 고꾸라진다. 필름에 새겨져 우리가 계속 보아온 그 죽음의 팬터마임이 모든 것을 말해준다. 아킬레우스는 눈에 보이지 않게 되었다. 또다른 신화 속 연쇄살인범인 테세우스는 군중 속에 숨어 멀리서 총을 쏜다. 희생자는 준비할 시간도, 몇 사람에게나마 마음속으로 작별을 고할 시간도 없다. 유산을 분배하거나 마지막 말을 남기거나 재치 있는 농담을 하거나 신랄한 대사로 살해자의 폐부를 찌르거나 머리를 매만질 시간도 없다. 문장의 첫 단어를 내뱉기도 전에 총알이라는 마침표가 도착한다. 알 수 없는 가해자가 쏜 익명의 납덩어리. 그런 행위에는 심대한 불의가 있다. 자연의 모든 면에 철저히 어긋나는 무언가가.

어떤 동물도 그렇게는 하지 않는다.

어떤 동물도 그렇게는 하지 않는다

내 안의 동물. 그래서 여기 새로운 도덕률이 있다—"내 머리 위의 별이 빛나는 하늘"*과 나란히 놓이는 도덕률. 근본적인 질문이자 리트머스시험지이자 선악을 나누는 기준—지금 내가 하려는 일을 동물도 할 수 있을까? 가장 좋아하는 동물의 겉가죽 안으로 들어가 알아보자. 그 동물이 하지 않을 일이라면 나도 해서는 안 된다. 그래도 한다면 그건 대죄, 자연을 거스르는 죄가 될 것이다. 모든 죄는 이미 저질러졌다. 하지만 적어도 아직 자연의 경계만큼은 남아 있다.

테세우스는 투우사였다. '투우사matador'는 살해자를 뜻하는 라틴어에서 온 말이다. 도살장의 모든 정육업자는 테세우스의 죄를 함께 짊어진다.

나는 다음의 규정이 적힌 종이를 상자에 넣는다. 사실 아직도 유효한 규정이다.

---

* 이마누엘 칸트는 『실천이성비판』에서 자연의 위대함과 인간 내면의 도덕성을 병치하며, "내 마음을 항상 새롭고 점점 커지는 경외감으로 채우는 두 가지…… 하나는 내 머리 위의 별이 빛나는 하늘이고 다른 하나는 내 안의 도덕률이다"라고 썼다.

규정 제2002—20호

도축 과정에서 동물의 고통을 최소화하기 위하여……

제1장: 동물의 스트레스와 고통

과학 연구에 따르면 온혈동물(가축 포함)은 고통과 공포의 감정을 느낀다…… 공포와 고통은 가축의 스트레스를 유발하는 강력한 요인이며 스트레스는 이 가축에게서 얻은 고기의 품질에 영향을 미친다. (물론, 모든 것이 고기의 품질을 위해서다. 고통이 적을수록 고기 맛이 좋아진다.)

동물은 어둠뿐만 아니라 움직이는 물체도 두려워하며, 어두운 곳에 들어가지 않으려 할 수도 있다…… (그건 확실하다, 내가 직접 겪어봐서 안다.)

그들은 번쩍이는 반사광, 천장에 매달린 쇠사슬, 움직이는 사람 혹은 장비, 그림자 혹은 뚝뚝 떨어지는 물방울을 무서워한다. (그림자 혹은 뚝뚝 떨어지는 물방울이라니…… 이건 흡사 시 같군. 아니지, 동굴이지.)

제7장: 도축

도축 준비

운송 도중 상해를 입었거나 아직 젖을 떼지 않은 동물은 즉시 도축해야 한다. (인도적 차원에서.) 즉시 도축이 불가능하더라도 하역 후 두 시간을 넘겨서는 안 된다. ('고통=맛없음'의 논리에 따라 고기의 품질 저하가 우려되므로.) 걷지 못하는 동물은 그 자리에서 도축하거나 수레 또는 운반대에 실어 도축을 위한 장소로 즉시 이동시켜야 한다. 도살 준비를 마친 동물은 불필요한 혼란이나 소음 없이 조용하고 질서 있게 기절 구역으로 몰고 가야 한다……

동물을 기절시키는 기술은 주로 세 가지가 사용된다. 타격, 전기 충격, 가스……

가장 광범위하게 쓰이는 기절법은 고정 볼트 총을 사용하는 것이다. 이는 총기의 원리를 이용한 방법으로, 공포탄을 발사하면 그 압력으로 총열에서 짧은 볼트(쇠막대)가 튀어나가 두개골을 관통하면서 뇌에 손상을 가하거나 두개 내압을 증가시켜 뇌진탕을 유발하고, 그 결과 뇌에 내상을 입힌다. 고정 볼트 총은 소, 돼지, 양, 염소뿐만 아니라 말과 낙타의 도축에도 적절하고 전 세계 어디에서나 사용되는 가장 범용적인 기절 도구라고 할 수 있다……

황소: 총을 정수리에서 두 눈 사이로 내려오는 가상의 직선

중앙에서 옆으로 1센티미터 벗어난 지점의 이마에 수직으로 밀착할 것. (죽음의 수학, 살상의 기하학……)

송아지: 총을 어른 소보다 살짝 아래쪽에 갖다대야 한다. 송아지의 두뇌는 위쪽이 아직 덜 발달한 상태이기 때문이다. (인간이란 참으로 모든 것을 생각해두었구나.)

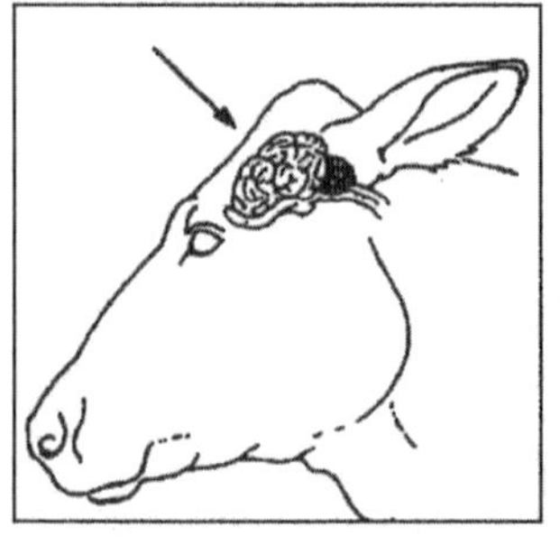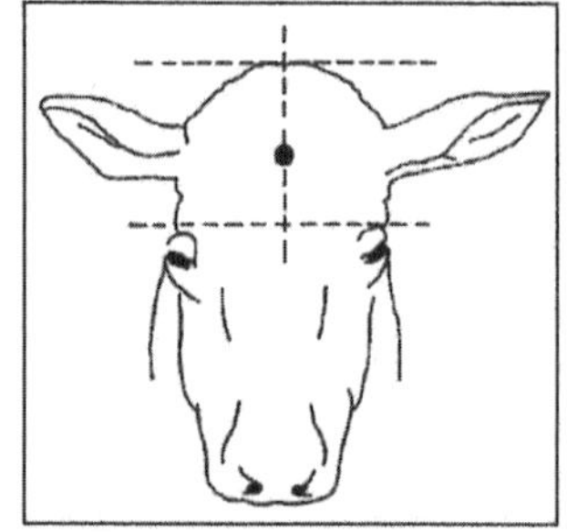

그림 51. 기절용 총의 정확한 위치

(출처: 유럽 도축 동물 보호 협약에 따른 '가축의 인도적 취급, 수송, 도축에 관한 가이드라인')

바로 이런 걸 두고 무구無垢하고 위생적인 글이라고 한다—작업이 끝난 뒤 반짝반짝하게 씻어낸 도축장 타일처럼 차갑고 멸균된 글.

어떤 동물도 그렇게는 하지 않는다.

미노타우로스의 꿈

나는 아름다워지는 꿈을 꾼다. 꼭 아름답다기보다는 눈에 띄지 않게 되는 꿈. 아름다움은 그런 것이다, 남들과 같다는 것. 머리가 가볍다. 눈이 얼굴 앞쪽에 있다. 콧구멍이 아니라 코가 있다. 인간의 피부, 얇은 인간의 피부도 있다. 거리를 걸어가도 아무도 나를 쳐다보지 않는다. 그게 바로 행복이다―아무도 나를 쳐다보지 않는 것. 행복한 꿈이다.

나는 천천히 걸으며, 처음에는 나를 향해 다가오는 사람들을 피해 인도 가장자리, 건물 벽 쪽에 바짝 붙어 걷는다. 그런데 기적이 일어났다. 아무도 나를 피해 달아나지 않고, 괴물을 보았다고 공포에 떨며 비명을 지르지도 않는다. 아이들이 어머니 뒤에 숨지 않고 노인들이 성호를 긋지 않으며 남자들이 칼을 빼 들지 않는다. 나는 거리를 걷고 있다. 바깥은 환하다. 태어난 이래로 이렇게 밝은 빛은 본 적이 없다. 한 여자가 실수로 내게 부딪힌다. 여자가 비명을 지를까봐 두렵다. 여자는 돌아서더니 나를 아주 가까이에서 바라본다…… 그녀는 나를 알아보지 못하고…… 비명을 지르지 않고…… 미소를 짓더니…… 사과한다. 누군가가 내게 사과한 건 처음이다.

벤치에 앉은 사람들을 본다. 나도 앉는다. 혼자서. 사람들이 무엇을 하는지 지켜보다가 똑같이 따라 한다.

그들은 앉아서 다른 사람들을 바라본다.

나도 앉아서 다른 사람들을 바라본다.

그러다 황혼이 내리기 시작한다. 어린 소년이 아버지에게 하는 말이 들린다. 아빠, 집에 가요, 어두워지잖아요. '어두워진다'와 '집'이라는 말이 지금까지 이어진 이 꿈에서 처음으로 걱정을 불러일으킨다. 어둠은 언제나 나의 집이었지만, 이제 나는 집 없는 처지가 된 기분이다. 처음으로 길을 잃었다는 생각에 무서워진다. 터무니없는 생각이다. 나는 한 번도 길을 잃은 적이 없다. 어쨌거나 나는 미궁에서 왔으니까. 두려움이 커질수록 나는 작아진다. 어느 키 큰 남자가 몸을 숙이고 커다란 손으로 나를 붙잡더니(나는 그가 칼을 들고 있지 않다는 걸 알아차린다), 길을 잃었느냐고, 집주소를 아느냐고 묻는다. 나는 아무 말도 하지 않는다. 엄마는 어디 계시니, 남자가 묻는다. 엄마가 어디로 가셨는지 말해줄래? 남자는 그 질문을 하지 말았어야 했다. 나는 턱이 길어지는 것을, 두개골이 묵직하고 단단해지는 것을 느낀다. 하지만 나는 그를 다치게 하고 싶지 않다. 꿈이 막바지를 향해 가고 있어서 다행이다. 상황이 점점 절망적으로 흘러가고 있기 때문이다. 바로 그때 꿈이 끊어진다.

나는 익숙한 집의 어둠 속에서 깨어났다. 그건 가장 행복한 꿈이었다. 내가 죽이지 않고 나를 죽이지 않는, 심지어 나를 이상하게 쳐다보지도 않는 사람들과 함께한 하루. 그들과 나 사이에는 아무런 원한이 없었다. 아마도 사람들은 그런 꿈을 꾸지 않을 것이다. 그들은 꿈속에서 어두운 미궁을 헤매고 미노타우로스와 싸운다.

돌이킬 수 없이

때때로 나는 은신처에서 나와 오데온*에 간다. 보고 싶은 마음이 드는 건 오래된 흑백영화뿐이다. 그곳에서 지가 베르토프** 감독 회고전이 있다는 기사를 읽었고 이 기회를 놓치고 싶지 않았다. 우중충하고 질퍽거리는, 추운 1월의 오후였다. 그런데 상영 시간 오 분 전에도 표를 사려는 사람은 나밖에 없었다. 나 하나만을 위해 영화를 틀어줄 것 같지는 않았다. 그때 밖에서 어슬렁거리는 부랑자 두 명이 눈에 띄었다. 그들은 발을 동동거리며 서서 담배를 피우고 있었다. 나는 그들에게 안으로 들어가 영화를 보며 몸을 녹이지 않겠냐고 물었다. 그들은 그런 제안에 익숙하지 않은 사람들처럼 의심스러운 눈으로 나를 바라보았다. 그중 한

---

* 불가리아 소피아에 있는 예술영화관.
** 소련의 다큐멘터리 감독이자 영화 이론가로 리얼리즘과 혁명 정신을 강조한 실험적이고 혁신적인 영화를 제작했다. 그러나 여기에서 묘사된 영화는 그의 스타일을 반영한 허구적인 작품으로 보인다.

사람이 어떤 영화냐고 물었다. 내가 고전 영화라고 대답하자 그는 고개를 끄덕이며 담배를 비벼 껐고, 두 사람 다 나와 함께 안으로 들어갔다. 나는 표를 세 장 샀다. 안내원은 순혈 아리아인 같은 멸시어린 눈빛으로 우리를 쳐다보았지만 그들을 쫓아내지는 못했다. 안으로 들어갈 때 힐끗 보니 두 사람은 은근슬쩍 외투 매무새를 고치고 방한모를 벗었다. 그들은 맨 뒷줄에 앉았다. 극장 안은 따뜻했고, 오프닝 크레디트가 올라간 후 얼마 안 되어 그들은 행복하게 잠이 든 것 같았다. 무성영화였는데, 극장에서는 1920년대에 하던 대로 현장에서 반주할 피아니스트를 고용했다.

아직 자신의 가능성에 흠뻑 취해 있는 열성적인 카메라가 지붕 위로 기어오르고 앵글을 바꾸고 철로에 눕는다. 1920년대 러시아의 아수라장, 술 취한 사람들, 피오네르 소년단, 벤치 위의 부랑자들. 그리고 이제 내가 이 이야기를 하는 이유가 되는 내용이 나온다—도축장에 대한 르포. 소 한 마리가 도축되는 일상적인 과정, 그리고 필름을 거꾸로 돌려 이룩해낸 소의 '부활'. 자막이 나타난다. "이십 분 전에 이 고기는 소였습니다." 마치 카메라가 외치는 것 같다. "나사로*야, 나오너라!" 잘린 고깃조각들이 다시 동물이 된다. 소고기가 소로 되돌아간다. 내장이 뱃속으로 미끄러져 들어가고 스테이크 조각들은 다시 넓적다리를 덮는다……

---

* 신약성서에서 죽은 지 나흘 만에 예수가 부활시켰다는 인물.

"자, 이제 가죽을 입히겠습니다." 그러자 마치 도축업자의 칼이 두꺼운 바늘이 되고 그들 자신은 재단사가 된 것처럼, 그들은 방금 전에 벗겨낸 가죽을 다시 씌우면서 우스꽝스러운 뒷걸음질로 분주히 움직인다. 피아니스트의 음악도 점점 빨라지며 음조는 점점 장조에 가까워진다.

"자, 이제 소를 되살리겠습니다"—화면의 자막이 선언한다. 그런데 영화가 절정에 도달하기를, 기적이 일어나기를, 〈환희의 송가〉가 울려퍼지기를(피아니스트의 손이 건반 위를 질주한다) 기대하는 그 시점에 우리는 충격을 맞이한다. 소가 죽는 순간의 몸부림은 필름을 거꾸로 감아도 죽음의 몸부림 그대로다. 죽음의 순간, 전기 충격, 조율이 깨지는 몸, 공포, 아드레날린, 희번덕거리는 소의 눈, 이 모든 것은 필름을 되감아도 카메라맨이 기대했던 대로 소를 되살리는 것이 아니라 오히려 죽음의 고통을 더욱 강렬하게 드러낸다. 그런 다음 단 몇 초 뒤 그 소가 멍청하게 꼬리를 탁탁 휘두른다 해도 명확히 깨달을 수밖에 없다. 그 소는 돌이킬 수 없이 죽었다는 것.

영화관을 나가는 길에 나는 행복하게 잠에 빠진 부랑자 둘을 꿈나라에서 데리고 나와야 한다. 그들은 되돌릴 수 없는 소의 죽음을 보지 못했다.

해마다 십육억 마리의 소와 양과 돼지, 그리고 이백이십오억 마리의 조류가 인간의 식량을 위해 도살된다. 동물에게 우리는 지옥이자 대재앙이다.

채식주의자 식인종 이야기

"옛날 옛적에, 채식주의자인 식인종이 있었단다."

"채식주의자가 뭐예요?"

"고기를 먹지 않는 사람. 너랑 나처럼."

"그럼 식인종이 사람이에요?"

"음…… 그래, 사람처럼 생겼는데 훨씬 더 무서워."

"말도 안 되는 소리로 애 겁주지 마!" 옆방에서 여자 목소리가 들려온다.

"엄마, 난 채식주의자 식인종 얘기 듣고 싶어요. 문을 닫을까요?"

"문을 닫아, 엄마가 무서워하니까."

"하지만 사람도 고기잖아요, 맞죠?"

"그래, 우리도 고기야."

"그러면 그 불쌍한 채식주의자 식인종은 배고파서 죽겠네요."

"그 식인종은 배고픔 때문만이 아니라 조롱 때문에도 죽을 지경이었어."

"잠깐만요, 조롱 때문에도 죽을 수가 있어요?"

“조롱이 가장 치명적이야. 다른 식인종들 모두가 과일 따위나 먹는 놈, 풀이나 뜯는 놈, 하면서 놀려댔어. 아무도 그 식인종이랑 얘기하려 하지 않았지. 사람을 먹지 않으면 동료 식인종들과 할 얘기가 없었거든. 그들은 재미있는 이야기들을 했는데······”

“무서운 얘기겠죠······”

“인간에게는 무섭지만 식인종들에게는 재미있는 이야기지. 다들 앞 사람보다 조금이라도 더 충격적인 얘기를 하려 했고 그러면 모두가 배가 아프도록 웃었지······ 그동안 우리의 채식주의자 식인종은 한쪽으로 비켜서 있었고 아무 얘기도 할 수가 없었어. 어쩌다 진짜 식인종들이 모인 곳에 가기라도 하면 그들은 정말 인정사정없이 놀렸지. 야, 산딸기 덤불 세 그루와 싸우다가 피투성이가 되어 집에 돌아온 얘기 좀 해봐. 이런 식으로. 아니면, 양배추 목을 한 번에 몇 개나 벨 수 있어? 그러면 불쌍한 채식주의자 식인종은 다리 사이에 꼬리를 감추고 살금살금 도망쳤어······”

“꼬리도 있어요?”

“아니, 말이 그렇다는 거지. 그런데 우리 주인공······ 우리의 식인종을 몰래 좋아했던 어떤 여자 식인종이 그에게 다가가서 그래도 평생에 한 번은 사람 고기를 먹어봐야 한다고, 혹시 좋아할지도 모르고, 그러면 정상적인 식인종이 될 수 있지 않겠냐고 했어. 특히 채식주의자를 먹어보는 게 좋겠다고······”

"밥 다 됐어." 어머니가 문가에 서서 말한다.

육식에 대하여

아버지는 채식주의자다. 그리고 수의사다. 아버지는 그저 자기 환자들을 먹지 않을 뿐이다. 지금도 떠올릴 수 있다. 고기가 안 들어간 요리를 주문하는 아버지를 웨이터들이 어떤 눈빛으로 쳐다봤는지. 식인종들이 채식주의자 식인종을 쳐다볼 때와 같은 눈빛. 이웃 사람 하나가 늘 아버지에게 시비를 걸었던 기억도 난다. 왜 고기를 안 먹을까, 누가 그러라고 시켰을까, 혹시 어떤 사이비 종교에 빠진 건 아닐까, 어디서 무슨 글을 읽은 걸까, 모두가 고기를 먹는데 왜 혼자만 무리에서 벗어나려 할까. 자네, 무슨 말인지 알아들어? 이봐, 남자답게 케밥 세 개에 강낭콩과 류테니차*를 곁들인 요리라든가, 오븐에 구운 콩팥이라든가, 어린 양 머리 정도는 주문해야지 말이야. 난 말이지, 이웃 남자는 말하곤 했다, 우선 양 머리를 잡고 입을 쩍 벌린 다음 그 작은 혀를 뽑아내, 으음. 그런 다음 칼로 두개골을 쩍 갈라서 숟가락으로 골을 후루룩 떠먹는 거야! 그 작은 눈알도 아주 별미라니까…… 이쯤 되면 아버지는 벌떡 일어나 잠깐 나갔다 오겠다고 말하곤 했다. 나는 뒤

---

* 구운 채소를 넣은 불가리아식 칠리 페이스트.

따라 달려나가 화장실에서 구토를 했다. 어린 양부터 먹어봐, 그건 풀만 먹잖아, 그러니 양부터 시작해보지 그래…… 이웃 남자는 아버지 뒤에 대고 외치곤 했다.

이상한 일이다, 사회주의와 채식주의가 서로 어울리지 않는다는 건. 요구르트와 생선처럼.

이웃 남자가 지나간 자리에는 반드시 경찰이 따라온다는 것을 우리는 안다. 아버지는 미리 대비했고, 경찰서로 불려갔을 때 인간은 해부학적으로 채식에 적합하다는 사실을 자세히 설명했다―위장관이 몸길이의 세 배에 불과한 육식동물과는 달리 인간은 여섯 배나 된다는 점, 어금니가 평평하다는 점, 침이 알칼리성이라는 점 등등. 아버지는 심지어 플루타르코스의 「육식에 대하여」에 나오는 구절까지 인용했다. (아버지가 노트에 옮겨 적어둔) 그 구절은 다음과 같다. "동물이 당신의 음식으로 정해졌다고 그렇게 확신한다면 먹고자 하는 그 동물을 직접 죽여라. 하지만 죽일 때는 맨손과 이로 하라, 몽둥이도 칼도 도끼도 쓰지 말고."

경찰은 아버지를 풀어주었다.

아버지는 해부학과 플루타르코스로 그들을 설득해냈다고 자랑스러워했다. 그러나 아마 경찰은 아버지가 살짝 제정신이 아니긴 하지만 이념적으로 해롭지는 않다고 생각해 그냥 손을 뗐을 것이다.

반反인간중심주의적 단상

제2차세계대전 시기, 1940년에서 1944년 사이에, 유럽의 박물관들이 공습을 당해 공룡 골격 열일곱 기가 파괴되었다. 이중으로 행해진 그 살해 현장이 선명히 그려진다. 이미 죽은 뼈가 산산이 부서지고 갈비뼈와 척추뼈로 이루어진 에펠탑이 무너져내린다. 어떤 동물도 그렇게는 하지 않는다. 수천만 년 전에 죽은 존재를 다시 한번 죽이고 그들의 두개골이라는 블랙박스 속에 저장된 선사시대의 공포를 되살리다니.

그런데, 전쟁중에 죽은 동물의 수를 세어본 사람이 있을까? 무수히 많은 참새, 까마귀, 울새, 들쥐, 갈가리 찢긴 여우, 불에 탄 자고새, 쥐, 파괴된 두더지의 방공호, 육중한 장갑을 두른 탱크에 짓이겨진 허술한 장갑을 두른 거북이—그들의 거대한 닮은 꼴…… 그런 죽음의 세부를 기록한 장부는 어디에도 없다. 우리는 전쟁중 공습이 동물에게 얼마나 많은 고통을 가하는지 충분히 생각해본 적도 없다. 그들이 어디에 숨는지, 그 '야생'의 뇌에서는 어떤 일이 벌어지는지. 다윈이 자신의 노트에 "고통을 느끼는 우리의 동료 형제들"라고 적었던 그들 말이다.

나는 자연사를 좋아하지만 자연사박물관은 좋아하지 않는다. 거기에서 그 어떤 자연스러움도 느끼지 못한다. 결국 그것들은 거대한 무덤에 가깝다. 내장을 들어낸 영양, 티베트 야크, 오소리, 암사슴, 코뿔소 따위가 있는 곳을 달리 뭐라고 부를 수 있을까? 나는 동물원에서도 다른 감정이 섞이지 않은 순수한 기쁨을 느껴본 적이 없다. 하지만 누구나 어린 시절에 한 번은 동물원에 갈 수밖에 없게 된다. 부모들은 축 늘어진 코를 무기력하게 휘두르는 코끼리나 죽은 동물 냄새가 풍기는 우리 안을 초조하게 서성이는 늑대를 아이가 꼭 보고 싶어할 거라고 확신하기 때문이다.

나는 코끼리의 무거운 슬픔, 나를 짓누르는 듯했던(또 한번의 발작을 일으키게 했던) 그 슬픔을 절대 잊지 못할 것이다. 더러운 시멘트 바닥에 널브러져 있던 흑표범의 우울함, 오가는 관람객들을 바라보던 호랑이의 숨김없는 싫증도 잊지 못할 것이다. 동물원에서 나오면서 내 안에 동물적인 슬픔이 가득찬 느낌이 들었던 기억이 난다. 그 슬픔은 인간의 슬픔보다 훨씬 더 밀도가 높다고 장담할 수 있다. 그 슬픔은 거칠고 언어로 정제되지 않았으며 표현할 수 없고 표현되지 않는다. 언어는 그래도 슬픔을 위로하고 진정시키고 그 힘을 꺾으며, 할아버지가 병든 동물의 피를 빼주었듯 슬픔의 피를 빼주니까. 동물원에 간 다음날 어른들 손에 이끌려 자연사박물관에 갔을 때는, 어제 봤던 동물원 전체가 하룻밤 사이에 도살당하고 박제되어 그곳으로 옮겨진 것처럼 느껴졌다. 이후로 다시는 그런 무덤에 가지 않았다.

부주의한 살해

그토록 오랜 세월 동안 나도 모르게 짓밟아온 개미 무리. 나는 발이 크다. 45사이즈.[*] 그래서 그 파괴력도 크다. 내 죄책감도 마찬가지.

미리암, 혹은 죽일 권리

우리는 반反코페르니쿠스적 전환의 필요성에 대해 이야기하고 있었다. 아니, 사실은 내가 이야기하고 있었다. 인간을 우주의 중심에서 몰아내는 것이 얼마나 중요한지―얼마나 필수적으로 중요한지에 대해, 죽음에 대해, 그리고 동물에 대해……

"난 불교도랑 삼 년 동안 같이 살았어." 미리암이 긴 손가락으로 커다란 홍합 껍데기를 벌리면서 말했다.

나는 그런 시작이 좋다. 군더더기 없는 날것의 직설적인 시작.

"아주 오래전 일이야." 미리암은 내가 묻지도 않은 질문을 미리 쳐내며 덧붙였다. "불교도와 같이 살면 가장 견디기 힘든 점이 뭔 줄 알아?" 홍합 살이 그녀의 입으로 들어갔다. 하얗고 튼튼한

---

[*] 유럽에서 사용되는 45사이즈는 280~285mm에 해당한다.

치아, 그 사이에 낀 진주와 모래알. 이 훌륭한 고기 분쇄기가 살점을 해치우기까지 몇 초가 걸린다. "살생하지 않는다는 서약. 그게 가장 무자비했어……" 홍합 한 개 더.

함께 산 지 이 년쯤 되어갈 때, 집 곳곳에 바퀴벌레가 들끓었다. 미리암은 의기양양한 바퀴벌레 무리가 바로 몇 센티미터 옆에서 지나가는 모습을 바라보았다. 그녀는 바퀴벌레에게 손끝 하나 댈 권리가 없었다. 미리암은 애인을 사랑했기에 관대할 수 있었다. 그녀는 일 년을 꼬박 버텼다. 밤이면 침낭에 들어가 머리 위까지 지퍼를 올리고 숨쉴 틈만 조금 남겨두었다. 어느 날 밤에는 잠에서 깼다가 옆에서 깊이 잠든 불교도 애인의 턱수염 속에 바퀴벌레 두 마리가 파묻혀 있는 것을 보았다. 더는 참을 수 없었다. 다음날 불교도가 출근한 사이에(불교도가 일을 한다고 하니 좀 의외였다), 미리암은 그런 해충들을 없앨 가장 강력한 살충제를 사서 아파트 전체에 직접 뿌렸다. 진정한 대량 학살이었다. 제노사이드! 미리암은 격노한 불교도의 말투를 흉내냈다. 저녁에 집으로 돌아온 그는 죽은 바퀴벌레들이 천장을 향해 뻣뻣한 작은 다리를 뻗은 모습을 바라보며, 대재앙 속의 마지막 생존자처럼 방 한가운데에 서 있었다.

"불교도가 비명을 지르는 걸 본 적 있어?" 미리암이 물었다. "정말 볼만해. 그 사람은 내가 생명의 사슬을 끊어버렸고, 이제 세상은 예전과 같을 수 없다면서, 업보가 어쩌고저쩌고…… 그러더니 문을 쾅 닫고 나가버렸어. 사실 그에게는 이미 다른 애인이 있었지."

몇 분 동안, 홍합 껍데기를 깨는 소리와 밖에서 차가운 비가 내리는 소리만 들렸다. 나는 마지막 말을 곱씹었고, 그러자 마음속에 설명할 수 없는 분노가 차올랐다. 직업도 있고 다른 애인도 있는 그 불교도, 바퀴벌레의 목자를 향한 분노가.

"어쨌거나, 죽일 권리는 침해될 수 없어." 미리암이 천천히 말했다. 그러더니 마지막 홍합 껍데기를 제 앞에 바위산처럼 쌓인 무더기 위에 조심스럽게 올려놓았다.

나는 미리암의 이야기도 초록색 상자에 넣을 것이다. 균형을 위해서. 모든 종류가 하나씩 갖춰질 수 있도록.

곰의 귀를 통해

인간은 잠시 입을 닫을 필요가 있다. 그리고 이어지는 침묵 속에서 다른 이야기꾼―물고기, 잠자리, 족제비, 대나무, 고양이, 난초, 혹은 조약돌―의 목소리를 들어야 한다. 우리는 예컨대 꿀벌이 소설을 쓰지 않는다는 걸 어떻게 알 수 있나? 벌집 하나라도 해독해본 적이 있던가? 혹은 물고기 이야기부터 시작해야 할까? 얼마나 방대한 진화의 기록이 물고기의 침묵 속에 갇혀 있는지,

인류가 출현하기 전 수억 년 동안 물고기들이 어떤 지식을 축적했는지! 그 침묵의 깊고도 차가운 저장고, 그것은 언어에 훼손되지 않은 채로 남아 있다. 언어는 시추관처럼 지식의 매장층을 뚫고 들어가 축적된 지식의 흐름을 통제하고 고갈시키기 때문이다.

그래서 이야기하는 유일한 존재인 인간은 입을 닫고 물러나 지금까지 침묵을 쌓아온 유기적, 무기적 존재들에게 무대를 양보한다. 사실은 그들도 나름의 이야기를 해왔지만 그 소리 없고 억눌린 서사는 운모와 지의류, 해초, 이끼, 꿀이 되었고, 다른 몸들을 찢고 해체하거나 제 몸을 찢고 해체되는 형태가 되었다.

어떻게 해야 그들이 목소리를 내게 할 수 있는지 나는 모른다. 어쩌면 일단 첫걸음이라도 내디뎌야 할 것이다. 온 세상의 고전을 동물이 동물에게 들려주는 방식으로 다시 이야기하는 것이다.

이를테면, 『노인과 바다』를 물고기, 그 청새치의 시점에서 다시 이야기할 수 있다. 바로 그것이 내가 말하는 반인간중심주의다. 초췌한 노인과 바다를 상대로 벌이는 청새치의 사투는 결코 덜 극적이지 않다. 사실 생각해보면 그 물고기야말로 그 이야기 내내 목숨을 건 투쟁을 벌이는 등장인물 아니던가. 노인의 이야기는 노화에 맞서 싸우는 이야기다. 반면에 청새치의 이야기는 죽음에 맞서 싸우는 이야기다. 피를 흘리고 뼈만 남을 때까지 살점이 뜯기면서도 마지막 순간까지 저항하는 물고기의 목소리로 들려주는 이야기.

청새치는 파괴당할 수는 있어도 패배하지는 않는다.

……

낚시광 머리야(그녀는 자기 이름을 그렇게 썼다, '어'를 넣어
서)*의 말이다.

"아침에 일어나면, 내가 물고기라면 무엇을 먹고 싶을까 상상
해. 그런 식으로 나는 그날 어떤 미끼가 좋을지 감을 잡아. 핵심
은 잠시 물고기가 되어보는 거야. 그러면 배가 고파져. 가끔은 지
렁이가 먹고 싶고, 어떤 날은 옥수수가, 또 어떤 날은 파리가 먹
고 싶어. 그렇게 그날 물고기가 뭘 먹고 싶은지, 내가 뭘 먹고 싶
은지 알아내면, 그걸 바늘에 꿰어 물에 던져. 그러고는 물고기를
정신없이 낚아올리는 거야. 조금 전까지 날 비웃던 다른 낚시꾼
들은 경악하지. 그러면 난 그 사람들 눈앞에서 물고기를 다시 물
에 놓아줘. 그걸 보면 그들은 더욱 분통을 터트려."

"어우, 역겨워. 정말로 이른아침부터 지렁이가 먹고 싶다고?"

"내가 물고기일 때 지렁이는 절대로 놓칠 수 없지."

---

* 일반적인 불가리아어 여성 이름 '마리야'를 투박하게 비틀어 표준에서 벗어난
이질적인 정체성을 드러내는 인물을 표현한 것.

262

......

"세상의 역사는 고양이, 난초, 혹은 조약돌의 관점에서 쓰일 수 있어. 혹은 '곰의 귀'*라든가."

"곰의 귀가 뭐야?"

"약초야."

"그렇다면 곰의 귀가 쓴 세상의 역사에 우리도 등장할까?"

"모르지. 넌 사람이 쓴 세상의 역사에 곰의 귀가 등장한다고 생각해?"

물소 똥, 혹은 '숭고함은 어디에나 있다'

부흥기 건축으로 유명한 어느 유서 깊은 도시를 걷던 기억이 난다. 그곳은 민중 봉기와 화재와 체리나무 줄기로 만든 대포 등으로 잘 알려진 곳이었다. 역사가 좁은 골목길을 따라 흘러내리고 있었지만, 아버지는 주로 창틀에 놓인 제라늄을 보고 감탄하면서 그 꽃을 기른 사람들을 목청 높여 칭찬했다. 그러다 어느 거

---

* '램즈이어(lamb's ear)'라는 꿀풀과의 식물을 가리킨다. 잎이 미세하고 부드러운 은녹색 털로 뒤덮여 있어서, 영어권에서는 '양의 귀'라는 뜻의 이름이 붙었지만 불가리아어에서는 이를 '곰의 귀'라고 부른다.

리에서 갑자기 걸음을 멈추더니 바닥에 있는 무언가를 보며 그 주위를 빙빙 돌기 시작했다. 나도 가서 아버지가 무엇을 발견했는지 보았다. 물소 똥 한 무더기였다. 그것은 초소형 대성당처럼, 정교회의 큐폴라처럼, 혹은 이슬람 사원의 돔처럼 솟아 있었다. 부디 모든 종교가 나를 용서해주기를. 파리 한 마리가 천사처럼 그 위를 빙글빙글 날아다녔다. 요즘은 물소 똥을 보기가 참 힘들어, 아버지가 말했다. 이제 아무도 물소를 키우지 않으니까. 그러면서 아버지는 한껏 들떠 이야기했다. 물소 똥을 가지고 호박에 거름을 주고, 벽에 바르고, 벌통(고리버들로 만든 옛날식 벌통)에도 바르고, 귀앓이를 치료하기도 한다고—잘 데워서 귀에 바르면 된다는 것이었다. 그 순간 나는 우리가 둘러보던 부흥기 주택이나 기자의 피라미드마저 물소 똥의 건축학, 물리학, 형이상학에 비하면 훨씬 덜 중요하다고 하더라도 고개를 끄덕일 수 있을 것 같았다.

당신이 베르사유, 아테네, 로마, 혹은 파리에서 태어나지 않았더라도 숭고함은 언제나 어떤 형태로든 당신 앞에 나타날 것이다. 당신이 위-롱기누스*의 저서를 읽지 않았더라도, 칸트라는 이

* 고대 그리스의 철학자로, 한때 『숭고론』의 저자로 알려졌으나 이후 실제 저자는 미지의 다른 인물로 밝혀져 '위-롱기누스'라고 표기한다.

름을 들어본 적이 없더라도, 이름 없는 마을이나 도시, 텅 빈 낮과 밤이 끝없이 흘러가는 문맹의 들판에서 산다고 해도, 숭고함은 당신만의 언어로 그 모습을 드러낼 것이다. 겨울 아침에 굴뚝에서 피어오르는 연기로, 파란 하늘 한 조각으로, 다른 세계의 어떤 것을 기억나게 하는 구름 한 점으로, 물소 똥 한 무더기로. 숭고함은 어디에나 있다.

기차에 탄 소크라테스

모든 것이 영원히 계속된다면 그 무엇도 소중하지 않을 것이다.

—가우스틴

세상은 더없이 자명하고 논쟁의 여지가 없어 보이는 방식으로 자리를 잡았다. 하지만 잠시라도 이 체계를 완전히 뒤집어엎는다면 어떤 일이 벌어질까? 지속적이고 한결같고 영구적이고 죽은 것 대신에, 덧없고 가변적이고 일시적이지만 살아 있는 것을 경배하기로 한다면?

기차는 8월 말에 불타는 그루터기 들판을 지나가고 있었다. 아직도 그루터기를 불태우는 야만적 방식을 사용하는 곳이었다. 들판은 이미 수확이 끝났고 이후의 경작이 쉽도록 누군가가 불을 질렀다. 나는 날개가 그슬린 초원의 새, 도망치며 울부짖는 생쥐와 들쥐, 불에 탄 도마뱀과 뱀을 상상했다. 불타는 들판 위에서 황새들이 불안하게 맴돌고 있었다―얼른 이곳을 빠져나가야 해, 최대한 빨리, 최대한 빨리…… 모두가 도망치고 싶어했다. 세상은 가을을 향해 나아가는 중이었다. 그와 동시에 나는 T시로 돌아가고 있었다.

결국 우리가 여전히 인간을 만물의 척도로 간주하기로 한다면, 인간은 덧없는 것의 속성과 더 가깝다―늘 변화하고, 죽음을 향해 다가가고, 살아 있지만 썩어가고, 끊임없이 소멸하는 존재.

내 상상이 제멋대로 뻗친다는 느낌이 들자 반대자가 필요해졌다. 나는 교활하고 수사적 공격에 능한 반대자를 만들어내 여러 자질을 아낌없이 부여한 뒤, 내가 가장 즐기는 놀이인 소크라테스식 입씨름에 빠져들었다.

"지속되는 것을 덧없는 것으로 바꾸자고 하셨나요." 내가 만들어낸 반대자가 운을 뗐다.

"그 가능성 또한 살펴보자는 거지요."

"좋아요오오…… 그 말을 그냥 소리 내어 뱉어보시죠. 얼마나 터무니없게 들리는지 알게 될 겁니다―지속되는 것을 덧없는 것으로 바꾸자니요. 구체적인 사례를 들어 설명해봐요, 라고 선생께서는 늘 그렇게 말씀하시죠? 그렇다면 상상해보세요. 한쪽에 견고하고 멋진 집이 있고 다른 한쪽에는 허물어져가는 오두막이 있어요. 선생은 집을 오두막과 바꾸시겠습니까? 내 한 손에는 금덩이가 있고 다른 한 손에는 짚이 있어요. 선생은 뭘 택하겠습니까? 짚은 비만 한번 내려도 곰팡이가 슬 텐데요?"

"잠깐, 잠깐만…… 선생은 참 언변이 좋으시고, 내 마음속 의구심을 엿볼 수 있는 선생의 권리 또한 뻔뻔하게 악용하시는군요. 그러나 다른 측면도 함께 살펴보도록 합시다. 모두가 새로운 가치 체계에 합의한 어떤 세상을 상상해보세요. 거기에서는 덧없고 살아 있는 것이 영원하고 죽은 것보다 더 소중합니다. 오늘날 우리가 살아가는 보통의 세상과는 반대이지요. 그 결과로 어떤 일이 벌어질지 상상해봅시다. 수많은 전쟁과 약탈의 이유가 즉시 사라질 겁니다. 약탈을 유인하는 것은 영원한 것, 아니면 적어도 지속되는 것입니다. 예컨대 금괴라든가, 견고한 집, 도시, 궁전, 땅…… 그런 것들이 약탈에 제격이죠. 사과 한 무더기를 두고 전쟁을 일으키거나 향기롭게 꽃이 핀 체리나무 때문에 도시를 포위할 사람은 아무도 없습니다. 포위 공격이 끝나고 나면 꽃은 이미 지고 사과는 다 썩어버렸을 테니까요.

그리고 금은 합의된 가치를 완전히 상실한 채(실제로 그건 계약상의 가치일 뿐이니까요) 땅바닥에 나뒹굴 테고, 그걸 차지하겠다고 십자군전쟁을 벌일 생각은 아무도 안 하겠죠.

십자군전쟁이라는 말이 나왔으니 말인데, 그 측면도 살펴보도록 하죠. 모든 십자군전쟁이나 성전의 배후에 있던 종교들은 갑자기 발붙일 데가 없어질 겁니다. 옛 신들은 모든 측면에서 영원한 것의 신이었어요. 덧없는 것의 신이라는 게 있을까요? 새로운 가치 체계에도 신이 존재한다면—없을 이유가 있나요?—그들은 바로 그런 존재, 덧없는 것의 신일 겁니다. 연약하고 소멸하는 것의 신. 그러므로 연약하고 소멸하는 신이기도 하겠지요. 감수성이 있고 감정을 느끼고 공감하는 신. 무엇을 더 바랄 수 있겠습니까? 필멸이라는 속성은 가치를 높이고 우리를 눈뜨게 합니다."

"그러나 그 모든 것은 너무 덧없고 불안정하지 않습니까……"

"그건 착각입니다. 이 논쟁이 시작된 순간부터 선생이 계속 왼손에 쥐고 있는 그 짚을 생각해봅시다. 그 짚은 한때 밀이었고, 그 밀은 한때 씨앗이었고, 그 씨앗은 한때 밀이었으며, 또 그건 한때…… 바로 이것이 핵심이죠. 소멸하는 것은 스스로를 다시 만들어낸다는 것. 그게 소멸하는 것의 첫번째 이점이죠. 그런데 지금 선생이 오른손에 들고 있는 금은 한번 만들어지면 끝입니다. 땅에 심고 이백 년 동안 날마다 물을 줘도 금을 낳지 않아요. 이렇게 역설적으로 표현할 수도 있겠습니다—소멸하는 것은 바로 죽음을 통해 지속된다. 소멸하지 않고 스스로를 다시 만들어내지 못하는 것보다 더 오래." (나는 내가 창조해낸 반대자는 깡그리 잊어버렸다.) "어떻게 생각하십니까, 나의 벗이여?"

"글쎄에에에, 그러면 전통은 어떻게 되는 거지? 예술은? 당신이 끄적거리는 그 한심한 글은?" (우리는 반말을 하기 시작했고,

내 반대자는 단단히 화가 났다.) "하나 묻지―당신이 쓰고 있는 그 책, 그것은 덧없음의 편에 서 있는 거야, 아니면 영원함의 가치를 지지하는 거야? 당신의 말은 얼마나 오래가지?"

"말이 얼마나 오래가냐고?" 나는 그가 한 말을 되풀이한다. 답을 모르기 때문이다. "말을 할 때 내뱉는 숨결만큼이라고 해두자. 말을 내뱉으면 그건 아주 가벼워서 말의 돛을 부풀리고 타인이라는 항구를 향해 흘러가지. 해안에 닿기 전에 소멸할 수도 있고, 가다가 가라앉을 수도 있고, 다른 말들의 함대와 충돌해 난파될 수도 있어. 그건 덧없음일까, 아니면 불가해한 지속성일까, 나는 모르겠어." (여기서 이처럼 서정적 격정을 분출한 건 굳이 사과하지 않겠다.)

"그런 서정적 설명은 건너뛰지. 그렇게 가변적인 것을 존중한다면 당신 자신의 정체성은 어떻게 되는 거지?" 그는 물러서지 않는다. "당신의 조상, 전통, 문화는 어떻게 되는 거냐고. 항상성으로 창조된 그 모든 것. 당신이 누구고 어디에서 왔는지 잊지 않기 위해 불러내는 그 모든 것 말이야."

"그 정체성이라는 게 네게 뭘 주더냐, 이 멍청아?" (이제 우리는 완전히 말을 놓았다.) "피, 전쟁, 찢긴 몸뚱이, 인간 폭탄―그게 네가 받은 유산이야. 진정한 정체성은 단 하나뿐이지―살아 있는 존재로서 다른 살아 있는 존재 사이에서 살아가는 것. 덧없는 존재로서 역시 덧없는 존재인 타인을 귀하게 여기는 것."

“인간은 만물의 척도야. 그래서 인간이 만드는 것은 인간보다 더 오래 남을 수 있도록 지속되어야 해.”

(이제 걸려들었군―어차피 내가 그를 만들었으니 함정에 밀어 넣을 권리도 내게 있다.)

“바로 *그거지*, 인간은 만물의 척도야. 그리고 이 척도를 초월해 더 오래 지속되고 인간이 죽은 뒤에도 남는 모든 것은 본질상 비인간적이며, 원칙적으로 슬픔과 불화의 원천이야.” (지금 내 말 듣고 있어? 듣고 있군, 그걸 하라고 만들어낸 인물이니까.)

“하지만……”

“우리는 우리가 죽은 뒤에도 계속 남아 있을 집에서 살아. 우리는 대성당으로 들어가지. 이제는 우리 곁에 없는 이들이 마치 심판의 날처럼 줄을 지어 대대손손 밟고 지나간 그곳으로. 이 모든 것은 이렇게 말해. 너희는 지나가지만 우리는 남는다. 우리는 너희 이전에도 수많은 이들을 묻었고 너희 자식들도 우리가 묻겠지. 돌로 만들어진 것이 살로 만들어진 것보다 더 오래 남아야 할 타당한 이유를 한 가지라도 대봐. 나는 거기서 어떤 의미도, 정당성도 찾을 수가 없어. 우리보다 앞서 온 이들은 시간과 영원을 어떻게 지각했을까? 태고의 어두운 밤에, 허술한 오두막에서 살면서, 그 오두막보다 오래 살고, 화덕보다 오래 살고, 이곳에서 저곳으로 옮겨다니며, 교차하는 낮과 밤, 모닥불을 지피고 끄는 행위로 제 삶을 측정했던 사람들…… 그들이야말로 진정 영원히 살았지, 설령 서른에 죽었더라도."

수집에 부적합한 것들
(소멸하는 것의 목록)

치즈 – 악취가 나기 시작함

사과 – 쭈글쭈글해지다가 썩음

구름 – 응집 상태가 계속해서 변함

모과잼 – 위에 곰팡이가 낌

연인 – 늙고 쭈글쭈글해짐 ('사과' 참고)

아이 – 자람

눈사람 – 녹음

올챙이와 누에 – 해부학적으로 불안정함

정리하자면, 유기적인 것은 모두 수집에 적합하지 않다는 결론
이 나온다. 유통기한이 끊임없이 끝나가는 세상. 소멸하고 쭈글
쭈글해지고 썩고 점점 망가지는 (그래서) 경이로운 세상.

쉬어 가기

이 노트들을 처음 발견하는 사람의 표정이 상상된다. 아마 그는 이곳에서 괴물이 살았다고 생각할 것이다. 실제로 내 안에서는 미노타우로스가 어둠을 두려워하며 떨고 있지만, 다른 면에서 나는 완전히 정상적으로 보인다. 나는 백인 중년 남성의 몸을 걸쳤고, 한 여자가 내 아이를 뱃속에 품고 있다. 가끔 혼자서 바닷가에 가거나 외국으로 여행을 떠난다. 지상 세계에 있을 때 나는 소위 '정상적인 삶'이라고 불리는 상태를 유지하고 있다. 그래, 맞다, 나는 상당히 내성적이고 과묵한 사람으로 통하지만 내가 종사하는 직업군에서 그건 전혀 이상할 게 없다. 내 책은 비교적 잘 팔리기 때문에 나만의 일을 할 시간과 공간, 내게 절실히 필요한 평온을 보장받을 수 있다. 나는 인터뷰를 하지 않는다.

예전에는 활발한 대화를 하면서도―그래, 조금 심드렁해 보였겠지만―동시에 완전히 다른 곳에, 다른 몸이나 기억 속에 있을 수 있었다. 가끔 아주 살짝 티가 날 때도 있었고, 나와 친밀했던 여자 중 한둘은 내가 그런 상태가 되면 언제나 알아차렸다. 나는 작가라는 알리바이를 써서 상황을 모면했다. 그런 핑계를 대면 얼마든지 자리를 피할 수 있다. 혼자 있기를 원하거나 초대를 거듭 거절해도 사람들은 항상 이해한다. 처음에는 계속 전화를 하다가 아주 빨리 잊는다. 여기 사람들은 아주 빨리 잊는다. 앞에서 이 말을 했는지도 모르겠다.

수태고지와 굴

아내에게 임신 소식을 들었을 때, 나는 3천 킬로미터 가까이 떨어진 곳에 있었다. 생전 처음으로 굴을 막 먹으려던 참이었다 (한때 민달팽이가 될 수 있었던 내가). 프랑스의 고성古城에서 열린 어느 엄숙한 (그리고 무미건조한) 작가 축제의 개막식에서였다. 나는 이전에 굴을 먹어본 적이 없었고, 아이를 가져본 적도 없었다. 우리는 몇 년 동안 아이를 가지려고 노력했다. 그리하여 그 두 가지 일이 내게 처음으로 일어나려는 참이었다—수태고지와 굴. 한 프랑스인 기자가 큼직한 굴을 손에 들고 알맹이에 레몬을 뿌려 껍데기에서 빨아먹는 방법을 서툰 영어로 내게 설명했다. 나는 한 손에 굴을 들고 꿈틀거리는 작은 몸을 바라보면서, 다른 손에는 레몬 한 조각을 레이저 총처럼 쥔 채 내 안의 살해자를 일깨우려 애썼다. 나는 레몬을 뿌리면 굴이 죽을 거라고 생각했다. 연하고 미끌미끌한 굴의 몸은 여성의 질을 닮기도 했고 양수 속에서 헤엄치는 태아를 닮기도 했다. 그 순간 주머니에 있던 휴대전화가 진동하며 메시지 도착을 알렸고, 그로 인해 주저하던 양심이 무뎌지면서 보이지 않는 신경 접합부를 통해 결심이 전달되었다. 근섬유가 수축했고, 그 움직임이 내 오른손 손가락 세 개에 도달해 레몬을 짜게 했다. 굴-태아가 마비를 일으키는 레몬즙을 뒤집어쓴 채 오그라들었다. 나는 눈을 꼭 감고 굴을 삼켰다.

그 순간 내 할아버지가 옆을 지나가며 그의 살아 있는 약을 삼키고는 내 등을 토닥였다. 나는 휴대전화를 꺼냈다. 문자가 와 있었다. "테스트해봤어, 맞대." 불필요한 과잉 감정 없이 간결하고 산뜻한 문자. 굴이 내 안에서 꿈틀거리는 느낌이 들었다. 구역질이 나서 화장실로 급히 달려갔다. 제 아이를 또 한 명 삼킨 크로노스가 된 기분이었다. 그뒤로 다시는 굴을 먹지 않았다.

미노타우로스들의 종말

누군가가 내 안에서 걸어다니고 있어. 누군가가 내 뱃속에서 길을 잃었어. 어느 겨울날 오후에 그녀가 그렇게 말했다. 우리는 조용히 방에 앉아서 밖에 눈이 쌓이는 소리를 들으려 애쓰고 있었다. 그 말은 아름다웠고 시간을 초월한 듯한 울림이 있었다. 그녀는 흔들의자에 앉아 등을 기댄 채 『고대 그리스의 신화와 전설』을 펼쳐 둥글게 튀어나온 배 위에 지붕처럼 올려두었다.

이렇게 가까이 있는데, 우리에게서 불과 몇 센티미터 떨어진 이 피부의 벽 뒤에 있는데, 나는 혼자 생각했다. 그런데 여기 도착하려면 며칠, 몇 주, 몇 달이 지나야 한다니.

나는 그 모든 것을 기억해두고 싶었다. 의자, 눈 때문에 점점 밝아지는 창문, 그 말의 아름다움, 겨울 해질녘의 그 고대적 분위기까지. 겨울보다 더 고대의 기운을 품은 계절은 없다. 나는 종이

한 장을 꺼내 글을 몇 줄 끄적였다. 어디까지나 기억을 위한 것이었지만, 어쩐지 시 비슷한 것이 되어버렸다. 작시의 기법은 본래 일종의 기억술이었으니, 영 말이 안 되는 일은 아니었다. 호메로스의 육각운 역시 기억을 위한 장치, 암기 도구 아니던가? 나는 그날 밤을 묘사하려 애쓰며 그 뱃속으로, 그 동굴, 혹은 땅굴, 혹은 집으로 들어가려 했다. 그러다 자리가 뒤바뀌었다는 것을 깨달았다. 그 안에서 돌아다니는 것은 미노타우로스가 아니라 그것을 죽일 존재였다. 더 명확하게, 그를 테세우스라고 부르기로 하자. 탯줄이 아리아드네의 실처럼 그와 함께 있다. 그렇다면 미노타우로스는 어디에 있는가? 질문의 불안 속에 이미 그 답이 있었다. 미노타우로스는 나였다. 문장을 거꾸로 뒤집자. 내가 그 문장의 꼬리에 숨지 않도록. 내가 미노타우로스였다. 테세우스—그, 그녀, 그 아이(성별은 중요하지 않다)—가 천진무구한 숙명의 길을 따라 나를 죽이러 오고 있었다. 숨을 곳은 없었고, 나는 다만 순순히 그 도착을 기다려야만 했다. 그때 쓴 시의 제목은 '미노타우로스들의 종말'이었다. 그걸 어디에 두었는지 찾아봐야겠다.

딸아이는 겨울날 새벽에 태어났다. 밖은 캄캄했다. 나는 걸어서 집으로 돌아가는 길이었고, 병원에서 나가려면 이상한 터널 하나를 지나야 했다. 마치 내가 자궁에서 나오는 것 같은, 그 아이가 나온 길을 따라가는 것 같은 기분이 들었다. 갓난 아버지.

동트기 전 새벽 다섯시에 시내를 걷기는 정말 오랜만이었다. 네온사인 불빛들이 꺼지고 있었고 첫번째 전차가 막 지나갔다. 번호를 봤다. 7번이었다. 모든 일이 잘될 거라는 뜻이라고 속으로 말했다. 정확히 오전 다섯시 칠분이었다. 한 남자가 신문 가판대를 열고 있어서 모든 일간지를 각기 한 부씩 달라고 말했다. 그는 얼떨떨하고 졸린 눈으로 나를 쳐다보았다. 오늘은 그다지 특별한 일도 없었는데요, 그가 의아하다는 듯 말했다.

있었어요, 있었고말고요. 나는 돈을 내고 신문 뭉치를 받아 행복하게 걸어갔다.

그날 주요 뉴스들은 뭐였지? 세상의 보육실은 그 아이를 맞이할 준비가 되어 있었을까?

……

최초의 겨울.
최초의 눈.
최초의 바람.
최초의 개.
최초의 구름.

한 아이의 눈에 비친.

모든 갓난아이―쥐, 파리, 혹은 거북이―의 눈에 비친 세상은 매번 새로 창조된다.

처음에 그들은 모든 살아 있는 생명체의 언어를 쓴다. 비둘기처럼 구구구구, 돌고래처럼 끼익끼익, 야옹야옹, 꽥꽥, 응애응애…… 언어적 원시 수프.

디기시, 안거어, 프네야, 에에에, 데에야, 버냐-버냐-버냐바, 바탸부우우.

신은 갓난아이에게 곧바로 언어를 주지 않는다. 그건 우연이 아니다. 갓난아이들은 아직 천국의 비밀을 알지만 그것을 표현할 말을 모른다. 언어가 주어질 때는 그 비밀이 이미 잊힌 뒤다.

처음 걸음을 내디딜 때, 아이는 킹펭귄처럼 뒤뚱거린다. 마치 달에서 걷는 것처럼. 손을 뻗어 공기를 붙잡는다. 그토록 집중하며 혼자서 웃고, 그토록 연약한 모습. 살짝 쓰다듬기만 해도 넘어진다.

내가 세상의 슬픔에 대해, 포르투갈의 사우다드saudade, 튀르키예의 휘쥔hüzün, '스위스병'―즉 향수병―에 대해 글을 쓰고 있을 때, 두 살 반짜리 아이가 내게 다가와 갑자기 펜을 낚아챈다.

여기 앉아서 입을 크게 벌리세요, 아이가 말한다. 그러더니 까 치발을 들고 내 입속을 바라본다. 와, 안이 정말로 캄캄해, 아무 것도 안 보여……

자, 우리 먼지 놀이 하자. 아빠는 아빠 먼지, 나는 아기 먼지야.

6

이야기를 사는 사람

아기 운반자

이 일은 이런 식이에요. 말하지 못할 것도 없죠. 난 겁나지 않아요. 여기에서 임신하고 일곱 달쯤 되면 국경을 넘어 그리스로 가야 해요. 배를 쑥 집어넣고 헐렁한 옷을 입는데, 그래서 추운 날이면 더 좋죠. 여권 검사를 받는 동안 담배에 불을 붙여요. 마음이 진정되고 차분해지는 효과도 있지만 임신한 걸 눈치채지 못하게 하려는 목적도 있어요. 물론 국경 너머로 데려다주는 남자가 여기저기 기름칠을 해놓긴 해도 내가 해야 할 몫도 있으니까요. 그렇게 국경을 넘어요. 그런 다음 아테네 외곽의 창문도 없는 벽장 같은 방에서 두 달 동안 지내죠. 문제가 생기면 안 되니까 밖엔 절대로 나가지 않아요. 그냥 누워서 뒹굴뒹굴하며 텔레비전이나 보고 배 터지게 먹는 거죠. 먹을 건 잘 주거든요. 상품이 건강해야 하니까. 그렇게 산달이 되면 업자들은 매수자에게 미리

연락을 취해놓고 날 친척이라고 둘러대며 의사도 구해줘요. 그렇게 불법으로 애를 낳는 거예요. 업자가 돈을 받으면 그걸로 끝이죠. 나는 그냥 아이가 태어났을 때 내게 보여주지만 않으면 돼요. 너무 슬퍼지니까요. 애를 한 번이라도 보면 끝장이에요. 그러면 애를 넘겨줄 수가 없고 거래를 다 망쳐버리죠. 이 일을 해서 다른 아이들을 먹여 살려요. 집에서 날 기다리는 아이가 넷이나 있거든요. 오로지 아이들을 위해 이 일을 하는 거예요. 아기가 얼마에 팔리냐고요? 대략 5천에서 6천 유로 정도. 한번은 8천에 팔렸어요. 아들이었는데, 아들이 더 비싸거든요. 난 10퍼센트를 받아요. 넷을 팔았고 넷을 키웠네요, 그게 내 정산 내역이에요. 하지만 이번 애가 마지막이에요. 정말로 완전히 끝. 어, 발길질을 하네. 자기 얘기하는 걸 아나봐요. 애야, 그만 차. 거기 가면 네 인생이 백배는 나아질 거야. 가끔 그 아이들이 꿈에 나오기도 해요. 그러면 그애들을 위해 촛불을 켜요.

나는 10월 말에 그리스 국경 근처에서 이 이야기를 샀다. 내가 돈을 건네자 여자는 깜짝 놀라 나를 바라보았다. 그녀는 내가 정확히 무엇 때문에 돈을 내는지 이해하지 못했다. 난 팔 게 아무것도 없어요, 여자가 말했다. 게다가 이젠 아이도 낳지 않을 거예요. 나는 그냥 그 이야기를 산 것뿐이라고 대답했다. 여자가 내 말을 이해했는지는 확실하지 않다. 돈을 받아들고는 내가 다시 돌려달라고 하길 기다리는 것처럼 잠시 만지작거렸다. 그러다 돌아서서 몇 걸음 걸어가더니 주저앉아 울음을 터트렸다. 나는 생각했다. 그녀는 이제야 진짜로 아이들을 팔기 시작한 거라고. 아이들에 대해 말하기 시작했을 때 말이다. 이야기가 없을 때는 모든 게 거래일 뿐이었다.

이야기하는 행위는 최후의 심판에서 중요한 요소다. 사람들은 이야기를 통해 이해하기 때문이다. 하지만 이해한다고 해서 무슨 소용이 있는지는 여전히 알 수 없다. 나는 이 이야기들도 상자에 넣는다.

이야기를 사는 사람

예전에 나는 직접 들어갈 수 있었지만, 이제는 사야만 한다. 나를 이렇게 소개할 수도 있을 것 같다. 나는 과거를 사들이는 사람이다. 이야기 상인. 다른 이들은 차나 고수, 주식과 채권, 금시계, 땅…… 등을 거래하겠지만 나는 여기저기 돌아다니며 과거를 도매로 사들인다. 나를 마음대로 불러도 좋다, 내게 이름을 붙여달라. 땅을 소유한 이들을 지주라고 부른다면 나는 시주時主다. 타인의 시간을 소유한 사람, 타인의 이야기와 과거를 소유한 사람. 나는 정직한 구매자다. 절대로 값을 후려치지 않는다. 나는 사적인 과거만을, 특정한 사람들의 과거만을 산다. 언젠가 누군가는 한 나라 전체의 과거를 팔려고 했지만 나는 거절했다.

　나는 온갖 종류의 이야기를 산다―버림받은 이야기, 바람피우는 여자 이야기, 유년기 이야기, 여행하고 길을 잃는 이야기, 슬픔과 뜻밖의 구원에 관한 이야기…… 행복한 이야기도 사지만 그런 이야기를 파는 사람은 많지 않다. 한마디만 들어도 안다. 신선한 상품인지 부패한 상품인지, 진짜 이야기인지 쉽게 돈을 벌려고 지어낸 사기꾼의 이야기인지.

　사람들 대부분은 헐값에 이야기를 판다. 내가 돈을 제안하면 이런 값어치 없는 걸 돈을 주고 사느냐며 어이없어하는 사람들도 있다. 또 어떤 이들은 여태 혼자 짊어지던 짐을 떠넘길 사람이 생겼다며 고마워하기도 한다.

　내게는 무슨 이익이 되느냐고? 어릴 때 앓았던 병과 이후 사들인 이야기들 덕에 나는 다양한 시대의 통로를 돌아다닐 수 있게 되었다. 내게 이야기를 판 모든 이들의 유년기를, 그들의 아내와 그들의 슬픔을 내 것으로 삼을 수 있었다. 그것들을 지하실에 있는 노아의 상자에 차곡차곡 쌓을 수 있었다.

올리브유 장사꾼
(G 선생에 관한 모든 진실)

1.

　정말이지 그런 신사는 만난 적이 없어요—내 말 믿어요, 난 이런저런 남자들을 아주 많이 만나봤답니다—너무나도 점잖은 G 선생 말이에요, 여자를 어찌나 존중하는지 오히려 당황스러울 정도였다니까요. 지금까지 만난 남자 중에, 벌거벗고 자기를 기다리는 여자, 자기가 손수 준비시킨, 진흙처럼 부드러운 여자 옆에서 그렇게 차분히 앉아 있을 수 있는 남자는 본 적이 없어요. 여자의 피부가 달아올라 자신을 간절히 부르고 있다는 걸 느끼면서도 손끝 하나 대지 않고, 자기의 종마를 몰아 그녀 안으로 들어가지도 않고—어디선가 읽은 표현이에요, 나는 책을 많이 읽거든요—말이 자유롭게 달리도록 풀어놓지도 않고, 칼을 뽑지도 않고, 팽팽히 당긴 활시위에서 화살을 발사하지도 않는 그런 남자는 만난 적 없고 앞으로도 만나지 못할 거예요. 그런 기회를 앞에 두고도 그 남자는 우리가 죄의 잔을 흡사 캐모마일 차나 뱅쇼를 마시듯 쉽게 들이켠다고, 우리 소유가 아닌 것을 마치 길 한복판에 자라는 무화과나무라도 되는 양 탐낸다고, 뭐 그런 이야기를 하더군요. 세상에, G 선생은 얼마나 말을 잘하던지요, 지적이고 이국적이고 특이하고 아름답게. 여기 남자들은 그런 식으로 말하지 않거든요. 그냥 치마 속으로 손을 쑥 집어넣고 가슴을 움켜쥐고 벽으로 확 밀치기나 하죠. 그 성자 같은 분이 아직 살아 있는지는 모르겠어요. 우리 신사분이 이렇게 물으시는 걸 보면 그분에 대해 뭘 좀더 아시나?

오, 이 신사분은 정말로 정중하시네, 그런데 요즘엔 이런 얘기
도 돈을 주고 사야 해요?

2.

그건 강간이었어요. 딱 부러지게 말하는데, 그건 순전한 강간
이었다고요. 육체적 교감이 없는. 돌아가신 R 판사님 덕분에—
부디 편히 잠드시기를—내가 육체적 교감에 대해선 좀 알거든
요. 판사님은 합법적으로 맺어진 아내보다 나와 더 많은 밤을 보
냈죠. 우린 육체적 교감을 나눴어요. 판사님이 그렇게 말하던데,
뭐라고 부르든 난 상관없어요. 결국 다 같은 거잖아요, 그냥 좀
그럴듯하게 들릴 뿐. 그런데 돌아가신 판사님과는 달리 G 선생
과 나는 육체적 교감을 전혀 나누지 않았어요. 그런데도 그렇게
거칠고 악랄하게 강간당하기는 처음이었어요. 간통이니 죄악이
니 주절거리는 그 사람의 말도 안 되는 열변을 견뎌야 했죠. 그런
소리는 남편한테서도 들은 적 없는데 말이에요…… 여자를 자
기 집으로 불러 옷을 발가벗기고 마치 양 한 마리를 검사하듯 살
펴보고는, 그 여자를 죄의 길로 이끈 장본인이 자기가 아닌 것처
럼 단죄한 뒤 쫓아내는 거예요…… 그 어떤 남자에게서도 그렇
게 무참하고 굴욕적인 기분은 느낀 적이 없어요. 나는 일어나 곧
장 R 판사님께 가서 말했죠. G 선생이 날 강간하려 했고 죄의 길

로…… 어쨌든 제대로 일러바쳤죠. 우리 판사님이 정확히 뭘 어떻게 했는지는 몰라도 바로 다음날 새벽 어스름에 G 선생은 마을을 슬며시 떠났어요. 이후로 아무도 그 사람 얘기는 입 밖에 꺼내지 않았고요. 모르긴 해도 그의 철제 침대를 거쳐간 사람이 집집마다 하나쯤 있었기 때문이겠죠…… 그뒤로 오랜 세월이 흘렀는데 그 사람에 대해 물은 건 선생님이 처음이네요. 그런데 무슨 일로 궁금해하시는지…… 어, 우리가 돈 얘기를 했던가요, 아유, 고마워요, 고마워.

3.

솔직한 대답을 해드릴까요, 선생님? 거룩한* G 선생은 바로 이런 사람이었어요. 그나저나, 진짜 성직자 직함이 있었는지는 잘 모르겠네. 어쨌든 그 남자는 여자들을 유혹하는 데 온 마음을 쏟은 사람이죠. 하지만 모든 여자가 아니라 유부녀들, 그것도 충실하고 순종적인 아내들만 골라서…… 여자들이 마침내 자기 침대에 눕게 되면 그는 손끝 하나 대지 않은 채 묻기 시작했어요. 왜 여기에 왔는지, 자기에게 뭘 기대하는지, 무엇을 위해 남편과 아이들을 버리고 왔는지. 그 사람은 도덕을 얘기했어요. 어휴, 도

---

* 불가리아어 'преподобният'는 기본적으로 '거룩한' '고귀한'이라는 뜻이지만, 성직자나 성인의 이름 앞에 붙는 존칭으로도 쓰인다.

덕에 대단히 집착했죠, 맞아요. 여자가 벌거벗고 그의 철제 침대에 누우면 그는 여자의 얼굴 앞에서 한 손가락을 까닥거리며 말하고 이리저리 뜯어보고 질문하고…… 난 이제 아무것도 숨길 게 없는 나이가 되었으니, 그래요, 인정할게요, 나도 거기에 있었어요. 아내들을 너무 가혹하게 비난하진 마세요, 선생님. 우린 가련한 인생들이니까. 일단 침대로 끌려가면 일 년 반에 한 번씩 아이를 낳기 시작하죠. 외양간의 암소나 돼지우리의 돼지와 경쟁이라도 하는 것처럼. 그런데 G 선생은 여기 남자들과 달랐어요. 이 지방 사람도 아니었지. 양파 냄새를 풍기지 않고, 동물이나 아이들에게 욕을 하지도 않고, 바닥에 침을 뱉지도 않고, 책을 읽었어요…… 아내들은 다들 그 남자에게 빠져 정신을 못 차렸죠, 장담해요. 그래서 G 선생은 여자들을 침대에 데려가려고 크게 수고를 들일 필요도 없었고요. 그 시절 여자들에겐 엄청난 위험이 따르는 일이었는데도…… 내 차례가 와서 그 추운 방에 누웠을 때, 난 그 사람 말을 얌전히 들었어요. 정말로 그 침대 위에는 죄악이 맴돌고 있었으니까. 하지만 다 듣고 나서는 단도직입적으로 물었죠. 왜 이런 행동을 하느냐고, 당신이 불러낸 여자가 왔는데, 남편과 아이와 신성한 법까지 모든 걸 내던졌는데, 그런 여자와 함께 눕지 않는 것도 마찬가지로 부자연스럽고 죄가 되는 짓 아니냐고…… 그 사람은 내가 그런 처지에서도 질문할 용기를 냈다는 데 놀라더니 자기는 죄와 불륜을 연구하는 자연과학자라고 하더군요. 그것을 가장 순수한 형태로 분리하고 증류하고 싶다나. 책에나 나올 법한 그런 고상한 말장난을 내가 잘 알아듣지 못하니까 이렇게 말하더군요—그대로 옮길게요. 당신은요, 부인, 올리브입니다. 나는 올리브유를 짜내듯 당신에게서 죄를 짜내는 겁니다.

사십 년이 넘게 지난 일인데도 그 말을 생각하면 지금도 소름이 끼치네요…… 그렇게 말하던 그 사람 눈이 짙은 녹색 올리브 두 알처럼 보였거든요. 그리고 다시 말하지만, 난 그 남자를, 거룩한 G 선생을 함부로 재단할 수 없어요. 어떤 끔찍한 일을 겪고 나서 그런 짓을 하게 된 거겠지…… 그는 버려진 영혼이었어요…… 버려진 집이나 버려진 사람에겐 절대로 다가가지 마요, 그 안에는 올빼미와 뱀밖에 없으니까—바로 그런 사람이었다는 것, 그게 내 솔직한 대답이에요.

아, 아니에요, 이제 돈 같은 건 필요 없어요. 그런데 선생님은 그 사람과 정확히 어떤 사이인가요?

……

내가 G 선생과 무슨 사이냐고? 그런데 나는 지금 여기 1734년으로 와서 뭘 하는 걸까? 나는 올리브 장사꾼 행세를 하며 이야기를 사고 있다. 내가 G 선생보다 나을 게 무엇인가? 우리는 지금

같은 올리브유 이야기를 하고 있지 않나?

어떤 나이든 여자가 자기 할머니가 본인의 할머니에게 들었다는 얘기를 내게 해주었다. 이 지역의 기혼녀를 모조리 차지했다는 남자 얘기였다. 그 여자가 입에 올린 그 이름만 아니었다면 이야기 자체로는 별로 관심이 생기지 않았을 것이다—한동안 계속 머릿속을 떠나지 않던 그 이름.

가우스틴. 이 시기에서 저 시기로 마치 얕은 강물을 건너듯 넘나들면서 어느 시대에 있더라도 내게 신호를 보낼 방법을 어떻게든 찾아내는 사람. 그가 실제로 존재하는지, 아니면 내가 상상으로 만들어낸 인물인지, 그도 아니면 내가 오히려 그가 만들어낸 인물인지 나는 영영 확신하지 못할 것이다. 그의 최근 행보는, 인정하건대, 내 예상을 완전히 뛰어넘었다. 몇 해 전부터, 내가 쓴 적이 없는데 내 이름으로 된 책(독일어 번역본)이 인터넷에 떠돌고 있다. 『사물, 예술, 칸트 그리고 동시대인들』(바이저 출판사, 2005). 직접 찾아봐도 좋다.

나는 그의 다음 책을 기다리고 있다. 가우스틴의 이름으로 출간될 그 책에서 주인공은 내 이름을 가진 인물일 것이다.

언젠가 그의 이름을 구글에서 검색한 적이 있다. 곧바로 앤젤리나 가우스틴이라는 사람이 나왔는데, 정확히 1900년에 70세를 일기로 사망했고 인디애나주 페이올리의 묘지에 묻혔다고 알려진 사람이었다. 출처는 교구의 사망자 기록이었다.

어느 가계도에는 1853년에 태어난 루신다 가우스틴이라는 사람도 등장한다. 또다른 곳에는 이름 뒤에 물음표가 붙은 몰리 가우스틴이 있고, 오리건주 어딘가에는 B. 가우스틴이라는 사람도 있다. 하지만 '가우스틴'은 어디서나 성姓으로만 나올 뿐 그걸 이름으로 쓰는 사람은 찾을 수 없다. 그의 자식들만이 이런 자료에 기록으로 남아 있다. 그들 모두의 아버지인 한 사람은 사라지고 없다.

이 이야기에서 돌아온 뒤(참 힘든 여정이었다. 이 목소리에서 저 목소리로 옮겨가야 했다. 삼대에 걸친 이야기인데다, 어쨌거나 나도 예전 같은 공감 상태에 도달하기가 점점 힘들어진다) 이야기의 배경이 되는 장소 근방의 문서들을 파헤치고 다양한 탐문을 해나간 결과, 실제로 그 사람을 확인할 수 있었다. 『탄생, 장례, 결혼, 채무, 그리고 기타 특이한 사건들의 통합 기록부』라는 책에 가우스틴이라는 이름이 나왔다. 바로 그 사람이 정확히 1700년에 그 소도시에 도착했고 그로부터 삼 년 뒤 "도시로 돌아올 권리 박탈"이라는 사유와 함께 기록이 말소되었다. 기록부의 여백에 이상한 작은 십자가 표시가 세 개 있었는데, 그 지역에서 이는 사악한 존재와의 만남을 의미했다.

지하의 천사

천사의 날개를 달고 태어난 남자의 이야기. 그가 태어나기 전날 밤, 사자使者가 꿈에 나타나 아이의 어머니에게 말했다. 자, 이게 어떻게 된 거냐면, 여인아, 네 아들은 신의 선물이다. 인간의 몸을 가진 천사가 될 거야. 마을에 나돌던 소문에 따르면, 천사의 날개를 가진 소년은 엄청난 힘을 갖게 될 예정이었다. 여기서 '힘'이란 문자 그대로의 힘을 의미했다―역기를 들고 레슬링에서 모두를 이기고 곰과 육박전을 벌이고 어깨에 밀가루 두 포대를 짊어지는 힘. 혹은 유명한 하리 스토에프처럼 풍물 장터에서 와인이 가득 든 술통을 입에 물고 들어올리는 힘. 단, 어머니가 누구에게도 그 사실을 말하면 안 된다는 것이 유일한 조건이었다.

지금 나는 그 소년을 고전적인 천사로 상상한다. 주변의 모든 것과 너무도 다른 존재, 지중해의 바람에 실려온 이탈리아 소나무 씨앗이나 이 지역에서는 볼 수 없는 다른 식물의 씨앗 같은 존재로. 키가 멀대같이 크고 깡마른―이곳 사람들 말로 '약골'이라 할 만한―체구에 쉽게 놀림감이 될 법한 소년. 아이의 엄마는 아무 말도 해서는 안 되었지만 아들이 남들과 다를까봐 두려워 여기저기에 비밀을 말하고 다녔고, 그러자 아이의 날개는 사라졌다.

어렸을 때 우리는 그의 모습을 보려고 몰래 숨어서 기다리곤
했다. 그는 광부였다. 늘 침울하고 더러웠다. 나는 그를 상상하면
석탄재를 까맣게 묻힌 커다랗고 축 늘어진 천사 날개를 등뒤로
끌고 다니는 모습이 떠올랐다. 그는 약간 구부정한 자세로 걸었
고 절대로 셔츠를 벗지 않았다. 어쩌면 셔츠 아래에서 날개가 계
속 자라고 있었을까? 아침마다 날개 끝을 잘라주어야 했을까? 매
일 아침 면도를 하듯이? 아니면 할머니가 닭들이 울타리를 넘어
마당 밖으로 나가지 않도록 날개 끝을 잘랐듯이? 그 사람도 떠나
지 않았다. 그의 어머니는 천사보다 아들을 택했다.

어릴 때 나는 자기 아들에게서 그런 능력을 빼앗은 수다쟁이
어머니를 경멸했다. 하지만 이제는 이해한다. 그 어머니는 아들
이 인간종에서 이탈하도록 놔둘 생각이 없었던 것이다. 미노타우
로스의 어머니 파시파에와는 달랐다. 광부-천사는 침울하고 내
성적이었으며 말을 한마디도 하지 않았다. 마치 자기 안의 천사
를 죽임으로써 결국 인간까지 지워버린 것처럼.

그 지하의 천사에겐 우리보다 몇 학년 위인 아들이 있었는데,
키가 남달리 컸다. 그는 소피아로 가서 농구를 하다가 이후 미국
으로 떠났다.

지하의 천사의 아들

내 아버지는 광부였다. 아버지는 컴컴한 새벽 다섯시에 탄광으로 갔다가 해질녘에 트럭에 실려 돌아왔다. 탄광에서도 밖에 나와서도—늘 어둠 속. 아버지는 낮이 어떤 건지 기억조차 하지 못했다. 딱 한 번 일하러 나가지 않았을 때는 방에서 커튼을 친 채 종일 누워 있었다. 빛을 견딜 수 없었던 것이다.

내가 기억하는 아버지는 항상 그런 모습이었다. 밤에 집에 돌아오면 말 한마디 없이 침울하게, 커다란 샐러드 한 그릇과 라키아 한 병이 놓인 식탁 앞에 앉아 있었다. 마치 아예 그 자리에 없는 사람 같았다. 나도 날개니 뭐니 하는 이야기를 들은 적이 있다. 어쩌면 정말인지도 모른다. 천사처럼 말없는 존재. 아버지는 텔레비전을 켜곤 했지만 보지는 않았다. 샐러드 한 그릇을 다 먹고 술병을 반쯤 비웠다. 아무 말도 하지 않았다. 그런 다음 잠자리에 들었다. 그리고 다음날 아침에 다시 똑같은 하루를 시작했다.

내 인생에서 가장 행복했던 날은 우리 중 우수한 농구 선수가 될 자질이 있는 학생을 선발하려고 소피아에서 농구 감독이 찾아왔을 때였다. 이날 뽑힌 사람은 나였다. 나는 이미 키가 훌쩍 크고 몸이 탄탄한데다 손이 삽처럼 컸기 때문이다. 어머니는 엉엉 울었고 아버지는 그냥 내 등을 토닥였다. 뭔가 하고 싶은 말이 있는 것 같았고, 그래서 숨을 한 번 들이쉬었지만 너무 오래 말을 하지 않아서 그쪽 장치가 녹슬어버린 게 분명했다. 다시 목을 가다듬자 안에서 뭔가 삐걱거리는 소리가 났고, 아버지는 그냥 자러 들어가버렸다. 다음날 나는 더플백을 챙겨 도시에 있는 스포츠 기숙학교로 떠났다. 나는 미친듯이 훈련에 열중했다. 집으로 쫓겨난다면 거기에서 무엇이 기다리고 있는지 알았기 때문이다. 훈련이 끝나고도 밤늦게까지 남아 역기를 들고 줄넘기를 하고 자유투를 연습하는 등 모든 노력을 했다…… 나는 농구에 조금도 재능이 없었다. 정말로 재능이 조금도 없었지만 그냥 죽자사자 버텼다…… 광부처럼. 나는 체격이 좋았고 모든 것을 쏟아부었고 힘을 아끼지 않았기 때문에 팀에 들어갈 수 있었다. 1989년이 지나고 미국의 어느 아마추어 구단 사람이 동유럽 선수들을 싸게 사들이려고 찾아왔을 때 나는 주저 없이 떠났다. 미국에서 선수가 될 가능성이 없다는 건 알고 있었다. 내 재능으로는 역부족이라는 걸. 그저 여기서 최대한 멀리 떠나야 했다. 아버지에게서, 그의 술병과 우울에서.

고향에 머물렀다면 난 아버지처럼 되었을 것이다. 그래서 떠났고 일 년 남짓 농구를 했을 때 팀에서 방출되었다. 사실 팀에서 오래 참아준 것이었다. 그후 기차처럼 길고 꼭대기에 굴뚝이 달린 대형 트럭을 몰기 시작했다. 일이 고됐지만 보수는 좋았다. 그런 일을 하면서 아내를 얻을 수는 없다. 새벽 다섯시에 출발해서 저녁에는 트럭 휴게소에서 잠을 잔다. 어둠이 걷히기 전부터 어둘이 내린 뒤까지 죽자사자 일한다. 그러다가 앉아서 맥주 네 캔을 마시고 빅맥 두 개를 먹은 뒤 죽은 사람처럼 잔다. 날이면 날마다. 어느 날 밤 꿈에 아버지가 나타났다. 아버지가 내 트럭을 몰고 있었다. 아침에 고향에서 온 전화를 받고 무슨 일이 일어났는지 들었다.

H. K., 48세. 그는 댈러스에서 와서 아버지 장례를 치르고 유산을 정리했다.

택시 운전사 말람코의 가장 행복했던 날

가무잡잡한 피부에 곱슬머리, 인조가죽 재킷 차림의 스물이 조금 넘은 청년, 1980년대 마이클 잭슨의 화신. 물론 마이클의 사진도 운전석 위쪽 백미러 옆에 달려 있다. 내가 택시에 타자마자 그의 이야기가 시작된다. 마치 들어줄 사람만 기다리고 있었던 것처럼.

형님(이것이 이 이야기 속 나의 역할이자 이름이다), 오늘 내 택시에 얼마나 멋진 아가씨가 탔었는지 아셔야 하는데! 마흔 가까이 되었지만 멋진 아가씨였어요, 정말로. 서른여덟이나 아홉쯤 되었으려나. 화끈했죠. 그 여자가 이 택시에 탔을 때 내가 이런 고물 오펠을 몰고 있다는 게 얼마나 창피했다고요.

택시가 신호를 받아 멈추고, 그 틈에 나도 차를 휙 둘러본다. 닳아빠진 시트, 갈라진 대시보드, 솔방울 모양 방향제에서 흘러 나오는 독한 바닐라 향.

그 여자는 이런 차를 탈 사람이 아니었어요, 말람코가 계속 이야기한다. 그런 여자는 캐딜락, 분홍색 캐딜락을 타야죠. 가슴도 어찌나 빵빵한지. 어쨌든 그 여자가 택시에 타더니 아무데나 가 줘요, 하고 말합니다. 딱 그렇게 말해요. 남편이랑 막 이혼했다는 거예요. 그 여자가 내게 처음부터 끝까지 다 얘기해줍니다. 어떻 게 결혼했는지, 몇 년이나 함께 살았는지, 남자가 결국 민달팽이*로 판명이 났다는 얘기까지. 알고 보니 민달팽이었어요, 라고 하더군요. 형님, 난 민달팽이가 뭔지 모르는데, 뭐, 엄청 나쁜 거겠죠? 달팽이예요, 나는 말한다. 엥? 민달팽이는 껍데기가 없는 달팽이라고요. 정말요? 음, 껍데기 없는 달팽이가 뭐 그리 나쁠까, 흐음…… 그러다 남자가 딴 여자들과 놀아나는데, 여자가 그걸 알게 된 거예요—한마디로, 그 남자는 완전 조져버린 거죠, 아주 제대로. 엄청난 비극이에요, 무슨 튀르키예 연속극에서 튀어 나온 얘기처럼. 그래서, 형님, 난 그냥 고개를 끄덕이면서 운전만 해요. 어디로 가는지도 모르는 채로요. 그 여자가 심적으로 위기

---

* 불가리아어에서 민달팽이는 게으르거나 굼뜨고 불쾌한 사람을 낮춰 부르는 말로 쓰이기도 한다.

에 빠진 것 같아서 난 그냥 운전하며 듣기만 하는 겁니다. 그런데 여자가 이야기를 하면서 자꾸 나를 쳐다보네. 내게 신호를 보내는 거죠. 바로 그 순간 내게 신호를 보내는 거예요. 내가 또 이런 건 잘 알아차리거든요. 일단 여기에서 내려줘요. 우린 곧 다시 볼 거예요, 확신해도 좋아요, 여자가 그렇게 말해요. 그러고는 핸드백을 뒤지기 시작하더니, 망할 놈, 그 민달팽이 같은 씨발놈이 내 돈을 가져갔네! 하고 욕을 하는 겁니다. 그런데 그 욕마저도 어찌나 잘 어울리는지, 화려한 목걸이처럼, 브로치처럼 말이에요. 어느 쪽에서 봐도 완벽히 멋진 아가씨인 거죠. 걱정 마요, 하고 나는 말합니다. 돈은 중요하지 않아요. 나중에 갚아요. 자기는 이름이 뭐야, 하고 여자가 물어요. 난 대답하죠, 말람코예요. 키스해줄게요, 말람코, 하면서 여자가 몸을 앞으로 숙이고 내 머리를 붙잡더니 정신을 차릴 틈도 없이 바로 여기에다(그는 자기 볼을 가리킨다) 키스를 해요.

그는 아직도 그 키스 자국이 남아 있는지 백미러를 들여다본다. 신호가 초록불로 바뀌고 뒤쪽 운전자들이 경적을 울리기 시작한다. 내가 곧 전화할게요, 하고 여자가 말하더니 문을 쾅 닫고 사라지는 거예요. 와, 진짜 끝내주는 여자예요, 형님, 진짜 굉장한 여자.

침묵. 그런데 날 어떻게 찾으려나, 그걸 모르겠네. 내 전화번호를 받아 가거나 하진 않았거든요. 아마 택시 번호를 기억해뒀다가 콜센터에 전화해서 물어보겠죠. 우리 회사에 말람코는 나밖에 없으니까.

그는 침묵에 빠진다. 그 의문이 마음에 걸리는 것이다. 이제 내가 끼어들 차례다, 형님으로서.

이봐요, 말람코, 나는 가장 낮은 목소리로 말문을 연다. 여자는 누군가를 찾으려고 맘만 먹으면 온 세상을 뒤집어엎어요. 이런 때 도움이 되는 건 역시 상투어밖에 없다. 아마도 어떤 소설에서 읽은 말이겠지, 젠장, 어떤 삼류 문학인지는 몰라도. 잘생긴 집시 청년을 위로하는 데 문학이 조금이라도 쓸모가 있으면 그걸로 됐다.

(사실 나는 그 여자가 민달팽이-남편에 관한 눈물 짜는 이야기로 무임승차를 하며 소피아 곳곳을 돌아다니고 있을 거라 생각한다. 하지만 내가 무슨 권리로 말람코의 인생에서 가장 행복한 날을 망치겠는가? 그리고 나는 그런 생각을 하는데 말람코는 하지 않는다는 사실은 내가 열 배는 더 못난 놈이라는 뜻이다. 운좋은 말람코……)

난 정말로 운이 좋은 남자예요, 잠시 말이 없던 말람코가 다시 말한다. 마치 내 생각을 거울 보고 읽은 것처럼. 그렇게 예쁜 여자가 하필이면 나를, 이 말람코를 좋아하다니. 그 여자가 서른 살이든 서른다섯 살이든 무슨 상관이에요, 어쩌면 더 어릴 수도 있죠. 난 연애 선수예요, 괜히 흠잡고 따지지 않아요.

나는 말람코에게 그 어느 때보다 많은 팁을 주었다. 사실 그건 팁이 아니었다. 그 이야기를 산 것이다.

지금 여기, 이 책이라는 캡슐에 이 이야기도 넣는다. 혹시 모르지, 그 멋진 여자가 이걸 읽을지도 모르고 다른 누군가가 읽고 말해줄지도 모른다. 말람코가 기다린다고, 어서 연락하라고. 젠장, 문학이 조금이라도 쓸모를 발휘하게 해보자고.

이야기를 파는 사람

정확히 뭐하는 분이세요? 작가라고요? 난 작가들과 마주치는 일이 유난히 잦아요. 우리 할아버지도 작가셨는데, 아마 인연인 가봅니다. 한 달 전에 결혼식에 초대받아 간 적이 있어요. 그런데 같은 테이블에 누가 나타났게요? 맞혀볼래요? 제 자리가 살만 루슈디 옆자리인 거예요. 그래요, 그래, 바로 그 사람이요. 조그맣고 동그란 안경에 염소수염…… 사실은요, 전 항상 텔레비전에 나오는 사람들, 아주 유명한 사람들은 현실에 실재하지 않을 거라고 생각해왔어요. 컴퓨터 애니메이션이나 홀로그램 같은 거라고요. 마돈나나 브래드 피트 같은 사람들이 진짜로 존재하는지 조금 의심스럽지 않나요? 아무튼. 난 그 사람 옆에 앉았고 우린 악수를 했죠. 그 사람 이름을 듣고 난 입이 떡 벌어졌어요. 그 작가님이세요? 마치 그 이름 하나 아래에 수많은 유명인이 겹쳐 있는 것 같은 존재감이 느껴졌죠. 그 사람은 살짝 당황하면서 뭐라고 중얼중얼하더군요―그렇다고 볼 수 있죠, 네.

거기 있는 내내 기분이 어땠는지 알아요? 총알받이가 된 것 같았어요. 세상에나, 난 이 사람이 밖에는 아예 코빼기도 안 비치는 줄 알았다고요. 솔직히 그 사람 책은 한 권도 읽은 적 없지만, 그래도 이따금 텔레비전도 보고 신문도 읽는다 이 말입니다, 젠장. 그러니까, 그 사람 책이 불태워지고 사형선고도 받고 그랬잖아요, 파트와* 말이에요. 그리고 파트와를 내린 자들은 한다면 하는 사람들이잖아요. 그래서 난 결혼식에서 자랑스럽기도 하고 초조하기도 한 이상한 기분이 들었어요. 계속 주변을 두리번거리며 그 즐거운 행사에 온 손님들 가운데 누가 갑자기 움직이진 않는지 확인했죠. 언제라도 테이블 밑으로 기어 들어갈 대비를 하고요. 본인보다 내가 더 겁을 낸 거죠. 그는 분명 익숙해졌겠지만요. 그 정장 셔츠와 나비넥타이 밑에 뭐라도 입었을까요? 얇고 우아한 최첨단 방탄조끼 같은 거요. 완전히 새로운 소재의 경량 섬유로 만든. 물어볼까 하다가 말았어요. 작별인사할 때 등을 살짝 두드려보면 알 수 있었을 텐데요. 사실 그 남자는 아주 품위 있게

---

* 이슬람교 율법에 따른 판결 혹은 명령으로 일부 국가에서는 법적 효력을 갖기도 한다.

행동했어요. 최근에 나온 자기 소설을 어떻게 생각하냐는 질문은 한 번도 하지 않았죠. 그쪽도 작가이신데, 죄송합니다. 내가 아는 한 작가들은(물론 지금 제 옆에 계신 분은 제외하고) 어김없이 그런 질문을 하더라고요. 작가들은 세상이 자기들 책과 함께 살고 숨쉰다고 생각하나봐요. 난 그 사람도 그런 질문을 해서 내가 자기 책을 하나도 안 읽었다는 걸 알게 될까봐 걱정했죠. 하지만 역시 거물급 작가더군요. 묻지 않았어요. 당연히 읽었을 거라고 확신했거나 아니면 상관하지 않은 거겠죠. 그는 조용히 스테이크를 자르고 당근을 찍어 먹었어요. 이 즐거운 행사에 대해 몇 마디 유쾌한 잡담도 나눴어요. 신혼부부가 얼마나 사랑스러운지, 얼마나 잘 어울리는 한 쌍인지, 어쩌고저쩌고…… 결혼식에서 왼쪽이나 오른쪽 옆에 앉은 사람 누구와도 할 법한 잡담이었죠. 난 작가들은 더, 뭐랄까, 중요한 얘기만 한다고 생각했어요, 인생이니 죽음이니 하는…… 아무튼. 난 신부의 친구였고 그 사람은 신랑을 어릴 때부터 알았대요. 우리 둘 다 자기 쪽 사람을 칭찬했어요. 그러다 마지막에 내가 이야기를 하나 해줬어요. 그 사람이 정말로 깊은 인상을 받았는지 그냥 그런 척했는지는 모르겠더라고요. 글쎄요, 안경 쓴 사람들은 잘 파악이 안 돼요. 이제부턴 그 사람 책을 다 챙겨 읽어야겠어요. 과연 내가 해준 이야기를 써먹을까요?

당연히 그럴 거예요. 마침내 나도 겨우 한마디 끼어들 수 있었다. 작가들은 절대로 순진무구하지 않아요. 까치처럼 잘 훔쳐요.

그래도 훔치는 사람이 누구인지는 중요하겠죠.

아, 그건 아니에요, 난 그 이야기를 선물로 준 거예요.

뭐, 그러면 지켜보면 되겠네요.

원하신다면 당신한테도 말해줄 수 있어요.

궁금하군요.

하지만 이미 팔린 이야기라는 건 알고 계세요.

선물로 줬다고 하지 않았어요?

네, 맞아요…… 준 거, 팔린 거. 계약서를 쓰진 않았죠. 정말로 마음에 든다면 그 작가님과 의논해서 누가 쓸지 정하셔야 해요. 제가 팔게요…… 포로지스* 큰 거 두 잔이면 됩니다.

그럼, 장미 여덟 송이를 드리죠, 하며 나는 웃었다…… 거래 성사. (그렇게 나는 이야기 장수를 만났다.) 그리고 첫번째 장미 다발이 테이블에 놓인 뒤 이야기가 시작되었다.

…… 그리고 그의 이야기

당연히, 여자 이야기죠, 이야기 장수가 천천히 말하기 시작했다. 나는 서두가 "당연히, 이것은 원고다"**와 같은 형식이라는

---

* Four Roses. 미국산 버번위스키 상표명으로, 문자 그대로 해석하면 '장미 네 송이'라는 뜻이다.

** 움베르토 에코의 장편소설 『장미의 이름』 서문의 첫 문장으로, 화자가 앞으로

것을 알아차렸지만, 혹시 그가 다른 사람들의 이야기를 가져다 다시 팔려고 하는 건 아닌지 잠시 의문이 들었다. 루슈디에게 에코를 속여 팔아 문학에 불안과 불화의 씨앗을 뿌리려고 하는 건 아닌지. 나는 이야기가 흘러나오게 놔두었다.

살려면 그 여자에게서 벗어나야 했어요. 그녀를, 그 도시를, 문자 그대로 떠나야 했습니다. 여러 달 동안 유럽을 떠돌았어요. 실연을 잊기 위해 어떤 이들은 무분별한 섹스를 시도하지만 나는 무분별한 지리地理를 시도했죠. 도시를 무작위로 골라 대개 기차를 타고 이동하면서 기차역과 호텔을 계속 갈아치웠어요. 다른 관광객들은 다들 단체로 다니거나 둘씩 다니는데 나는 혼자서 여러 광장을 배회했죠. 그것도 어느 시점부터는 죄다 똑같아 보이더군요. 나는 버림받은 마음을 어느 모퉁이에 버리고 싶어하는 사람의 몰골이었어요. 슬픔이라는 고양이를 다시는 집을 찾아올 수 없는 곳에 풀어놓으려고 멀고 낯선 장소를 찾아다니는 사람 같았죠. 고양이를 버리는 일이 얼마나 어려운지 아세요? 고양이들은 귀소 본능이 믿기 힘들 만큼 강하고 기억력도 놀라울 정도로 뛰어나죠. 예전에 우리 할아버지가 집과 마당에 너무 많이 불어난 고양이들을 없애려고 자루 여러 개에 담아 도시에서 몇 킬

서술될 내용은 자신이 어느 고문서에서 읽은 이야기임을 밝히는 메타 서사적 장치다.

로미터 떨어진 묘지 근처에 풀어놓았어요. 그러고 나서 집에 돌아왔더니 고양이들이 먼저 돌아와 기다리고 있더래요. 그 고양이 얘기는 덤이에요, 루슈디에겐 이야기하지 않았거든요, 하고 이야기 장수가 말하며 포로지스 두번째 잔을 한 모금 마셨다.

곧 깨달았어요, 유럽은 너무 가깝다는 걸. 유럽에선 어딜 가나 그 여자가 있고, 자꾸만 그녀가 떠올랐어요. 더 넓은 공간, 텅 비고 낯선 공간이 필요했죠. 그래서 미국으로 가는 가장 빠른 비행기를 탄 겁니다. 콜럼버스처럼 길을 잃을 필요가 있었죠. 다만 오래전에 지도에 표시된 땅 한복판에서요. 우리가 곰곰 생각해보지 않아서 그렇지, 요즘엔 길을 잃기가 얼마나 어렵습니까. 그 당시엔 길을 잃지 않기가 그만큼 어려웠을 테죠.

일 년 삼 개월 뒤 집에 돌아왔을 때 세계지도를 바닥에 펼치고 내가 간 모든 곳을 마커로 표시해 연결해봤어요. 진정한 세계 일주 여행이더군요. 그 경로를 손가락으로 짚으며 도시 이름을 소리 내어 읽었답니다. 한 여인을 잊기 위한 최고의 만트라.

소피아, 베오그라드, 부다페스트, 브로츠와프, 베를린, 함부르크, 오르후스, 브레멘, 그리고 아래로 가서 루앙, 디종, 툴루즈, 바르셀로나, 말라가, 탕헤르, 리스본, 대서양을 건너 위로 가서 롱아일랜드, 뉴욕, 온타리오, 허드슨만 북부, 다시 아래로 내려가 미니애폴리스, 시카고, 콜로라도스프링스, 푸에블로, 피닉스, 샌디에이고……

바닥에서 일어나 지도를 벽에 걸었는데 그제야 눈에 들어왔죠…… 여정을 이어 그린 선이 완벽한 한 글자를 이루더군요. 그녀의 글자. 커다랗고 또렷한 M. 어리석은 남자가 그려낸 정교한 모노그램. 고양이들이 나보다 먼저 집에 돌아와 있었던 거죠.

나쁘지 않은 이야기였다. 설령 그 이야기를 제삼자에게서 슬쩍했고 이미 다른 사람에게 한 번 팔아먹었다 해도 말이다("슬픔이라는 고양이"를 비롯해 몇 가지 표현은 확실히 그 남자의 어휘가 아니었다). 장미꽃 다발이 활짝 피어났다. 그는 똑같은 물건을 두번 팔아치운 사람처럼 흡족한 표정이었다. 하지만 나 역시 거래에 만족했다. 두 이야기를 하나 가격에 샀으니까—그가 방금 한 이야기와 그전에 했던, 루슈디와 만났다는 이야기까지. 비록 그건 두번째 이야기보다 더 지어낸 얘기 같긴 하지만.

누구의 아내가 더 충실한지 내기한 두 남자

처음에 그들은 둘 중 한 사람의 아내부터 확인해보기로 한다. 남자는 며칠간 집을 비운다고 알린다. 그와 다른 남자는 마당에 숨어 기다린다. 남편은 어딘가에서 총까지 구해 왔다. 첫날밤— 아무 일도 없었다. 남편의 마음이 살짝 밝아진다. 하지만 바로 다음날, 어둠이 칠흑처럼 짙어졌을 때 여자가 집에서 나와 문을 열고, 한 남자가 그림자처럼 조용히 미끄러져 들어간다. 그러나 안에서는 불이 켜지지 않는다. 두 친구는 창가로 다가가고, 희미한 달빛에 두 몸의 움직임이 드러나는데 그것만으로도 무슨 일이 벌어지고 있는지 충분히 알 수 있다. 여자가 상대의 몸을 어떻게 휘감는지, 어떤 동작을 하는지. 남편은 벼락을 맞은 듯 충격을 받는다. 아내의 그런 모습은 한 번도 본 적이 없다. 이 더러운 잡년. 그의 친구도 입을 떡 벌린 채 바라본다.

안으로 들어가자, 하고 남편이 조용히 말한 뒤 두 사람은 도둑처럼 집안으로 슬며시 들어간다. 그다음 장면은 영화와 문학과 현실에서 일어나는 전형적인 상황이라서 어떻게 묘사해야 할지 모르겠다. 남편은 문을 열고 문 안쪽 오른편으로 한 걸음을 내디딘 후 영화에서 본 대로 다리를 약간 벌려 단단히 중심을 잡고, 이제 동작을 멈춘 채 뒤엉켜 누운 몸을 향해 총구를 겨눈다. 남편의 친구는 2미터 정도 떨어진 곳에 약간 우스꽝스러운 자세로 서 있는데 그건 상황 자체가 우스꽝스럽기 때문이다. 그는 눈을 어디에 두어야 할지 알 수가 없다. 방금 전까지 발가벗고 정사를 나누던 친구의 아내를 보기가 불편하고, 시선을 내리깔자니 자기가 현장에서 들킨 사람 같아서 불편하고, 배신당한 친구를 더욱 난처하게 만들까봐 그를 바라보기도 난감하다. 한마디로―어색하다. 흰 팬티 차림으로 붙잡힌* 여자의 애인은―사실 그의 팬티는 빨간색과 검은색 줄무늬였지만―두 남자를 번갈아 흘끔거린다.

누가 남편인지, 총을 든 사람인지 다른 한 사람인지 아직 확신하지 못하겠다는 듯이. 여자의 몸은 서서히 식어가는 욕망과 난데없이 쳐들어온 침입자들을 향한 분노, 커져가는 두려움이 복합적으로 뒤섞인 감정을 드러낸다. 때로는 단 몇 초가 헤아릴 수 없는 길이와 부피를 갖는다.

결정을 내려야 하는 쪽은 배신당한 남편이다. 그가 이 상황을 (그리고 총을) 손에 쥐고 있다…… 모든 일이 어떻게 귀결될지는 남편에게 달려 있지만 그는 아직도 뭘 어찌해야 할지 모른다. 빨리 결정을 내려야 한다는 것, 시간은 자기편이 아니라는 것만을 안다. 남편은 이런 상황을 직접 겪어본 적이 없고 그저 영화와 책에서만 봤을 뿐이다. 그런데 지금은 영화도 책도 아무런 도움이 되지 않는다. 그는 마음을 다잡는다. 남자에게 총을 겨눈다. 좋아, 꿈틀거려봐라, 이 더러운 쥐새끼야. 그 쥐새끼는 그의 침대에 들어와 아늑하게 자리를 잡고 심지어 시계까지 풀어 협탁 위에 올려놓았다. 사람들은 누군가가 사유지에 발을 들여놓았다는 이유만으로도 죽이겠다고 한다. 그런 경고문은 어디에나 있다. 그런데 가장 신성한 공간을 침범한다면, 그저 집이 아니라 침실을, 그저 침실이 아니라 함께 자는 여자를 침범한다면 과연 어떻게

-----

* 불가리아어에서 '바지를 내린 채 붙잡힌', 즉 '현행범으로 걸린'을 의미하는 관용구.

해야 하는가? 그런데 달리 생각하면, 그 남자의 잘못은 또 뭐란 말인가. 그는 강제로 침입하지 않았고 누군가가 문을 열어주었다. 게다가 그를 불러들이고 신호까지 보냈다. 바로 그 누군가가 이 상황에서 가장 큰 죄인 아닌가? 가장 큰 죄인―바로 그 여자. 그것은 급진적인 결론이다. 간음한 여자는 죽음으로 속죄해야 한다. 맙소사, 얼마나 멜로드라마 같은 대사인가. 이게 무슨 고대극인가, 아니면 저질 부르주아 연극인가? 아무것도 아닌 일로 아내를 죽이다니. 아니, 뭐, 아무것도 아닌 건 아니지만 그래도 아내인데…… 그리고 아내를 죽인다고 상황이 더 나아지나? 결단력은 결코 그의 강점이 아니었다. 항상 그랬다. 가게에서 슬리퍼 한 켤레를 사려고 해도 오후가 다 날아간다. 검은색으로 할까, 갈색으로 할까? 머릿속으로 가지고 있는 바지를 모두 헤아린 뒤 그것을 두 부류로 나눈다―갈색과 어울리는 바지와 검은색과 어울리는 바지. 그런 다음 방안의 가구를 훑어본다. 슬리퍼가 가구와도 잘 어울리면 좋을 테니까. 그 모든 생각을 하고 나면 한 시간이 흘러 있고 그는 결국 갈색을 택하기로 마음먹는다. 하지만, 세상에 이럴 수가, 갈색 슬리퍼도 두 종류가 있다―끈으로 땋은 테두리 장식이 있는 것과 없는 것. 그것도 모자라 테두리 장식의 색이 진한 것과 연한 것도 있다. 슬리퍼만 가지고도 그 정도인데, 지금 이것은 살인과 정의 실현이 걸린 문제다. 간음의 경우 누구의 죄가 더 큰가?

그는 두 사람을 향하던 눈길을 들어 침대 위에 걸린 결혼사진을 마치 처음인 양 바라본다. 어떻게 이 사진 바로 아래에서 그런 짓을 할 수 있을까? 문득 결혼사진을 쏴버린다면 무척 효과적일 거라는 생각이 든다. 유리 파편이 그들 머리 위로 쏟아지는 장면을 상상한다. 얼마나 강렬한 은유인가. 여인아, 너는 우리의 결혼생활을 쏘아버렸고, 그리하여 우리의 과거는 머리에 총을 맞았다. 그렇지만 사진에서 어디를 겨눠야 하나―자신인가 아내인가? 사람이 아니라 사진일 뿐이지만 그래도. 그가 사진 속의 자신을 쏜다면 그건 일종의 자살일 것이다.

다음 순간, 뒤로 돌아선 그는 모두가 놀란 눈으로 바라보는 가운데 아무도 예상하지 못한 일을 한다―방아쇠를 당겨 친구를 쏜 것이다. 외부의 목격자가 없으니 범죄도 없다.

셰에라자드와 미노타우로스

이야기는 대개 약자의 위치에 있는 이들에게서 나온다. 셰에라자드의 경우가 가장 대표적이다. 죽을 운명에 처한 여인이 매일 하룻밤의 시간을 얻기 위해 끊임없이 이야기를 들려준다. 실처럼 계속 이어지는 이야기만이 파멸의 미궁에서 그녀를 인도한다. 그녀가 들려주는 이야기 속에서 누군가의 목숨을 사기 위해 가장 빈번히 주조되는 동전 역시 이야기다. 첫번째 이야기만 떠올려도 알 수 있다―실수로 정령의 아들을 올리브 씨앗으로 죽인 가난한 상인의 이야기. 그후 지나가던 세 노인이 무시무시한 아버지 정령에게 이야기를 들려주고 상인의 목숨을 각기 삼분의 일씩 되산다(여기서는 정말로 이야기와 목숨의 직접적인 교환이 이루어진다). "오, 정령이시여, 정령들의 왕중왕이시여! 제가 여기 있는 이 가젤과 얽힌 이야기를 들려드릴 테니 만일 그 이야기가 신기하다고 여기신다면 이 상인의 피 삼분의 일을 제게 주시겠나이까?"

그대들의 이야기가 훌륭하고 정말로 나를 감동시킨다면 거래는 성사될 것이다, 정령이 대답한다. 결국 실제로 거래가 성사된다. 정령은 상인의 생명을 그들에게 주고, 이 이야기를 듣던 중에 샤리아왕은 이야기꾼 셰에라자드의 목숨을 하룻밤 더 연장해준다. 복된 시간. "알라를 두고 맹세컨대, 나머지 이야기를 다 듣기 전에는 그 여자를 죽이지 않겠다." 하지만 이야기는 끝이 없다. 미궁이 끝이 없듯이.

셰에라자드는 바로 거기에서 아이디어를 얻은 것이 틀림없다. 한 이야기의 통로를 따라가면 다른 이야기로 이어지고, 거기서 다시 세번째 이야기로, 그렇게 계속 이어지는 구조…… 셰에라자드는 이야기의 미궁을 샤리아의 침실로 옮겨놓았다. 그리고― 이제 여기에 비밀이 있다―미궁 안으로 들어가면서 그녀는 자신의 사형집행인을 데리고 들어갔다. 그가 전혀 눈치채지 못하는 사이에 안으로 슬쩍 끌어들인 것이다. 거기엔 두 사람이 있지만 이야기의 실을 쥔 쪽은 여자다. 그녀의 가느다란 아편이 회랑과 복도를 따라 샤리아를 이끌고 간다. 실이 끊어지면 이 여성 학살 자—그게 바로 샤리아의 본질이므로—는 깨어나 자기가 어디에 있는지 깨달을 테고, 그러면 모든 게 끝장날 것이다.

이야기꾼의 힘은, 비록 그것이 약자의 힘이라 해도, 어디에서 오는가? 이야기를 장악하는 힘에서 오는가? 한 세상을 손안에 쥐고, 아니 그보다는 혀끝에 올려놓고, 그 안에서 자신이 원하는 대로 죽음을 집행하거나 유예하는 힘. 그 세상은 지극히 현실적일 수도 있고 지극히 허구적일 수도 있어서 현실을 복제할 수도 있고 대체 현실이 될 수도 있다. 하나의 세상에서 죽음의 칼날이 머리 위에 매달려 있다면 다른 세상으로 도망쳐 구원의 복도를 따라가면 된다.

『천일야화』가 어떻게 시작되는지 기억하거나 주의를 기울이는 사람은 별로 없다. 그것은 미노타우로스의 신화와 정확히 똑같은 방식으로 시작된다. 불륜으로부터. 미노스왕의 아내 파시파에는 황소와 통정하여 그를 배신한다(포세이돈이 뒤에서 엿보고 있다). 한편 『천일야화』에서는 천한 개의 이야기 모두가 샤리아의 동생이자 페르시아의 도시 사마르칸트를 다스리는 샤 자만의 부정한 아내로 인해 시작된다. 여행을 떠난 샤 자만은 뭔가를 두고 왔음을 깨닫고 돌아갔다가 아내가 노예와 부둥켜안고 있는 모습을 목격한다. 한쪽에서는 정부가 황소이고 다른 쪽에서는 노예다—항상 금기시되는 육체. 처음에 이 불륜 사건은 관련된 두 사람의 목숨만을 앗아간다. 이후 동생은 원래 가려 했던 곳으로—형 샤리아에게로—가는데 그곳에서 일어난 형수의 불륜은 그 규모가 실로 대단하여, 후궁 열 명과 같은 수의 노예가 연루된다. 샤리아는 동생과 자신, 나아가 남성 전체를 위한 복수를 결심한다. 그리하여 여성 연쇄살인과 더불어 꼬리에 꼬리를 무는 이야기가 시작된다.

밤. 이제부터 모든 일은 밤에 벌어진다. 미노타우로스가 사는 미궁의 영원한 밤에, 혹은 샤리아의 왕궁에서 천 일하고도 하루 동안 이어진 밤에. 밤은 이야기를 위한 시간이다. 낮은 밤에 대해 전혀 알지 못하는 또다른 세계다. 그 두 세계가 섞여선 안 된다.

쉬어 가기

어떤 책들은 아리아드네의 실을 갖춰야 한다. 통로들이 끊임없이 뒤얽히고 교차한다. 때로 나는 할아버지가 나와 함께 프리드리히슈트라세에 있는 에스프리* 매장에 들어가는 모습을 볼 수

---

* 글로벌 패션 및 라이프스타일 브랜드.

있다. 할아버지는 면 셔츠를 미심쩍다는 듯 만지작거리며, 바람이 멋대로 드나들 것 같은 이런 얇은 물건은 절대로 사지 않을 거라고 중얼거린다. 또 어떤 때 나는 딸과 함께 독토르스카타공원을 가로질러가는데 목도리를 눈 밑까지 두르고 옷깃을 높이 세운 남자가 지나가며 내게 고개를 끄덕인다. 아야가 내 소매를 당기며 뿔이 두 개 달린 그의 이상한 그림자가 눈 위에 드리운 곳을 가리키지 않았다면 무시했을 일화. 미노타우로스가 겨울 정원의 미궁 속으로 산책을 나선 것이다.

7

전 지구적 가을

울부짖음

엘레나아, 엘레나아아아, 거친 사막의 아이, 아무우우르…… 한밤 중에 이웃한 패널 블록 아파트에서 흘러나오는 취객의 노래. 우리도 청소년기에 여름 캠프에서 부르던 노래인데, 지금까지도 나는 노래 속 엘레나가 누구인지, 사막은 어느 사막을 말하는지 모른다. 그 노래는 그 시절 우리 모두에게 꼭 필요했던 키치적 감성이자 일종의 낭만적인 이국의 정취, 사막 한가운데의 오아시스였다. 이곳에 있을 수 있는 유일한 사막, 모래 대신 콘크리트가 펼쳐진 이 사막. 바로 그 노래가 삼십 년이 지난 지금 새벽 세시에, 이웃집에 모인 사람들에게서 취중 갈망을 담고 흘러나온다. 이 노래는 우주로 보내는 또다른 불가리아 노래다. 젊음은 지나갔고 사회주의도 지나갔지만 흘러간 시절의 욕망은 그대로 남아 이루어지지 않은 일들의 알코올에 잠겨 있다. 흘러간 시절의 청소년들은 나이가 들어 배불뚝이가 되었고 저마다의 엘레나와 결혼했지만 뭔가 잘못되었다, 뭔가 이래선 안 되는데…… 무의미가 목마를 타고 불안정한 몸이라는 트로이로 들어갔다. 밤이면 저렇게 울부짖는 것도 다 그래서다…… 나는 그들이 싫으면서도 그들의 견딜 수 없는 슬픔과 무의미에 친밀감을 느낀다. 가끔은 그 울부짖음에 내 소리도 보태고 싶어진다. 나도 믿음직한 친구들 몇 명과 모여 있다면 분명 그들과 함께 울부짖었을 것이다. 이 도시의 영원한 콘크리트 들판 한복판에서, 행복하면서도 달랠 수 없을 만큼 서글프게. 그 거친 사막 한가운데에서, 아무우우우르…… 하지만 내게는 그런 친구들이 없다. 그래서 혼자 조용히 울부짖는다. 아주 조용히, 짐짓 미묘한 아이러니를 가장하며, 나 자신에게도 잘 들리지 않을 정도로.

세상에서 가장 슬픈 곳

욕실에서 우는 이들을 지켜보고
부엌에서 자해하는 이들을 지켜보고
새벽 세시에 발코니에서 담배 피우는 이들을 지켜보는,
정체 모를 밤의 소리들을 보살피는 천사에게

역겹도록 외로운. 지난 몇 년 동안 내가 느껴온 감정, 그것의 가장 정확한 표현이다. 예전에 공중전화 부스에 검은색 마커로 쓰인 글에서 봤다. "나는 사람들을 사랑한다. 그래서 역겹도록 외로워진다." 나는 그런…… 역겨운 외로움이 나를 덮칠 때마다 머릿속에서 되풀이해 떠올리는 문장들의 모음집에 그 글을 추가한다.

가을날의 음산한 늦은 오후에 동네 산책을 나갔다. 썩어가는 것의 냄새. 너무 익어 떨어지는 자두 냄새, 술지게미 내음이 배어 취기를 불러오는 그 향기. 끝내 라키아가 되지는 못하는. 말벌떼가 흠뻑 마시고 개미 행렬이 빨아먹어 바짝 마른 채 나뒹구는 수박 껍질 한 조각. 나는 그 냄새를 들이마셨다. 아니, 꿀꺽꿀꺽 들이켰다. 어느 허름한 동네 술집에서 술을 진탕 퍼마시기로 작정한 사람처럼 집요하게.

나는 유리를 씌운 발코니의 찌그러지고 녹슨 연철 프레임을 바라보고 있었다. 단 하나뿐인 발코니를 막아 창문을 설치하고 커튼을 달아 수족관처럼 만들어서라도 몇 제곱미터의 공간이나마 더 확보하려는 가난한 이들의 애처로운 술수. 그렇게 패널 블록 아파트에 방 하나를 더해 그곳에 조리용 스토브와 낡은 휴대용 버너와 파프리카 로스터를 설치하고 네모난 플라스틱 화분에 딜과 파슬리와 양파, 심지어 토마토까지 심어 그곳을 부엌이자 온실로 변모시킨 것이다. 그러고는 처량한 인생의 진열창인 그곳에서 저녁이면 파프리카를 굽거나 꼭두새벽의 알 수 없는 슬픔에 젖어 러닝셔츠 차림으로 담배를 피운다.

학교 운동장을 가로질렀다. 농구대의 백보드는 휘어졌고 골대도 사라졌으며 곳곳에 잡초가 무성했다. 갈라진 틈새로 풀이 자라는 아스팔트 위에서 아이들 몇 명이 열심히 공을 차고 있었다. 야, 인마, 너 씨발 호모냐, 하고 열 살도 채 안 된 아이가 소리치자 그 '호모'는 씨발, 좆 까, 라고 대꾸했고, 게임은 계속되었다. 내가 그곳에서 부리나케 벗어난 것은 그 말들 자체 때문이 아니라 아이들이 목소리를 바꾸는 방식, 목청을 긁고 힘을 주어 으르렁거리고 위협하는 방식 때문이었다. 납작하게 찌그러진 생수병들, 신문지 한 조각. 거기에는 이렇게 쓰여 있었다. "소조폴*은 제2의 예루살렘이 되었다. 어제 그곳에서 기적을 일으키는 세례자 요한의 유물이 발견되었다. 오른손 손가락 마디뼈 세 개, 발꿈치뼈, 그리고 예수의 사촌의 것이었던 어금니 한 개……" 불가리아 지방 도시의 유사-신비주의 키치.

이곳은 게토가 되어버렸다. 아니, 어쩌면 처음부터 그랬는지도 모른다. 아무것도 변하지 않았다—사방에 번져가는 녹綠만 빼면. 패널 블록 아파트는 또다시 삼십 년을 묵어 돌이킬 수 없이 낡았다. 예전에는 누구나 항상 말했다. 우리에겐 이미 늦었지만 아이

---

* 불가리아 남동부의 유서 깊은 해안 도시.

들만이라도 다른 삶을 살기를 바라자. 후기 사회주의의 만트라. 이제 내가 똑같은 말을 할 차례가 되었음을 깨닫는다.

상자들에는 모든 것이 조금씩 담겨야 한다. 무엇보다도 속삭임으로 전해지고 묻히고 감춰진 것들. 프레임 안에 들어오지 못하고, 지속하지 못하고 사라져버리는 것들. 가을 낙엽처럼 바짝 마른 것들, 한여름 오후의 생선처럼 냄새를 풍기고, 우유처럼 시큼해지고, 오줌에 젖은 제라늄처럼 시들고, 배처럼 썩어가는 것들……

변전소 옆을 지나갔다. 반드시 그곳을 기록하고 사진으로 찍고 문서로 남겨야 했다. "경고: 고압 전류"라고 쓰인 녹슨 간판과 그 주위에 걸린 사망자 공고 속 사진들. 마치 그 공고에 실린 사람들이 (인생의?) 변전소에서 불법적으로 뭔가를 건드리다 감전되어 휩쓸려간 것처럼. 사망자 공고와 구인 광고. 바스러지는 회벽 위에 붙은 구인 광고만 봐도 기록되지 않은 지난 이십 년의 역사를 완전히 재구성할 수 있다. 수요와 공급의 역사. 나는 노트를 꺼내 광고들을 옮겨 적기 시작했다.

한 회사가 해외에서 일할 엘리트 무용수들을 구하고 있다. 이탈리아인 가정에서 일할 젊은 여성 모집. 비흡연자 여학생 두 명에게 셋방 임대. 삼 주 동안 영어를 배우세요. 저주를 풀고 연애와 직장생활에 행운을 가져다줄 주문을 걸어드립니다. 치질과 탈

모에 효험이 있는 약. 잃어버린 개. 머리카락 삽니다.

뭐하냐, 이 새끼야, 누군가가 내 어깨를 툭 쳤다. 이십 년 전으로 거슬러올라가는 말과 몸짓이었다. 사라진 단어와 몸짓의 목록에 기록하기로 하자, 라고 생각하며 나는 그것을 즉시 목록에 넣었다. 돌아섰더니 어딘가 익숙한 얼굴, 아마도 학교 동창일 얼굴이 있다. 오오, 좆선생…… 내 대답에 나도 깜짝 놀랐다. 누구를 그런 식으로 불러본 적이 없는데, 어쩐지 그 상황이 되니 말이 저절로 나왔다. 그때부터 대화는 '잡담을 나누면서 속으로는 "이 녀석이 도대체 누굴까"라고 자문하는 옛 시절의 지인 두 명'이라는 장르로 옮겨간다. 측면공격의 수사법. 두루뭉술하고 맹탕 같은 말들의 향연. 구체적 사실과 이름이라는 지뢰밭은 솜씨 좋게 피하기. 그의 이름도 떠오르지 않고, 무슨 일을 하며 사는지도 모르겠고, 심지어 나를 다른 사람과 착각한 건 아닌지, 그래서 공연히 밑 빠진 기억의 자루를 뒤적거리게 하는 건 아닌지 의문이 든다. 그 순간 어디에서나 쓰이는 "잘 지냈어"라는 질문이 구원의 손길을 내민다. 모든 것이 제자리를 찾는다—가차 없는 시간의 흐름에 대한 속담 한 무더기, 아이들이 쑥쑥 커, 우린 점점 늙는구나, 넌 하나도 안 변했다, 넌 정말 그대론데(빌어먹을, 넌 도대체 누구냐), 뭐, 사는 게 그렇지, 안 그러냐, 그래, 난 이제 가야겠다, 그래, 언제 또 보자……

나는 이 만남도 적어둔다(모든 것이 중요하다). 이름도 기억나지 않는 사람에게 하는 작별인사. X 선생이라고 적어놓을 사람. 미지의 범인을 뜻하는 그 영원한 X. 하루종일 머리를 아무리 쥐어짜도 그의 진짜 이름은 떠오르지 않지만, 역설적이게도 바로 그 이유로 그는 한동안 내 마음속에 살아 있다. 우리는 우리가 잊어버린 사람에게서 도망칠 수 없다.

안녕, X 선생. 안녕, 내가 잊어버린 모든 사람아, 그리고 나를 잊은 모든 사람아. 당신들의 기억이 영원하길.

공포증에 대한 서술
(옆길로 새기)

인형의 눈빛에 공포를 느끼는 친구가 있었다. 그녀는 유리알로 된 인형의 눈을 마주치면 정말로 얼어붙어 꼼짝도 못했다. 확실히 눈빛이 오싹하기는 했다, 그 시절의 인형들은. 알고 보니 이 두려움은 이미 상세히 서술된 바 있고 이름도 있었다. 그것은 '글레노포비아'*라 불린다.

나의 두려움은 그 위협이 어디에나 있기에 더욱 끔찍하다. 나

---

* 고대 그리스어로 눈알을 뜻하는 '글레네(glene)'와 공포증을 뜻하는 '포비아(phobia)'의 합성어.

는 그것을 공포증의 명칭 목록 어디에서도 찾을 수 없었고, 그래서 여기에 그 설명을 정식으로 덧붙이려 한다. 끝없는 '두려움의 리스트'에 나의 설명이 작은 기여가 되기를 바란다.

나는 특정한 질문에 대한 공포증이 있다. 말 그대로 모퉁이 뒤편에서 튀어나올 수 있는 악몽 같은 질문. 이웃집 여자의 이 빠진 입에 숨겨져 있거나, 혹은 신문 가판대 점원의 입에서 우물우물 흘러나올 수도 있는 질문. 모든 전화 통화는 이 질문으로 가득차 있다. 그렇다, 수화기 안에 가장 흔하게 도사리고 있다.

어떻게 지내?

나는 바깥출입을 그만두었고 전화도 받지 않게 되었다. 일상생활에서 자질구레한 인연을 만들지 않으려고 장 보는 장소도 바꿨다. 방어적인 대응책을 생각해내기 위해 머리를 쥐어짰다. 헛소리에 대항할 새로운 아킬레우스의 방패가 필요했다. 어떻게 하면 서투름을 배가하지 않고 상투어의 수렁에 빠지지 않는 대답을 생각해낼 수 있을까? 굳어진 표현을 쓰지 않을 수 있는 대답, 거짓말을 하지 않되 드러내고 싶지 않은 것을 드러내지 않는 대답. 길고 무의미한 대화에 얽혀들게 하지 않는 대답.

어떤 허위적인 예법이 이런 질문을 만들어냈을까? 어떻게 그 위선적인 질문이 수백 년의 세월을 통과해온 걸까? "어떻게 지내?"—그것이 문제로다. (숭고한 질문 "죽느냐, 사느냐"가 그 한심한 질문으로 대체되었고, 그것은 명백한 퇴락의 증거다.)

어떻게 지내?

어떻게 지내?

어떻게 지내?

그 말에 어떻게 대답한단 말인가?

보라, 영국인들은 잔꾀를 부려 질문을 인사로 바꿔버렸다. 그 말의 송곳니를 빼고 질문이 쏘는 침을 제거한 것이다.*

"어떻게 지내?"는 상대의 발밑에 아주 정중하게 놓은 바나나 껍질이자 상투어의 쥐덫으로 유인하는 치즈다.

어떻게 지내—일상 속에서 사람을 서서히 무너뜨리는 약한 독. 이 질문에 솔직히 대답할 방법은 없다. 정말로 없다. 가능한 대답들은 있지만 나는 그 대답들이 역겹다, 알겠는가? 정말로 역겹다…… 그렇게 뻔한 사람이 되고 싶지 않은데 그렇게 될 수밖에 없는 대답들. "좋아, 고마워"라든가 "뭐, 아직은 버티고 있어"라든가 "그럭저럭, 살아는 있으니까"라든가……

나는 내가 어떤지 모른다. 단정적인 대답을 할 수가 없다. 적합한 답을 하려면 몇 밤, 몇 달, 몇 년이 걸릴 것이다. 바벨탑처럼 끝없이 쌓인 책을 읽어야 하고, 글을 쓰고 또 써야 할 것이다…… 대답은 소설 한 편이다.

---

* 영국식 영어에서는 '어떻게 지내?'에 해당하는 인사말인 'How do you do'를 질문이 아니라 평서문처럼 사용하는 경향이 있다.

나는 어떤가?

나는 어떻지도 않다. 끝.

그것을 첫 문장으로 삼자. 그로부터 진짜 대답이 시작된다.

"어떻게 지내?"라고 물었을 때 사용할 수 있는 답변 목록

그저 그래.

이 지역에서 가장 흔한 대답. '그저 그렇다'는 말은 상황이 그
다지 좋지 않지만 그리 나쁘지도 않다는 뜻이다. 이 지역에서는
절대로 잘 지낸다고 말하지 않는다. 큰 재앙을 불러오는 일을 피
하기 위해서다.

뭐, 살아서 두 발로 서 있지.

다시 말해, 난 전혀 잘 지내지 못하지만 주저앉아서 하소연하
진 않을 거야, 하소연은 여자들이나 하는 거니까. 이것은 남자의
대답이다.

최악의 시기지만, 뭐, 이 정도면 됐지.

이것은 친구들을 한자리에 모아놓고 둘러앉아 축배를 들며 하
는 말이다. 함께 샐러드를 썹고 라키아를 홀짝거리면서…… 나

는 늘 '최고의 시기'는 어떤 때인지 궁금했다. 너무 가혹하게 말할 생각은 없지만 두 가지가 그리 다를 것 같지는 않다.

우린 잘 지내, 하지만 다 지나갈 거야.

사회주의 시절의 익살스러운 대답. 분명 누군가는 이 질문의 부조리, 그리고 불만을 솔직히 말하면 봉변을 당하는 체제의 부조리에 신물이 났을 것이다. 그래서 그 시절에는 다음과 같은 농담이 유행했다.

"어떻게들 지내십니까, 어떻게들 지내십니까?" 공산당 서기장이 농담삼아 물었다.

"잘 지냅니다, 잘 지냅니다." 노동자들이 농담삼아 대답했다.

좀 아파, 장례식은 내일이야.

"어떻게 지내?"라는 질문에 담긴 가짜 염려는 전부 와르르 무너진다.

이보다 더 나아지면 범죄지.

비슷한 맥락의 대답, 이 질문의 본질에 화가 난 누군가의 발상.

별로 어떨 것도 없어.

전형적인 『곰돌이 푸』의 이요르 같은 대답. 하지만 이 또한 너무 많이 써서 낡았다.

하루 가고 또 하루 오지.

아무 일도 일어나지 않아, 고대하는 일도 없어, 그냥 어떻게든 해나가, 계속 밀고 나아가. 무엇을 해나가고 무엇을 밀고 나아가는지는 명확하지 않다. 아마도 하루하루, 그러니까 인생이겠지. 하루하루는 밀고 나아가기가 참 힘들다. 다리 위에서 완강히 버티며 한 발짝도 움직이지 않는 당나귀처럼. 한낮이 지나면 주저앉아 졸며 꼼짝도 하지 않는 덩치 큰 물소처럼.

어린 시절의 잊을 수 없는 풍경 중 하나는 노인들이 늦은 오후에 집 앞에 나와 앉아 있거나 작은 광장의 잡화점 앞에 모여 값싼 담배를 피우고 막대기로 발치의 흙을 헤집던 모습. 이름도 없고 글도 모르는 하루의 철학자들. 그 지역에서 인생은 짧지만 하루는 끝이 없다.

아직 숨은 쉬고 있어, 아예 죽은 건 아니고.

앞의 대답을 약삭빠르게 변형한 형태이지만 그 의미 혹은 무의미는 대체로 같다.

멍청하게 지내……

활기 없는 시골 동네에 사는 나의 고등학생 조카와 그애 친구들이 내놓은 진실하고 가차없는 대답.

어떻게 지내

어딘가에 나와 있던 차에 문득 눈부신 아이디어가 떠오르고 말이 저절로 흘러나오는데 그것을 머릿속에 다 담아낼 수가 없어 즉시 펜과 종이를 찾는다. 언제나 펜을 최소 세 자루씩은 갖고 다니는데 주머니를 뒤져봐도 단 한 자루도 나오지 않는다…… 그 구절들을 기억하려고 경험으로 검증된 암기법을 사용해 각 단어의 첫 글자나 음절을 모아 새로운 키워드로 조합한다. 모든 것을 제쳐두고 서둘러 집에 돌아가는 길에 머릿속 묵주를 돌리며 그 단어를 되뇐다. 집 바로 앞에서 이웃이 "어떻게 지내세요?"라는 그 끔찍한 질문으로 앞을 막아서더니 뭔가 이야기하기 시작한다. 무척 급한 일이 있다고 말하려고 입을 여는 순간 그 키워드는 파리처럼 입 밖으로 휙 날아가 마치 존재한 적 없었던 것처럼 허공으로 사라진다.

이렇게 지내

지난 몇 년간 나는 이곳에서 점점 더 이방인이 된 기분을 느꼈다. 언젠가부터 밤에만 바깥에 나가기 시작했다. 밤이 되면 마치 도시가 본래의 멋을, 전설을 얼마간 되찾는 듯했다. 늦은 밤에는 1910년대, 20년대, 30년대, 40년대에 이곳에서 살던 이들의 그림자가 나오는지도 몰랐다. 자신들이 자주 드나들던 곳들을 배회하면서 실수로 실내에 들어온 참새들처럼 유리로 된 신축 사무실 건물에 부딪히고, 성^聖세드모치슬레니치교회 앞 공원에서 조용히 휴식을 취하고, 폭파된 성네델랴교회는 멀찍이 돌아가고[*], 페피니에르[**]를 산책하거나 차르 대로[***]에서 다른 그림자들을 지나치며 활보하고 다니는지도. 나도 그 그림자들에 섞인 하나의 그림자처럼 옛 소피아를 거닐고 싶었다. 처음에는 뜻대로 되는 듯했다. 야보로프[****]의 집에 들르면 가끔 어두운 창 너머에서 부부가 싸우는 소리가 들리는 것 같았다. 언젠가는 창문 하나에 불이 켜져 있기도 했다.

최근에는 그 그림자들마저 이 도시를 떠났다. 이곳은 버려진

---

[*] 1925년에 불가리아 공산당 무장 조직이 왕정 정권을 전복시키기 위해 고위 인사의 장례식이 진행되던 성네델랴교회를 폭파시켜 수백 명의 사상자를 냈다.

[**] 원래는 프랑스어로 '묘목장'이라는 뜻으로, 소피아에 있는 보리소바 정원 내 녹지를 가리킨다.

[***] '해방 황제'를 기념하는 '차르 오스보보디텔 대로'의 약칭. 해방 황제는 불가리아가 오스만제국으로부터 독립하는 데 기여한 러시아의 황제 알렉산더 2세를 가리킨다.

[****] 페요 야보로프는 20세기 초의 가장 유명한 불가리아 시인이며, 아내 로라 카라벨로바가 결혼한 지 일 년 만에 야보로프와 다툰 후 자살하고 그 역시 이듬해 자살하면서 불행한 최후를 맞았다.

도시, 전설이 없는 도시다. 낮 동안 사람들이 몰려들수록 더욱 텅 비어 보인다. 죽은 이들마저 이 도시를 버렸다. 그것은 진정 돌이킬 수 없다.

어느 날 밤, 이 어둡고 낡고 버려진 도시를 배회하다 싸움을 벌이는 무리와 맞닥뜨렸다. 싸움을 그렇게 가까이에서 본 건 처음이었다. 그들은 거칠고 투박하게, 아무런 기교 없이 엉켜 싸웠다. 마구 드잡이하며, 그래 그 말이 딱 맞겠다, 서로 얼굴을 때리는 그들은 스무 살 언저리의 청년 일고여덟 명이었다. 내가 지금껏 싸움을 영화와 문학을 통해서만 경험했음을 그때 비로소 깨달았다. 그런데 실제 장면은 얼마나 다른지. 그 싸움은 아킬레우스와 헥토르의 전투와는 완전히 달랐다. 로키 발보아와도, 성룡과도, 〈분노의 주먹〉에 나오는 로버트 드니로와도 달랐다…… 보기 흉한 광경. 그때 그중 한 청년이 칼을 꺼냈다. 개입해야 한다는 생각은 들었지만 어떻게 해야 할지 알 수가 없었다. 나는 내 모습을 드러내고 무슨 말인가 외쳤다. 누군가가 내게 당장 꺼지라고 소리쳤고 그들은 계속 싸웠다. 그렇다, 나는 무서웠다, 그들은 여러 명인데다 젊고 힘세고 사나웠다. 경찰은 다 어디 가서 자고 있나? 그때 아이디어가 떠올랐다. 나는 인도에서 깨진 보도블록을 집어 길가의 가장 가까운 상점 창문에 내던졌다. 휴대전화 판매점이었다. 요란한 경보가 울리기 시작했다. 싸움은 즉시 멈췄다. 그들은 감히 저런 하찮은 놈이 끼어들다니 믿을 수 없다는 듯 나를 쳐다보았다. 그들의 피투성이 머리가 유리로 만들어진 양 그들의 생각이 훤히 읽혔다. 당장이라도 내게 덤빌 기세였다. 하지만 그들은 이내 내가 무슨 일을 했는지 깨달았다. 경보음이 날카롭게 울리고 있었고 앞으로 일 분 안에 건장한 사설 경비원들이 나타날 텐데, 그들은 경찰과는 달리 가만히 앉아 쳐다보기만 하진 않을 터였다. 다들 이성의 끈을 완전히 놓지는 않아서 양쪽 패거리 모두 재빨리 도망쳤다. 그러면서도 칼을 가진 놈은 나를 꼭 한번 찔러야겠는지 지나가는 길에 칼을 휘둘렀다. 나는 팔을 들어 겨우 막았고 그래서 팔꿈치 바로 아래를 베였다. 그리 심한 상처는 아니었다. 훈훈한 6월 밤에 나는 다른 사람들의 피가 고인 보도에 앉아 맥없이 피를 흘리며 경비원이 오기를 기다렸다.

이후 나는 깨진 진열창 값을 물어야 했다.

어서 이곳을 떠나야겠다. 다른 사람이 되어야겠다. 다른 곳에서 다른 사람이.

빈자리

유럽 신문을 읽다가 뒷면을 펼쳐보면 거기, 일기예보 지도 위에 빈자리가 있을 것이다—이스탄불과 빈과 부다페스트 사이에.

세상에서 가장 슬픈 곳, 2010년에 〈이코노미스트〉는 마치 행복에도 정말로 지리가 있는 것처럼 그곳을 그렇게 불렀다(나는 그 기사를 오려놓았다).

이 기사와 관련해 신문에 글을 썼다. 악의 없는 글이었지만 인터넷에서 반발이 일어났고 나는 협박을 받았다—매체에 글을 발표하기 시작한 이래 처음 있는 일이었다. (자신이 존재하지 않는다는 말을 듣고 싶은 사람은 없지……) 나는 그 신호를 제대로 읽지 못했다. 이후 아이러니가 두드러지는 글을 몇 편 더 썼다. 이 땅에서는 진정한 1968년*이 있었던 적이 없다는 글이었다. 우리는 존재하지 않는다고, 너무나 존재가 빈약한 나머지 정말로 도를 넘는 짓을 해야만 그나마 눈에 띌 수 있다고 썼다. 이를테면 런던의 다리 위에서 누군가를 독극물 캡슐이 든 우산으로 찔러 죽인다거나**, 튀르키예 테러리스트들과 얽혀 훗날 입증 여부와 상관없이 '불가리아 커넥션'이라고 불리게 되는 수상한 사건에 휘말린다든가***, 찰리 채플린의 시신을 훔쳐 인질로 잡는다든가****. 인터넷 게시판은 협박으로 들끓었다. 나를 구타당한 개처

---

* 1968년은 프랑스의 68혁명, 미국의 민권운동, 소위 '프라하의 봄'이라 불리는 체코슬로바키아의 민주화 운동을 비롯한 대규모 사회변혁운동이 일어난 해이다.
** 런던에서 불가리아 출신 반체제 작가 게오르기 마르코프가 우산 끝에 찔려 독살된 사건으로, 불가리아 비밀경찰의 소행으로 추정된다.
*** 앞에서도 언급된 1981년 교황 요한 바오로 2세 암살 미수 사건을 가리킨다.
**** 1978년에 불가리아인과 폴란드인이 찰리 채플린의 무덤 속 시신을 탈취해 유족에게 돈을 요구한 사건을 가리킨다.

럼 내장을 땅에 질질 끌고 다니게 만들어주겠다는 것이 그중 가장 온건한 협박에 속했다. 그래도 나는 크게 신경쓰지 않았고, 열등감에 젖은 이름 모를 미치광이의 소행이라고 치부했다. 그런데 어느 날 전화가 울렸다. 짧은 말이었지만 이제 협박은 더이상 나만의 문제가 아니었고 그들은 뭘 해야 할지 정확히 알고 있었다. 그것은 낙타의 등을 부러뜨리는 마지막 지푸라기였다. 나는 모든 것을 접고 딸과 함께 떠나기로 결심했다.

다른 곳으로, 여기 아닌 다른 곳으로……

19세기적 조언

너는 지금 담즙이 정체되었어. 모든 것에서 슬픔을 보는구나. 멜랑콜리에 젖어 있잖아, 하고 나의 의사 친구가 말했다.

멜랑콜리는 지난 세기의 병 아니야? 이젠 백신 같은 게 나오지 않았어? 의학이 이미 다 해결한 거 아닌가? 나는 물었다.

오늘날처럼 멜랑콜리가 흘러넘친 적은 없었어, 의사가 걸걸한 웃음을 터트리며 말했다. 광고를 하지 않을 뿐이지. 시장성이 없거든. 멜랑콜리는 잘 팔리지 않아. 느리고 멜랑콜리한 메르세데스 S클래스 광고를 상상해봐. 하지만 요점으로 돌아가자면, 너는 무슨 19세기 같은 소리냐고 하겠지만, 네 증상을 치료할 방법을 한 가지 추천할게. 바로 여행이야. 피를 좀 돌게 하고 눈에 새로운 풍경을 담으라고. 남쪽으로 가……

상당히 체호프스럽군, 의사 선생.

음, 체호프는 뭘 해야 할지 알았지. 어쨌든 체호프는 단순한 작가가 아니라 의사였잖아, 의사 선생이 웃음을 터트렸다.

물론 그의 말이 옳다. 나는 내 안에 있던 의미의 비축분을 다 써버렸다. 의사 친구는 책을 많이 읽는다. 틀림없이 제 스승인 체호프의 작품과 유사한 단편소설들을 몰래 쓰고 있을 것이다. 내게 그것을 읽어보라고 떠안길 기회를 한 번도 써먹지 않았다는 점 때문에 나는 그를 진심으로 좋아한다.

여행을 해야겠다. 여행을 해야겠어……

베를린, 그 시작과 끝

1989년 이전에 불가리아인의 80퍼센트는
한 번도 조국을 떠난 적이 없었다.

……

해외에 있는 건 우주에 있는 것과 같아, 아는 여자 하나가 떠날 준비를 하는 내게 말했다. 거기에선 빨리 늙지 않거든. 네가 돌아오면 우린 이미 꼬부랑 할머니가 되어 있을 거야, 넌 여전히 마흔 몇 살일 테고. 그때 나는 생각했다. 얼마나 끔찍할까, 내가 근사하다고 생각했던 여자들은 다 늙어버렸는데 나만 여전히 젊다면.

최초에 무엇이 있었나? 닭도 아니고, 달걀도 아니고, 심연을 덮고 있는 어둠*도 아니고…… 아직 정돈되지 않은 빈방 한가운데에서 나는 뭔가 적을 종이를 찾는다. 빌어먹을 그 노트가 있다. 밖에서 볼 때 이 순간은 엄숙하다. 새롭고 낯선 도시에서 시작하는 새로운 삶. 어떤 말이 어울릴까, 그런 순간을 위한 첫 단어들로는? 나는 잊지 않으려고 서두른다.
빵, 사과, 칫솔, 꿀, 쥐, 코르크 따개……
태초에 목록이 있었다.**

베를린 아파트의 위압적으로 높은 천장 밑에서 보낸 첫 밤. 나는 거기 누워 내 인생의 모든 천장과 모든 방을 떠올렸다.

쇠네베르크구區에 있는 튀르키예 시장 근처 성마티아스 공동묘지. 한쪽에서는 상인들의 외침—몇 킬로에 몇 유로, 몇 킬로에

---

*「창세기」 1장 2절, "땅은 아직 아무 형체도 갖추지 못하고 비어 있었으며, 어둠이 심연을 덮고 있었다"에서 인용한 구절.
**「요한복음」 1장 1절, "태초에 말씀이 계셨다"를 변형한 것.

몇 유로…… 부유루누즈![*] 다른 한쪽, 불과 몇 미터 떨어진 곳에
는 보행로와 풀밭 아래 묻힌 죽은 이들의 완전한 침묵.

처음 몇 달간 이곳에 모시고 와 나와 함께 지내던 아버지는 아
파트의 크기에 끝내 익숙해지지 못하고 가장 작은 방인 부엌에서
자겠다고 했다. 아버지는 베를린의 크기에도 끝내 익숙해지지 못
했다. 아버지가 데려가달라고 했던 장소는 튀르키예 시장과 그
옆 공동묘지뿐이었다.

거기에서 아버지는 언제나 '불가리아식' 단어 몇 마디, 예를 들
면, 아르카다슈, 초크 셀람, 아페린, 마샬라흐, 에발라흐……[**] 같
은 말을 나눌 수 있었고 '불가리아식' 치즈와 빵을 사기도 했다.
그런 다음 길 건너 공동묘지로 가서 벤치에 앉아 이제 더는 독일
어로 말하지 않는 죽은 이들과 잡담을 좀 나누고 비둘기들에게
빵 부스러기를 던져주었다. 나는 아버지를 아침에 그곳에 데려다
주고 저녁에 다시 데리러 갔다.

오후가 되면 자전거를 타고 그루네발트를 돌아다녔다. 크고 웅
장한 저택들. 다른 시대, 다른 독일. 참화를 견뎌낸 굳건함.

베를린은 재미를 찾으러 오는 곳이 아니다. 1918년 2월에 게

---

[*] '어서 오세요' '이쪽으로 오세요' 등 환영의 뜻으로 쓰이는 튀르키예어.

[**] 오스만제국 지배의 흔적으로 불가리아어에 남은 튀르키예어 표현들. 순서대로
'친구' '안녕하세요' '훌륭해' '신의 축복' '감사합니다'를 뜻한다.

오 밀레프*는 깨진 머리를 꿰매어 붙이기 위해 이곳에 와서 꼬박 일 년을 머물렀다. W. H. 오든은 절망에 떠밀려 1928년에 이곳에 도착했다. 엘리엇은 첫 책의 출판을 거부당한 뒤 상처를 달래기 위해 이곳에 왔다. 혁명을 피해 도망친 러시아 이민자들은 샤를로텐부르크에 정착했다. 노작가 앙겔리카 슈롭스도르프는 왜 황혼의 나이에 이스라엘의 안락한 집을 떠나 베를린에 살러 왔느냐는 질문에 이렇게 신랄하게 대답했다. "내가 베를린에 살러 왔다고 누가 그러던가요?" 그러더니 말뜻을 더욱 분명히 하고자 덧붙였다. "베를린이 죽기엔 더 편안하죠."

어느 날, 올림픽 경기장 주변을 둘러보고 있을 때 나치 복장을 한 독일 장교 두 명이 우리 앞에 불쑥 나타났다. 우리는 몹시 놀랐지만 이내 뒤쪽에 있는 카메라를 발견했다. 그들은 영화를 찍고 있었다. 조감독 중 한 명이 손짓으로 조용히 비키라고 지시했지만 아야는 목청이 터지도록 울기 시작했고 아이의 울음소리가 온 경기장에 울려퍼졌다. 컷! 영화의 모든 기계장치가 침묵에 빠졌다. 몇 분 동안 제2차세계대전이 강제로 휴전에 들어간 것이었다.

---

* 불가리아의 시인으로 제1차세계대전에 참전했다가 심각한 머리 부상을 입고 독일로 후송되어 치료를 받았다. 이후 반정부 테러가 일어난 1925년에 반체제 인사로 분류되어 비밀경찰에 체포된 후 처형되어 암매장되었다.

그리고 일들은 동시에 일어나기 마련이라, 그 순간 나는 헝가리의 전투에서 단 이 분 동안 일어난 일을 상상했다. 알 수 없는 이유로 잠시 교전이 멈춘 그 짧은 틈을 타 한 여성이 거리로 나와 부상병 한 명을 집으로 끌고 들어가는 장면을.

결국 남는 것—샤를로텐부르크 외곽의 천장이 높고 거의 텅 빈 방에서 보낸 베를린의 겨울날, 공허함과 기념비적 장중함과 미니멀리즘의 감각. 아르보 패르트가 일 년 동안 살았던 이곳에서 그가 작곡한 〈알리나를 위하여Für Alina〉를 듣는다. 모든 음이 산산이 부서져 빈방 안을 맴돌다가 사라지기 전에 손으로 쥘 수 있을 것만 같다. 아야는 이 방에서 첫걸음을 뗄 것이고, 이 방에서 첫 단어를 말할 것이다. 나인Nein.*

그 밖에 뭐가 있을까? 베를린 위에 펼쳐진 하늘, 쿠르퓌르스텐담 끄트머리에 있는, 아무도 사지 않는 웨딩 케이크들이 진열된 세상에서 가장 슬픈 빵집, 피자 가게 위로 낙엽이 한없이 떨어지는 자비니플라츠의 가을, 그루네발트의 호수들, 석양에 불타는 라이히스타크**의 유리 돔, 11월의 이른 황혼, 공습에서 살아남았지만 이제 진이 빠지는 평화 속에서 죽어야 하는 빌머스도르프의

---

* '아니'라는 뜻의 독일어.
** 1894년에 독일제국 의회의 건물로 지어졌다가 독일 통일 이후 연방의회 본회의장으로 쓰이고 있는 건물.

과부들. 할렘제 호숫가를 따라 핀 늦가을의 크로커스, 지하철에서 튤립을 파는 중국 여인들, 크리스마스 이브에 죽은 이들이 찾아와 배불리 먹을 수 있도록 식탁을 치우지 않고 두는 풍습. 그들이 과연 길을 찾을 수 있을까 하는 불안과, 와야 할 장소는 제각기 달라도 돌아갈 하늘은 같다는 안도감.

나는 그곳에서 우리의 삶을 꾸리기 위해 할 수 있는 모든 것을 했지만 멜랑콜리는 흩어지지 않고 오히려 깊어졌다. 나는 점점 더 우울하고 폐쇄적으로 변했다. 그럴 때면 내 존재로부터 다른 이들을 구해내고 싶었다—특히 내 딸을. 그래서 온갖 종류의 문학 행사에서 보내오는 초대를 받아들이기 시작했다. 심지어 소규모 문학 축제와 다른 나라나 도시의 체류 프로그램까지…… 떠나기 전, 딸은 가장 아끼는 공룡 인형을 내게 주었고, 나는 그것을 항상 간직했다.

미래에 언젠가 딸이 자기 아이들에게 이야기를 해주는 모습을 상상한다. 이야기는 이렇게 시작할 것이다. "우리 아버지와 공룡은 동시에 사라졌어……" 그건 좋은 시작이다. 아니 더 정확히 말하자면, 좋은 결말이려나.

세계의 가을

지금 나는 이렇게, 유럽 전역을 가로질러 하나의 가을을 따라다니고 있다. 처음에는 베를린에서 밤나무 열매 하나가 내 1미터 앞에 떨어졌다. 그다음 바르샤바에서는 가을 낙엽 몇 잎이 천천히 흩날리며 떨어졌는데 그것은 유럽 전역을 불길 속으로 몰아넣을 불씨가 되기에 충분했다. 나는 노르망디에 상륙하는 가을을 보았고, 시비우에서는 불타는 듯한(혹은 녹이 슨 듯한) 밤나무 아래를 걸었다. 브로츠와프에서는 타는 듯 붉게 물든 블랙베리 덤불 앞에서 넋을 잃고 서 있었으며, 겐트에서는 세찬 바람을 맞으며 걸었고, 그라츠의 다락방 창문 너머로 끝도 없이 내리는 11월의 비를 바라보았다.

오후 세시에 텅 빈 듯 보이는 도시들

그라츠

토리노

드레스덴

밤베르크

토폴로브그라드

에디르네

만토바

헬싱키

카부르

루앙

　노르망디에 있는 도시 캉Caen의 상처 입은 예수상은 1944년에 폭격으로 비스듬히 기울어진 교회 안에 있다. 예수상에서 남은 것은 가시면류관을 쓴 머리뿐, 나무로 된 몸통은 불에 그을렸고 팔은 포탄에 날아갔다. 다리는 없다.
　쿠담*의 반쯤 파괴된 교회 안에 있는 오른손이 부서진 대리석 예수상.
　유럽의 불구가 된 예수상들.

　자신의 과거와 요새와 대성당의 역사적 외피 아래에서 숨을 헐떡이고 있는 노르망디의 작은 도시들. 천여 년 전에는 장엄했으나 지금은 지방 도시일 뿐. 역사적 멜랑콜리의 이유가 여기에 있다. 그들에게는 영광과 망각 모두를 고결하게 견디는 일만이 남았다. 팔레즈는 거대한 성채와 성벽이 있는 인구 팔천의 소도시다. 어떤 이들에게는 정복왕 윌리엄이라고 알려져 있고 다른 이들에게는 사생아 윌리엄이라고 알려진 남자의 출생지. 일곱시만 넘으면 인적이 끊긴다. '황폐해진다'고 말할 수도 있을 것 같다. 이곳에서는 건초와 허브 냄새가 난다. 그 어떤 성벽도 시간이라

는 무자비한 기병대를 막지 못한다.

루앙. 첫번째 향기. 백합의…… 시내의 수도원을 따라 강렬하고 경건하게 퍼지는 그 향기. 즉시 떠오르는 할머니 집의 기억, 마당 뒤편, 옥외 변소로 가는 길목에 피던 백합. 눈에 보이는 모든 것이 그곳 어딘가, 유년이라는 잃어버린 나라에 투영된다. 이상적인 도시, 우리가 이미 한 번 경험했던 천상의 도시가 거기에 있다. 이후 우리는 수많은 곳을 방랑하면서 그곳의 닮은꼴만을 찾아낼 뿐이다―어디서는 더 성공적으로 또 어디서는 덜 성공적으로. 내가 목록에 넣는 두번째 향기 역시 이곳 대성당 옆에서 나는 소변냄새다. 근처에서 자던 노숙자들이 벌써 골판지 침구를 거두어 모으고 있다.

혼자서, 나는 세상의 토요일과 일요일을 거닌다. 그날들은 언제나 유난히 가족적이다. 모두가 웃는다, 그들은 웃는다, 믿기지 않을 정도다. 삶을 즐기며 터져나오는 그 가벼운 웃음. 뚜렷한 이유가 없는 웃음. 목청을 긁는 걸걸한 웃음도, 모든 것을 압도하는 웃음도, 비웃음이나 신경질적인 웃음도 아니다. 그저 좋은 날을 즐기며 세상의 풀밭에서 다른 사람들과 함께 걱정 없이 뒹구는 이들의 가벼운 웃음이다.

언젠가 〈쥐트도이체 차이퉁〉 신문에서 이미 나이가 든 호르크하이머의 사진을 보았다. 1952년에 프랑크푸르트대학교의 어떤 축하 행사에 참석한 그는 둥근 얼굴에 어색한 함박웃음을 띤 채, 끝에 종이공이 달린 축제용 지팡이를 든 모습이었다. 그 노령의 철학자는 자신이 축제에 휩쓸려 들어갔다는 데 은근한 죄책감을 느끼는 듯했고, 언제라도 그의 친구 아도르노가 나타나 엄하고 비판적인 눈길로 바라볼까봐 두려운 것 같기도 했다. 이봐, 내가 즐거워서 이러는 게 아니야, 하며 사진 속에서 활짝 웃는 호르크하이머가 자신을 변호하는 것 같다. 그러니까 그 점을 정상참작해 너무 단죄하지 말아줘.

유럽의 지방 도시 미술관들의 가장 좋은 점은, 절정의 작품들만을 보여주지 않고—어느 곳에나 르누아르 한두 점, 모네 한 점, 그리고 미술관 산업 전체를 떠받치는 피카소도 물론 한 점쯤 있긴 하지만—천재 없는 삶의 밀도를 보여준다는 것이다. 솔직히 지금 내겐 더욱 흥미로운, 솜씨 좋은 이류 화가들의 예술 말이다. 17세기와 18세기는 큰 기회를 잡지 못했던 화가들로 가득했다.

나는 틸보르흐*의 〈시골 연회〉 앞에서 오랫동안 침울하게 서 있

---

* 힐리스 판틸보르흐. 17세기에 활동했던 플랑드르 화가.

었다. 축제가 끝나갈 무렵 마음껏 즐기던 농민들이 삼삼오오 흩어지기 시작한다. 저 아래에서 올라오는 그런 슬픔…… 뱃속의 깊은 슬픔. 허기는 채워졌지만 기쁨은 끝내 오지 않았거나 이미 떠나가버렸다. 17세기로부터 오는 슬픔.

루앙 미술관의 방향 표지판

    낭만주의Romantisme →

    인상주의Impressionisme →

    자연주의Naturalisme →

    입체주의Cubisme →

    화장실Toilettes →

세계의 미술관들을 돌아다니는 동안 계속 똑같은 노인 무리들을 마주치는 것만 같다. 발을 끌며 뻣뻣하게 걷는 남자 노인들과 연약하고 머리가 하얀 여자 노인들이 뒤늦게 만난 세계의 미술을 호기심 가득한 눈으로 바라본다. 처음에 나는 이 만남이 비극적일 만큼 늦었다고 생각했다. 그러다가 그들의 뻣뻣함과 연약함에 점점 가까워지면서, 그 만남이 딱 알맞은 때에 이루어졌음을 서서히 깨닫기 시작했다. 옛 거장들의 영원으로부터 또다른 영원을 향해—이토록 부드러운 이행이라니.

피사의 광장에 서서 사람들의 얼굴을 바라본다. 아무리 봐도 질리지 않는다. 지하실과 반지하 방에서 외로운 오후를 보내며 얼굴에 대한 굶주림을 경험한 뒤로 나는 인간의 얼굴이 우리의 창조자가 이룬 가장 위대한 업적이라고 느낀다.

사람들은 더 아름다워졌다. 아니, 그건 내가 늙어간다는 또다른 표시가 아니다. 적어도, 단지 그것만은 아니다. 사람들은 정말로 더 아름다워졌다. 물론 특히 여성들이 그렇다. 무엇보다도 여성들이.

로마—버려진 도시. 일요일.

도시들의 첫번째 향기를 적은 목록에 다음과 같은 냄새를 추가하려고 한다. 늦은 오후 햇볕에 녹은 아스팔트 냄새(어린 시절의 냄새), 진한 장미 향기와 한줄기 부패의 냄새. 자연에 있는 무언가가 키치가 되도록 떠밀릴 수 있다면(문화가 그 방면에서 많은 노력을 기울여왔기에), 그것은 바로 장미다. 이 도시는 장미로 가득하다. 수세기를 거듭해 쌓여온 죽음을 가리기 위해서일까? 모든 묘지에서 장미 냄새가 난다.

오늘의 일몰은 언덕 위에서, 몰타 기사단이 세운 수도원의 정원에서 나를 맞이할 것이다. 그곳의 풀밭에서는 오렌지가 썩어가고 까마귀들이 그 과육을 쪼아먹는다. 찰나에 떠올랐다가 바로 다음 순간 흩어질 에피파니. 그 덧없음이 깨달음의 가치를 수백 배로 올린다. 잠시 로마제국의 황혼은 로마제국 위에 내린 황혼과 같은 것을 의미한다. 밤의 야만인들이 베스파와 피아조 스쿠터를 타고 달리는 소리가 들린다.

어떤 도시들과는 좀처럼 교감할 수가 없다. 마치 어떤 여자들과는 좀처럼 교감할 수 없듯이. 만남이 너무 이르거나 너무 늦다. 모든 것이 그 만남을 위해 준비되어 있건만, 어떤 순간적인 변덕에 이끌려 갑자기 다른 길로 접어든다.

다시 일요일, 세상의 모든 일요일. 유럽 어딘가에서 맞는 아침……

종소리가 나를 깨우고 나는 비몽사몽간에 지금 여기가 어딘지 알아내려 한다. 나는 이런 식으로 시작된 세상의 모든 아침을 떠올리며 묵주기도를 하듯 여러 도시의 이름을 되뇐다―그라츠, 프라하, 레겐스부르크, 빈, 자그레브……

모든 도시에는 작은 광장이 하나 있고, 대성당이 있고, 그 뒤로 종소리가 가닿는 거리에 호텔이 있다. 나는 방안을 둘러본다. 이곳은 류블랴나이고, 제체시온 양식의 금색 문양으로 1907년―호텔이 문을 연 해―이라고 쓰인 유니언호텔의 두꺼운 초록색 서류철이 그 사실을 확인해준다. 종이 울리고, 어떤 온화하고 밝은 힘이 어서 옷을 입고 거리로 나가라고 재촉한다. 종소리와 몸은 자기들끼리 아주 오래된 대화를 나누는 것 같다. 지난 수백 년 동안 종소리가 알려온 갖가지 기쁨과 슬픔, 결혼과 죽음, 화재와 봉기, 홍수와 가두행진 따위와 관련된 대화를. 종소리를 들으면 곧바로 거리로 뛰어나가라. 나는 군중에 섞여 내 정체를 지우고 그 안에 녹아들려 한다. 나 자신에게 말한다. 나는 지금 오로지 여기에, 이 도시에, 이 광장에, 이 토요일 혹은 일요일에, 이 사람들과 함께 있다. 이 모든 것의 일부가 되고 싶다. 겸허한 마음으로 대성당에 들어가 입구에서 성호를 긋고 싶다, 때로는 정교회 방식으로, 때로는 가톨릭 방식으로. 어느 쪽이 더 적절한지는 모르겠다. 용서하소서, 주여. 찬송가 책을 집어 어떤 페이지를 연다. 글자는 모르지만 합창단의 목소리를 듣고 오르간의 응답을 듣는다. 신의 목소리가 이렇지 않을까. 깊고 따뜻하면서도 근엄한 소리. 보호받고 있다는 느낌, 평온함, 모든 것의 일부가 된 느낌이 든다. 다만 은근한 죄책감도 느껴진다. 단 하루일지언정, 온종일도 아니고 딱 한 번의 아침일지언정, 내 것이 아닌 인생을 맛보았다는 죄책감.

쾰른에서 그 흐린 오후에 대성당 앞 광장을 가로지르던 여자, 전화기 너머로 누군가에게 불경스럽고도 엄중하게 고함을 지르던 그 여자……

뉴캐슬 근처, 비행기 날개를 단 〈북쪽의 천사〉 조각상.

……

왜 더 많은 이름을 적어두지 않았을까? 내가 가본 모든 곳의 이름. 도시와 거리의 이름, 음식과 향신료의 이름, 여자의 이름과 남자의 이름, 나무의 이름—리스본에서 본 보라색 자카란다의 기억, 공항과 기차역의 이름……

나는 여러 권의 노트를 앞에 두고 앉아 있다. 한때는 만물에 이름을 부여했지만 지금은 이름들의 꼬리가 멀리 사라지는 모습을 바라보며 손을 흔들기만 하는 늙은 아담처럼.

호텔에 대한 기억

나는 호텔, 그 기억 없는 공간들에 대한 특별한 기억을 키워간다. 이상적인 호텔방은 누군가가 이전에 머물렀다는 사실을 일깨워서는 안 된다. 투숙객이 퇴실한 뒤의 객실 청소는 무엇보다도 기억을 지우는 일이다. 침대는 이전의 몸을 잊어야 하고 시트는 새것으로 교체되어 팽팽히 당겨져야 하며 욕실은 반짝거리도록 닦여야 한다. 이전 사람의 존재를 드러내는 모든 흔적—시트 위의 머리카락 한 올, 베갯잇에 남은 희미한 립스틱 자국—은 오점이다. 오직 망각만이 무균 상태다.

뉴캐슬의 로열스테이션호텔. 기차의 객실처럼 길고 좁은 형태에 묵직한 벨벳으로 장식된 방, 기차처럼 아래에서 위로 열리는 창문. 호텔이 언제라도 기적을 울리며 출발할 것 같은 느낌. 영국식 일상의 금욕주의. 몇 세기 전에 수세식 화장실을 발명했으면서도 전통에 대한 충성심 때문에 냉온수 혼합 수전을 배척하기란 쉽지 않다. 나는 온수와 냉수를 섞어 온도를 맞추려고 헛되이 애쓰면서 그런 생각을 한다.

피사의 로열빅토리아호텔. 육중하고 흐릿한 거울이 있는 방, 높은 천장, 조각으로 장식된 거대하고 오래된 목제 침대 두 개. 둘 중 어느 침대를 쓸지를 두고 이어지는 오랜 망설임과, 그 침대에 지난 이백 년 동안 누웠던 모든 몸들이 보이는 것만 같은 막연한 느낌. 얇고 투명한 네거티브필름처럼.

헬싱키 도심, 기차역 뒤편의 호텔. 사람의 몸이 비집고 나가 뛰어내릴 수 없도록 창문이 겨우 몇 센티미터만 열리던 높은 건물. 갇혀 있는 듯한, 그리고 기본권을 부정당한 듯한 느낌.

아침식사로 연어가 나오고, 그다음엔 아스파라거스 수프, 그리고 한때는 꿈에서나 그리던 바나나와 오렌지. 그런데 왜 다시 멜랑콜리가 찾아오는 걸까? 무엇이 빠진 걸까?

아무것도. 단지 그 허기가 없을 뿐.

파리에서 가장 저렴한 호텔―11구에 있는 아카시아호텔……
저녁 내내 위층 방에서 침대가 정확하고 힘찬 약강격弱强格으로 삐
걱거리는 소리를 듣는다. 그러다 어떤 생각이 떠올라 적어두었
다―호텔이 저렴할수록 정사는 더 격렬하다.

프라하 구시가의 오스트로브니 32번지에 있는 15세기에 지어
진 호텔. 중세는 인간의 몸에 얼마나 불편한가……

시비우의 큰 호텔. 하늘색 방, 유리벽 욕실, 맛없는 아침식사.

루앙의 뱅상호텔. 시내 한복판의 대로변 방, 직물 벽지의 견딜
수 없이 진한 보르도 색깔, 각종 안내책자 사이에 은밀히 끼어 있
는 고급 나이트클럽 '마담 보바리'의 전단지. 나는 밤새 『부바르
와 페퀴셰』*를 읽을 것이다.

---

* 『마담 보바리』의 저자인 귀스타브 플로베르가 마지막으로 집필한 미완성 장편
소설.

　노르망디의 등급조차 매겨지지 않은 허름한 호텔들, 그중에서도 가장 허름한 곳—옷장 안에 샤워기와 변기가 있는 베르니에르호텔.

　리스본 바이루알투의 하숙집. 저녁 무렵 나무로 된 덧문을 뒤흔드는 바닷바람. 길 건너의 정육점, 빨랫줄에 걸린 옷가지, 벗겨져가는 황토색 외벽. 노트, 종이, 신문, 시가를 파는 작은 파펠라리아*와 문에 붙어 햇빛에 바래가는 페소아의 사진. 갑자기 떠오르는, 대륙의 반대편 끝에 있는 T시의 기억.

　브로츠와프의 가톨릭 호텔에 있던 성경. 팔복八福을 말하는 구절, "심령이 가난한 자는 복이 있나니…… 애통하는 자는 복이 있나니"라는 복과는 거리가 먼 그 구절 옆 여백에 유혹자의 여성스러운 필체로 이렇게 쓰여 있었다. "방해할 생각은 아니지만, 혹시 심심하면 아그니에슈카에게 전화하세요. 번호는 37475……" (전체 번호는 여기에 적지 않겠다.) 그렇게 그녀는 팔복에 한 가지 복을 더 보탠 것이다. "방해할 생각은 아니지만"이라는 그 말은 정말로 근사했다……

---

* '문구점'이라는 뜻의 포르투갈어.

그날 밤 나는 전화를 걸지 않았지만 그 번호를 전체 메모와 함께 꼼꼼히 옮겨 적었다. 오랜 세월이 흐른 지금 아그니에슈카는 뭘 하고 있을까? 아직도 때늦은 행복을 팔고 있을까? 아니면 이 (긴급) 번호도 지워야 할까?

목록과 망각

끊임없이 목록을 만들고, 목록으로 사고하고, 목록으로 이야기하는 강박을 뭐라고 부를까? 그것은 어떤 종류의 이상 증상일까?

나는 모든 것을 서둘러 적고 노트에 모아둔다. 마치 폭풍우가 닥치기 전 양들을 서둘러 우리에 넣듯이. 이름과 얼굴은 기억에서 점점 더 빠르게 흐릿해진다. 그것이 가장 그럴듯한 설명이다. 아버지의 병도 끝에 가서는 그렇게 되었다. 누군가가 커다란 지우개를 들고 와 점점 과거로 거슬러올라가며 모든 것을 지운다. 처음에는 어제 일어난 일을 잊고, 가장 멀고 후미진 기억은 맨 나중에 사라진다. 그런 의미에서, 사람은 항상 어린 시절에 죽는다.

아버지는 밖으로 나가 거리를 배회하곤 했다. 낯선 도시에서 길을 잃은 아이처럼. 그곳은 다행히 작은 동네여서 사람들이 아버지를 알아보고 집으로 데려다주었다. 아버지가 가장 자주 발견된 곳은 기차역이었다. 아버지는 기차를 바라보고 있었다. 한번은 내가 잠시 고향에 돌아갔을 때 아버지를 뒤따라가며 지켜보았다. 기차가 역에 설 때마다 아버지는 일어서서 열린 문을 향해 다가갔다. 그러다 점점 걸음이 느려지더니 문득 멈춰 서서, 떠나려는 이유를 잊었거나 정말 떠나야 하는지 망설이는 사람처럼 주위를 둘러보다가 결국 자신 없는 걸음으로 원래 자리로 되돌아갔다. 기차가 올 때마다 같은 장면이 반복되었다.

내게 가장 무서운 악몽은 언젠가 내가 어느 공항에서 바로 그렇게 서 있는 것이다. 비행기들이 이륙하고 착륙하는데 나는 어디로 가려 했는지 기억할 수 없다. 설상가상으로 어디로 돌아가야 하는지도 잊었다. 그리고 나를 알아보고 집으로 데려다줄 사람도 없다.

미궁과 선택

미궁은 누군가의 화석화된 망설임이다.

미궁의 가장 억압적인 점은 끊임없이 선택의 갈림길에 서게 된다는 것이다. 출구가 없어서가 아니라 '출구들'이 너무 많아서 그토록 혼란스럽다. 물론 도시는 가장 명백한 미궁이다. 롤랑 바르트는 파리를 그 전형으로 지목한다. "오스만*이 건설한 중심과 외곽의 미궁들."

나는 그 도시에 가면 늘 행복하게 길을 잃었다. 하지만 한 번의 어느 혼란스러웠던 오후를 여기에 덧붙이려 한다. 내가 두 길 사이에 서서 어디로 가야 할지 고민에 빠졌던 그때. 둘 다 결국 내가 찾는 장소로 이어지는 길이었다. 어쨌거나 길 자체로는 특별히 색다른 점이 없었다. 문제는 늘 그렇듯 내가 어느 길을 선택하면 다른 길을 잃게 된다는 점이었다. 나는 하나의 입자가 파동처럼 행동하여 동시에 두 구멍을 통과한다는 것을 보여주는 양자물리학의 그 실험에서만 만족할 수 있었을 것이다. 시간은 흘러가는데 나는 양쪽 발에 체중을 번갈아 실으며 제자리에 서 있었다. 내가 길을 잃어 몹시 당황한 사람처럼 보였는지 어느 노부인이 걸음을 멈추고 도움이 필요하냐고 물었다.

결국 내가 어떻게 했을까? 오른쪽 길로 걸어갔다. 하지만 그러면서도 내내 다른 길을 생각했다. 한 걸음을 디딜 때마다 잘못된 선택을 했다고 속으로 줄곧 되뇌었다. 그러다 그 길의 삼분의 일도 채 가지 못했을 때 단호하게 걸음을 멈추고(오, 그 단호한 우유부단함의 몸짓) 샛길로 꺾어 들어가 다른 쪽 길로 향했다. 물론 처음 몇 걸음을 떼자마자 망설임이 발길을 붙들었고 몇 미터쯤 더 간 뒤에는 다음 샛길을 뛰다시피 해서 처음의 길로 돌아갔

---

* 조르주 외젠 오스만. 프랑스의 행정관이자 도시 개발 총감독으로, 나폴레옹 3세의 지시를 받아 1853년부터 파리 도시 개조 사업을 이끌었다.

다. 그러다 다시 망설임에 붙들려 다른 길로 돌아갔다가, 다시 반
대편 길로 돌아갔다. 그렇게 지그재그로 왔다갔다하면서 내가 두
길을 다 얻었는지 둘 다 잃었는지는 지금까지도 모르겠다. 결국
나는 미궁 속 마라톤 주자처럼 기진맥진하고 심장은 터질 듯 쿵
쾅거리는 채로 벤치에 털썩 주저앉았다.

캐모마일 수확꾼들

나는 혼자 여행하지 않는다. 그저 내 동행들이 육안으로는 보
이지 않을 뿐이다. 나는 줄줄이 늘어선 사람들을 국경 너머로 빼
돌리는 암거래상 같다. 이들 중 일부는 이 세상 사람이 아니다.
반면에 또다른 이들은 너무나 생생하게 살아 있고 호기심이 강해
서 모든 것을 만지고 무엇이든 묻고 길을 잃거나 무리에서 떨어
져나간다. 공항의 금속 탐지기도 그들을 잡아내지 못한다.

이 대륙 곳곳의 전혀 예상치 못한 불시의 장소에서, 심지어 공
항이라는 무표정한 영토, 별도의 국가 같은 그곳에서, 뜻밖의 얼
굴들이 불쑥 나타난다. 뮌헨공항에서 차를 마시며 앉아 있을 때
갑자기 떠들썩하고 알록달록한 떠돌이 집시 땜장이들이 주위에
몰려든다. 경찰은 그들을 보지 못하고 그들의 은팔찌, 무거운 양
철 팬, 구리 주전자도 금속 탐지기를 울리게 하지 않는다. 저기
우리 할머니의 친구인 집시 할머니 루살리야가 튤립 무늬 머릿

수건과 거대한 나무 갈퀴를 들고 캐모마일을 따러 가고 있다. 내가 마시고 있는 차가 캐모마일인데, 그것이 열쇠다. 여기 뮌헨공항에선 캐모마일이 자라지 않아요, 하고 루살리야에게 말하고 싶지만 그녀는 나를 보지 않는다. 그러다 깨닫는다. 나 역시 루살리야에게 존재하지 않는 사람이라는 것을. 경찰도, 금속 탐지기도, 심지어 거대한 터미널 전체도 존재하지 않는다…… 그것은 아직 건설되지 않았다. 그 자리에는 끝없는 캐모마일 들판이 펼쳐져 있다.

어릴 때 나는 소란스러운 집시들이 무서웠다. 어른들도 아이들에게 말썽을 피우면 집시들이 그 커다란 안장주머니에 넣어 데려갈 거라며 겁을 주었다. 나는 말썽꾸러기가 아니었지만, 혹시 모르지, 실수는 있기 마련이니까. 하지만 루살리야 할머니는 무섭지 않았다. 그녀는 집으로 들어와 앉아서 오후 내내 우리 할머니와 이야기를 나누었다. 나는 주위를 맴돌며 대화에 귀를 기울였다. 루살리야는 할머니를 사랑했다. 자신을 집으로 들이고 동등하게 대화를 나누는 유일한 사람이었기 때문이다. 할머니는 루살리야를 사랑했다. 루살리야는 방방곡곡을 여행했고 할머니는 세상을 두루 본 사람을 존중했기 때문이다. 여름마다 루살리야는 세상 이야기를 들려주었다. 할머니는 그 이야기를 들으며 실을 자았고, 그 이야기들은 할머니가 물레에서 뽑아내는 실에 섞여 들었다. 왜 그런 사람들을 집에 들여요, 하고 나중에 이웃 여자가 할머니를 나무랐다. 집시들은 믿을 수가 없어요. 그 여자가 허황된 이야기로 정신을 빼놓는 동안 패거리가 슬금슬금 돌아다니며 닭을 잡아가거나 텃밭에서 토마토를 슬쩍한다니까요. 슬쩍하라고 해요, 할머니는 말했다. 그들에게도 우리처럼 영혼이 있어요. 게다가 올해는 토마토가 풍년이잖아요.

내가 탈 항공편이 지연된다는 공항 안내 방송 목소리에 나는 다시 뮌헨공항으로 이끌려 돌아온다. 커다란 캐모마일 수확용 나무 갈퀴를 든 집시 루살리야와 그녀의 알록달록한 동료들은 흔적도 없다. 내 차도 바닥났다.

내가 살아 있는 한, 루살리야는 뮌헨공항에서 캐모마일을 따러 갈 테고 그녀의 동료들은 양철 팬을 쨍그랑거리며 그 뒤를 따를 것이다. 그리고 그 끝없는 오후에 내 할머니는 실을 자으며 세상 이야기를 들을 것이다.

라티에서 점심을 먹는 핀란드 시인 가족을 묘사함
이것은 페르메이르*의 그림이라 해도 좋겠다.

---

* 요하네스 페르메이르. 17세기 네덜란드 화가로 〈진주 귀걸이를 한 소녀〉를 비롯해 일상적인 중산층 가정의 모습을 그린 작품들로 유명하다.

준수하고 매우 연로한 핀란드 시인이 있다. 나이가 들면 길어 보이게 되는 그런 종류의 긴 얼굴에 새파란 눈은 그 빛이 이미 흐려졌고(한쪽 눈에 가벼운 경련), 손의 움직임이 원활하지 못하며 얼굴에는 계속 미소가 떠올라 있다(이것도 경련일까?). 마치 늙음을 사과하는 듯한 온화하면서도 불안한 미소. 그 옆에 앉은 나이든 여성은 아마도 그의 아내일 것이다―넓은 챙 가장자리에 딸기 장식을 두른 커다란 모자를 쓰고 볼을 좀 과할 정도로 붉게 칠했다. 노년 여성들이 자주 그러듯이…… 그녀는 남편의 움직임을 조심스럽게 살피며 언제라도 도움의 손길을 내밀 준비가 되어 있다. 아직까지 그는 혼자서 잘하고 있다. 비록 오른손의 떨림 때문에 자꾸 숟가락으로 뜬 음식의 절반을 다시 접시로 흘리기는 하지만.

부인 옆에는 그들의 아들이 있다. 우리에게 소개되기를 역시 시인이라는 그는 마흔 살가량에 마르고 키가 껑충하며 안경을 썼고 앞니가 튀어나왔다. 아들은 아버지만큼 준수하고 세련되지는 않았다. 가끔 자식보다 부모가 더 아름다워 이상할 때가 있다. 흔히 그 반대를 기대하기 마련이니까. 그 가족 모두와 대조적으로 통통하고 머리색이 진한 며느리는 아마도 외국인인 듯하다. 그리고 각기 네 살과 여섯 살에 파란 옷을 입은 사랑스러운 두 손녀는 식사 예절과 그들 내부의 자연적 본능 사이에서 갈피를 잡지 못하는 모습이다.

대화는 자꾸 끊기지만, 이 장면은 대화가 필요 없는 그림이다. 보는 이는 노년을 우아하게 이겨내는 인생 그 자체를 매료된 채 바라본다. 사랑이 있었고 사랑은 자식들을 낳았고 그 자식들은 그들의 자식들을 낳았다. 분명 휘몰아치는 격동도 있었겠지만 그래도 그들은 지금 이렇게 일요일에 함께 브런치를 먹으려고 모여, 전 세계에서 온 작가들을 앞에 두고 명예로운 자리에 앉아 있다. 비록 작가들은 아마 그 위대한 핀란드 시인의 글을 한 줄도 안 읽었을 테고 그의 어려운 이름을 기억하지도 못하겠지만. 단 한 번의 점심식사 자리에서라도 처음 본 사람들의 존경을 받고 그것을 사랑하는 사람들과 나누는 것. 그보다 무엇을 더 바랄 수 있을까?

그런데 그 핀란드 시인이 그림 밖으로 튕겨 나가는 어떤 행동을 한다. 떨리는 손이 숟가락을 놓치자 그 숟가락은 접시 가장자리에 요란하게 부딪히면서 아스파라거스 수프를 조금 떠 올려 그의 흰 셔츠에 뿌리고, 깜짝 놀란 아내의 볼에도 짓궂은 몇 방울을 튀기고 나서 돌바닥에 쨍그랑 소리와 함께 떨어진다.

행사 주최자는 마치 그게 가장 중요한 일인 양 허겁지겁 숟가락을 집고 그러다가 머리를 테이블 모서리에 부딪힌다. 네 살배기 아이는 더이상 참지 못하고 웃음을 터트리고, 아이 엄마는 조용히 하라고 타이르지만 오히려 그로 인해 상황은 더 악화되어 아이의 웃음은 한 박자도 쉬지 않고 그대로 악쓰는 비명으로 바뀐다. 늙은 시인의 아들은 어쩔 줄 몰라하며 처음에는 자기 어머니를, 그다음에는 아이들의 어머니를 바라보지만 둘 중 누구에게서도 아무런 지침을 받지 못한다. 아내는 냅킨으로 시인의 셔츠에 묻은 얼룩을 닦아내려 한다. 시인 본인은? 그는 심각한 장난을 벌인 어린 소년처럼 예의 그 사과하는 듯한 순진한 웃음을 짓고 있다.

어떤 보이지 않는 페르메이르가 이 장면을 그림으로 그려 다음 세기에 전시한다면, 오른쪽 아래 구석, 숟가락이 떨어진 바로 그 자리의 검은 얼룩에 주목하기를. 로르샤흐검사*에서처럼 그것을 오래 들여다본다면 거기에서 노년이라는 작은 악마와 그의 심술궂게 히죽거리는 웃음을 보게 될 것이다.

슬픔은 뼈를 부러지기 쉽게 만든다

핀란드에 간 것은 무엇보다 아버지 때문이었다. 감사하게도 문학 축제에 초대받아 그 기회를 활용했다. 나는 그곳에 가본 적이 없으면서도 어린 시절부터 이 나라와 친밀하게 연결되어 있었다. 예전에 아버지가 우연히 그곳에 간 적이 있었는데, 아마도 생

---

* 잉크 얼룩처럼 생긴 그림들을 보여주고 그에 대한 반응을 바탕으로 환자의 심리를 검사하는 방법.

애 최초이자 내가 아는 한 유일했던 해외여행이었을 것이다. 핀란드는 말하자면 우리의 거실에 살아 있는 나라였다―손님이 오면 내놓던, 단단한 연초록색 유리로 만든 핀란드 컵 여섯 개. 그컵이 테이블 위에 올라오기만 하면 아버지의 이야기가 시작되었다. 우리에게 그것은 동화와 북유럽 영웅전설과 모험소설이 하나로 합쳐진 이야기였다. 아버지 일행은 출발할 때 인당 고작 5달러를 받았고, 저마다 불법으로 코냑이나 보드카를 한 병씩 숨겨 갔으며, 나중에 아버지는 그에 따르는 두려움과 수치심을 무릅쓰고 그 술 한 병을 지금 우리가 음료를 마시는 바로 그 컵과 역시 테이블 위에 놓인 핀란드제 재떨이와 어머니의 원피스용 옷감으로 바꿨다고 했다. 그러면 어머니는 시들어가는 커다란 장미 무늬가 있는 그 밝고 화려한 색깔의 원피스를 옷장에서 꺼내 왔고 그러면 모두가 혀를 끌끌 찼다. 핀란드는 내 어린 시절에 '해외'라고 알려진 신화적인 나라에 가장 가까운 곳이었다. 내 아버지의 나라. 아버지들의 나라.

나의 핀란드 방문이자 입문은 그로부터 정확히 삼십 년 후, 나 자신이 막 아버지가 되었을 때 이루어졌다. 그리고 바로 그 주에 아버지는 대수롭지 않게 생각했던 검사의 결과를 받았다. 처음에 나는 여행을 떠나지 않기로 했으나 문득 그런 생각이 들었다. 바로 이 순간 그런 일이 생긴 것은 우연이 아니라고, 운명이라고, 이 여행을 계기로 어떤 치유의 과정이 시작될 거라고.

나는 슬픔이라는 초과 수화물을 가지고 비행기에 올랐다. 6월 중순이었고 백야가 끝없이 이어졌다. 나는 이상한 멜랑콜리 속에 머물렀다. 그곳은 내가 상상한 나라가 아니었다. 내 어린 시절 이후로 늙어버린 것 같았다. 헬싱키의 거리를 걷고 있었지만 나는 온전히 그곳에 있지 않았다. 딸이 막 태어났고 아버지는 끔찍한 진단을 받은 참이었다. 그 거리를 걸었을 때 아버지는 스물다섯이었고 나는 이미 서른아홉이었다. 나는 절대 아버지와 같은 눈으로 세상을 볼 수 없었다. 이미 여러 나라를 가보았으니까. 그러면 감각은 무뎌지고 눈은 그저 풍경을 받아들일 뿐이며 기시감만 커져가는 법이다.

그러다 어느 날 밤, 내 몸이 무너졌다.

자신이 평생 상상으로 지어냈던 나라에서 무너진다는 것은 대단히 상징적이다.

자정을 지나 정오 즈음의 어느 때…… 밝으면서도 동시에 어두운 상태. 방안의 어스름 속에서 지금이 몇시쯤인지, 내 몸이 어디에 있는지 파악하려 애쓴다. 둘 다 전혀 감이 오지 않는다. 몸이 가볍고 침대 위로 1미터쯤 떠 있는 느낌, 아픈 곳은 전혀 없다. 여긴 천국이거나, 아니면…… 저들은 간호사 아니면 천사. 그들은 알아들을 수 없는 언어로 말한다—천사의 언어 아니면 핀란드어? 몸에 아무런 감각이 없다. 약간 걱정스럽지만 않다면 멋진 기분이었을 텐데. 어렵사리 고개를 왼쪽으로 돌려보니 수액 주머니에서 수액이 똑똑 떨어져 내 팔로 들어오고 있다. 좋아, 알겠어, 천국에는 정맥주사가 없지. 내 마지막 기억은 빌린 자전거를 타고서 뭔가를 곰곰이 생각하고 있었는데 갑자기 내 앞에서 밝은 빛이 나타났고 내가 반대 차선에서 달리고 있었다는 생각이 들어 올바른 차선으로 돌아가려고 방향을 틀자 브레이크 소리가 나더니…… 이 방이다.

나는 천천히 의식을 회복한다. 당직 간호사가 때때로 주사기를 들고 들어온다. 간호사는 영어로 딱 한 단어만을 말하는데, 그럼에도 알아듣기에는 충분하다. "진통제!" 간호사는 문가에 잠시 멈춰 서서 "진통제"라고 선언한다. 마치 곧 도착할 매우 중요한 신사를 소개하듯이. 그러고는 주사기에서 공기를 빼낸 뒤 부재하는 내 몸 어딘가에 찔러넣는다. 나는 형편없는 영어로 전혀 아프지 않다고 말하려 한다. 하지만 간호사는 고개를 저으며 내가 이해할 수 없는 어떤 말을 무민트롤*의 언어로 말한다.

슬픔은 뼈를 부러지기 쉽게 만든다……

---

* 핀란드 작가 토베 얀손이 만든 '무민 시리즈'의 중심 캐릭터.

수술실로 실려가던 때가 흡사 영화처럼 기억에 남아 있다. 나는 이동식 침대에 누워 있고, 머리 위에서 긴 형광등들이 아무것도 찍히지 않은 필름 릴의 테두리처럼 지나간다. 만일 이동식 침대가 초당 24프레임의 속도로 움직이고 있다면, 지금은 보이지 않는 어떤 영화가 곧 재생되지 않을까 혼자서 생각한다. 복도는 텅 비었고 소리가 약간 울린다. 우리는 작은 카페가 있는 층을 지난다. 환자복을 입은 한 어머니가 아버지와 함께 면회를 온 것이 분명한 어린 세 딸과 함께 케이크를 먹고 주스를 마시고 있다. 나는 모든 동작을 느린 화면으로 기억한다. 다리를 위로 올리고 피에 살짝 젖은 붕대를 감은 채 정맥주사를 꽂은 내 모습이 아마 무섭게 보였을 것이다. 어린 소녀 셋이 수다를 멈추고 포크를 접시에 내려놓는 소리가 들린다. 그들은 지나쳐가는 나를 향해 순진무구한 눈빛으로 고개를 돌리고, 나는 웃음을 지으려 한다. 분홍색 셔츠를 입은 세 명의 어린 소녀, 빨대, 주스, 그들의 옅은 연민, 거기에 섞인 호기심과 약간의 두려움…… 어머니가 뭐라고 말하자 세 아이는 곧바로, 하지만 조금은 불만스럽게, 붕대로 친친 감은 무언가를 싣고 가는 이동식 침대에서 고개를 돌린다. 나는 이 컷에서 정지한 화면을 머릿속에서 붙잡아둔 채 마취에 들어간다. 저편으로 넘어가기 전에 마지막으로 보는 게 무엇이 될지는 아무도 모른다.

눈을 아주 살짝 뜨자 리트바의 윤곽이 흐릿하게 보인다. 내가 깨어난 것을 알아차린 리트바는 곧바로 생기를 띤다. 그녀는 몇 시간째 내 침대 곁을 지키고 있었다. 옛날 옛적, 까마득히 오래된 1968년에, 리트바는 불가리아에서 이레 동안 머문 적이 있었다. 내 인생 최고의 이레였어, 그녀는 항상 그렇게 말한다. 스무 살 때였지―난 젊었고 좌파였고 사랑에 빠져 있었어. 그후 다시는 그 세 가지가 함께 찾아오지 않더라, 리트바는 말한다. 의사들이 보기에 우리 둘은 이상한 그림일 것이다. 예순 살 여자와 거동을 못하는 마흔 살 남자. 우리를 잇는 유일한 공통점은 1968년이라는 한 해다. 그녀가 행복했던 그해는 내가 태어난 해다. 두 사건 사이에 뚜렷한 연결점은 없다. 그 두 사건이 일어났던 장소를 제외하고는.

지금 가장 걱정되는 것은 한 가지 공포스러운 가설이다. 머리를 들어 살펴볼 수가 없다. 그래서 다리를 움직여본다. 아무 일도 일어나지 않는다. 허리 아래로 느낌이 전혀 없다. 갑자기 그 아래쪽 시트 위가 텅 비었을 거라는 생각이 든다. 그러자 방금 전에 헤엄쳐 나온 걸쭉한 우유 같은 흰빛 속으로 다시 빠져든다. 얼마 후 거기서 다시 헤엄쳐 나온 것은 타는 듯한 통증 때문이다. 눈이 번쩍 뜨인다. 이번에도 리트바가 옆에 있다가 내가 아프다고 말하자 진통제 간호사를 부른다. 통증이 다리에서 온다는 사실을 서서히 깨닫는다. 그렇다면 다리가 제자리에 있는 게 분명하고,

심지어 움직일 수도 있다. 아프다, 감사하게도. 다리가 제자리에 있고, 아프다.

한두 주가 지난 뒤, 깁스에 갇힌 생존자인 나는 매시간과 매분을 몸으로 느끼며 집에 누워 있다. 그해 여름 내내 징역형을 치르듯 그렇게 누워 있지만 무슨 죄를 지었는지는 확실히 모른다. 하지만 그건 죄수들이 하나같이 하는 말이다.

왼쪽 발목 삼중 골절, 수술, 금속판 두 개, 핀 일곱 개, 금이 간 갈비뼈 두 대, 이 역시 왼쪽. 나는 누워 있는 이의 유일한 하늘인 천장을 몇 시간이고 응시한다. 그러면서 내가 몸을 뉘었던 모든 곳의 천장을 떠올린다. 베를린의 높은 천장과 어린 시절의 낮은 천장. 거기에 붙은 파리들의 별자리. 신문으로 감싼 알전구, 그 유일했던 전등갓.

유년기라는 그 '옛날 옛적'에 우리에게 그토록 아낌없이 주어졌던 끝없는 오후들을 떠올린다. 그때도 눈을 뜨고 누워서 한곳을 뚫어지게 바라보고 있으면 보일락 말락 하던 천장의 실금과 우둘투둘한 자국들이 신기한 산맥과 바다로 변했고, 나는 그 바다를 항해하여 머나먼 땅으로 떠났다. 몇 년 뒤에는 그 산맥과 바다가 마법처럼 여인의 엉덩이와 허벅지와 가슴과 굴곡진 윤곽으로 탈바꿈했다. 표면이 고르지 않고 불완전할수록 그 안에 더 많은 선박과 여인이 감춰져 있었다.

　그렇게 나의 여정은 자연스럽게 끝났다…… 나는 세상에서 가장 슬픈 장소로 산산이 부서진 채 돌아왔다. 수많은 호텔과 공항과 기차역을 전전하며 보낸 지난 수년의 시간에서 남은 것은 감상을 휘갈겨 적은 노트 두어 권뿐이었다. 이제 시간을 때우려고 그 노트들을 무심히 넘기다가 마침내 깨닫는다—멜랑콜리가 세상을 서서히 잠식하고 있다는 것을…… 시간 속에서 무언가가 뒤엉켰는지 가을이 좀처럼 물러가지 않아서 모든 계절이 가을이다. 전 지구적 가을…… 여행도 슬픔을 치유하지는 못한다. 나는 다른 방법을 찾아봐야 한다.

　가장 슬픈 곳은 바로 세상이다.

8

슬픔의 기초 물리학

이 메모들은 전자 계산 장치가 막 등장했던 시절에 쓰이던 펀치카드
에 저장되어 있다. 이제 그런 카드는 쓰이지 않은 지 오래다.

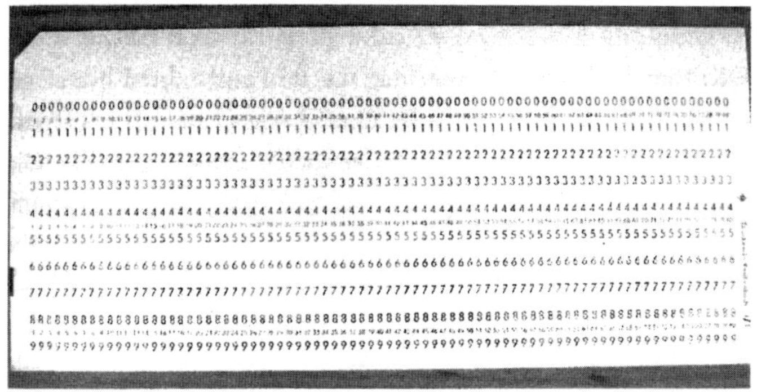

흔들림의 양자

소립자물리학에서 가장 놀라운 사실 가운데 하나는 관찰이라는 행위 자체가 소립자의 거동에 중요한 역할을 한다는 점이다. 1920년대에 이미 발표된 코펜하겐 해석에 따르면, 양자는 우리가 그것을 관찰할 때만 입자로 거동한다. 우리의 시선에서 벗어난 그 외의 시간에는 추정컨대 무관심하게 흩어진 파동의 일부로 존재하며, 그 파동 안에서 정확히 무슨 일이 벌어지는지 우리는 알 수 없다. 그 안에서는 모든 것이 가능하고 예측할 수 없고 가변적이지만, 우리가 지켜보고 있음을 감지하면 양자는 순식간에 우리가 기대하는 방식으로 질서 있고 논리적으로 거동하기 시작한다.

세상이 우리가 오래된 교과서에서 배운 모습 그대로 존재하는 것은 단지 그것이 관찰되고 있기 때문이다. 혹은 20세기 중반에 이들리스, 휘트로, 그리고 디키가 말했듯, "우주가 존재하려면 어떤 단계에 관찰자가 등장해야 한다". 나는 관찰된다, 고로 나는 존재한다.

그래, 좋다, 하지만 아무도 나를 지켜보지 않는다면, 그래도 나는 존재할까? 나는 혼자 산다. 아무도 찾아오지 않고 아무도 전화하지 않는다. 반면에 거대하고 눈에 보이지 않는 관찰자, 우리가 결코 잊어서는 안 되는 눈이 언제나 존재한다. 아인슈타인이 '옛 존재'라고 부른 그 존재. 어쩌면 양자물리학이나 형이상학은 정확히 그것을 우리에게 말해주고 있는지도 모른다. 우리가 존재한다면 그건 우리가 관찰되고 있다는 뜻이다. 우리에게서 절대로 눈길을 거두지 않는 무엇 혹은 누군가가 있다. 그것이 더이상 지켜보지 않을 때, 우리에게서 고개를 돌릴 때 죽음이 온다.

우리 등뒤의 세계는 일종의 불확정적인 양자 수프라고 스탠퍼드의 한 물리학자는 말한다—하지만 뒤를 돌아보는 순간 그것은 현실로 굳어진다고. 나는 그 정의가 마음에 들어 언제나 너무 급히 뒤돌아보지 않는다. 유치원 때 수프를 다 먹지 않으면 남은 것을 등에 부어버리겠다고 위협하던 교사가 생각난다. 그런 일이 실제로 벌어졌다면 나는 양자 현실이 어떤 건지 알았을 것이다.

나는 내가 아직 살아 있음을 확인하기 위해 일인칭으로 쓴다.
나는 내가 나 자신의 투영이 아니라 삼차원의 존재이고 몸이 있다는 것을 확인하기 위해 삼인칭으로 쓴다. 가끔 유리잔을 슬쩍 밀어 그것이 바닥에 떨어지고 깨진다는 사실을 흡족하게 주시한다. 그러니 나는 아직 존재하고 어떤 결과를 초래한다.
아무도 나를 보고 있지 않다면, 나는 양자 수프로 변하지 않기 위해서 스스로 지켜봐야 할 것이다.

세상이 존재하려면 누군가가 끊임없이 세상을 지켜보고 생각해야 한다. 혹은 세상을 지켜보고 생각하는 그 사람을 누군가가 지켜보고 생각해야 한다…… 복잡하게 꼬인 문제다. 내가 그 이십사 시간 당직을 맡을 수 있을까?

소립자물리학은 무작위성과 불확정성을 복권시킨다. 그래서 나는 소립자물리학이 좋다. 반면 아인슈타인은 바로 그런 점을 두려워해 편지에 이렇게 투덜거렸다. "그 이론은 많은 것을 설명하지만 '옛 존재'의 비밀은 조금도 밝혀주지 않아. 아무튼 나는 그가 주사위를 던지지는 않는다고 확신하네."* 아무튼 나는 '옛 존재'가—오후 내내 백개먼 게임으로 소일하는 동네 영감들처럼—주사위 던지기를 좋아한다고 확신한다.

한 가지 논평. 양자물리학은—아마도 완전히 형이상학으로 전향하지 않기 위해서인지—과연 누가 그런 지위를 갖는 관찰자가 될 수 있는지에 대해서는 깊이 파고들기를 회피한다. 여기에 신의 눈 외에 다른 것도 포함되는가? 인간의 눈도 세계를 유지할 수 있다고 여겨지는가? 달팽이, 고양이, 혹은 제비꽃의 눈도 셈에 포

---

[*] 아인슈타인이 1926년에 동료 물리학자 막스 보른에게 보낸 편지 중 일부.

함되는가?

자, 어쨌든, 양자물리학이 미시적 수준에서 현상을 설명한다는 점을 잊지 말자. 하지만 신이 소립자가 아니라고 어떻게 확신할 수 있나? 신은 양성자, 전자, 혹은 심지어 보손*일 수도 있다. 신은 보손boson이다. 듣기에 그럴듯하다. 신은 들소bison라고 말하는 것처럼 들려, 하고 아야는 말할 것이다.

하지만 아무래도 신은 광자일 가능성이 높다—광자는 다른 모든 양자들처럼 이중성이 있고 정지 질량이 절대 0이다. 그래서 빛의 속도로 움직일 수 있는 것이다. 신은 빛이다, 하고 말할 때 그것이 양자물리학에 얼마나 깊이 발을 들인 말인지 우리는 짐작도 하지 못한다. 아니면, 신은 중성미자여서, 빛보다도 빠르고 예상 밖의 변형이 가능할지도 모른다. 옛 복음주의 물리학자들이 '주님의 거룩한 변모'라고 묘사하는 현상은 중성미자의 변환이다. 하지만 아직도 나는 신이 개미, 거북이, 은행나무였으면 좋겠다.

말해지지 않은 것은 일어나지 않은 것과 마찬가지로—그 둘은 같은 종류라서—모든 가능성을 품고 있고, 그것이 일어나거나 말해지는 방식의 변이도 헤아릴 수 없이 많다.

---

* 페르미온과 더불어 우주의 기본 물질을 이루는 두 가지 입자 중 하나.

안타까워라, 이야기는 선형적이라서 매번 우회로를 없애고 벽을 세워 옆길을 막아야 한다. 고전적인 서사는 사방에서 쏟아지는 가능성을 소거해나가는 것이다. 경계를 확정하기 전, 세상은 평행한 버전들과 옆길로 가득하다. 오직 망설이고 주저하는 상태에서만 모든 출구가 이리저리 이동하며 열려 있다. 불확정성과 불확실성으로 가득한 양자물리학은 이를 증명해왔다.

나는 다른 버전을 위한 공간을 남겨두려 애쓴다. 이야기 속 빈틈, 더 많은 옆길, 여러 목소리와 방들, 닫히지 않은 이야기들, 우리가 파헤치지 않을 비밀들까지…… 서사의 죄를 피하지 못한 곳에서는 불확실성이 우리 곁에 있었기를 바랄 따름이다.

독서의 양자물리학에서 비롯된 질문

누군가가 문학의 양자물리학을 전개한 적이 있던가? 문학에서도 관찰자가 없을 때 온갖 경우의 수가 열려 있다고 가정하면 소설의 소립자들 사이에서 어떤 난장이 벌어질지 상상해보라. 아무도 그 책을 읽지 않는 동안 표지 안쪽에서는 도대체 무슨 일이 벌어지고 있을까? 이건 곰곰이 생각해볼 가치가 있는 질문들이다.

실험

전자가 파동처럼 거동하며 동시에 두 개의 구멍을 통과하는 그 유명한 전자 실험은 서로 다른 두 장소에 동시에 존재하는 것이 가능하다고 믿을 만한 근거를 제시한다. 하지만 내 안의 가우스틴이 지적하듯, 이것은 몸무게 80킬로그램에 키가 190센티미터인 전자 이야기가 아니다. (만일 그랬다면 내 할아버지는 동시에 두 마을—헝가리 마을과 불가리아 마을—에 머물며 양쪽의 아들을 모두 키우고 두 개의 삶을 끝까지 살아냈을 것이다……)

다행히도 내가 관심을 쏟는 것들은 무게가 없다. 과거, 슬픔, 문학—이 무게 없는 세 고래만이 나의 흥미를 끈다. 하지만 양자 물리학과 자연과학은 그들을 외면해왔다. 아리스토텔레스가 물리학과 형이상학의 형식적 구분으로 인해 지식의 우주가 명확하고 인위적으로 분할되리라는 것을 알았다면 그는 아마 자신의 저작을 손수 불살라버렸을 것이다. 아니면 적어도 그 안의 여러 부분을 합쳐놓았으리라.

과거에 내가 여러 필명 중 하나로 출간한 책 중에, 밀레투스의 레우키포스와 아브데라의 데모크리토스의 원자론에 기반한 소설이 있다. 결국 그들은 머나먼 기원전 5세기에 이미 양자를 발견했던 것이다. 모든 것이 잊히기까지 긴 시간이 지나야 했다. 나는 소크라테스 이전의 그 철학자들, 원자와 진공으로만 이루어진 세상의 그림을 냉철하고 대담하게 그려낸 최초의 양자물리학자들을 좋아했다. 무한한 진공과 그 안에서 떠다니는 무수한 원자들. 나는 원자론의 모형을 문학으로 옮겨와, 고전문학의 개별 원자들이 서로 만나면 소설의 새로운 물질이 만들어지는지 알아보고 싶었다. 허공을 떠다니는 여러 소설의 첫 문장들을 모아 만든 원자론적 소설.*

이 소설은 전적으로 진지한 실험이었지만, 그보다는 포스트모던한 농담쯤으로 받아들여졌고 물리학보다는 은유의 관점에서 이해되었다. 물리학자들은 소설을 읽지 않는다. 그로 인해 깊이 실망한 나는 이후 십여 년간 글을 발표하지 않았다.

지금 내가 관심을 두는 문제는 이런 것이다. 모든 것을 극히 사소한 세부까지 기억하고 모든 감각을 동원해 시간을 거슬러 간다면 우리는 역전의 임계점에 도달할 수 있을까? 그것이 어떤 스위치를 작동시켜 우주라는 기계장치 전체를 거꾸로 돌아가게 할 수 있을까? 어차피 우주는 벼랑 끝에 와 있고 유일한 구원의 움직임

---

* 작가의 전작 『자연 소설』에 나오는 개념으로, 원자들이 허공을 떠다니다 결합해 새로운 물질을 형성하듯 고전문학 작품들의 첫 문장을 이어붙여 새로운 소설을 만드는 것이다.

은 뒤로 가는 것이다. 지금 한 시간 동안 이전 한 시간에 있었던 모든 일이 시시각각으로 다시 일어날 것이다. 오늘 전체가 어제로 바뀌고 어제는 그제로 바뀌고, 이런 식으로 점점 더 과거로 돌아가면 우리는 천천히 삐걱거리며 벼랑에서 물러난다. 그렇게 다가오는 과거의 나날에 우리가 개입할 수 있을지는 잘 모르겠다. 우리는 이전의 실패와 우울을 다시 겪어야 하겠지만 그 사이에 섞여 있던 몇 분의 행복도 다시 느낄 것이다. 다만 절대로 피할 수 없는 것은……

……죽음이라는 새로운 불평등. 역전의 시점에 이미 팔십 년을 산 사람은 거꾸로 다시 팔십 년을 산다. 그보다 더 짧게, 가령 삼십 년, 사십 년, 또는 오십 년을 산 이들은 그만큼의 세월에 만족해야 한다. 하지만 그들은 자신의 청년기와 유년기로 되돌아간다는 점을 유념하자. 삶의 끝에서 더 행복해지고 더 젊어지고 더 사랑받는다. 불안정한 아기의 작은 발로 행복하게 비틀거리고, 언어를 잊고, 옹알옹알하고 까르륵거리다가 마침내 집으로 돌아가는 날을 맞이한다. 그리하여 1968년 1월 1일에 태어난 나는 다시 1968년 1월 1일에 죽을 수 있다. 나는 이것을 완전한 우주적 조화라고 부른다. 일생을 한 번은 이쪽에서 저쪽으로, 다른 한 번은 반대로 두 번 거쳐간 뒤에 자신이 태어난 시간과 분에 죽는 것.

Г. Г.*

1968년 1월 1일~1968년 1월 1일

백오십 년 동안 행복하게 살았다.

(누구나 여기에 자신의 이름과 날짜를 넣을 수 있다.)

지구상의 생명은 약 삼십억 년 전에 발생했다고 한다. 이 방식대로라면 우리는 앞으로 적어도 삼십억 년간 생명의 지속을 보장할 수 있다. 누구든 더 나은 제안을 할 수 있다면 어서 내놓아보시길.

고전물리학에서는 기술되지 않은 또다른 중력이 우리를 내리누르고 있다. 반드시 극복되어야 할, 시간이라는 중력이다. 아인슈타인이 1915년에 기술한 중력 시간 지연**은 내게 도움이 되지 않는다. 1976년에 나사는 미세 중력이 작용하는 우주에서 시간이 실제로 아주 조금 느려진다는 사실을 확인했고, 이로 인해 우주에서는 사람이 늙지 않는다는 전설이 생겨났다. 영원한 젊음이

---

* 게오르기 고스포디노프(Георги Господинов)의 이름 약자.

** 아인슈타인의 일반상대성이론에 따른 예측으로, 중력이 강할수록 시간이 느리게 흐른다.

라는 신화가 부활할 참이었다. 백만장자 노부인 무리가 마치 영원한 요양원을 바라보듯 하늘을 올려다보며 사랑하는 자신의 폭스테리어와 함께 그곳에 머무르려면 돈이 얼마나 들지 계산해봤을 것이다. 왜냐면……

……강아지가 죽어서 뼈만 남은 신세라면 자신이 젊더라도 무슨 소용이겠는가? 이 전설은 우리에게까지 전해졌다. 나도 어렴풋이 기억이 나지만 그때는 고작 여덟 살이었던 터라 거의 관심을 두지 않았다. 2010년에는 그 시간 지연을 간섭계를 이용해 실제로 측정했다. 그렇다, 세슘 원자(그 실험에 쓰인 게 그것이었다)의 움직임이 느려졌다. 하지만 무의미할 정도로 미미한 수준이었다―수십억 년 동안 백분의 일 초 지연. 1976년에 영원한 젊음을 바랐던 이들은 극히 실망스러운 이 결과를 보지 못하고 세상을 떠났을 것이다.

내 목표는 십억 년에 걸쳐 고작 몇백분의 일 초를 늦추는 것이 아니다. 어쨌거나 내게 십억 년이라는 시간이 있는 것도 아니고. 게다가 특별한 애착도 없는 우주에서(나는 버스만 타도 멀미를 한다) 그런 일을 하고 싶지도 않다. 나는 그저 바로 이곳에서, 모욕적일 만큼 짧은 인간 삶의 범위 안에서, 과거의 한 조각, 흘러간 시간 1리터를 되찾고 싶을 뿐이다.

새로운 실험

나는 집중적이고 밀접한 '관찰'을 시행한다. 재현하려는(복제하려는) 시간대가 짧을수록 성공 가능성이 더 높다는 것을 비교적 초기 단계에 깨달았다. 내 유년기 전체를 재현하겠다는 생각은 버렸다. 한동안은 특정한 한 해만을 시도해보았다. 그해를 세세히 기억하고, 개인적으로나 역사적으로 아무것도 빠트리지 않고 재구성하려 했다.

나의 탄생 연도를 그 특정한 해로 골랐다. 갓난아이의 세계는 좀더 제한적이고 순수하여 재구성하기가 더 쉽고 외부 소음이 적기 때문이다. 그리하여 여기 새로운 1968년이 있다. 어떤 행복한 우연의 일치로 나는 그해의 첫머리에 태어났고 그래서 작고 오줌에 푹 젖은 나의 이야기와 웅장한 (그리고 역시 오줌에 푹 젖은) 1968년의 이야기가 평행하게 펼쳐질 수 있었다. 젖은 천기저귀, 1월의 추위, 어머니의 따뜻한 살결, 라탱 지구[*]에 찾아온 봄의 첫 기운, 밤중의 배앓이, 프라하의 여름, 소피아에서 열린 세계

---

[*] 파리 센강 남쪽에 위치한 대학가 지역으로, 1968년 학생 시위와 반문화 운동의 중심지였다.

청년학생축전, 체코슬로바키아에 쳐들어온 '형제'의 군대[*], 첫 젖니…… 모든 것이 중요했다. 몇 달이 지난 후, 나는 세계의 엔트로피에 짓눌려 탈진한 채 바닥에 누워 있었다. 한 해를 모든 냄새와 소리와 고양이, 비, 뉴스거리가 될 만한 사건 등을 전부 갖춘 채 실제 크기 그대로—마치 성냥을 쌓듯이—지어 올리는 것은 내 힘과 체력을 넘어서는 일임을 깨달았다. 나는 그 실패한 실험의 초고를 지금껏 간직하고 있다.

실험의 범위를 좁혀야 했다. 다른 해의 한 달로 정했다. 1986년 8월. 나는 열여덟 살이고 자유를 누릴 수 있는 마지막 한 달이 남았으며 이후에는 병역 의무가 기다리고 있다. 두 해 동안 헤어져 있을 모든 것과 작별하는 한 달—사실은 영원한 헤어짐이었지만 그때는 알지 못했다. 머리를 길게 기르고 여자친구와 끝까지 가보려 애쓴다. 부모님이 잠든 늦은 밤에 집을 몰래 빠져나가 친구와 텅 빈 도시의 거리를 쏘다니고, 강가로 가 패널 블록 아파트의 캄캄한 창문들을 바라보며 홀든 콜필드[**]처럼 "잘 자라, 이 바보들아!"라든가, 뭐든 그가 한 말들을 외치려다가……

---

[*] 소련을 중심으로 한 바르샤바조약기구의 군대가 체코슬로바키아에서 일어난 민주화 운동, 일명 '프라하의 봄'을 진압하기 위해 무력 침공한 사건.

[**] J. D. 샐린저의 소설 『호밀밭의 파수꾼』에 나오는 반항적인 주인공 소년.

……결국에는 그러지 않는다. 그달 막바지에 가장 멀리 떨어진 이발소로 가서 머리를 빡빡 깎는다. 바닥에 떨어지는 머리칼을 바라보며 울음을 참는다. 이발소를 떠날 때는 이미 다른 나이의 풀죽고 겁에 질린 남자가 되어 미리 준비해 온 모자를 쓰고 가장 빠른 지름길을 택해 집으로 돌아온다. 며칠 뒤면 낯선 도시의 지정된 장소로 가야 한다―머리를 밀고 신병 준비물 목록에 적힌 모든 물건을 넣은 가방을 멘 채로. 그 목록을 어느 상자에 넣어두었다.

모든 순간과 감각을 아주 미세한 진동까지 재구성해야 했던 한 달은 대략 그러했다. 그다지 쉬운 일은 아니었다. 그렇다, 그 한 달에는 두려움이 있었지만 그것은 두려움의 수천 가지 변주였으며, 그중 어떤 것은 과격한 대담함처럼 보이기도 했다. 맞다, 슬픔도 있었다. 하지만 이 슬픔의 원자는 꽤나 자유롭고 무질서하게 움직였고(슬픔의 응집 상태는 기체다), 나는 기껏해야 그 굽이치는 흐름, 사방으로 흩어져 사그라지는 연기 같은 슬픔의 자취만을 따라갈 수 있을 뿐이었다. 그때 생애 첫 담배에 불을 붙인 것은, 이제야 깨닫지만, 이 슬픔에 몸을 주기 위해서였다. 푸르스름하고 희부옇고 사라지는 몸을. 나는 모든 것을 선명하게 기억했지만 예전의 몸으로 돌아갈 수는 없었다. 내가 과거에는 할 수 있었던 일―자기 집에 들어가는 사람처럼 수월하게 다른 몸과 이야기로 들어가는 일 — 이 이제는 불가능해졌다.

****

목록

신병 입대시 지참 추천 물품

1. 긴소매 셔츠   (2)
2. 긴바지   (2)
3. 반바지   (2)
4. '영웅 티셔츠' [민소매 셔츠]   (2)
5. 무표백 무명천으로 만든 발싸개 [양말]   (2)
6. 작은 수건   (1)
7. 손수건   (2)
8. 헝겊 목깃   (5)
9. 세면도구   (2벌)
10. 광택용 구둣솔   (2)
11. 흰색 실패   (1)
12. 검은색 실패   (1)
13. 옷 수선용 바늘   (5)
14. 옷핀   (5)
15. 천 [또는 비닐] 주머니   (3)
16. 하루 치 음식과 물

****

에피파니

그 일은 내가 가장 예상하지 못한 순간에 일어났다.

늦겨울 오후였고 눈이 녹고 있었다. 내가 지하실 밖 출입을 아예 중단하기 며칠 전이었다. 나는 아주 천천히 걸으며 집들을 바라보았다. 일요일의 텅 빈 거리, 1월…… 그때 문득 처음으로 그토록 선명하게(1월 공기와 같은 선명함으로) 깨달았다. 남는 것은 특별한 순간이나 사건이 아니라 바로 '아무일도일어나지않음'이라는 것을. 특별함의 압박에서 풀려난 시간. 아무 일도 일어나지 않은 오후들의 기억. 오로지 그 자체로 충만한 삶만이 흘러가는. 희미한 장작 연기 냄새, 물방울, 고독감, 고요, 발밑에서 뽀드득거리는 눈, 저녁놀이 서서히, 그리고 돌이킬 수 없이 내려앉을 때 드는 막연한 불안감.

이제 나는 안다. 내 삶에서 일어난 이른바 사건들 중 어느 것도 다시 겪고 싶지 않다―탄생이라는 첫번째 사건도, 앞으로 일어날 마지막 사건도. 둘 다 아늑하지 않다. 모든 도착과 떠남이 아늑할 수 없는 것처럼. 입학 첫날을 다시 경험하고 싶지 않다. 여자애와 처음으로 서툰 섹스를 한 날도, 군에 입대한 날도, 처음 출근한 날도, 그 과시적인 결혼식 피로연도, 아무것도…… 그 어떤 것도 내게 기쁨을 주지 않는다. 그 모든 사건과 수북하게 쌓인 그날들의 사진 전부를 어느 날의 오후와 맞바꿀 수도 있다. 햇볕에 데워진 집 앞 계단에 앉아 있던 날의 오후. 나는 막 낮잠에서 깨어나 윙윙거리는 파리 소리를 들으며, 결코 뒤돌아보지 않는 그 소녀가 나온 꿈을 다시 생각하고 있다. 뜰에서는 할아버지가 호스를 옮기고 늦여름 꽃들의 진한 향기가 피어오른다. 아무것도 정해지지 않았고 내겐 아직 아무 일도 일어나지 않았다. 세상의 모든 시간이 내 앞에 놓여 있다.

작고 하찮은 것들 속―삶은 그런 곳에 숨고, 그런 곳에 둥지를 튼다. 끝까지 남아 반짝이는 것들, 어둠이 내리기 전 마지막 빛이 되는 것들이 무엇인지 생각하면 참 이상하다. 가장 중요한 일들은 아니고 그렇다고…… 그것들은 글로 기록되거나 말로 이야기될 수도 없다. 기억의 하늘이 열려 그 겨울날 먼 도시에서 황혼이 내리던 순간을 보여준다. 나는 열여덟 살이고, 기적적으로 잠시 혼자가 되어 부대의 드넓은 연병장을 가로질러간다. 군생활을 해보지 못한 이들을 위해 잠깐 설명을 덧붙이자면, 군인에겐 자유로운 시간이 절대로 주어지지 않는다, 군대는 애초에 그렇게 조직되어 있다. 자유 시간이 있는 군인은 사고뭉치일 따름이라고 다들 말한다. 나는 온종일 연병장의 풀을 손톱깎이로 깎았다―내가 받은 명령은 그런 것들이었다. 한쪽에 쌓인 돌무더기를 다른 한쪽으로 옮겼다. 오전에 한 일이다. 그러다 오후에는 그 돌무더기를 원래 자리로 옮겼다. 처음에는 이해할 수가 없다, 세상이 미쳤다고, 카프카의 소설 속에도 그런 얘기는 없다고 생각한다. 하지만 소령들은 카프카를 읽지 않고, 하사들은 말할 것도 없다. 너는 문학에서 곧장 여기로 왔고, 방독면 가방에 프루스트를 넣어 다닌다. 이봐, 프루스트, 이리 와, 구보! 엎드려! 팔굽혀펴기 이십 회!

어쨌거나 그 순간 나는 텅 빈 하늘 아래 드넓은 연병장에 홀로 남겨져 있었다. 겨울의 첫 냄새와 인근 마을에서 흘러든 장작과 석탄 연기 냄새가 배어든 차가운 공기, 깃드는 황혼과 예감, 처음으로 혼자, 처음으로 어딘가 다른 곳에 있는 나, 약간의 싸늘한 두려움, 싸늘한 구름. 바로 그런 절망과 예감의 결합이(나의 군생활은 이제 막 시작된 참이었다) 이상하고 아름다운, 이상하게 아름다운, 광활한 하늘과 섞여 그 순간을 영원하게 했다. 나는 그것이 말로 옮길 수 없는 것임을 알고 있었다.

물론 매 순간들의 끝없는 대상隊商 행렬에서 다른 황금 낙타 몇 마리를 꼽아볼 수도 있을 것이다. 기껏해야 서너 마리를 넘지 않지만 그중 하나만 말로 옮겨보겠다. 늦여름, 나는 집 앞에 서 있고 그 평탄한 지역에서 일몰은 끝이 없다. 나는 여섯 살, 소떼가 길을 따라 내려온다. 처음에 들리는 건 느린 방울소리와 양치기의 외침, 송아지들에게 자신의 귀가를 알리는 어미소들의 음매

소리, 송아지들의 우렁찬 응답…… 그건 울음이다, 나는 그때 이미 안다. 어머니가 일주일 만에 도시에서 나를 보러 돌아오면 늘 내게서 터져나오던 울음처럼. 그 울음 속에서만큼 안도와 원망이 서로 닮아 있는 때는 없다. 하루종일 혹은 몇 주 동안 버려졌던 송아지의 울음과 어린아이의 울음만큼이나 닮았다. 너무 보고 싶었어, 너무 화가 나, 절대로 용서할 수 없어, 어미소들, 엄마들……

그 순간, 그 기억은 지금도 너무나 또렷하다, 소리와 어미소와 냄새로 빽빽한 그 순간, 갑자기 모든 것이 사라진다. 한줄기 빛이 지평선의 가장 먼 지점을 스치고 시간이 한쪽으로 비켜나면서 거기, 저녁놀의 끝자락에 천장이 높은 하얀 방이 있다. 내가 한 번도 본 적 없는 방, 샹들리에와 피아노가 있는 방. 내 또래의 소녀가 등을 돌린 채 피아노 앞에 앉아 있다. 밝은색 머리를 뒤로 모아 하나로 묶은 그 소녀가 막 연주를 시작하려 한다. 손을 살짝 들어올린 소녀의 뾰족한 팔꿈치가 보인다…… 그게 전부다.

나는 내 여섯번째 여름의 끝자락에 따뜻하게 데워진 돌 위에 앉아 있던 그 순간보다 더 행복하고 완전하고 평화로웠던 적이 없다. 세월이 흐르면서, 아버지와 할아버지가 그랬듯이 겨울을 세기 시작했다. 사람은 마땅히 겨울에 집으로 돌아가야 한다는 것을 그들은 알았다. 여름에는 할일이 너무 많아 죽을 여유가 없으니까. 나는 그때 그 소녀를 찾겠다고 마음먹었다. 지금까지 지나온 모든 장소에서, 모든 시간 동안 그 소녀를 찾았다. 그 소녀의 얼굴로 나를 돌아본 사람은 아무도 없었다. 시간이 흐를수록 내가 점점 체념해가는 것을 느낀다. 익숙해지고 있다. 늙는다는 건 익숙해지는 일이다.

슬픔의 이동

어떤 이들에게 공감은 고통을 통해 열리는데 내 경우는 슬픔을 통해 열릴 때가 더 많다.

슬픔의 물리학—시작은 슬픔의 고전물리학—은 수년 동안 나의 탐구 주제였다. 슬픔은 가스와 증기처럼 자체의 형태나 부피가 없고, 그것이 담기는 그릇이나 차지하는 공간의 형태와 부피를 따른다. 그것은 비활성기체와 비슷할까? 이름은 그럴듯하지만[*]아마 그렇지 않을 것이다. 비활성기체는 균질하고 순수하고 단원자 구조를 띠며 무색무취하다. 아니, 슬픔은 헬륨이나 크립톤, 아르곤, 제논, 라돈이 아니다…… 슬픔에는 냄새도 색도 있다. 그

---

[*] 비활성기체를 뜻하는 불가리아어 단어 'благородни газ'는 영어 단어 'noble gas'와 마찬가지로, 문자 그대로 풀이하면 '귀족 기체' 혹은 '희귀 기체'라는 뜻이다.

것은 세상의 모든 색과 냄새로 갈아입을 수 있는 카멜레온 가스 같은 것이다. 마치 다양한 색과 냄새가 슬픔을 쉽게 활성화하는 것처럼.

가스에 대한 비유를 이어가자면, 더 중요한 점은 슬픔의 중력 장이 무시해도 좋을 정도로 작다는 것이다. 그리하여, 우리 주위 에는 슬픔의 보이지 않는 기상氣象 전선, 사이클론과 안티사이클 론이 맴돌고 있다는 결론이 도출된다. 슬픔의 이동, 슬픔이 한 장 소에서 다른 장소로 움직인다는 사실은 주목할 만하다. 이 사실 을 못 보고 지나치는 우리의 맹안盲眼이 놀라울 따름이다. 가끔 나 는 내 것이 아닌 듯한 슬픔의 어렴풋한 기운에 압도되는 때가 있 다. 가령, 북아프리카에서 온 슬픔. 이 지역의 것이 아닌, 낯설고 햇빛에 바래고 사막의 모래 알갱이가 섞인 노란 슬픔, 작년에 쏟 아져 창문에 불투명한 얼룩을 남긴 황사 비처럼. 나는 슬픔의 이 동을 표시한 개략적인 지도를 그릴 수도 있다. 어떤 장소는 한 세 기에 슬프고 다른 장소는 다른 세기에 슬프다.

내가 이 실험들에서 그나마 거둔 성과가 있다면, 비록 아주 짧 은 시간 동안이었지만 어느 과거의 오후로부터, 내 것이든 다른 사람의 것이든, 떠도는 슬픔의 구름을 끌어당겨 그 옆에서 함께 걷고 그 슬픔의 니코틴에 푹 젖을 수 있었다는 사실이다. 마치 오랫동안 담배를 끊고 나서도 언제나 담배 연기의 흔적을 알아차릴 수 있는 흡연자처럼.

노화의 양자

나는 노년에 대해 말하는 게 아니다. 첫 징후들에 대해 말하는 것이다. 밤이 아니라 황혼에 대해. 그 저항할 수 없는 습격과 처음으로 무너져내린 요새들에 대해.

언젠가, 아야가 세 살이었을 때 유치원에 갔다가 울면서 돌아온 적이 있다. 어떤 남자아이가 아빠들은 늙는다고 말했기 때문이다. 아빠들이 늙는대, 아야는 흐느끼며 말했다. 아야는 내게서 분명히 아니라는 말이 나올 거라 기대하며 잠시 나를 쳐다보았다. 어떤 말을 해야 할지 몰라서 가만히 있었더니—나는 거짓말을 해야 할 때 끔찍하게 아둔하다—아야는 다시, 이번에는 더욱 서럽게 울음을 터트렸다.

노화에는 어떤 문법이 있다.

유년기와 청년기는 동사로 가득하다. 가만히 앉아 있지 못한다. 내면에서는 모든 것이 자라고 뿜어져 나오고 발전한다. 이후 동사는 점점 중년의 명사로 바뀌어간다. 아이들, 자동차, 일, 가족—실질명사의 실질적인 것들.

노화는 형용사다. 우리는 노년의 형용사 속으로 들어간다—느린, 한없는, 흐릿한, 차가운, 혹은 유리처럼 투명한.

노화의 수학, 단순한 집합론도 있다.

세월이 지나면서 우리는 세계의 비율을 바꾼다. 우리보다 어린 사람의 수는 점점 많아지는데 우리보다 나이든 사람의 수는 무섭게 줄어든다.

노화에는 어떤 용기가 요구된다. 용기가 아니라 순응일지도 모른다.

열한 살에 나는 비밀 노트를 만들어 노화와 죽음의 첫 징후들을 적기 시작했다. 죽음과 아이들은 부당하리만큼 간과된 주제인데, 나는 그때만큼 죽음에 가까이 다가간 적이 없다. 나는 언제나 죽음을 주시했고 죽음도 당연히 나를 주시했지만, 세월이 흐르며 우리는 조금씩 멀어지고 무심해졌다. 여기 그 상자 속에서 굴러다니던 몇 가지 메모를 기록한다. 각기 다른 연도에 쓴 것이고 특별한 순서도 없다.

심장 검사. 좀 빠르거나 늦을 뿐 결국엔 누구나 이곳에 눕게 돼요, 간호사가 전선과 클램프를 내 온몸에 부착하며 달래듯 말한다. 처음으로 그런 방식으로 증폭해 듣게 된 그 소리는 혐오스럽다. 개골개골하는 소리로 미루어 보아 심장이 개구리라는 깨달음. 나의 죽음은 황새처럼 올 것이다, 병원을 나서며 그렇게 적는다.

(41세)

나는 늙어간다…… 늙어간다……
바짓자락을 말아올려 입어야지.

엘리엇의 이 시구*를 나는 사랑하면서도 두려워한다. 노년의 태평한 휘파람소리, 그것은 사실 아무것도 숨기지 못한다. 그토록 초라하게 굴욕적으로, 그토록 영웅적이지 못하게, 바짓자락을 말아올려 늘어진 허연 피부와 폭로하듯 불거진 푸른 핏줄을 드러내는 것이다. 딱 발목만 보이도록.

내 왼쪽 발목은 보기에 끔찍하다. 산산이 부서졌다가 꿰매어 붙인 발목, 시간이 흐르면서 흉터는 더욱 깊어질 것이다.

(53세)

오늘 거울 앞에서, 내 왼쪽 절반이 오른쪽 절반보다 더 빨리 늙

---

*T. S. 엘리엇의 시 「J. 엘프리드 프루프록의 연가」의 일부.

어간다는 걸 알게 되었다. 며칠째 면도를 하지 않았더니(아버지가 늘 말씀하시던 대로, 이젠 면도해서 잘 보여야 하는 사람이 없다), 왼쪽 턱수염은 거의 완전히 희어진 반면 오른쪽은 흰 수염이 몇 가닥 되지 않는다는 게 확연히 드러난다. 게다가 왼쪽 눈은 눈꼬리 쪽이 미세하게 처지기 시작했고, 눈꺼풀 근육에 예전만큼 힘이 없어서 무언가를 좀 오래 응시하면 눈꺼풀이 노화를 폭로하듯 불수의적으로 경련한다. 몸에서도 그런 차이가 보이는지 궁금하다. 몸을 찬찬히 살펴봐도 왼쪽과 오른쪽이 눈에 띄게 차이가 나는 것 같진 않다. 그래, 예전의 사고로 산산이 부서져 모양이 꽤 다르고 아직도 부어 있는 왼쪽 발목과 부러졌던 왼쪽 손목을 제외하면 말이다. 그리고 점점 더 잘 안 들리는 한쪽 귀 역시도 왼쪽이다.

나는 심지어 고르게 늙지도 못한다.

(49세)

우리가 늙어갈수록 죽은 이들이 점점 더 자주 말을 걸어온다고 사람들은 말한다. 세상의 소리를 잃음으로써 다른 소리와 다른 목소리를 더 또렷하게, 방해 없이 들을 수 있게 되는 것이다. 아직까지 내겐 그저 소음만 들린다.

(38세)

귓속에서 들리는 소리가 어떤 건지 묘사해봐, 하고 내 의사 친구가 말한다.

모르겠어…… 그렇게 간단치가 않아……

왜 이래, 너 작가 아니야?

아, 난 그중 가장 자신 없는 작가라서(사실 그 말도 자신 없지만)……

바닷소리 같아? 의사가 힌트를 주려 한다.

그렇게 말할 수도 있겠지. 하지만 가끔은 몰아치는 파도 소리처럼 거칠고, 또 어떤 때는 10월 말 숲에서 부는 바람 소리에 더 가까워. 그러니까 내 말은, 나뭇잎이 바싹 말랐고 그중엔 땅에 떨어진 것들도 있어서 소리의 주파수에 영향을 주는 거지. 때로 주파수가 높을 때는 두 층 떨어진 집 세탁기가 탈수 모드로 돌아가는 소리 같아. 가늘게 윙윙거리는…… 그런데 때로는 음매애애 하는 소리 같기도 한데, 송아지가 어리고 목이 쉬어서……

이런 잡다한 소리를 열거할수록 의사의 표정은 밝아지기는커녕 점점 더 혼란스러워진다. 어쩌겠는가, 세상일은 절대 그렇게 단순하고 명쾌하지 않다. 언젠가 간호사가 내게 소변 색깔이 어떤지 물었을 때는 언성을 높여 따질 뻔했다. "맥주 색깔이에요?" 간호사가 물었다. 맥주 색깔이 얼마나 다양한데, 젠장, 연한색 맥주도 있고 흑맥주도 있고, 레드에일, 화이트에일, 생맥주, 무알코올 맥주까지…… 그걸 다 싸잡아 말할 순 없지……

나는 단정적인 사람들을 참을 수 없다.

(29세)

바로 여기가 아파요, 왼쪽 아래에 있는 건데, 아마 맹장인 것 같아요.

자가 진단 좀 그만하시죠. 맹장은 오른쪽에 있습니다. 왼쪽 거기에는 아플 만한 게 없어요.

없다니, 무슨 말이죠?

말 그대로예요, 거기엔 아무것도 없다고요.

음, 난 거기에 없다는 바로 그것이 아파요.

(64세)

인생의 이야기를 유년기를 향해 거꾸로 말하기 시작하면 어떤 메커니즘이 작동해 흐름을 역전시킬 수 있으리라는 희망……

우스운 변주. 한 남자가 퇴행 최면요법을 이용해 담배를 끊기로 결심한다. 그는 깨끗한 폐의 기억을 되살리기 위해 흡연을 시작하기 전으로 거슬러올라가기 시작한다. 그런데 최면요법이 너무나 성공적인 나머지 지나치게 먼 과거로 돌아가는 바람에 그는 담배를 끊을 뿐만 아니라 이불에 오줌을 누고 'ㄹ' 발음도 못하게 된다.

(43세)

세이쇼나곤*의 『베갯머리 서책』에는 두 개의 목록이 있다―슬픔을 불러일으키는 것들과 슬픔을 물리치는 것들. 11세기 초 헤이안시대에 슬픔을 물리치는 것들에는 옛날이야기와 서너 살 아이들의 귀여운 재잘거림이 포함된다. 나는 그것을 여러 번 베껴적는다. 옛날이야기와 서너 살 아이들의 귀여운 재잘거림, 옛날이야기와 서너 살 아이들의 귀여운 재잘거림……

(990세)

나는 그 시절 우리가 어떻게 책을 읽었는지 또렷이 기억한다. 그 젊은 독서의 황홀함, 그것은 읽기가 아니라 책들 사이로 내달리고 질주하는 일이었다. 우리는 경주마 같은 사건 전개, 직설적인 화법, 근육질의 짧은 문장을 추구했다. 우리는 리타르단도**, 자연의 묘사를 싫어했다. 그런 걸 누가 원한단 말인가……

이제 나는 멈춰야 할 필요를 느낀다. 예전에는 세 걸음에 껑충 뛰어올라갔던 언덕을 이제는 숨을 헐떡이며 오르는 노인처럼. 느림의 숨겨진 즐거움. 나는 "상쾌한 5월의 아침이었다. 새들이 목청껏 노래하고 이슬은 부드러운 햇빛을 받아 빛났다……"와 같

---

* 964년경에 태어난 일본의 여성 작가로, 『베갯머리 서책』은 개인의 일상적 소회와 더불어 헤이안시대 궁중에서 일하며 경험한 것들을 정리한 수필이다.

** 악보에서 점점 느리게 연주하라는 지시어.

은 문장에 오래 머물기를 좋아한다.

(69세)

우리가 일평생 끊임없이 쏟아내는 말은 우리가 절대 입 밖에 내지 않는 단 하나의 목표를 추구하는 듯하다. 죽음을 속여넘기고, 엉뚱한 길로 유도하고, 마지막 순간에 눈속임으로 따돌리는 것. 하지만 죽음은 말에 흔들리지 않는다. 아마 귀가 먹었을 것이다(나처럼). 죽음이 지극히 공평무사한 이유가 그것이다.

(85세)

세월은 강, 늘 흘러가
어린 시절 쓸어 가고 젊음을 끌어가네……
세월은 남쪽으로 날아가는 새들
그러나 다시는 이곳으로 돌아오지 않으리.

(9세)

우리는 다 자라기도 전에 늙어버렸다……

(35세)

그가 여행을 시작한 것은 사실 노년으로부터 도망치기 위함이었지만, 역설적이게도 노화의 첫 징후들은 바로 거기에서, 그 타지에서 나타났다.

서른다섯 살의 어느 아침, 그는 그리스에 있는 호텔의 거울이 많은 넓은 방에서 자신의 몸을 보았다. 전에는 몸을 그렇게 자세히 본 적이 없었다. 그는 건강하고 정상적인, 꽤 괜찮은 몸을 가졌다. 해져가는 흰 깁스로 감긴 부러진 팔만 제외한다면. 그날 아침 그는 처음으로 노화의 징후를 발견했다. 극히 희미하지만 그래도 명백한 징후. 몇 년 전에 이미 시작되었을 텐데 왜 그제야 발견한 것일까? 그는 그날을 기억하자고 다짐했다. 테살로니키에 있는 그 호텔을 기억하자고. 희고 부드러운 몸이 늘어지기 시작했고 피부가 얇아져 푸른 실핏줄이 투명하게 비치기 시작했다. 이건 노화야, 그는 속으로 말했다. 불과 일이 년 전에 이건 사랑이야, 하고 속으로 말했듯이. 때로 노화는 그렇게 찾아온다. 어느 날 아침 외국의 호텔에서 단 몇 분 만에. 이후 그는 때때로 호텔 거울에 비친 몸을 살피곤 했다. 노화는 바로 그곳에 매복해 기다리고 있었다.

(34세)

할아버지는 자신이 늙어간다는 사실을 알아챌 시간이 없었다. 해야 할 일이 너무 많았다……

(27세)

어느 작가의 장례식에 갔다. 생전에 꽃가루 알레르기를 앓던 사람이었는데, 이제는 온통 꽃에 뒤덮인 채 누워 있어서 금방이라도 재채기를 할 것만 같았다. 난초 한 송이가 암술머리를 그의 콧구멍 안으로 들이밀고 있었다. 하지만 그는 이제 치유된 게 분명했다. 장례식장 반대편에서 국화를 든 채 감정에 북받쳐 있는, 머리를 파랗게 염색한 낯선 노년 여성들이 눈에 띄었다. 다른 사람들도 그들을 알아본 것 같았다. 고인의 옛 정부들. 그는 여자들에게 약했다. 이제 그들은 잠깐이나마 명성을 반짝 누리고 있었다. 평생 투명인간으로 살아온, 비밀 연애의 퇴역군인들. 그의 공식 아내와 공식 정부와는 달리, 무명의 군대에 속했던 사람들. 결국 노년은 모든 이를 평등하게 한다.

(50세)

빨간 모자와 노년

그 동화를 이렇게 이야기할 수도 있다.

소녀는 할머니에게 가서 묻기 시작했다.

할머니, 할머니 귀는 왜 그렇게 (늘어졌고) 커요? 할머니는 잠자코 있었다.

할머니, 할머니 눈은 왜 그렇게 (흐릿하고) 커요? 할머니는 아무 말도 하지 않았다.

할머니, 할머니 입은 왜 그렇게 (쭈글쭈글하고) 커요?

할머니가 조용히 훌쩍이기 시작했다.

아, 빨간 모자 소녀는 얼마나 가혹했던가! 할머니—이 이야기에서는 정말로 할머니였다—가 안경을 벗고 숨길 수 없는 눈물 두 줄기를 닦아내더니 지금까지 받은 모든 질문에 대한 한마디 대답을 쉰 목소리로 겨우 내뱉었다. 늙어서 그렇단다, 우리 빨간 모자야.

그러더니 이가 하나도 남지 않은 입을 벌리고 무시무시하게 웃었다.

(60세)

도서전을 관람하러 온 고등학생들로 넘쳐나는, 라이프치히 기차역 근처의 오래된 호스텔. 내가 머무는 층에서 삐걱대며 멈춘 엘리베이터, 열리는 문, 안에서 흘러나오는 밝은 불빛(내가 머무는 층의 전등은 꺼져 있었다). 졸업반 여학생 무리, 웃음을 터트리는 예쁜 롤리타들, 『롤리타』를 읽지는 않은.

"올라가세요?" 그들이 웃음 사이로 묻는다.

"내려갑니다." 나는 부드럽게 대답한다. 그 말이 너무나 희비극적이어서 새로 웃음 폭탄이 터진다. 문이 닫혀 이 사랑스러운 무리와 나를 영원히 갈라놓기까지 사 초. 그들과 내가 같은 층을 공유하는 사 초. 누군가의 은총으로 주어진 어색하고도 아름다운 정지, 내가 아끼고 또 아껴 노트에 숨겨둘 정지.

(51세)

삶의 그 반복성…… 그 질척이고 피로하고 살인적이고 혐오스럽지만 피할 수 없고 때로는 경이로운 삶의 반복성.

(65,103,039세)

색채와 향기에 취해 이 도시의 언덕을 오르는 동안, 서서히 기운이 빠지고 몸이 늘어지면서 허벅지 근육이 원망스럽게도 떨리는 느낌이 든다(떨림이 바지 밖으로 드러나는 건 아닐까?). 지쳤다는 사실을 인정하고 싶지 않아 그저 걸음을 멈추고 새빨간 블랙베리 덤불을 가까이에서 들여다본다. 그때 나이든 남자가 보인다. 내가 나이들었다고 했나, 사실 내 또래인데, 그가 천진한 여름 원피스를 입은 젊은 여자를 안고 있다. 남자는 멋진 하늘색 스웨터를 입었는데, 노화는 갈수록 옷을 겹겹이 껴입게 하지만 어쨌든 아직은 가을이어서 그의 옷차림은 계절에 딱 맞다. 여자는 젊고 아직 여름이다. 그들의 만남은 두 계절의 만남이다. 한 계절에서 너그럽게 손을 뻗고 있는 여자, 다른 계절의 끝자락에 위태롭게 서 있는 남자. 아주 잠시, 기껏해야 한두 달 동안만 유지할 수 있는 까다로운 균형 잡기. 나는 몇 년 전 같았으면 그 남자를 비웃었을 텐데 지금은 그에게 완전한 이해와 몇 방울의 부러움을 섞어 보낸다.

그 커플을 바라보고 있을 때, 저물어가는 하루는 친절하게도 내게 석양이라는 닳아빠진 은유를 건넨다. 나는 과도하다 싶을 만큼 빤히 그들을 바라보다 돌아서서 천천히 언덕을 내려간다. 바로 전까지 꼭대기에서 커피를 마시려 했다는 것도 까맣게 잊은 채.

나는 언덕 아래로 내려가며 그런 요새와 같은 언덕 주위에 병아리처럼 옹기종기 모여 있는 유럽의 소도시들을 생각한다. 그라츠, 류블랴나, 자그레브, 테살로니키의 언덕과 내가 늘 암늑대의 젖가슴*을 연상하곤 했던 로마의 일곱 언덕. 암늑대가 땅에 등을 대고 누워 있는 듯한, 늑대 젖가슴 같은 언덕들. 그 언덕들 위로 달려가는 내 모습을 그려본다. 언제나 해질녘에, 매번 다른 나이의 내가 되어.

리스본에서 일몰을 놓치지 않으려고 상조르즈성城의 가파른 골목길을 허겁지겁 달려가던 때가 생각난다. 마지막 기력을 짜내 정상에 다다랐을 때, 어느 시인이 쓴 대로 "그리고 별안간 저녁이다".** 눈앞이 깜깜해지더니 나는 기절했고 다시 눈을 떴을 때는 노부인 세 명과 엄격한 표정의 수녀 한 명이 몸을 기울여 나를 바라보고 있었다. 오래 기절해 있지는 않았는지 아직 바다가 마지

---

* 로마의 건국 신화에 의하면, 왕가의 자손인 쌍둥이 형제 로물루스와 레무스가 정치적 음모로 버려진 뒤 늑대 한 마리가 나타나 젖을 먹여 키웠고 그중 로물루스가 일곱 언덕 중 하나인 팔라티노 언덕에 로마를 세웠다고 한다.
** 이탈리아의 시인 살바토레 콰시모도의 시 「그리고 별안간 저녁이다」의 일부.

막 빛 아래에서 반짝이고 있었다. 눈앞이 핑 돌아 몇 초 동안 그대로 누워 있었다. 막 소식을 전하려다 쓰러진 석양의 마라톤 주자처럼…… 하지만 전할 소식은 없었다. 나는 늙어가는 중이었다.

(58세)

동물들은 시간을 먹어치운다. 동물들은 주어진 소금덩어리를 핥듯* 시간을 핥고, 당나귀가 풀잎을 뜯듯 시간을 뜯어먹고 말벌이 과즙을 빨듯 시간의 열매를 빨아먹는다…… 20세기 당나귀, 18세기 당나귀, 13세기 당나귀는 전혀 다르지 않다. 사람도 그럴까? 아니다. 나는 1985년의 얼굴을 알아볼 수 있고 그 얼굴을 1970년대의 얼굴이나 1990년대의 얼굴과 구분할 수 있다. 그 이전의 얼굴은 말할 것도 없다.

(793세)

세 살 반 된 아야가 펜으로 나를 그린다. 그림을 내게 건넨 다음, 다시 한번 나를 보고 뭔가를 생각하다가 재빨리 종이를 도로 가져간다. 아빠 이마에 있는 줄을 깜빡 잊고 안 그렸어, 아야가 말한다.

---

* 가축이나 야생동물에게 영양을 보충하거나 사냥시 유인하기 위해 소금덩어리를 제공하는 관행이 있다.

그렇게 우리는 늙어간다.

(42세)

텔로미어*는 점점 짧아지고 세포는 시시각각 죽는다…… 사실을 말하자면, 과학은 아직도 노화의 메커니즘을 찾고 있다…… 가장 중요한 세포인 뇌세포는 재생되지 않는다…… 나는 걸어다니는 묘지다. 내가 어느 도시에 가든 그토록 열심히 묘지를 찾아다니는 것도 아마 그래서겠지…… 시시각각 진행되는 자신의 죽음과 세상의 죽음을 나란히 놓을 때 어떤 조화가 생겨난다.

(66세)

할머니, 나 죽지 않지?

(3세)

과거로 가는 타임머신

가장 최근에 T시에 갔을 때 이상한 일들이 눈에 띄었다. 시내 광장에 있던 1980년대의 기념석상이 복원되어 있었다. 일주일 전만 해도 없었던 것이라고 장담할 수 있었다. 내가 아주 잘 기

---

* 세포 노화와 관련된 염색체의 말단 소체.

억하는 석상이었다. 사제복이거나 코트이거나 왕의 망토일 수도 있는 긴 화강암 옷을 입은 남자. 살면서 볼 수 있는 가장 특징 없는 얼굴. 중요한 역사적 기념일마다 그 얼굴은 불가해하게도 그날 기려야 할 영웅의 얼굴이 되었다. 2월 19일에는 바실 레프스키*가 되었고 6월 2일에는 흐리스토 보테프**가 되었다. 또한 불가리아의 차르, 그중에서도 시메온일 때가 가장 많았고, 아토스산의 수도승이거나 공산 게릴라 지휘관일 때도 있었다. 무엇보다 가장 자주 맡는 임무는 게오르기 디미트로프*** 혹은 (이 지역 출신의) 다른 공산주의자 역할이었다. 만능 기념물이었다. 코트 차림에 품위 있는 앞머리와 넓은 이마―그 시절 모든 영웅에게 요구되던 최소한의 조건을 다 갖추고 있었다. 이제 그 석상은 말끔히 세척되었고 기단에는 갓 놓인 화환도 있었다. 카네이션을 엮어 붉은 리본 두 개를 매단 화환이었다. 신문이 하루 늦게 도착했고, 상점 점원들은 옛날처럼 부루퉁해졌다는 사실도 알아차렸다. 인터넷은 없었고, 가게에서는 살라미와 프랑크 소시지 두 종류만 팔았다.

---

* 불가리아가 오스만제국의 지배를 받던 시절 해방 운동을 주도했던 혁명가.
** 불가리아의 시인이자 혁명가로 친구인 바실 레프스키와 함께 해방 운동에 참여했다.
*** 불가리아의 정치인으로, 1946년 왕정 체제가 무너지고 공화국이 수립되었을 때 초대 서기장을 지냈다.

사정이 이러한데다 과거의 기본 입자에 대한 성과 없는 실험들을 거치면서 나는 어떤 의심에 사로잡혔고 그 의심을 허구의 이야기로 바꿔버림으로써 가라앉히려 했다.

눈을 떴을 때 그는 잠에서 깨어 다른 꿈으로 들어가는 듯한 어렴풋한 느낌이 들었다. 지난 이십 년 동안 전혀 기척이 없던 그의 공감 능력이 다시 깨어나려는 걸까? 밖에서는 고등학교 행진 악대의 연주 소리가 들리는데, 그 소리가 예전과 정확히 똑같았다. 그가 기억하는 학생 시절의 그 악기들을 그대로 가져다 쓰고 있다고 장담할 수도 있었다. 그도 한때 튜바를 불었고, 심벌즈를 치는 나스코와 함께 맨 뒷줄에 섰다. 제과 공장의 뚱뚱이 나스코가 그의 정식 별명이었다. 뚱뚱이 나스코는 늘 심벌즈를 백분의 일 박자쯤 미세하게 늦게 쳤다. 단상에 있는 사람들은 거의 알아차릴 수 없을 정도였지만 합창 교사인 브러네코프 동지는 그로 인해 신경을 곤두세웠으며, 우리 악단의 모든 단원도 그 불안한 정지, 음악 속의 틈을 감지했다. 결국 어쨌든 심벌즈는 울렸고 그와 동시에 새어나오는 안도의 한숨은 행진곡에 또하나의 음을 더했다. 하지만 그건 아주 오래전의 일이었다……

이제 그 음악이 다시 저 아래에서 마치 일제사격이 시작된 듯 울려퍼지고 있었다. 드디어 그는 몇 해 동안 애썼던 일을 해낸 것 같았다―과거의 일부를 작은 조각만이라도 되살린 다음 그 안에 들어가 다시는 떠나지 않기. 몸은 기억으로부터 도망칠 수 없고 그리하여 영원히 유년기에 머물게 된다. 어느 정도까지는, 은혜로운 일이다.

어쩌면 그는 미쳐가고 있는지도 모른다. 모든 것이 단지 그의 머릿속에서 일어나고 있을 뿐인지도. 그는 일어서서 천천히 창가로 갔다. 낡아빠진 커튼을 열기 전에 잠시 거기 서 있다가 이내 커튼을 확 열어젖혔다. 아래에서 정말로 학생들이 행진을 하고 있었다. 오십 년 전과 똑같은 제복을 입은 학생들 주위로 양복과 긴 회색 트렌치코트를 입은 남자들과 여자들이 서 있었다. 행진 악대가 연주하며 걸어가는 동안 반짝이는 햇살이 금관악기 위로 쏟아졌다. 푸친크 광택제로 미리 닦은 악기들이었다. '푸친크'라는 말을 떠올린 건 정말 오랜만이었다. 조금 더 멀리에 단상이 있었다. 그는 급히 옷을 입고 아래층으로 내려갔다. 그들은 모두 삼차원 현실 속에 살아 있는 진짜 사람들로, 남자들은 머리를 짧게 깎았고 여자들은 빳빳하게 고정한 파마머리였다. 그들은 싸구려 향수의 독한 향, 풋사과 향, 그리고 한때는 어디에서나 나던 '이데알' 비누 냄새를 풍겼다.

영화를 찍고 있는 게 분명했다. 어떻게 이렇게 감쪽같이 속았을까? 이제 곧 여기 어딘가에서 온갖 영화 촬영 장비들이 모습을 드러낼 것이다. 발전기를 실은 트럭, 대형 조명, 카메라, 반사

판…… 그는 주변을 조심스럽게 둘러보았다. 어떤 장비의 흔적도 없었다. 그만큼 잘 감춰둔 것이었다. 하지만 그래도 어딘가에서 수염 난 감독이 메가폰을 들고 나타나 "컷!" 하고 외치며 다시 한번 찍자고 할 게 분명했다. 하지만 집회는 계속되었고 음악도 연주되고 있었으며 악단은 이미 저멀리 행진해 나아갔다. 단상 위에서는 검은 양복을 입은 사람들이 지루한 얼굴로 열성적인 행진 참가자들을 향해 손을 흔들었다. 파란색 넥타이를 맨 아이들 스무 명쯤이 행진 대열에서 빠져나오더니 교사들의 안내를 받아 카네이션 꽃다발을 들고 단상으로 달려 올라갔다. 검은 양복들이 카네이션을 받고 아이들의 머리를 도닥인 뒤 계속 손을 흔들었다. 사방에 카네이션이 가득했다. 옛날과 똑같아, 그는 혼자서 생각했다. 카네이션은 모든 행사에 완벽히 어울렸다—당 회의, 집회, 결혼식, 장례식. 장례식의 경우에는 꽃의 개수를 반드시 짝수로 맞춰야 했다. 세트 디자이너의 일 처리가 훌륭했다. 예산이 두둑한 모양이었다. 이것도 그 멍청한 합작 영화 프로젝트 중 하나인 게 분명했다. 더는 참을 수 없어진 그는 흡사 1970년대에 맞춘 듯한 양복을 입고 옷깃에 배지를 단 늙수그레한 남자에게 돌아섰다.

"실례지만, 지금 무슨 영화를 찍는 겁니까?"

"무슨 영화를 찍냐고요? 누가 영화를 찍어요?" 남자는 불안하게 주위를 둘러보았다.

"어…… 분명 무슨 영화일 텐데. 이 집회는…… 왜 하는 거죠?"

"몰라요? 오늘 9월 9일이잖아요."

날짜는 분명히 맞았다. 하지만 9월 9일이 국경일이 아니게 된 지는 적어도 이십 년은 되었다. 당황한 그는 남자에게 사과하고 군중에서 떨어져나왔다. 그제야 자신의 옷차림이 다른 이들과 무척 다르다는 것을 알아차렸다. 차분한 갈색 트렌치코트와 양복, 코바늘 뜨개질로 짠 스웨터 조끼, 나이 많은 여자들이 쓴 머릿수건 따위가 주종을 이루는 그곳에서 자신은 완전히 다른, 적대적인—적어도 그의 생각에는—세계에서 온 사람처럼 보였다. 그의 짧은 빨간색 재킷은 유난히 눈에 띄었고 청바지와 운동화는 너무나 일상적이어서 빳빳하게 주름 세운 옷들에 둘러싸여 있으니 이상해 보였다. 그는 인적 드문 옆길을 따라 잠시 거닐고 싶어서 오른쪽으로 살짝 빠져나왔다. 따스한 9월의 햇볕이 비추고 있었다. 어딘가에서 구운 파프리카 냄새가 옅게 풍겼다. 국기를 단 창문들이 더러 있었다. 한쪽 모퉁이에서 나이를 가늠하기 힘든 가무잡잡하고 수척한 남자가 옛날과 똑같이 고깔 모양 종이에 담은 해바라기 씨를 팔고 있었다. 저 종이 고깔은 참 기발한 발명품이야, 아버지는 그렇게 즐겨 말했다. 원뿔 모양이라 높고 부피가 커 보이는데 그에 비해 안에 담기는 양은 아주 적거든, 장사에 최적인 형태지. 그는 고깔 한 개를 샀다. 오래된 신문지로 만든 것이었다. 예전에도 그랬지, 하고 그는 그날따라 여러 번 생각했다.

옛날에는 오래된 신문으로 모든 것을 만들 수 있었다―도배공들의 모자부터 전등갓까지. 일반적으로 주변에서 구할 수 있는 것들을 가지고 모든 것을 만들 수 있었다. 그는 고깔 모양의 신문지 조각에 쓰인 글자 일부, 숫자, 퍼센트 기호 같은 것들을 읽을 수 있었다. 잉크와 글자체까지 틀림없이 그 시절의 신문이었다. 이게 영화 촬영 현장이라면 정말이지 세세한 부분까지 모든 것을 신경쓴 듯했다. 오직 자신만이 그 세트에 전혀 어울리지 않았다.

그런 생각에 빠져 있던 터라 그는 몇 분째 뒤에서 제복 차림의 남자 둘이 굳이 몸을 숨기려 하지도 않은 채 따라오고 있다는 사실을 알아차리지 못했다. 그들이 앞에 불쑥 나타나자 그는 놀라서 자빠질 뻔했다. 그리고 그들이 입은 제복이 현대의 경찰 제복과는 좀 다르다는 생각이 들었다. 그 우스꽝스러운 재킷과 커다란 관모, 벨트의 버클, 아, 그렇지, 그들은 사회주의 시대의 경찰이었다. 그러자 약간 안심이 되었다. 영화에서는 무슨 일이든 일어날 수 있고, 영화에서처럼 일어나는 일이라면 특별한 파장은 없을 테니까. 여권 좀 봅시다. 지금은 없는데요. 호텔에 두고 나왔어요. 이곳에 얼마나 체류하셨죠? 이틀 되었습니다. 함께 서로 가셔야겠습니다. 동무는 내무부 지역 사무소에 의무 등록도 마치지 않았고, 국경일인데 행사에 참여하지 않은 채 도발적인 복장으로 어슬렁거리고 있습니다. 그들이 그를 라다 자동차에 태울 때 그는 순순히 응했고―세상에, 이런 차는 대체 어디서 끌고 온 거야—곧 차는 어딘가로 출발했다. 차 안에는 카메라가 없는 것 같았고, 그래서 여기에서는 그들이 어떻게 된 일인지 마침내 다 알려줄 거라고 생각했다. 그는 미소를 짓고 윙크를 하며 운전석 옆자리에 앉은 경사에게 물었다. 영화는 언제 개봉하나요? 경찰관들은 서로를 쳐다보았고, 이어 경사가 몸을 돌리더니 정확히 조준한 주먹 한 방을 휘둘러 연행자의 눈 사이를 가격했다.

그들이 그를 데려간 곳은 신축 건물이었지만, 건축 양식으로는 1980년대 '행복한 사회주의' 말기를 재현한 것이었다. 거칠게 다듬은 대리석, 목재, 불투명 유리. 그의 찢어진 이마에서 피가 뚝뚝 흘렀다. 건물에서 나온 양복 차림의 남자가 즉시 치료를 지시했다. 어디선가 간호사가 나와 반창고를 붙이고 얼음을 갖다주더니 가죽 소파가 있는 사무실로 그를 데려갔다.

"미안하네, 저 녀석들이 좀 흥분했나봐. 머리카락 한 올도 건드리지 말라고 내가 분명히 말했는데. 가끔 진짜 깡패처럼 굴 때가 있다니까, 옛날처럼 말이야. 설마 내가 누군지 기억 안 나는 건 아니겠지?"—맞은편에 앉은 남자가 책상 서랍에서 유명 브랜드의 위스키 한 병과 유리잔 두 개를 익숙한 몸짓으로 꺼냈다.

어쩐지 낯익은 얼굴이었다. 부드럽고 아이 같고 금방이라도 울음을 터트릴 것 같은 얼굴.

"울보, 너냐?"

"나야. 날쌘 발."

나의(내 이야기인 줄 몰랐는데, 젠장) 학교 친구 울보, 그 시절 우리 패거리 중 한 명으로 늘 놀림감이 되었던 아이, 우린 그애에게 인디언 이름조차 붙여주지 않았다. 그는 칭가추크의 활과 화살통을 들고 다녔다.

"그래, 네가 T시 전체를 사들였다지. 네가 바로……"

"여긴 언제 온 거야? 그런 소문은 언제 들었어? 맞아, 내가 몇 가지 직책을 맡고 있어. 시장, 당서기. 경찰국장."

"그런데 나는 왜 체포한 거야?"

"아, 이유야 차고 넘치지. 무엇보다도, 널 보고 싶었어. 여기 와 놓고 연락도 안 하다니 너무하잖아…… 좋았던 옛날 생각도 났고. 글을 쓰려고 집을 하나 빌렸다며. 그런데 이 무슨 우연이야, 거긴 네가 예전에 살던 데잖아. 그 시절을 좋은 추억으로 여기는 걸 보니 흐뭇하구나."

"시내의 그 소동은 다 뭐야, 무슨 영화라도 찍어? 설마 영화감독까지 된 건 아니겠지?"

"아니, 영화보다 훨씬 더 진지한 일이야. 내가 어떤 프로젝트를 시작했어. 간단히 말해, 시간을 삼십 년 전으로 되돌리는 거야. 어차피 이곳에선 아무것도 바뀌지 않았잖아. 나는 세계에서 가장 큰 박물관을 만들 거야. 과거 박물관이든 사회주의 박물관이든, 뭐라고 불러도 좋아. 도시 전체가 날마다, 하루종일, 완전한 박물관이 되는 거지. 사실 '박물관'은 정확한 명칭은 아니야. 여기선 모든 게 살아 있으니까. 모두가 저마다 삼십 년 전의 자신이 되어 살고, 우리는 그 대가로 돈을 줘. 내가 모든 비용을 대지. 돈을 많이 주는 건 아니지만 우리가 많은 걸 요구하지도 않아. 그저 계속 예전과 똑같이 있으라는 거지. 어쨌든 그들도 지나간 옛 시절을 그리워하니까. 우린 인터넷과 텔레비전도 끊었고 신문도 그 시절의 것만 팔아. 실은 그때 나온 신문을 다시 인쇄해서 날짜만 역순으로 발행하지. 정치적인 농담에 벌금을 부과하고 인민 민병대, 당 회의, 집회도 부활시켰어. 예전에 비밀경찰 정보원으로 일했던 사람들을 불러들여 다시 일을 시작하라고도 했지. 정부에 반대해 불평을 늘어놓던 몇몇 사람들에게도 돈을 주면서 계속 그렇게 하라고 해. 그런 것들이 다 분위기를 이루는 거니까.

요컨대, 아무 일도 안 하고 종일 빈둥거리다가 집에 월급을 가지고 가는 거야. 예전처럼 딱 그렇게. 하지만 누군가가 규칙을 어기면 인정사정없지. 내 경찰은 그 시절 그대로거든. 넌 우연히 직접 맛을 봤지만 말이야. 사람들은 좋아해. 인근 도시들의 실업 문제가 얼마나 심각한지 알아? 부유한 고객들이 여기로 와서 집회나 당 회의를 열어달라고 주문한다니까. 모두가 시간을 되돌리고 싶어해. 난 최고의 타임머신을 건설한 거야. 해외에서 찾아오는 고객도 있어. 자, 어서, 건배하자. 잘 돌아왔어!"

"건배. 그런데 위스키는 어떻게 된 거야?"

"코레콤*에서 샀지. 말했듯이 우린 모든 것을 다 생각해서 준비했어."

"그런데 이런 일을 왜 하는 거야? 돈 때문이라면 더 일반적인 방법으로 벌 수도 있잖아."

"돈은 이미 있어, 물론 돈을 마다하진 않지만. 돈은 이유가 아니야, 비록…… 솔직히 말할게." 그는 우리의 잔을 다시 채웠다. "나는 현대에 살기가 싫어. 모든 게 다 엿같잖아……"

"그 시절에도 엿같은 일은 많았어."

"그랬겠지. 하지만 난 그 냄새가 좋았어. 세상은 이미 심각하게 망가지고 있어. 네가 모를 리 없잖아. 난 너도 함께하자고 제안하고 싶어. 난 네가…… 나날을, 일상의 나날을 만들어줬으면 해. 그게 어려운 요구라는 건 알아. 국경일은 쉬워, 그건 내가 감당할 수 있어. 하지만 이 사람들에겐 평범한 날들을 위한 대본이 필요해. 그런 것에 관심을 보이는 고객들도 벌써 생기고 있고." 그는 책장으로 가서 내가 쓴 책 몇 권을 꺼냈다. "네 책을 전부 갖고 있어. 어느 정도는 네가 아이디어를 주었다고도 할 수 있지. 네 덕택이야."

"아, 아니야." 나는 항변하려 한다. "나는 내 이마를 피투성이

---

*사회주의 시절 불가리아에서 운영되던 국영 수입품 상점으로, 보통 외화로 거래가 이루어졌다.

로 만들 아이디어를 준 적이 없어.”

“사회주의 시절을 세세히 목록화한다는 발상은 정말로 훌륭했어. 그 시절의 이야기들도 그렇고. 난 그걸 안내서로 활용한 거야. 우린 참 많은 것들을 재현해냈지. 사람들은 알타이 소다와 사이다를 마셔. 베로 주방세제 병도 다시 들여왔고. 벌써 시내에 제조 공장을 몇 개 돌리고 있다니까.”

“이건 악몽이야, 난 이제 깨어날 거야……” 나는 이 이야기의 전개를, 심지어 내 대사마저도 통제할 수 없다는 불안한 기분이 든다.

“아니야, 넌 지금 이게 네가 쓰고 있는 이야기라고 생각하지만, 사실 넌 그 안에 들어와 있어. 난 널 어린 시절부터 알았잖아. 넌 언제나 몽상에 빠지기 일쑤였고, 어디론가 휙 사라지는 건 네게 일도 아니었지.”

“나 지금 체포된 거야?”

“그냥 네가 기획한 프로젝트에 초대받은 걸로 하자. 이건 네 아이디어라는 걸 잊지 마. 난 관리자일 뿐이야.”

그는 잔에 든 술을 한 모금 마신다. 나는 내 잔에 겨우 입술만 갖다댄다.

“더 진지한 계획들도 있어. 박사가 곧 도착할 거야, 너도 아는 그 사람. 박사에겐 ‘노란 집’을 주었지. 그 집을 고쳤거든. 박사는 거기서 실험을 할 거야. 회귀 요법…… 세포 기억의 재생…… 과거를 위한 요양소, 약한 전기 충격 자극…… 박사가 직접 더 잘 설명해줄 거야. 하지만 우리에겐 과거 제작자들이 절실히 필요해."

잠시 어떤 안티-가우스틴 같은 존재가 울보 안에 들어간 게 아닐까 하는 생각이 스친다. 그리하여 나의 모든 생각이 섬뜩하게 거꾸로 뒤집힌 채 그의 머릿속에 떠오르는 것이다. 처음으로 나는 멈추고 싶다, 포기하고 싶다, 시간을 앞으로 훌쩍 뛰어넘고 싶다. 회귀가 항상 무구한 행위는 아니다. 과거는 위험한 장소일 수도 있다.

"무척 위험하지." 안티-가우스틴의 목소리가 말한다. "그나저나 노란 집은 여기에서 멀지 않아서 창문을 열면 들릴 거야. 아주 익숙한……"

그가 끝에 "목소리"라고 했는지 "울부짖음"이라고 했는지는 듣지 못했다. 나는 벌떡 일어나 창문 밖으로 머리를 들이밀며 뛰어내렸기 때문이다. 악몽을 꿀 때는 그게 늘 도움이 된다.

미노타우로스의 일기

여기 온 뒤로 얼마나 많은 시간이 흘렀는지 나는 모른다. 나 혼자서 왔는지 아니면 누군가가 날 여기에 가뒀는지도 기억나지 않는다. 어둠이 너무 짙어서 시간이 길을 잃었다. 시간이 존재하지 않는 건 오직 어둠 속에서뿐이다. 내가 몇 살인지도 모른다. 나는 잊혔다. 내가 내는 소리를 듣고 누군가가 열어줄 때까지 문을 쾅쾅 두드리고 싶다. 다만 딱 하나 해결할 수 없는 문제가 있고 거기에 모든 공포가 자리한다. 문이 없다는 것.

내가 알아낸 것이 있다. 너무 자명해서 오히려 잘 보이지 않는 사실이다. 이중나선 구조로 된 모든 생명체의 데옥시리보핵산은 그 구조가 마치 미로와 같다. 나선형으로 펼쳐지는 수직의 미로. 모든 생명 형태에 관한 유전적 명령은 미로 안에 쓰여 있다. 이는 미로가 유전정보를 보존하고 전달하기에 완벽한 형태라는 의미다. 그래서 DNA가 그토록 오래 풀리지 않는 비밀로 남아 있었던 것이다. 우리는 미로로 이루어졌다.

DE
  OX
    Y
RI
  BO
    NU
  CL
E
 IC

AC

ID

데옥시리보핵산. 데옥시리보…… 리보*가 세계의 원시 수프 속을 헤엄친다. 나는 데옥시리보핵산이라는 이름을 쓰고 또 쓰다가 마침내 그 이름의 미로에서 길을 잃는다.

그런데 그 안에 어떤 오류가 있다. 어떤 결함, 장애가 있다. 그리하여 나는 자동으로 미노타우로스로 변한다. 나는 그 오류를 찾기 위해 나 자신의 데옥시리보핵산 미로 안을 샅샅이 살피며 걸어다닌다. 나는 하나의 미로에 갇혀 있고 또하나의 미로는 내 안에 갇혀 있다. 미노타우로스 안의 미로.

미로와 닮은 것들

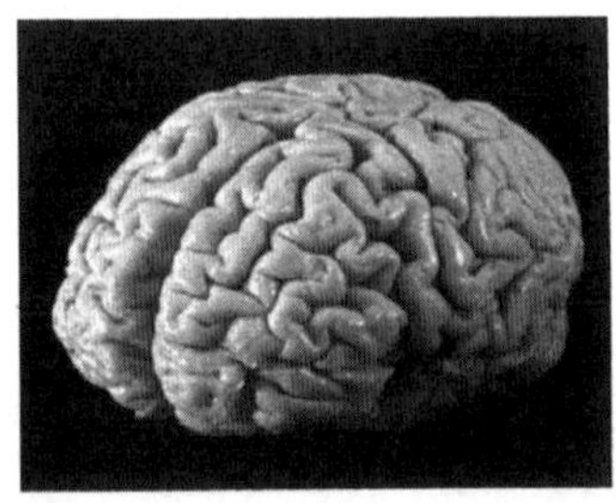

---

* '리보(риби)'는 불가리아어로 물고기를 의미한다.

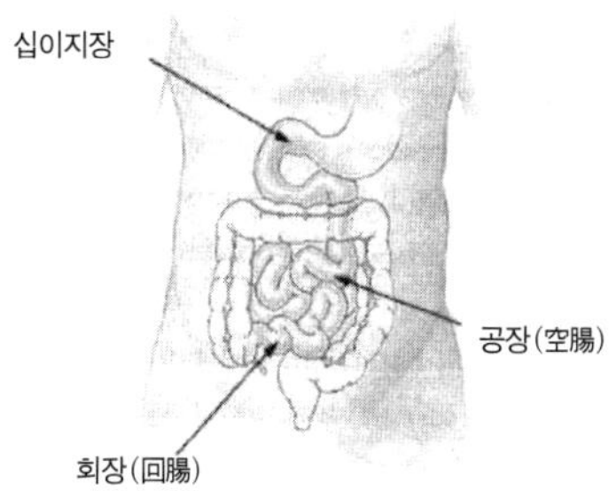

인간의 뇌. 모든 포유류의 대뇌 주름.

몸의 신경계, 혹은 모든 신경가지와 신경섬유와 축삭돌기 등을 포함한 하나의 개별 신경.

소장과 내부 장기의 구불구불한 구조.

DNA.

바니차, 뵈레크, 사랄리아.* 겹겹이 돌돌 말린 동방의 모든 페이스트리 과자들.

벌의 비행, 벌이 서로 소통할 때 쓰는 언어, 그 서로 얽힌 도형들. 벌의 언어는 미로다.

숲.

한해살이식물과 여러해살이식물의 뿌리 조직.

막과 뼈의 미로로 이루어진 속귀의 구조.

---

* 모두 튀르키예와 불가리아를 포함한 발칸 지역의 전통 과자들이다.

처음 가보는 강이 없는 도시. 강이 없다는 점이 중요하다. 그렇지 않다면 강의 흐름이 아리아드네의 실처럼 쉽사리 길을 알려주기 때문이다.

숨겨둔 정부와 함께 산책하는 길의 비밀스러운 경로.

지루한 전화 통화를 하며 쪽지에 끄적거리는 낙서.

젊은 여성의 불두덩. 여기에서는 동굴보다 미로가 먼저 나온다.

실 한 뭉치.

책을 읽는 이의 눈이 그리는 미로.

장미를 오래 들여다보면 그 안에 있는 미로가 보일 것이다. 아울러 미노타우로스 딱정벌레의 뿔도.

다행히 이 어둠, 이 지하실이 있어 여기 머물며 시간을 되돌리고, 통로들을 따라 달리고, 소리치고, 음매 하고 울 수 있다. 어둠 덕분에 익숙해질 수 있다. 오기로 예정된 자가 오면 나는 준비되어 있을 것이다. 한 어둠에서 다른 어둠으로 옮겨가는 일은 진정 매끄러울 것이다.

나는 이상한 것들을 기억한다. 아니, 기억한다고 상상하는지도. 오후 햇볕에 달궈진 도시를, 인적이 드물다가 저녁이 다가올수록 점점 붐비는 거리를 기억한다. 나는 기억한다. 이것은 나의 가장 이른 기억이다. 어머니가 커튼 뒤에 숨어 손을 흔든다. 막 걸음마를 시작한 나는 그것이 놀이임을 알아차리고 웃으며 커튼을 향해 다가간다. 하지만 어머니는 거기 없다. 때로 천장이 높은 방들이, 등을 돌린 소녀가, 들판으로 사라지는 마차가, 낯선 도시에서 부상당한 남자가, 오류투성이인 내 이야기를 담은 책이 보인다.

나는 한때의 행복을 기억한다. 그 행복은 대략 육 분 정도 지속되었다. 웨스트런던의 켄싱턴가든스, 이른아침이었다. 행복의 이유는 알지 못한다. 그게 그 행복이 진짜였다는 확실한 증거다. 다른 종류의 행복은 파블로프의 개처럼 조건반사일 뿐이다. 자극이 오면 행복이 위액처럼 분비된다.

오솔길을 따라 걸었고, 깊은숨을 쉬면서 마치 아이의 몸안에 있는 듯 세상을 느꼈다. 그것이 열쇠다. 아이의 몸안에 있는 듯.

팔십사 일 동안 거리에 나가지 않았다. 밤에만 살짝 나가 우편함에서 신문을 가져온다. 신문으로 날짜를 센다. 아무도 만나고 싶지 않다. 면도도 하지 않는다. 턱이 굳어간다. 아마 누구와도 말을 하지 않아서 그런 것 같다. 입도 퇴화할 수 있을까?

한동안 먹기를 그만둔다. 어차피 통조림과 비축 식량도 크게 줄었다. 체중을 줄이는 것도 시간을 되돌리는 일의 일부라고 생각한다. 몸무게가 80킬로그램 나가는 아이는 없다. 갈수록 얇아지는 피부의 느낌이 좋다. 나는 점점 더 아이-미노타우로스와 닮아간다. 내가 소년인지 아닌지도 모르겠다. 병적으로 야윈 사람에겐 성별도 나이도 없다.

테세우스가 미궁에서 탈출했을 때, 그는 왼손으로 한 아이를 이끌고 나왔다. 신화는 이 아이를 기억에서 지웠다. 신화는 아이들을 좋아하지 않는다. 얼마나 난처한 장면이 될지 상상해보라. 단검을 든 영웅 테세우스, 거인 페리페테스와 피에 굶주린 산적 시니스, 크로미온의 암멧돼지, 덩치가 거대한 케르키온, 잔혹한 프로크루스테스, 마라톤의 황소 등등을 무찌른 테세우스가 마지막에 겁에 질린 어린아이를 마주하는 것이다. 테세우스는 단검을 땅에 내던지고 아이를 미궁에서 데리고 나온다.

그날 밤 테세우스는 아드리아네에게 말한다. 있잖아, 거기에 괴물은 없었어. 그저 황소의 머리를 가진 어린 소년만 있었지. 그 소년은 어쩐지 나를 닮은 것 같았어.

(테세우스와 나는 정말로 닮았지만 그래도 그는 아름답다. 혹시 그는 알아차렸을까? 우리가 똑같은 신의 자식임을, 신이자 황소인 그 아버지가 우리 둘을 뒤에서 엿보고 있다는 것을. 신에게서 태어난 나의 형제, 황소에게서 태어난 나.)

아드리아네는 그의 말에 귀를 기울이지 않은 채 그저 그를 안고 키스하면서 당장 그곳에서 빠져나가야 한다고 말한다.

사실 이야기 속에서 미노타우로스를 위한 틈새를 찾아 더듬는 동안, 나는 점점 더 자주 죽는 꿈을 꾼다. 이 지하실에서 양날의 단검에 베여 죽는 꿈. 다른 시간의 어둠 속에서 손과 단검이 튀어나온다. 그 손과 단검은 아주 오랜 시간을 지나왔기에 인간의 얼굴을 한 나의 살해자는 완전히 지쳐버렸고 팔에 힘이 빠져서, 나는 나 자신의 처형에 힘을 보태야만 한다. 내 몸에 칼로 문을 내야 한다. 일평생 나는 미노타우로스를 내 안에서 끌어내려 애써왔다.

하지만 나의 살해자(나를 죽일 그 무엇)가 어둠 속에서 나를 보지 못하고 그냥 지나친다면? 만일 내가 숨는다면? 오래전 여름밤에 숨바꼭질하다가 아이들이 나를 잊고 가버렸던 때처럼⋯⋯ 그리하여 내가 그렇게 오래도록 숨어 있는 동안 죽음은 몇십 년, 혹은 한 세기가 지나도록 제 할일만 하고 있다면? 이제 바깥에는 다른 사람들이 있고 몇 세대가 흘러가 그중 누구와도 기억의 사과 한 조각을 나눌 수 없게 된다면? 그것이 대가라면⋯⋯ 내가 고함치고 울부짖는 소리가 들린다. 지하실 통로를 달리며 황소처럼 음매애애 울어대는 소리가 들린다. 이젠 어떤 것이 내 언어인지 알 수가 없기 때문이다. 난 여기 있어, 나를 지나치지 마, 나 여기에 있다고. 음매애애애애애⋯⋯

9

결말

이야기꾼과 그의 살해자

혹시 미노타우로스는 셰에라자드의 전략을 쓰려고 하지 않았을까? 미노타우로스가 테세우스와 미궁의 끝없는 통로를 함께 걸어가는 모습이 보인다. 미노타우로스는 쉼없이 이야기를 들려준다. 하지만 평생 지하실의 어둠 속에 갇혀 있던 자가 어떤 이야기를 할 수 있을까? 자신이 인간의 얼굴을 가졌던 꿈에 대해, 결코 뒤돌아보지 않던 어머니의 얼굴에 대해, 옛날에 방공호였던 곳에서 결국 오지 않았던 어떤 종말의 날 직전에 상자와 신문더미에 둘러싸여 살았던 기억에 대해, 마을 풍물 장터에 끌려다녔던 일에 대해, 투우장과 도축장에서 벌어진 죽음에 대해, 그가 '구름처럼 외로이 떠돌았던' 도시라는 미궁에 대해, 안으로 들어가 길을 잃었던 무수한 책에 대해…… 테세우스는 옆에서 걷고 있고 그의 손에 들린 실뭉치가 계속 풀어진다. 아리아드네의 실은 이야기의 실과 뒤섞인다…… 테세우스에게 어떤 이야기들은 잘 이해가 되지 않고 어떤 이야기들은 자신의 무용담마저 빛을 잃을 만큼 놀랍다. 그중에서 고대의 어떤 영웅이 괴물을 죽이기 위해 미궁의 통로를 헤매는 이야기를 하다가, 미노타우로스는 이야기를 멈추고 테세우스에게 말한다. 그 실뭉치가 다 풀려나갔구나. 하지만 테세우스는 이야기의 실에 단단히 매여 있어서 도대체 무슨 실뭉치를 말하는 것인지 이해할 수 없다. 너는 나를 죽이러 여기에 왔다, 미노타우로스가 그의 기억을 일깨운다. 이제 우리는 바로 그 이야기 속 통로에 도착했어. 계속 나아간다면 너는 다시 되돌아올 수 없다. 너의 실이 여기서 끝났으니까. 하지만 난 널 죽이고 싶지 않아, 테세우스는 대답한다. 누군가가 나를 이 이야기 속으로 밀어넣었어. 네가 내게 이야기를 해주는 동안 나는 고대 영웅 모두가 가본 곳을 합친 것보다 더 많은 곳을 여행했어. 난 네가 이야기를 계속하기를 원한다.

그 이야기는 나 자신의 죽음을 통과해야 해, 미노타우로스가 대답한다. 하지만 네가 나를 실제로 죽이든 앞으로 듣게 될 이야기 속에서 죽이든, 다를 건 없겠지.

나는 그들이 여러 도시와 지하실의 통로를 따라 나란히 걸으며 그 이야기들의 실로 평행한 미궁을 지어 그 안에 스스로 얽혀드는 모습을 바라본다. 이젠 그 무엇도 그들을 다시 갈라놓을 수 없다. 이야기꾼과 그의 살해자를.

현장 보고서

(중략)

현장에서 발견된 양날의 단검은 특별히 가치 있는 고대의 유물일 가능성이 크다. 정확한 제작 시기와 가치, 출처 등을 확인하기 위해 전문가 감정을 의뢰했다. 단검에서 혈흔은 발견되지 않았다.

지하실에서 발견된 물품 명세. 분류 기준을 확인하기 어려운 내용물로 가득한 상자들. 그중 상자 일곱 개는 주로 신문과 잡지에서 오린 기사로 채워져 있다. 오래된 할바 상자 한 개. 두께와 제본 방식이 다양하고 내지가 거의 다 글로 채워진 노트 여덟 권. 여러 언어로 쓰인 책으로 가득한 큰 궤짝 네 개. 방독면 하나. 컴퓨터 한 대와 공룡 한 마리는 조사를 위해 압수할 예정이다(공룡은 고무 재질의 어린이 장난감). 지문이 남을 수 있는 모든 표면에서 지문을 채취하였다. 노트 내용의 조사는 문학 전문가에게 위촉해 진행해야 한다. 무엇보다 자료에서 어떤 단서나 실마리가 도출될 수 있는지 알아내기 위해서.

나는 위촉된 전문가다. 내가 알아낸 바에 따르면, 이웃 사람들은 해당 건물의 지하실에서 들려오는 이상하고 무작위적인 소음과 울부짖음(소 울음이라고 하는 이들도 있었다) 때문에 경찰에 여러 차례 신고했다. 그러다가 일주일 전부터 아무런 소리도 들리지 않았고, 건물 관리자가 지하로 내려갔을 때 지하실 시설 중 한 곳(예전 방공호의 일부)으로 들어가는 육중한 문이 활짝 열려 있는 것을 발견했다. 바닥에는 단검이 놓여 있었다.

경찰 당국은 내게 작업을 지하실에서 그대로 진행해도 괜찮을지 물었다. 물건을 전부 옮기는 건 엄청난 고역일뿐더러 경찰 쪽에 그 물건들을 보관할 공간도 없기 때문이었다. 나는 괜찮다고 했다. 묘한 흥분이 느껴졌다. 그 작가와 직접 아는 사이가 아닌데도 나는 그에 대해 복잡한 감정을 느꼈다. 그의 글을 읽을 때마다 개인적으로 뭔가를 도둑맞은 느낌이 들었다.

나는 3월 17일 오전 열시에 그 지하실로 들어갔다. 처음에는 거기에 다른 누군가가 있어 나를 지켜보는 듯한 이상한 기분이 들었다. 두렵지는 않았다. 이렇게 말할 수 있는지는 몰라도, 그건 호의가 담긴 시선이었다. 이미 경찰이 샅샅이 조사한 뒤이기는 했지만, 나는 모든 구석과 틈을 다시 살펴보았다. 아무것도 없었다. 그저 민달팽이 한 마리가 양철로 된 할바 상자 위를 천천히 기어가고 있을 뿐이었다. 나는 읽기 시작했다. 멈추고, 되돌아가고, 익숙해 보이는 통로로 내려가고, 길을 잃고, 다시 계속 나아갔다. 첫 한 달 동안 딱 한 번 밖에 나갔고, 그뒤로는 다시 나가지 않았다.

마지막에 남은 것

나는 다시 따뜻한 돌 위에 앉은 여섯 살로 돌아온다. 피아노 앞에서 손을 올리고 앉은 환영 속 소녀에게 다가간다. 나는 그 방의 문을 열고 반바지 차림으로 문틀에 기댄다. 내 왼쪽 다리에 있는 저 흉한 골절상 흉터는 뭐지? 두꺼운 커튼 사이로 햇살 한줄기가 들어와 방 전체를 반으로 가른다. 우리는 방의 각기 다른 반쪽에 있다. 그때 기적이 일어난다. 그림이 움직이기 시작하고, 소녀가 뒤를 돌아본다……

그 순간 미노타우로스는 투우장 군중 속에서 어머니를 발견하고, 나의 세 살배기 할아버지는 제분소로 다시 달려가는 자기 어머니를 본다.

허르카니에서 한 여자가 편지를 받는다.

한 남자가 포스터 밖으로 걸어나와 영화관 앞에 있는 줄리에타에게 다가가고 둘은 팔짱을 낀 채 T시의 중심가를 따라 걸어간다.

가우스틴은 세상에서 가장 큰 영사기를 설치하고, 아무것도 적시지 않는 밤비가 북반구 전체에 내린다.

내 아버지와 어머니가 꼭대기 층의 불 켜진 아파트 발코니에서 밖을 바라보고 있다……

소녀와 나는 이제 햇살로 나뉜 방의 같은 편에 있다. 소녀의 얼굴 가장자리가 보인다, 소녀가 고개를 돌린다⋯⋯

안녕, 아빠.

에필로그

나는 1995년 1월 말에 여든두 살의 남성 인간으로 죽었다(형 가리로 떠났다). 정확한 날짜는 모른다. 일이 그다지 많지 않은 겨울에 죽는 게 가장 좋다. 그래야 남은 이들을 너무 고생시키지 않으니까.

나는 해질녘에 초파리로 죽었다. 그 하루의(내 인생의) 황혼은 아름다웠다.

나는 2058년 12월 7일에 남성 인간으로 죽었다. 그해의 일은 아무것도 기억나지 않는다. 그래서 내가 태어난 해, 1968년을 하 루하루 되새겼다.

나는 언제나 죽어 있었다. 그리고 언제나 어두웠다. 만일 죽음이 어둠이고 타인의 부재라면……

　나는 아직 죽지 않았다. 나는 다가오고 있다. 내 나이는 마이너스 삼 개월이다. 모태에서 흐르는 그 음수의 시간을 어떻게 세는지 나는 모른다. 이곳은 어둡고 아늑하며 나는 움직이는 무언가에 매여 있다. 나는 삼 개월 뒤 바깥으로 넘어갈 것이다. 누군가는 그것을 죽음 출생이라 부른다.

　나는 2026년 2월 1일에 남성 인간으로 죽었다. 아버지는 늘 겨울에 죽는 것이 가장 좋다고 말씀하셨다. 나는 그 말을 따랐다. 나는 평생 수의사였다. 언젠가 한 번 핀란드에 간 적이 있다……

　나는 기억한다. 민달팽이로, 장미 덤불로, 자고새로, 은행나무로, 6월의 구름으로(이 기억은 짧다), 할렌제 근처에서 가을에 핀 보라색 크로커스로, 일찍 피었다가 4월의 때늦은 눈에 얼어붙은 체리꽃으로, 속아넘어간 체리나무를 얼려버린 눈으로 죽었음을……

　나는 이들이었다.

시작
우리 아버지와 공룡은 동시에 사라졌어……

이 책은 여러 곳에서 쓰였다. 시작은 반제 호숫가에 있는 베를린 문학 컬로퀴엄(LCB)에서였다. 그곳에서 나는 세상의 모든 고요와 석양을 마음껏 누렸다. 이어 오스트리아 크렘스의 도나우 강가(니더외스터라이히 문학의 집), 니더외스터라이히의 바하우 계곡을 흐르는 강과 오스트리아에서 가장 삼엄한 교도소 사이에서 집필이 계속되었다. 최종 마침표를 찍은 곳은 아드리아해 연안의 스플리트에 있는 디오클레티아누스궁전(KURS 협회 초청)의 미로 속이었다. 이러한 호의적인 작업 환경에 대해, 그 환경을 제공해준 주최자 여러분께 감사드린다.

귀중한 조언을 해준 아니 부로바, 나데즈다 라둘로바, 보이코 펜체프, 미글레나 니콜치나, 보자나 아포스톨로바, 실비야 촐레바에게 감사드린다.

아낌없는 격려와 더불어 언어의 기적을 함께 믿어준 이반 테오

필로프에게 감사드린다.

책이 되기 전의 글을 읽고 다듬어준 빌랴나에게, 그리고 글이 풀리지 않을 때면 늘 고양이와 공룡 이야기를 기꺼이 들려주며 인내해준 네 살 난 라야에게 감사를 전한다.

소설에 필요한 고독을 보장해준 모든 이에게 감사드린다.

공감은 슬픔을 부르고 슬픔은 이야기가 된다

게오르기 고스포디노프의 소설 『슬픔의 물리학』에는 특별한 공감 능력을 지닌 화자가 나온다. 그의 의사 친구가 진단한 대로 그는 "병적 공감" 혹은 "강박적 공감-신체화 증후군"이라는 병을 앓고 있다. 극히 드물고 완치가 어렵다는 이 질환의 증상은, 타인이 고통을 느끼는 지점에 통로가 열리고 화자의 일부가 타인의 이야기와 몸 속으로 빨려 들어가 기억과 경험을 공유하는 것이다. 그는 1913년에 태어난 할아버지의 기억으로 들어가 꼭꼭 숨겨둔 젊은 시절의 비밀을 알아내고, 고모할머니의 기억 속에서는 궁핍한 시절 전쟁중 여덟 명의 아이를 홀로 먹여 살릴 수 없던 어머니가 막내를 제분소에 버렸던 순간을 그 버려진 아이가 되어 몸소 체험한다. 그 밖에도 그는 자신이 살면서 만난 사람들뿐만 아니라 타인의 기억 속으로 비집고 들어가 만난 사람들, 심지어 비인간 생명체들과도 하나가 되어 그들의 말 못 할 슬픔을 엿보고 공유한다.

20세기 후반, 후기 사회주의 체제하의 궁핍한 불가리아에서 외로운 유년기를 보낸 화자는 아버지가 구해다 준 낡은 그리스신화 전집에서 미노타우로스의 이야기를 읽고 깊은 동질감을 느낀다. 그에게 미노타우로스는 신화 속 영웅 테세우스가 무찔러 없애야 했던 괴물이 아니라 부모에게서 버려진 가여운 소년이며, 미노타우로스가 갇혀 있던 어두운 미궁은 부모가 일 나간 뒤 그가 종일 혼자 지내던 컴컴한 지하방과 다르지 않다.

『슬픔의 물리학』은 이처럼 화자가 특별한 공감 능력을 통해 경험하는 무수한 존재의 이야기로 이루어져 있다. 단편적인 이야기나 목록들이 불쑥 튀어나오고 서사는 끊임없이 방향을 틀며 우회로를 만든다. 구조 자체가 하나의 미궁과도 같은 이 작품은 소설이라는 형식의 경계를 시험하고 확장한다. 고스포디노프는 작중 인물 가우스틴의 입을 빌려 "순혈 장르"에는 관심이 없다고, "소설은 아리아인이 아니다"라고 선언하며 그 말을 작품 속에서 실천한다. 화자가 공감을 통해 "이입"한 인물들과 자연의 생명체까지, 무수한 목소리가 하나의 "나"로 합쳐지면서 마침내 "나는 이들이다"라는 선언에 이른다.

이 선언에 해당하는 불가리아어 원문 "Аз сме"은 무척 인상적인 문장으로, 영문본에는 "We am"으로 옮겨졌지만 이를 직역하자면 "I are"에 해당한다. 단수 주어와 복수 동사가 결합한 이 문장은 문법적으로 어긋나 있으나 바로 그 어긋남을 통해 작품의 핵심을 압축한다. 동사의 형태로 행위자의 수를 나타내는 기능이 없는 한국어로는 원문의 이질성과 충격을 온전히 재현하기 어렵지만, 이 파격적인 문장은 작중 화자가 지닌 초능력과도 같은 공감 능력을 강렬하게 드러낸다.

이러한 만물에 대한 공감의 통로는 고통의 자리에 열리기에 화자에게 공감은 대체로 슬픔을 동반한다. 그러나 나이가 들면서 한때 활짝 열려 있었던 타인을 향한 통로가 점점 막혀가자 그는 안타까움과 회한을 느낀다. 그는 마치 자신의 몸속에 "가택 연금"된 듯한 답답함을 느끼며 잡다한 기록과 목록을 수집하고 타인의 이야기를 돈을 주고 사들인다.

그런데 왜 하필 이야기일까? 화자가 수집한 여러 이야기 중에는 대리모로 아이를 낳아 팔아온 여자가 나온다. 자신의 사연을 담담히 이야기하던 여자가 그 이야기를 판 대가로 돈을 받은 뒤 갑자기 울음을 터트리자 화자는 생각한다. 여자가 진정으로 아이들을 팔기 시작한 것은 바로 이때, 이야기하기 시작했을 때라고. 그때까지는 거래일 뿐이었던 행위가 이야기를 함으로써 비로소 의미를 갖게 된 거라고. 그러므로 이야기는 체험을 체험으로 만드는 행위다. 슬픔은 이야기되기 전에는 아직 온전한 슬픔이 아니며 이야기됨으로써 비로소 무게를 얻는다.

모든 생명과 공감한다는 것은 필연적으로 슬픔을 느끼는 일이며, 감당할 수 없을 만큼 차오른 슬픔은 이야기로 넘쳐흐른다. 공감은 슬픔을 부르고 슬픔은 이야기가 된다. 그런 의미에서 문학의 시작은, 혹은 본질은 공감에 있는지도 모른다. 작중 화자는 슬픔을 기체에 비유하는데, 슬픔은 고유한 형태 없이 담기는 그릇의 모양을 취하며 눈에 보이지 않는 전선을 따라 이동한다는 것이다. 이야기는 바로 그 형체 없는 기체에 그릇을 제공한다. 물리학이 물질의 운동 법칙을 기술하듯, 이 소설은 슬픔이 공감을 통해 한 존재에서 다른 존재로 이동하고 이야기라는 그릇에 담겨 비로소 형태를 얻는 과정을 기술한다. 그렇다면 『슬픔의 물리학』은 '문학의 해부학'으로도 읽을 수 있지 않을까.

게오르기 고스포디노프는 불가리아에서 공산주의 체제가 붕괴된 1989년 이후 가장 널리 번역되어 읽힌 불가리아 작가이자 시인, 극작가다. 2023년 인터내셔널 부커상을 수상한 그의 장편 『타임 셸터』는 『슬픔의 물리학』에 등장한 독특한 인물과 아이디어를 한층 확장한 작품이다. 이 소설에 등장하는 수수께끼 같은 인물 가우스틴은 『타임 셸터』에서 과거를 복원해 시간을 되돌리는 기획을 통해 유럽 전체를 소용돌이 속으로 몰아넣는 서사의 중심에 선다.

이 책은 불가리아어 원본 『Физика на тъгата』를 앤절라 로델이 영어로 옮긴 『The Physics of Sorrow』를 토대로 하되, 불가리아어본을 함께 참조하며 한국어로 옮겼다. 그 과정에서 영문본이 불가리아의 문화소를 영어권 독자에게 친숙한 방식으로 바꾼 부분은 가능한 한 원문에 가깝게 되돌렸다. 세 개의 언어 사이를 오가는 작업은 그 자체로 미궁을 걷는 듯한 느낌을 주었다. 어쩌면 번역이란 한 언어로 이루어진 미궁을 다른 언어로 옮기는 일인지도 모른다. 그 안의 모든 통로를 완벽히 재현할 수는 없더라도, 『슬픔의 물리학』이라는 미궁 속을 함께 걸으며 어둠 속 어딘가에서 들려오는 수많은 목소리에 귀를 기울이고 그 모든 존재가 되어보는 일은 번역자에게도 독자에게도 깊은 울림을 남기리라 믿는다.

민은영

옮긴이 **민은영**

고려대학교 영어교육과를 졸업하고 이화여자대학교 통번역대학원에서 석사학위를 받았다. 현재 전문 번역가로 활동중이며, 옮긴 책으로 『타임 셸터』『댈러웨이 부인』『사라진 것들』『거지 소녀』『사랑의 역사』『남자가 된다는 것』『곰』『앨프리드와 에밀리』『칠드런 액트』『프란츠 카프카의 그림들』『존 치버의 편지』『여름의 끝』『에논』『내 휴식과 이완의 해』 등이 있다.

문학동네 세계문학

슬픔의 물리학

1판 1쇄 2026년 3월 24일 | 1판 2쇄 2026년 4월 22일

지은이 게오르기 고스포디노프 | 옮긴이 민은영
기획 이현자 | 책임편집 박효정 | 편집 이봄이랑 윤정민
디자인 김유진 이주영 | 저작권 박지영 형소진 주은수 오서영 조경은
마케팅 정민호 서지화 박치우 한민아 왕지경 이민경 정유진 정경주 김혜원 김예진 이서진
브랜딩 함유지 이송이 박민재 김하연 신은서 이준희
미디어콘텐츠 함근아 김은솔 박다솔
제작 강신은 김동욱 이순호 | 제작처 천광인쇄사

펴낸곳 (주)문학동네 | 펴낸이 김소영
출판등록 1993년 10월 22일 제2003-000045호
주소 10881 경기도 파주시 회동길 210
전자우편 editor@munhak.com | 대표전화 031)955-8888 | 팩스 031)955-8855
문학동네카페 http://cafe.naver.com/mhdn
인스타그램 @munhakdongne | 트위터 @munhakdongne
북클럽문학동네 http://bookclubmunhak.com

ISBN 979-11-416-0313-7 03890

잘못된 책은 구입하신 서점에서 교환해드립니다.
기타 교환 문의 031)955-2661, 3580

www.munhak.com